文春文庫

外科医

テス・ジェリッツェン
安原和見訳

文藝春秋

謝辞

以下のかたがたに心から感謝したい。

専門家として助言してくださった、ボストン市警察署のブルース・ブレイクとウェイン・R・ロック刑事、そして医学博士クリス・ミカラケスに。

第一稿を読んで有益なコメントを寄せてくれた、ジェイン・バーキー、ドン・クリアリー、アンドリア・シリロに。

進むべき方向をさりげなく指し示してくれた、編集者のリンダ・マロウに。

わたしの守護天使、メグ・ルーリーに（作家はみんな、メグ・ルーリーをひとり常備しておくべきだ！）

そして夫のジェイコブに。ジェイコブにはいくら感謝してもしきれない。

外科医

主な登場人物

トマス・ムーア……………ボストン市警察殺人課刑事
ジェイン・リゾーリ…………同、唯一の女性刑事
バリー・フロスト……………同
ダレン・クロウ………………同
ジェリー・スリーパー………同
アシュフォード・ティアニー……検死官
ローレンス・ザッカー………犯罪心理学者
キャサリン・コーデル………ピルグリム医療センター外傷外科医
ピーター・ファルコ…………キャサリンの同僚
アンドルー・キャプラ…………二年前の連続殺人事件の犯人

プロローグ

今日は彼女の死体が見つかる。

ちゃんとわかっている。なにがどうなってついに発見にいたるか、まるで目に見えるようだ。午前九時には、〈ケンダル・アンド・ロード旅行代理店〉の気どった女性社員がそれぞれ席に着き、手入れの行き届いた指でコンピュータのキーボードを叩いて、ミセス・スミスの地中海クルーズや、ミスター・ジョーンズのクロスタースのスキー休暇を予約する。ブラウン夫妻には、今年はちょっと趣向を変えて、異国情緒豊かな場所を勧めたりもする。たとえばチェンマイとかマダガスカルとか、でもあんまり難儀でないところ——なにしろ冒険は快適でなくちゃ。〈ケンダル・アンド・ロード〉のモットーは「快適な冒険」なのだ。あの代理店は流行《はや》っているから、電話はひっきりなしに鳴っているだろう。

そしてほどなく、ダイアナの席がからっぽなのにみんなが気がつく。

バックベイ（ボストン中心部の街）にあるダイアナの自宅にだれかが電話をかける。応える者もないまま、呼出音が鳴りつづけるだけ。ダイアナはシャワーを浴びていて電話が聞こえないのかも。それとももうちを出て、遅刻したとあせってこっちに向かっているのかしら。そんなありふれた可能性がいくつも頭に浮かぶ。けれどもどんどん時間は過ぎるし、いくら電話してもだれも出ないしで、別の、おだやかでない可能性が胸をよぎりだす。

同僚をダイアナの部屋に入れるのは、たぶんマンションの管理人だろう。鍵をちゃらちゃら言わせながら、不安そうにこう言っているさまが目に浮かぶ。「まちがいなくお友だちなんでしょうね。ほんとにあとでもめたりせんでしょうね。おたくを入れたことは、あとでこちらのかたに言っとかないわけにゃいきませんから」

ふたりはなかに入り、同僚が大きな声をあげる。「ダイアナ？　いる？」ふたりは廊下を歩きだし、きれいな額にはまった旅行ポスターの前を過ぎる。管理人は同僚のすぐあとを歩きながら、なにか盗《と》ったりしないかと目を光らせている。

とそのとき、開いたドアごしに寝室のなかが見える。ダイアナ・スターリングの姿を目にしたとたん、こそ泥みたいなけちな犯罪のことなど管理人の頭からは吹っ飛んでしまう。ただもうげろを吐かないうちに外へ出たい、考えることはそれだけだ。

警察が駆けつけるとき、できるものならその場で見ていたい。しかし、わたしはばかではない。こっそり走りすぎる車も、通りに集まった野次馬に混じってじっと見つめている顔も、警察は見過ごしにはしない。現場に戻りたいという衝動がどんなに強いか、やつらはちゃんと知っている。いまでも——こうして〈スターバックス〉にすわって、しだいに明るんでくる窓の外をながめているいまでも、あの部屋の呼び声が聞こえる。しかし、わたしはオデュッセウスと同じだ。セイレーンの歌声に恋い焦がれてはいても、この身は船の帆柱にしっかりくくりつけられている。歌声にまどわされて船を岩礁にぶつけたりしない。そんなあやまちはおかさない。

いまわたしは、こうして腰を落ち着けてコーヒーを飲んでいる。窓の外では、ボストンの街が目覚めようとしている。砂糖を三杯いれてかきまわす。甘いコーヒーが好きだ。すべてがあるべき場所に、完璧におさまっているのが好きだ。

セイレーンが声をかぎりに叫び、遠くからわたしを呼んでいる。オデュッセウスさながら、わたしは身をふりほどこうともがく。しかし、縄目が解けることはない。

今日、彼女の死体が見つかる。

今日、かれらはわたしたちが戻ってきたことを知る。

第一章

一年後

このラテックスのにおいはどうにかならんのか。トマス・ムーア刑事はゴムの手袋を引っぱってはめた。その引っぱっていた手を放すと、ゴムが縮む勢いでぱっとタルカムパウダーの雲がわき、例によってまだ始まりもしないうちに胸がむかむかしてくる。この仕事のいちばん不快な作業につきもののにおい。合図と同時によだれを垂らすよう訓練されたパブロフの犬さながら、ゴムのにおいを嗅ぐとどうしても血と体液を連想する。覚悟しろと伝える鼻からの警告だ。

それではというわけで、彼は検死解剖室の手前でいったん足を止めた。暑い戸外からまっすぐ入ってきたせいで、もう汗が冷えはじめていた。七月十二日、もやのたれこめる蒸し暑い金曜の午後。ボストン市じゅうでエアコンがうなりをあげて水をしたたらせ、だれもがいらいらをつのらせている。トービン橋ではもう渋滞が始まっているだろう。涼しいメイン州の森林地帯へ逃げ出そうと、車が殺到しているころだ。しかし、ムーアはその仲間に入れない。休暇から呼び戻されて、できれば目にしたくない惨状をこれからまのあたりにしなくてはならない。

手術着は死体保管所のリネンカートからさっきとってきて、もう先に身につけていた。次は毛髪が落ちるのを防ぐためにペーパーキャップをかぶり、さらに靴のうえから紙靴を履く。これまで何度も、解剖台からどんなものが床に落ちてくるか見せつけられてきた。けっして潔癖なほうではないが、解剖室のおみやげを靴にくっつけて帰るのは願い下げだ。ドアの前で立ち止まり、深呼吸をした。やがて意を決して、ドアを押してなかに入った。

解剖台の遺体には布がかけてあった――女だ。形でわかる。すぐに目をそらして、ムーアは室内の生きた人間たちに目を向けた。検死官のドクター・アシュフォード・ティアニーが、死体保管所の助手といっしょにトレイに器具を並べている。解剖台をはさんで向かいには、同じくボストン市警察殺人課のジェイン・リゾーリが立っていた。三十三歳、小柄だががっちりしたあごの持主。すぐに広がって手に負えない巻毛が、いまはペーパーキャップに隠れている。あの豊かな黒髪がないといつにも増してきつい顔つきに見える。やさしい曲線などどこをさがしてもありそうになく、黒い目は鋭く突き刺してくるようだ。彼女は半年前に、麻薬・風紀犯罪取締課から殺人課に移ってきたばかりだった。殺人課唯一の女性刑事で、早くもほかの刑事とのあいだでトラブルが起きている。性的いやがらせだとこちらが言えば、あちらは女のヒステリーだとやり返す。自分が彼女を好きなのかきらいなのかムーアは決めかねていたし、向こうがこちらをどう思っているのかもよくわからない。これまでのところ仕事以外のつきあいはまるでなく、リゾーリはそんなやりかたのほうが好きなのだろうと彼は思っていた。

リゾーリと並んで立っているのは、彼女のパートナーのバリー・フロストだ。根っから陽気な男で、いかにも人のよさそうな顔は、ひげがないせいもあって三十歳という年齢よりずっと若く見える。リゾーリと組んで二か月、フロストは文句のひとつも言わない。彼女の不機嫌を平気でやり過ごせるのは、殺人課ではこの男だけだった。

ムーアが解剖台に近づいていくと、リゾーリが口を開いた。「やっとお出ましってわけね」

「ポケベルが鳴ったとき、メイン高速道路《ターンパイク》に乗ってたんだ」

「こっちはここで五時から待ってたのよ」

「いま解剖にかかろうとしてたとこでね」ドクター・ティアニーが口をはさんだ。「だから、ムーア刑事はちょうどまにあったというわけだ」男どうしのかばいあいというやつだ。ドクターがキャビネットの扉を力まかせに閉じると、がしゃんという金属音が室内に反響した。彼がこんなふうにいらだちをあらわすのはめったにないことだった。ドクター・ティアニーは生粋《きっすい》のジョージアっ子だ。昔かたぎのジェントルマンで、女性は女性らしくあるべきだと信じている。なにかというと突っかかってくるジェイン・リゾーリは、彼にとって好ましい仕事仲間とは言えなかった。

死体保管所の助手が、器具をのせた台車を解剖台のほうへ押してきて、ムーアとちらと目をあわせた。その目が「まったく、女のくせして生意気だよな」と言っている。

「せっかく釣りに出てたのに気の毒だね」ティアニーがムーアに声をかけた。「休暇はおあずけのようだ」

「やっぱり、またあいつなんですか？」

答えるかわりに、ティアニーは遺体の布をめくってみせた。「名前はエリナ・オーティスだ」

覚悟していたはずなのに、ひとめ見たとたん殴られたような衝撃があった。血のこびりついた黒髪はヤマアラシの針のように突っ立ち、顔は青い筋の走る大理石さながらだ。なにかを言いかけたところで凍りついたように、口は半開きになっている。すでに血は洗い流されていて、ぽっかりあいた傷口が、灰色の肌というカンバスに紫がかった裂けめを描いている。目に見える外傷はふたつ。ひとつはのどに走る深い切創《せっそう》で、左耳の下から始まって左の頸動脈を切断し、喉頭の軟骨まで切り裂いていた。とどめの一撃というわけだ。もうひとつは下腹部を切り裂いている。こちらは殺しが目的の傷ではない。まったく別の目的でつけられたものだ。

ムーアはごくりとつばをのんだ。「なんで休暇から呼び戻されたかわかったよ」

「この事件はあたしがチーフですから」リゾーリが言った。

その声には釘を刺すような響きがあった。縄張りを守ろうとしているのだ。気持はわかる。しょっちゅうばかにされたり軽くあしらわれたりしているせいで、女性警官はどうしても怒りっぽくなる。だがじつのところ、ムーアにはリゾーリとはりあう気などさらさらなかった。この事件では協力しなくてはならないだろうし、主導権争いをするにはまだ早すぎる。

ここはできるだけ下手《したて》に出ることにした。「現場の状況を説明してもらえるかな」

リゾーリはそっけなくうなずいた。「発見されたのは今朝九時ごろ、サウスエンドのウスター通りにある自宅マンションで。職場はマンションから数ブロックの〈ポージィ・ファイブ〉。家族経営の花屋で、被害者の両親がオーナー。ふだんは午前六時ごろには出勤してたのに、今朝はいつまでたっても出てこないんで、心配になって兄がようすを見にきて、寝室で死んでいる被害者を発見したわけ。ドクター・ティアニーによると、死亡推定時刻は昨日の真夜中から今朝四時のあいだ。家族の話では、現在つきあっている男性はおらず、マンションのほかの住民も男性客が訪ねてくるのを見た憶えはないと言ってる。平凡な働き者のカトリックの娘」

ムーアは被害者の手首を見た。「拘束されてたんだな」

「そう。手首と足首をダクトテープでね。発見されたときは全裸だった。装身具を何点かつけてただけ」

「装身具？」

「ネックレスに、指輪に、ピアス。寝室の宝石箱はまったくの手つかず。物とりの犯行じゃないね」

被害者の腰を横切るようにあざが走っている。「胴体も拘束されていたんだな」とムーア。

「ダクトテープでウェストと太腿を固定されてたのよ。ついでに口もふさがれてた」

ムーアは大きく息を吐いた。「なんてことだ」エリナ・オーティスの遺体を見ているうちに、唐突に別の若い女の姿が目に浮かび、ムーアは不意をつかれた。もうひとつの遺体——ブロンドの髪、のどと下腹部を切り裂かれて赤い肉がのぞいている……

「ダイアナ・スターリング」思わずつぶやいていた。

「スターリングの検死報告はもう用意しておいた」とティアニー。「見直したくなるかと思ってね」

しかし、その気づかいは無用だった。あのときはムーアがチーフを務めただけに、スターリング事件はたえず頭のすみに引っかかっている。

事件が起きたのは一年前。ダイアナ・スターリングは当時三十歳、〈ケンダル・アンド・ロード旅行代理店〉に勤めていた。発見されたときは全裸姿で、ダクトテープで自宅のベッドに縛りつけられ、のどと下腹部が切り裂かれていた。犯人はまだつかまっていない。血はすでに洗い流されて、切開口のふちは薄いピンク色を呈している。

ドクター・ティアニーは、エリナ・オーティスの腹部に検査灯を向けた。

「遺留品は？」ムーアは尋ねた。

「洗浄前に何本か繊維を採取した。それから、創縁に毛髪が一本付着していた」

ムーアははっとして顔をあげた。「被害者の？」

「もっと短い。明るい茶色だし」

エリナ・オーティスの髪は黒だ。

リゾーリが口を開いた。「遺体と接触した人間全員に、毛髪サンプルを提出するようにもう言ってあるから」

ティアニーは全員の目を傷に向けさせた。「これは横切開法による創傷だ。外科ではメイラード法と言う。腹壁を層ごとに切っていく方法でね。まず皮膚、次に皮下組織、それから筋肉、最後に骨盤腹膜を切開するわけだ」

「スターリングのときと同じだ」とムーア。

「そのとおり、スターリングのときと同じだ。しかしちがいもある」

「というと？」

「ダイアナ・スターリングの場合は、傷に多少のぶれがあった。ためらい、もしくは自信のなさのあらわれだ。この傷にはそれがない。見なさい、この皮膚はじつにあざやかに切り裂かれている。ぶれがまったくない。なんの迷いもなく、自信たっぷりだ」ティアニーはムーアの目をまっすぐに見すえた。「犯人は慣れてきてる。腕をあげてるんだ」

「まだ同一犯とはかぎりませんよ」とリゾーリ。

「ほかにも類似点はある。こっち側、創端がきれいに直角をなしているだろう。これは右から左に向かって切っているしるしだよ。スターリングと同じだ。凶器は片刃、鋸歯《きょし》状ではない。これもスターリングのときと同様だ」

「メスですか」

「メスであってもおかしくない。このまっすぐな切り口を見なさい。刃はまったく揺れていない。被害者は意識を失っていたか、そうでなければきつく拘束されていて、あばれるどころか身動きひとつできなかったのだろう。被害者がちょっとでも動けば、こう一直線には切れないからね」

バリー・フロストはいまにも吐きそうな顔をしていた。「うええ、そいつはひどい。腹を切られたときはもう死んでたんじゃないんですか」

「いや、これは死後の傷ではないと思う」ティアニーの顔は手術用マスクに隠れて、見えるのは緑色の目だけだった。その目が怒りに光っている。

「出血があったんですか」ムーアが尋ねた。

「骨盤腔にたまっていた。心臓がまだ動いていたしるしだ。まだ生きていたんだよ、この……処置をされたときは」

ムーアは、手首のぐるりに残るあざに目を向けた。両足首にも同じようなあざが残っているし、腰には点状出血――皮下の小さな出血――が帯状に並んでいる。エリナ・オーティスはいましめを解こうともがいていたのだ。

「切られたとき、まだ生きていたことを示す証拠はほかにもある」ティアニーが続けた。「トマス、傷のなかに手を入れてみるといい。なにが見つかるかわかってるとは思うが」

ムーアはしぶしぶながら、手袋をはめた手を傷口に差し入れた。冷たい。数時間冷蔵庫に保管されていたからだ。七面鳥の腹に手を入れて、臓物の包みをさがしたときの感触とそっくりだった。手首まで埋めて、指で傷の奥深くをさぐった。無神経な冒瀆《ぼうとく》だ――女性の肉体のなかでも一番の秘部に、こうして手を突っこんでいるとは。エリナ・オーティスの顔に目を向けないよう気をつけた。顔を見てしまったらもうただの遺体とは思えなくなり、その肉体がどんな仕打ちを受けたか客観的に検証することもできなくなる。

「子宮がなくなってる」ムーアはティアニーを見あげた。

検死官はうなずいた。「切除されている」

ムーアは手を抜き出して、ぽっかりと開いた傷口を見おろした。今度はリゾーリが手袋をした手を突っこみ、短い指を緊張させて内部をさぐりだした。

「ほかはなにもなくなってないんですか？」リゾーリが尋ねた。

「子宮だけだ」とティアニー。「膀胱《ぼうこう》と腸はそのまま残ってる」

「ここのこれはなんです？　小さい固いこぶみたいなものが左側に」

「縫合糸だ。血管をしばって止血しているんだよ」

リゾーリは驚いたように顔をあげた。「つまり結紮《けっさつ》ですか」

「無処理カットグート二十番だ」ムーアは言葉をはさみ、同意を求めてティアニーの顔を見た。

ティアニーはうなずいた。「ダイアナ・スターリングに使われていたのと同じ縫合糸だ」

「カットグート二十番?」フロストが弱々しい声で尋ねた。いつのまにか解剖台のそばを離れて部屋のすみに立ち、いまにも流しに直行しそうにしている。「それはその——商標名かなんか?」

「商標名ではない」とティアニー。「カットグートは縫合糸の種類だ。牛や羊の腸からつくる」

「どうしてカットグートっていうんですか」とリゾーリが尋ねる。

「起源は中世までさかのぼる。昔は楽器をつくるのに腸線《ガット》が使われていたんだ。楽器奏者は自分の楽器のことを『キット』と呼び、その弦のことを『キットグート』と言っていた。それがなまってカットグートになったわけだ。外科手術では、この種の縫合糸は結合組織の深層の縫合に使われる。自然に分解・吸収されるのでね」

「そのカットグートはどこで手に入るの?」リゾーリはムーアに目を向けた。「スターリング事件のとき、出所《でどころ》は突き止めた?」

「特定するのはまず不可能だ」ムーアは答えた。「カットグートを製造してる会社は十以上もあるし、ほとんどはアジアの会社だ。外国の病院ではいまもよく使われてるから」

「外国の病院?」

ティアニーが口をはさんだ。「いまではもっといい糸があるからね。合成糸にくらべると、カットグートは強度も耐久性も落ちる。アメリカ国内には、いまでもこれを使っている外科医はあまりおらんのじゃないかな」

「そもそも、なんで縫合したりするんです?」

「手もとがよく見えるようにだろうな。血があふれてくると見えにくくなるから。犯人はとにかく几帳面な男だ」

リゾーリは傷口から手を抜いた。手袋をはめた手のひらに、小さな血のかたまりがひとつのっている。あざやかな赤のビーズ玉のようだ。「どれぐらいの腕前なんです？　敵は医者ですか。それとも肉屋？」

「解剖学的な知識があるのはまちがいない」とティアニー。「それに、経験があるのもたしかだね」

ムーアは解剖台から一歩あとじさった。エリナ・オーティスがどれほど苦しんだかと思うだけで身がすくむのに、その情景が目に浮かぶのをどうすることもできない。なにしろ、その結果がすぐ目の前に横たわっているのだ——大きく目を見開いたまま。

金属トレイに当たって器具ががちゃがちゃと鳴り、ムーアはぎょっとしてそちらに目を向けた。死体保管所の助手が、Y字切開用のトレイをドクター・ティアニーのそばへ押してきたのだ。その助手はいま前かがみになり、下腹部の傷のなかをのぞきこんでいる。

「それで、子宮はどうなったんですか」助手は尋ねた。「切りとって、それをどうするんですかね」

「わからん」とティアニー。「まだ発見されておらんからな」

第二章

ムーアはサウスエンド地区の歩道に立っていた。エリナ・オーティスの死亡した場所だ。かつて、ここはくたびれた下宿屋の建ちならぶ通りだった。人気のあるボストンの北半分から鉄道線路で区切られて、発展にとりのこされたみすぼらしい地区だったのだ。しかし、成長する都市は飢えた野獣のようなもので、つねに新しい土地を求める。開発業者の物欲しげな視線の前には、鉄道線路など障害でもなんでもない。新世代のボストン市民はサウスエンドを見直し、古い下宿屋はしだいにマンションに建て替えられていく。

エリナ・オーティスが住んでいたのも、そんなマンションのひとつだった。部屋は二階だったが、窓の真正面に通りの向かいのコインランドリーが立ちはだかっていて、ながめは退屈そのものだった。とはいえこのマンションには、ボストン市にはまれなありがたい設備がそなわっていた。隣接する路地にむりやり押しこむように、入居者専用の駐車場がもうけてあるのだ。

その駐車場のある路地にムーアは入っていった。歩きながらマンションの窓を見あげて、いまこの瞬間にこっちを見おろしている者がいるだろうかと思った。ガラスの目のような窓の奥に動くものは見えない。この路地に面する部屋の住人にはすでに聞き込みを終えていたが、目ぼしい情報はなにひとつなかった。

エリナ・オーティスのバスルームの窓の下で足を止め、その窓に達する非常梯子を見あげた。伸縮式の梯子は引きあげてあり、伸ばせないようにラッチで固定されている。エリナ・オーティスが殺害された夜、ある入居者がその非常梯子の真下に車を停めていたのだが、その屋根にサイズ八・五（二十六センチ）の靴のあとが残っていた。犯人は車を踏み台にして、非常梯子にとりついたのだ。

いま、問題のバスルームの窓は閉まっている。しかし、殺人犯が侵入した夜には閉まっていなかった。

路地を出て、建物を巻いて正面玄関に戻り、なかに入った。

エリナ・オーティスの部屋の前に来た。ドアの前に渡した立入禁止のテープが、風のない日の吹き流しのように力なく垂れ下がっている。ドアの鍵をあけると、指紋採取用の粉が煤《すす》のように手についてきた。ゆるく張ったテープを肩にまといつかせながら、室内に足を踏み入れた。リビングルームは、前日見たときと変わっていないようだった。リゾーリといっしょにざっと見てまわったのだが、腹の底に対抗意識がとぐろを巻いているのだから、それはとうてい愉快な経験とは言えなかった。オーティス事件の捜査はリゾーリをチーフとして走りだしたものの、彼女は疑心暗鬼になっていて、みんなに自分の権威をおびやかされていると感じている。相手が年上の男性刑事となればなおさらだ。いまは同じチームに属している――あれから増員されて刑事五人のチームになった――とはいっても、ムーアはあいかわらず彼女の縄張りを荒らしているような後ろめたさを感じ、なにを提案するでも、機嫌をそこねないようこれ以上はないほど気をつかっていた。面子をかけた反目に巻きこまれるのは避けたかったが、その避けたかった反目がすでに始まっていた。昨日も犯罪現場に頭を集中しようと努めたのだが、集中が高まってくるたびに、まるで針で風船をつつくように、リゾーリの敵意がそれをしぼませてくれたものだった。

いまひとりで来て初めて、エリナ・オーティスが死んだこの部屋に完全に意識を集中させることができた。リビングルームには籐《とう》のコーヒーテーブルがあり、そのまわりに雑多な家具が並んでいる。すみにはデスクトップ・コンピュータ。ベージュの敷物には、緑の蔓《つる》とピンクの花のもようが入っている。事件のあとで動かされたものはなく、部屋はまったくそのままだとリゾーリは言っていた。窓から射しこむ西陽はしだいに薄れてきていたが、電灯のスイッチを入れる気はない。顔も動かさずにじっと立ち尽くし、部屋に完全な静寂が訪れるのを待った。この現場にひとりで来るのはこれが初めてだ。生きた人間の声や顔に気を散らされず、この部屋に立っているのはこれが初めてなのだ。空気の分子が動くさまを思い描く。彼が入ってきたことでつかのまかき乱されたものの、それもしだいに鎮まり、分子はゆるやかにただよっている。部屋が語りかけてくるのを待った。

なにも感じない。悪の気配も、恐怖のふるえの余韻も。

犯人が入ってきたのはこのドアからではない。それに、この死の王国を手中に収めたあと、そこを検分したりもしなかったらしい。わずかの時間も惜しんで、目当ての場所へ、寝室へと向かったのだ。

ムーアはゆっくりと歩きだした。せまいキッチンを抜けて廊下に出る。うなじの毛がぞわぞわしだすのがわかる。最初に出くわしたドアの前で足を止め、なかをのぞきこんだ。バスルームだ。明かりをつける。

木曜の夜は暑かった。どんな気まぐれなそよ風も、涼をもたらすどんなそよぎも逃すまいと、市内のどこでも窓はあけっぱなしになっていた。犯人は非常梯子にしがみつき、黒っぽい服の下で汗をかきながら、このバスルームをのぞきこんでいたのだろう。なんの物音もしない。被害者は寝室で眠っている。花屋の朝は早い。睡眠周期から言って、いまはいちばん眠りが深く、目をさましにくい段階だ。

犯人がパテナイフで網戸をこじあける音は、彼女の耳には届かなかった。見れば、壁紙は小さな赤いバラのつぼみもようだった。女性好みの壁紙――男ならまず選ばない。どこから見ても女性のバスルームだった。イチゴのにおいのシャンプーも、洗面台の下のタンパックスの箱も、化粧品の詰まった戸棚も。明るい青緑色のアイシャドウを好む、いまどきの若い女性。

犯人は窓からもぐりこんだ。窓枠にこすれて、ネイビーブルーのシャツの繊維が残っていた。ポリエステルだ。スニーカーのサイズは八・五。白いリノリウムの床に、入ってきたときの靴あとが残っていた。微量の砂には石膏の結晶が混じっている。ボストンの街なかを歩くとたいていくっついてくるやつだ。

たぶんいったん足を止め、暗闇のなかで耳をすましただろう。女性の部屋の嗅ぎなれない甘い香りを吸いこんだだろう。それともいっときもむだにせず、そのまままっすぐ足を運んだのか。

目当ての寝室へ。

侵入者の足跡をたどるにつれて、空気が重く濁ってくるようだ。ただの気のせいではない。悪の気配は想像の産物かもしれないが、このにおいはほんものだ。

寝室のドアの前まで来た。うなじの毛はもう完全に逆立っている。ドアの向こうになにが待っているかは先刻承知だし、覚悟はできていると思っていた。それなのに電灯のスイッチを入れたとたん、またしても恐怖に足をすくわれそうになった。まるで初めてこの部屋を目にしたかのように。

血みどろの惨劇が起きてからもう二日以上たっていた。まだ清掃業者の手は入っていない。しかし、いくら洗剤やスチームクリーナーや白いペンキを使おうと、その痕跡を完全に消し去ることはできないだろう。空気じたいに、永遠に消えない恐怖のしるしが刻みつけられている。

犯人はドアを抜けてこの部屋に入ってきた。カーテンは薄っぺらなコットンのプリントで裏地もないから、街灯の光がその布地を通して漏れ入り、ベッドを、そしてそのうえで眠る女の姿を照らしている。犯人はきっとしばしたたずみ、女を観察したにちがいない。これから始まる仕事のことを思うと、快感が湧いてきただろう。きさまにとってはこれが快感なんだ、そうだろう。だんだん興奮がつのってくる。その興奮は麻薬のように血管を駆けめぐり、全身の神経を目覚めさせる。高まる期待に、しまいには指先の血管まで脈うちはじめる。

エリナ・オーティスには悲鳴をあげるひまもなかった。かりにあげていたとしても、だれの耳にも届かなかった。隣戸に住む家族にも、下の階の夫婦にも。

侵入者は必要な道具はすべて持ってきていた。ダクトテープ。クロロホルムをしみこませた布。手術器具一式。準備万端整えてやって来たのだ。

責め苦はゆうに一時間以上は続いただろう。そしてその時間のうち少なくとも何分間かは、エリナ・オーティスには意識があった。手首と足首の皮膚がすりむけているのは、必死でもがいていたしるしだ。激しい恐怖と苦痛のために失禁したらしく、マットレスには血液のほかに尿もしみこんでいる。慎重を要する手術だから、犯人はゆっくり時間をかけて確実に仕事をこなし、望みのものだけを取り去っている。ほかの臓器には手もふれずに。

強姦はしていない。たぶんできないやつなのだろう。

無惨な摘出手術が終わったとき、被害者はまだ生きていた。下腹部の傷から出血が続いているから、まちがいなく心臓が動いていたのだ。どれぐらい続いたのだろう。ドクター・ティアニーは少なくとも三十分以上だと言っていた。三十分――エリナ・オーティスには永遠とも思えたにちがいない。

そのあいだ、きさまはなにをしていたんだ？　道具のあとかたづけでもしていたのか。戦利品を容器に収めていたのか。それともただここに立って、彼女を見おろして楽しんでいたのか。

最後の仕上げは、手早くビジネスライクにすませている。エリナ・オーティスを苛《さいな》んだ犯人は望みのものを手に入れて、あとは最後の始末をするばかりになった。枕もとへ移動すると、左手で彼女の髪をつかみ、力まかせにぐいと後ろ向きに引っぱった。あまりの手荒さに毛髪が二十本以上も抜け、のちに枕や床に散らばっているのが見つかっている。声をかぎりに叫びたてているようなこの血痕を見れば、最後になにがおこなわれたかは一目瞭然だ。被害者の頭を押さえつけ、のど首を完全に露出させると、犯人は一度だけ刃物をふるってのどを深々と切り裂いた。創傷は左あごの下から始まり、のどを横切って右あごまで達している。左頸動脈と気管が切断され、血がどっと噴き出した。ベッドの左手の壁には血痕がびっしりと固まって残っており、その小さな丸い点からしずくの垂れ落ちたあとが見える。動脈からの出血に特徴的な痕跡だが、同時に気管から血液が噴き出していたことも示している。枕とシーツはしたたった血をぐっしょり吸っていた。窓枠にいくつか残っている血痕は、犯人が刃物を引き抜いたときに飛び散った血しぶきのあとだ。

エリナ・オーティスは生きて見ていたのだ――自分の首から血が噴き出し、赤いしぶきが壁にマシンガンの弾痕のようなあとを残すのを。切断された気管から血を吸いこみ、それが肺のなかでごろごろと鳴るのを聞き、激しく咳きこんで真っ赤な痰をどっと吐き出したのだ。

生きて気づいていたのだ――もうすぐ死ぬのだと。

すべてが終わり、彼女の断末魔のあがきがやむと、犯人は最後に名刺を残していった。被害者の寝間着をきちんとたたんで、ドレッサーのうえに置いている。なぜそんなことをする？　たったいま惨殺した女性に対する、それがきさまなりのゆがんだ敬意のあらわしかたなのか。それとも、それで警察をあざわらっているつもりなのか。自分のほうが上手《うわて》だと見せつける手段なのか。

ムーアはリビングルームに戻り、肘かけ椅子に身体を沈めた。室内は暑くて息苦しいほどだったが、彼はふるえていた。この寒けは生理的なものか、それとも精神的なものだろうか。太腿と肩が痛むところをみると、たんに風邪のひきはなかもしれない。夏風邪だとしたら、ずいぶんたちの悪い風邪だ。いまこの瞬間にいたいと思う場所のことを考えた。メイン州の湖に船を浮かべて、空を切って伸びていく釣り糸をながめていたい。それとも海辺に立って、霧がたれこめてくるのを見守っているか。どこでもいい、死の充満するこの部屋以外なら。

ポケットベルの音にはっとわれに返った。ベルを止めたときには動悸がしていた。まず気をしずめてから、携帯電話をとりだして番号を叩いた。

「リゾーリです」最初の呼出音が終わらないうちに、弾丸のようにストレートなあいさつが耳に飛びこんでくる。

「ポケットベルが鳴ったから」

「VICAPにヒットがあったって聞いた憶えがないんだけど」

「ヒットって？」

「ダイアナ・スターリング事件よ。いまそっちの記録を見てるの」

VICAPは凶悪犯逮捕プログラム（Violent Criminals Apprehension Program）の略で、アメリカじゅうの殺人・暴行事件の情報を集めた全国的なデータベースである。殺人犯は往々にして同じ手口の犯罪をくりかえすから、過去のデータを照会できれば犯人の割り出しに役立つ。通常の捜査手順として、ムーアと当時のパートナーのラスティ・スティヴァックは、VICAPの検索を実行していたのだ。

「ニューイングランドには一致するデータは見つからなかった」とムーア。「臓器の切除、夜間の侵入、ダクトテープによる拘束、そういう条件を満たす殺人事件はすべて調べた。スターリング事件の特徴に一致する事件はなかった」

「ジョージア州の連続殺人は？　三年前、被害者は四人。ひとりはアトランタ、残りの三人はサヴァナの住民。ぜんぶVICAPのデータベースに入ってたけど」

「その事件なら調べた。その犯人は別人だ」

「そうかしらね。ドーラ・シコーン、二十二歳、エモリー大学大学院生。まずロヒプノールで意識を失わされ、ナイロンコードでベッドに拘束されて――」

「こっちの犯人が使ってるのはクロロホルムとダクトテープだ」

「犯人は腹部を切開し、子宮を切除。刃物のひとふりでのどを掻き切って、とどめを刺してる。おまけに、これが肝心なとこなんだけど、最後に被害者の寝間着をたたんで、ベッドわきの椅子に置いて立ち去ってる。いくらなんでも似すぎてるじゃない」

「ジョージアのその事件は解決ずみだ」とムーア。「二年前に解決してるんだ。犯人は死んだ」

「サヴァナ警察のポカだったら？　死んだのが真犯人じゃなかったとしたら」

「DNAが一致してる。繊維も毛髪も。加えて目撃者がいる。ひとり生き残った被害者だ」

「なるほど、生き残りね。第五の被害者」リゾーリの声には、鼻で嗤《わら》うようなみょうな響きがあった。

「被害者が犯人を確認してるんだ」とムーア。

「ついでにつごうよく射殺もしてるよね」

「どういうことだ、犯人の幽霊でも逮捕しようっていうのか」

「その生き残った被害者の話を聞いたことは？」

「ない」

「どうして」

「聞いてどうなるんだ」

「おもしろい話が聞けたかもしれないのに。たとえば、襲われた直後にその被害者がサヴァナを離れたとかね。いまどこに住んでると思う？」

携帯電話の雑音にもかかわらず、自分の血管が脈うつドクドクという音が聞こえた。「ボストンか」ささやくように尋ねた。

「それだけじゃないわ。仕事を聞いたら耳を疑うよ」

第三章

ドクター・キャサリン・コーデルは、病院の廊下を突っ走っていた。ランニングシューズの底がリノリウムの床にきゅっきゅっと鳴る。両開きドアから救急治療室へ飛びこんだ。

看護婦の声が飛ぶ。「第二外傷室です、ドクター・コーデル！」

「すぐ行くわ」キャサリンは言い、誘導ミサイルのように第二外傷室へ直行した。

六つの顔が、安堵の視線をこちらへさっと投げかける。なかへ入るなり、彼女は状況をひと目で見てとった。トレイには光る器具が乱雑に並び、点滴スタンドから乳酸加リンガー液の袋が下がるさまは、鋼鉄の樹木に実る重い果実のようだ。血でよごれたガーゼや破れた包み紙が床に散乱し、せわしない洞調律が心臓モニターの画面にけいれん的な線を描く。死神に追いつかれまいと走りつづける心臓の電気的パターンだ。

「どうなってるの？」と尋ねる彼女を通すために、スタッフがわきへよける。

外科の上級《シニア》レジデントのロン・リットマンが、速射砲のような早口で報告にかかった。「患者は氏名不詳、轢《ひ》き逃げです。救急に来たときは意識不明。瞳孔は左右等しく、反応も正常。肺音は清明、ただ腹部膨満。腸音なし。血圧は上六十に下ゼロまで落ちてます。穿刺《せんし》はぼくがやりました。腹部に血がたまってます。中心静脈カテーテル留置、点滴いっぱいにあけて乳酸加リンガー入れてますが、血圧あがりません」

「Oマイナスと新鮮凍結血漿《けっしょう》は？」

「すぐ来るはずです」

手術台の上の男は全裸で、ふだん人目にふれない部分も容赦なくむきだしにされていた。六十代というところか、すでに挿管されて人工呼吸器につながれている。たるんだ筋肉が垂れ下がり、やせた手足にしわが寄っている。浮き出た肋骨がアーチ型の刀身を思わせる。もともと慢性疾患をもっていたのだろう。まっさきに疑うのは悪性腫瘍か。右腕と腰の右側は、舗道にこすれたせいですりむけて血がにじんでいる。胸部の右下あたりに打撲傷があり、白いかさかさの皮膚に大きな紫色のしみを描いていた。内臓に達するほどの深い貫通創は見あたらない。

聴診器をかけて、たったいまレジデントから聞いた内容を確認した。腹部は無音だった。ゴロゴロという腹鳴も、金属性雑音も聞かれない。この沈黙は、腸が傷ついているしるしだ。聴診器を横隔膜から胸部に移して呼吸音を聞き、気管内挿管が適切になされていて、両肺とも正常に換気がおこなわれていることを確認する。心臓は激しく打っていて、まるで拳骨で胸壁を叩いているようだ。ほんの数秒で診察を終えたが、それでもスローモーションで仕事をしているような気がする。まわりでは時間が止まったかのように、部屋いっぱいのスタッフが息をつめて彼女の次の動きを待ちかまえている。

看護婦が叫ぶ。「最大血圧やっと五十です！」

だしぬけに時間が動きだした。恐ろしい速さで飛び去っていく。

「手術着と手袋を」キャサリンは言った。「開腹トレイを開封して」

「手術室に運びましょうか」リットマンが言った。

「ぜんぶふさがってるわ。待ってられない」ペーパーキャップをだれかが放ってよこす。肩まで届く赤い髪を手早くキャップに押しこみ、マスクのひもを結んだ。手術室看護婦がすでに滅菌手術着を広げて待ちかまえている。キャサリンはそのそでに腕を通し、手を手袋に突っこんだ。手を洗うひまも、ためらっているひまもない。責任者はわたしだし、この名なしの患者はいまにも心停止を起こしそうだ。

滅菌布《ドレープ》が患者の胸部と股間にさっとかけられた。止血鉗子《かんし》をトレイからとり、ドレープを手早くはさんで固定していく。鋼鉄の歯が頼もしくパチンパチンと音をたてる。

「血液はまだ？」彼女は叫んだ。

「いま検査室に問い合わせてます」看護婦が言う。

「ロン、第一助手をまかせるわ」キャサリンはリットマンに言った。室内をさっと見まわすと、ドアのそばに青い顔をした若い男が立っていた。名札には「医学生ジェレミー・バロウズ」とある。「そこのあなた、第二助手をお願い！」

若い男の目に狼狽《ろうばい》の色が走った。「でも――ぼくはまだ二年生で、ここにはただ――」

「ほかに外科のレジデントはいる？」

リットマンが首をふった。「みんな出払ってます。第一外傷に頭部損傷が来てるし、手術室で心肺停止が起きて」

「了解」また学生に目を向けて、「バロウズ、頼むわ。看護婦、手術着と手袋の用意を」

「どうすればいいんですか？　ぼくはほんとにぜんぜん――」

「医者になりたくないの？　用意しなさい！」

学生は真っ赤になり、手術着を身につけはじめた。こわがっている。だが多くの点で、自信満々の学生よりは、バロウズのように不安がっているほうが好ましい。自信過剰から患者を死なせる医師を、キャサリンはいやというほど見てきた。

インターホンからひびわれた声がした。「第二外傷、こちら検査室。氏名不詳のヘマトクリット値出ました。十五です」

失血死の危険がある。「血液がいますぐ要《い》るのよ！」

「いまそっちに向かってます」

キャサリンはメスに手をのばした。握りの重み、スチールの形状が、手のひらにしっくりとなじむ。これは彼女自身の手の延長、彼女自身の血肉の一部だ。すばやくすっと息を吸う。アルコールのにおい、手袋のタルカムパウダーのにおい。メスの刃を皮膚にあて、腹部中央を縦にまっすぐ切開した。

白い皮膚というカンバスに、メスが真っ赤な血の線を描いていく。

「吸引器と開腹パッド用意。腹部は血でいっぱいよ」

「血圧、五十に届きません」

「Oマイナスと新鮮凍結血漿です！　いまスタンドにかけてます」

「だれか心臓モニターを見てて。どうなってるか教えて」とキャサリン。

「洞性頻脈。心拍百五十まであがってます」

皮膚と皮下脂肪を切り開いていく。腹壁からの出血はあとまわしだ。これぐらいの血にかかずらっているひまはない。いちばん危険な出血は腹腔内だから、まずそれを止めなくては。たぶん脾《ひ》臓《ぞう》か肝臓の破裂だろう。

腹膜がぱんぱんにふくらんでいた。血でいっぱいなのだ。

「すごいことになるわよ」とまわりに声をかけて、メスをその膜にあてた。大量の出血を覚悟してはいたが、膜に穴があいたとたん爆発でも起きたように血が噴き出し、彼女は一瞬うろたえた。血はドレープにあふれ、床に滝のように流れ落ちていく。手術着にも飛び散り、銅のにおいのする風呂に手を突っこんだように、ぬくもりがそでにしみ通ってくる。血はなおもよどみない川のようにあふれ出してくる。

開創器を突っこみ、切開口を広げて術野を露出させた。リットマンが吸引カテーテルを挿入する。血がごぼごぼと管に吸いこまれていく。真っ赤な液体がガラスの貯蔵器に勢いよく流れこんでいく。

「開腹パッド追加！」キャサリンが吸引器の悲鳴に負けじと声をはりあげた。すでに吸収パッドを六つ開口部に押しこんでいたが、まるで魔法のようにみるみる赤く染まっていく。ものの数秒でいっぱいに吸いこんでしまった。それを引っぱり出して新しいパッドを挿入し、四つの四半部すべてに詰めこんだ。

看護婦が言った。「モニターに心室期外収縮《PVC》出てます！」

「くそ、もう二リットルも吸引してる」とリットマン。

キャサリンは目をあげた。O型Rhマイナスの血液と新鮮凍結血漿が、あわただしく点滴の管へしたたり落ちていく。ザルに血を流しこむのも同然だ。血管に入って、傷口から出ていく。

出ていくのに追いつかない。血の海に沈んでいたのでは、血管を鉗子で閉鎖することはできない。なにも見えない状態では手術はできない。

したたるほど重く血を吸った開腹パッドを引っぱり出し、別のパッドを詰めこむ。ほんの一瞬、目標が見分けられた。血は肝臓からにじみ出ている。しかし、明らかな出血点は見あたらない。まるで表面全体から血が漏れ出しているようだ。

「血圧、触れなくなってきてます！」看護婦が叫ぶ。

「鉗子！」キャサリンが言うと、待ってましたと手のひらに鉗子が飛んでくる。「プリングル法をおこないます。バロウズ、パッド追加して！」

医学生ははじかれたようにトレイに手をのばし、うずたかく積まれた開腹パッドの山をはずみで崩してしまった。パッドがころげ落ちていくのを青くなって見つめている。

看護婦が新しい包みを破った。「患者さんのなかに入れるの、床に落としてどうするんですか」ぴしゃりと言う。そのときキャサリンと目と目があった。女ふたりの目には、鏡で映したように同じ思いが浮かんでいる。

こんなのが医者になるの？

「どこに入れます？」バロウズが尋ねた。

「術野をきれいにして。血だらけでなにも見えないから」

バロウズが切開部の血を吸いとるまで数秒待って、キャサリンは小網を切り開いた。左のほうから鉗子を入れていき、肝門――肝動脈と門脈が通っている――をさぐりあてた。一時しのぎでしかないが、ここで血流を断つことができれば出血を抑えられるかもしれない。時間かせぎにはなる。その貴重な猶予時間に、血液と血漿を循環系に送りこんで血圧を安定させるのだ。

鉗子を閉じて、肝門を通る血管を閉鎖した。

だがなんたること、血は止まるどころか、にじみ出す勢いは弱まりもしない。

「肝門を締めたのはたしかですか」とリットマン。

「まちがいないわ。それに腹膜後腔の出血でもないわね」

「じゃあ肝静脈では？」

キャサリンはトレイから開腹パッドをふたつとった。今度の手技は最後の手段だ。開腹パッドを肝臓表面に当て、手袋をはめた両手で肝臓をぎゅっと締めつけた。

「なにをしてるんです？」バロウズが尋ねた。

「肝圧迫」リットマンが答える。「見えない裂口があれで閉じることがあるんだ。放血を食い止める手段だ」

肩と腕の全筋肉を緊張させ、キャサリンは圧力を維持して出血を抑えこもうとする。

「貯留変わりません」とリットマン。「効果なしです」

キャサリンは切開口をにらみつけた。血のたまるペースは少しも落ちていない。いったいどこから出血しているんだろう。そのときふいに気づいた。ほかの部位からもたえまなく血がにじみ出ている。肝臓だけではない。腹壁からも、腸間膜からも。皮膚の創縁からも。

滅菌ドレープの下から突き出す患者の左腕にちらと目をやった。点滴部位をおおうガーゼのドレッシングも血でぐっしょりになっている。

「血小板と新鮮凍結血漿を六単位。大至急《STAT》」彼女は命じた。「ヘパリンの点滴を始めて。一万単位を静注ボーラス、そのあとは一時間一千単位ずつ」

「ヘパリン?」バロウズがめんくらったように言った。「でも、患者は出血が――」

「DICよ」とキャサリン。「抗凝固剤が要るわ」

リットマンが彼女をひたと見つめた。「検査結果はまだですよ。どうしてDICだと?」

「凝固試験の結果が出るまで待てないわ。いますぐ手を打たないと」看護婦にうなずきかけた。

「始めて」

看護婦が注入ポートに針を突っこむ。ヘパリンは最後の賭だ。キャサリンの診断が正しくて、患者がDIC――播種性血管内凝固症候群――を起こしているとすれば、全身いたるところの血管内で、厖大《ぼうだい》な数の血栓が形成されているはず。顕微鏡サイズの雹《ひょう》の嵐のようなもので、それが貴重な凝固因子と血小板を根こそぎ消費してしまう。重度の外傷、隠れた腫瘍や感染症がきっかけで、なだれのように血栓形成が始まって止まらなくなることがあるのだ。凝固因子と血小板はどちらも血液が凝固するのに必要なものだが、DICが起きるとそれが消費し尽くされて出血が止まらなくなる。DICを食い止めるには、ヘパリンすなわち抗凝固剤を投与しなくてはならない。奇妙に逆説的な治療法だ。そしてまた危険な賭でもある。キャサリンの診断がまちがっていたら、ヘパリンは出血をさらに悪化させる。

これ以上どう悪くなるっていうの。背中が痛む。肝臓を力いっぱい圧迫しつづけて腕はぶるぶるふるえている。汗がひとしずく頬を伝い落ちて、マスクにしみていった。

検査室からまた内線が入った。「第二外傷、氏名不詳の緊急《STAT》検査結果出ました」

「どうぞ」と看護婦。

「血小板数一千に低下。プロトロンビン時間延長三十秒に達し、フィブリン解産物を認む。ものすごいDICが起きてるみたいです」

バロウズがこちらに感嘆のまなざしを向けている。医学生を感心させるのなんかちょろいものだ。

「心室頻脈《Vタック》！　心室頻脈出てます！」

キャサリンはモニターにさっと目を向けた。のこぎりの歯のようなぎざぎざの線が画面を横切って流れていく。「血圧は？」

「だめです。感知できません」

「心肺機能蘇生《CPR》開始。リットマン、そっちはまかせるわ」

混乱が嵐のように高まる。いっそう激しさを増して彼女のまわりを渦巻いている。新鮮凍結血漿と血小板をのせた台車が風を切って走りこんできた。心臓薬を指示するリットマンの声が響き、看護婦が胸骨に両手をあてて胸を押しはじめる。看護婦の頭が上下するさまはおもちゃの水飲み鳥のようだ。心臓を圧迫するたびに血液が脳に流れこみ、脳を生かしつづける。だが同時に、それは出血をうながすことにもなる。

キャサリンは患者の腹腔内を見おろした。いまも手は肝臓を圧迫して、津波のような出血を抑えこんでいる。気のせいだろうか、指のあいだをつややかなリボンのように落ちていく血、その流れかたが遅くなってきたのでは？

「電気ショックを」リットマンが言った。「百ジュールで——」

「待ってください。脈が戻りました！」

キャサリンはモニターにちらと目をやった。洞性頻脈！　心臓がまた打ちはじめている。しかし、心臓が打ちはじめれば、また動脈に血液が流れこんでいくのだ。

「灌流《かんりゅう》はどう？」彼女は声をあげた。「血圧はいくつ？」

「血圧は……九十、四十。あがってます！」

「心拍安定しました。洞性頻脈が続いてます」

キャサリンは開腹部をのぞきこんだ。出血は収まってきて、いまではにじみ出る血はほとんど見えない。手のひらに肝臓を受けたまま立ち尽くし、心臓モニターのたてる、安定したピッピッという音に耳をすました。妙《たえ》なる楽の音《ね》だ。

「みなさん」彼女は言った。「救命は成功したようです」

キャサリンは血まみれの手術着と手袋をとり、氏名不詳の患者をのせた車輪つき担架《ガーニー》のあとから第二外傷室を出た。疲労のあまり肩がぴくぴくしていたが、それは心地よい疲労だった。勝利の疲労感だ。患者を外科集中治療室に運ぶため、看護婦たちがガーニーを押してエレベーターに乗りこむ。続いて乗ろうとしたとき、だれかに名前を呼ばれた。

ふりむくと、男がひとりに女がひとり、こちらに近づいてくる。女のほうは小柄できびしい顔だち、黒い目のブルネット、視線はレーザーのようにまっすぐ切りこんでくる。地味な青いスーツを着てまるで軍人のようだ。その彼女をいっそう小柄に見せているのが、並んで歩いている長身の男だった。四十代なかば、黒髪に白いものがちらほら見える。年齢にふさわしく思慮深げなしわがくっきり刻まれているが、いまでもはっとするほどハンサムな顔だち。男の目を、キャサリンはひたと見つめた。やさしそうな灰色の目、しかし表情は読めない。

「ドクター・コーデル？」男が尋ねる。

「はい？」

「トマス・ムーア刑事といいます。こちらはリゾーリ刑事。殺人課の者です」と言ってバッジを見せたが、雑貨屋のプラスチックを出されても同じことだ。ほとんど見もせず、彼女はただムーアだけに目をあてていた。

「内密にお話ししたいことがあるんですが」男は言った。

看護婦たちに目をやる。名なしの患者に付き添って、エレベーターのなかで待っている。

「行って」彼女は声をかけた。「指示はドクター・リットマンに書いてもらって」

エレベーターの扉が閉まるのを待って、初めてムーア刑事に向かって言った。「いま来たばかりの轢き逃げの患者さんのことですか？　でも、あのかたは助かりそうですよ」

「患者さんのことじゃないんです」

「殺人課とおっしゃいました？」

「ええ」胸騒ぎがしたのは、男の抑えた声音のせいだ。おだやかな声が、これから悪い知らせを伝えると警告している。

「それは——まさか、わたしの知ってる人の身になにか？」

「アンドルー・キャプラのことで。それから、サヴァナであなたの身に起きたことについてです」

しばらく口がきけなかった。急に足ががくがくしはじめ、背後の壁に手をのばした。支えがないと倒れそうな気がする。

「ドクター・コーデル？」男はふいに気づかわしげな声になった。「だいじょうぶですか」

「オフィスで……オフィスで話しましょう」ささやくように言うなり、くるりと向きを変えて救急科の外に向かって歩きだした。刑事たちがついてくるかどうか、ふりむいて確認しようとも思わなかった。ただ歩きつづけた。隣接する診療科の建物へ、そのなかの安全な自分のオフィスへ逃げていく。すぐ後ろにふたりの足音を聞きながら、無計画に建て増しされたピルグリム医療センターのなかを先導していく。

サヴァナであなたの身に起きたこと、ですって？

あのことは話したくなかった。できるならサヴァナのことはだれにも話したくない。もう二度と。でも、この人たちは警察の人で、質問に答えないわけにはいかない。

しまいに、こんな銘板のついたスイートの前にたどり着いた。

ピーター・ファルコ　医学博士
キャサリン・コーデル　医学博士
一般および血管外科

受付オフィスに入っていくと、受付係が顔をあげ、反射的にあいさつがわりの笑みを浮かべようとした。だがその笑みは、口もとに浮かびかけたところで凍りついた。キャサリンの顔は真っ青だし、そのあとから見慣れない人物がふたり入ってくる。

「ドクター・コーデル、どうかなさったんですか」

「奥のオフィスにいるわ、ヘレン。電話はつながないで」

「最初の患者さんが十時に見えますけど。ミスター・ツァン、脾臓摘出後の経過観察で——」

「キャンセルして」

「でも、ニューベリーからわざわざ車でいらっしゃるんですよ。もうご自宅を出てるかもしれません」

「わかったわ、それじゃ待ってもらって。でも、電話はぜったいにつながないでね」

ヘレンの問いかけるようなまなざしを無視して、キャサリンはまっすぐ自分のオフィスに向かった。ムーアとリゾーリがそのすぐあとに続く。部屋に入るなり、白衣の上着をとろうと手をのばした。かかっていない。いつもドアのフックにかけておくのに。ちょっとしたことだが、いまは身内に激しくざわめくものがあるだけに、それがほとんど耐えがたく感じられる。室内を見まわし、命がかかっているかのように白衣をさがした。ファイリング・キャビネットにかかっているのに気づいたときは、理不尽なぐらいの安堵感に包まれた。それをひっつかんでデスクの奥に向かう。ここのほうが安心できる。輝くローズウッドのデスクに守られている気がする。安全で、主導権がにぎれる。

部屋はきちんと整理整頓されていた。この部屋だけではない、彼女はすべてをきちんと整理整頓して生きているのだ。だらしないのには耐えられない。ファイルはデスクのうえにきれいにふた山に重ねてあるし、棚の本は著者名のアルファベット順に並んでいる。コンピュータが低いうなりをあげ、スクリーンセーバーがモニター上に幾何学図形を描いている。血によごれた術衣《スクラブ》の上から、白衣のそでに手を通した。一枚白衣を重ねただけで、保護膜が、防波堤がもうひとつ増えたような気がする。でたらめで危険で予測のつかない現実から守ってくれるものが。

デスクの奥にすわって見ていると、ムーアとリゾーリが部屋のぐるりに視線を走らせているのがわかる。部屋の主《ぬし》を値踏みしている。あれは警察官の習性なのだろうか。すばやく目で観察し、相手の人物評価をしてしまうというあれは。あれをやられると、まるで裸にされたような心細さをおぼえる。

「蒸し返されてつらい話なのは承知しています」ムーアが腰をおろしながら言った。

「どんなにつらいか他人にはわかりません。もう二年前のことです。なぜいまごろ？」

「未解決の二件の殺人事件との関連でして。このボストンで起きた事件ですが」

キャサリンは眉をひそめた。「でも、わたしが襲われたのはサヴァナです」

「ええ、存じてます。ＶＩＣＡＰという全国的な犯罪データベースがありまして、それを検索したんですがね。こちらの殺人事件と類似の犯罪をさがしたところ、アンドルー・キャプラの名があがってきたんです」

キャサリンはしばらく口をつぐんで、どういうことかと考えた。理屈で考えれば、次に尋ねるべき質問はこれしかない。ただ、口に出す勇気がなかなか出てこない。それでも、なんとか冷静に尋ねることができた。「類似って、どこが似ているんですか」

「女性の身体の自由を奪って拘束する手口。使用する刃物の種類。それから……」ムーアはいったん言葉を切り、できるだけ当たりさわりのない表現をさがした。「それから、身体毀損《きそん》の種類です」静かな声でそうしめくくった。

キャサリンは両手でデスクをつかみ、ふいにこみあげてきた吐き気を抑えようとした。うつむくと、目の前にはファイルが整然と積み重ねてある。白衣のそでに、青インクの筋状のしみができていた。どんなに秩序を保とうと毎日努力しても、どんなに気をつけてミスや欠陥を排除しようとしても、汚れや瑕疵《きず》はきっと見えないところに隠れている。不意打ちをくわせるときを待っている。

「教えてください」彼女は言った。「そのふたりの女の人のことを」

「あまりくわしいことはお話しできないんですよ」

「どういうことなら話していただけるんです？」

「日曜の〈グローブ〉紙で報道された以上のことは……」

しばらく言っている意味がわからなかった。わかったとたん、あきれかえって顔がこわばった。「そのボストンの殺人事件って――最近のことなんですか」

「二件めは金曜日の未明でした」

「それじゃ、アンドルー・キャプラとは関係ないじゃありませんか！　わたしとはなんの関係もないわ」

「ただ、あまりに共通点が多いんです」

「ただの偶然でしょう。そうとしか思えません。てっきり昔の事件のことをおっしゃってるんだと思ったわ。キャプラが何年も前になにかやっていたのかしらって。そんな、先週のことだなんて」だしぬけに彼女は椅子を引いた。「お役に立てるとは思えません」

「ドクター・コーデル、この犯人は一般には発表されなかった細かいところまで知っているんです。キャプラの犯罪について情報をもってるんですよ。サヴァナの警察以外は知らないはずなんですがね」

「それなら、その人たちをお調べになったらいかがです？　その、それを知っている人たちを」

「あなたもそのひとりなんです、ドクター・コーデル」

「まさかお忘れじゃないでしょうね、わたしは被害者なんですよ」

「事件の詳細をどなたかに話されたことは？」

「サヴァナの警察にしか話してません」

「ご友人にくわしく打ち明けたこともないんですか」

「ありません」

「ご家族には」

「話してません」

「打ち明け話をする相手はだれもいないっていうんですか」

「あの話はしませんから。ぜったい口に出しません」

彼の目がこちらにじっと向けられている。その目が信じられないと言っていた。「ぜったいに？」

キャサリンは目をそらした。「ぜったいにです」ささやくように言った。

長い沈黙のあと、ムーアがおだやかに尋ねた。「エリナ・オーティスという名前に聞き憶えはありませんか」

「ありません」

「ダイアナ・スターリングは？」

「ありません。その人たちは……」

「ええ、被害者です」

彼女はごくりとつばをのんだ。「どちらの名前にも心当たりはありません」

「この殺人事件のことはご存じなかった？」

「できるだけ読まないようにしてるんです、むごたらしい話は……手にあまりますから」うんざりしてため息をついた。「わかっていただきたいんですけど、救急室ではずいぶんひどいありさまも目にします。一日が終わって家へ帰ったときは安らぎが欲しいんです。ほっとしたいんですよ。世のなかで起きていることは――ああいう暴力ざたを、わざわざ読みたいとは思わないんです」

ムーアはジャケットに手を入れて、二枚の写真をとりだした。デスクに置き、彼女のほうへすべらせてよこす。「このふたりに見憶えはありませんか」

キャサリンは写真の顔を見つめた。左側の女性は黒い目をしていた。風に髪をなびかせて笑っている。もうひとりは天使のような金髪で、うっとりと夢見るような目つきだった。

「黒髪がエリナ・オーティスです」とムーア。「もういっぽうがダイアナ・スターリング。こちらは一年前に殺害された女性です。ぜんぜんお心当たりはありませんか」

キャサリンは首をふった。

「ダイアナ・スターリングはバックベイ地区に住んでいました。お住まいからたった半マイルのところです。エリナ・オーティスのマンションはこの病院の南、ほんの二ブロックしか離れていません。見かけてらしても不思議はないんですがね。まちがいありませんか。どちらにもまったく見憶えはないんですね」

「会ったことはありません」写真を返そうと差し出してみて、自分の手がふるえているのに初めて気がついた。ムーアも気づいたにちがいない。写真を受けとるとき、指先が軽くふれたから。きっといろんなことに気づいているのだろう、と彼女は思った。警察官なんだもの。それなのにわたしときたら、内心の動揺に気をとられて、この人のことはろくすっぽ印象に残っていない。ずっとおだやかで丁重で、どんな意味でもこわいとは思っていなかった。だがいまになって急に気がついた——じっくり観察されていたのだ。キャサリン・コーデルの内面がのぞくのを待っている。熟練の外傷外科医ではなく、冷静でエレガントな赤毛の女性でもなく、その表面の下に隠れている女が顔を出すのを待っているのだ。

いましゃべっているのはリゾーリ刑事だ。ムーアとちがって、彼女は質問をオブラートに包もうなどとは夢にも思っていない。ただ答えが聞きたいだけで、そのために時間をむだにする気はないのだ。「ドクター・コーデル、こちらに移っていらしたのはいつですか」

「サヴァナを離れたのは、襲われた一か月あとです」キャサリンは、リゾーリに負けず劣らずずばりと答えた。

「なぜボストンだったんですか」

「いけませんか」

「南部からはずいぶん遠いですよね」

「母がマサチューセッツの出身なんです。毎年、夏はニューイングランドに連れてきてもらってました。だからなんだか……故郷に帰ったような感じで」

「では、移っていらしてもう二年以上になるんですね」

「ええ」

「お仕事は？」

キャサリンは、この質問にめんくらって眉をひそめた。「このピルグリムで、ドクター・ファルコと組んで働いてます。外傷科で」

「じゃあ、〈グローブ〉紙の記事はまちがってたんですね」

「どういうことです？」

「何週間か前に、ドクターの記事を読んだんです。女性外科医の記事です。それはそうと、あの写真はよく撮れてますね。あれには、ドクターはピルグリムにいらしてまだ一年だって書いてありました」

キャサリンはいったん口をつぐみ、やがて落ち着いて言った。「まちがってるわけじゃありません。サヴァナのあと、しばらく……」咳払いをして、「ドクター・ファルコと組んで仕事を始めたのは去年の七月です」

「ボストンにいらして最初の一年は？」

「仕事はしていません」

「なにをしてらしたんです」

「なにも」その答え——有無を言わさぬ口調のその答え、これ以上のことを口にする気は毛頭なかった。あの一年めがどんなふうだったか、あの屈辱的な日々を他人に知られてなるものか。こわくてマンションを一歩も出られない、そんな一日二日がいつしか一週間二週間になり、夜は夜で、ちょっと物音がしただけでパニックが起きてふるえが止まらない。外の世界へ戻るまでの遅々として苦痛に満ちた道のり——エレベーターに乗るだけ、夜に自分の車のところまで歩いていくだけ、それだけでありったけの勇気が必要だったあのころ。自分の弱さが恥ずかしかった。いまも恥ずかしい。あの弱さをさらけ出すのは、彼女のプライドが許さなかった。

腕時計に目をやった。「患者さんが来ますから。これ以上お話しすることはほんとうになにもありません」

「事実関係をもういちどチェックさせてください」リゾーリが小さなならせん綴じのメモ帳を開いた。「二年と少し前、六月十五日の夜、あなたはご自宅でドクター・アンドルー・キャプラに襲われた。知り合いですね。病院でいっしょに働いていたインターン」キャサリンを見あげる。

「お答えするまでもないでしょう」

「犯人はあなたに一服盛って、服を脱がせた。ベッドに縛りつけ、あなたを恐怖に陥れた」

「こんなことをしていったいなにに——」

「そして強姦した」おだやかな口調だったが、その言葉は平手打ちよりも耳に痛かった。

キャサリンは無言だった。

「犯人のねらいはそれだけではなかった」リゾーリは続けた。

お願いだから、もうやめて。

「あなたの身体を、これ以上はないほど残酷に切り刻むつもりだった。ジョージアのほかの女性四人を切り刻んだように。被害者は身体を切り裂かれて、女性でなくされているんです」

「もういい」とムーア。

しかし、リゾーリは容赦しなかった。「ドクター・コーデル、あなたもそうされていたかもしれないんですよ」

キャサリンは首をふった。「なにがおっしゃりたいんですか」

「ドクター・コーデル、わたしはこの犯人をどうしてもつかまえたいんです。あなたも同じお気持だと思います。これ以上、そんな目にあう女性を増やしたいとは思わないでしょう」

「でも、わたしには関係ありません！　アンドルー・キャプラは死んだんです。二年前に死んだんですよ」

「そのようですね。検死報告は読みました」

「保証してさしあげますよ」キャサリンはやり返した。「あの悪党を吹っ飛ばしてやったのは、このわたしなんですから」

第四章

ムーアとリゾーリは車内で汗をかいていた。エアコンの送風口からは、なまあたたかい風がやかましく吹き出してくる。渋滞に引っかかってもう十分たつが、車内は少しも涼しくならない。

「ボストン市ってそんなに税金安いのかしらね」とリゾーリ。「この車、完全なポンコツじゃない」

ムーアはエアコンのスイッチを切り、ウインドウをおろした。灼《や》けた舗道と自動車の排気ガスのにおいが吹きこんでくる。もう汗びっしょりだった。リゾーリはよくもブレザーを着ていられるものだ。ピルグリム医療センターを一歩出て、分厚い毛布のような蒸し暑い空気に包まれたとたんに、彼のほうはジャケットを脱ぎ捨てていた。リゾーリが暑がっているのはまちがいない。鼻の下には汗が光っている――その下の唇は、たぶん一度も口紅とお近づきになったことがないだろう。リゾーリは醜いというわけではない。しかし、ほかの女性が化粧をしようがイヤリングをつけようが、自分だけは見てくれなどに頓着するものかと決心でもしているようだった。地味なダークスーツは小柄な彼女には似合わないし、髪はほったらかしで黒い巻毛をぼさぼさのままにしている。わたしはわたし、他人の気に入ろうが入るまいが知ったことじゃない、というわけか。そんな無頓着な態度をとるようになった理由が、ムーアには理解できた。そうでもしなければ、女性刑事として生き残れなかったのだろう。ともかく、リゾーリが生き残りであることはまちがいなかった。

その点はキャサリン・コーデルも同じだ。しかし、ドクター・コーデルはまた別の戦略をとっている。殻に閉じこもり、他人と距離を置く。話を聞いているあいだ、曇りガラスごしに見ているような気がしていた。とりつく島もない感じ。

そのよそよそしさに、リゾーリはいらだっている。「どうかしてると思うな」彼女は言った。「感情のどっかが欠落してるんじゃないの」

「外傷外科医だからな。冷静さを失わないように訓練されてるんだろう」

「冷静どころか、冷えきってるよ。二年前、縛られて強姦されて、もう少しで子宮をえぐり出されるところだったのよ。それなのに、なんにもなかったみたいに涼しい顔で。信じられない」

ムーアは赤信号でブレーキを踏み、車のひしめく交差点を見つめていた。背中のくびれを汗が流れ落ちる。暑いのは苦手だった。身体も頭も重くなるような気がする。早く夏が終わってほしい。けがれのない冬の初雪が恋しい。

「ねえ、聞いてるの?」とリゾーリ。

「たしかに、感情をぜんぜんおもてに出さないな」彼は同意した。しかし、冷えきってるわけじゃない。ふたりの女性の写真を返してよこしたとき、キャサリン・コーデルの手がふるえていたのを思い出す。

自分のデスクに戻ると、ぬるいコーラを飲みながら、〈ボストン・グローブ〉の数週間前の記事──「メスをもつ女性たち」を読みかえした。ボストンで活躍する三人の女性外科医をとりあげた記事だ。その成功と苦労、職業に特有の悩み。写真の三人のうち、いちばん人目を惹くのはコーデルだった。たんに美人だからではない。誇らしげな目で、挑みかかるようにカメラをまっすぐ見すえている。その写真を見、記事を読むと、この女性は人生を意のままに生きているという印象は強まるばかりだった。

ムーアは新聞記事をいったん置いて、じっくり考えた。第一印象は往々にしてあてにならないものだ。笑みを浮かべて鼻をつんとあげるだけで、内心の苦痛の色は簡単に隠れてしまう。

今度は別のファイルを開いた。ひとつ深呼吸をして、ドクター・アンドルー・キャプラに関するサヴァナ警察の報告書を読みなおす。

わかっているかぎりでは、キャプラが最初の殺人を犯したのは、アトランタのエモリー大学の医学部四年生のときだ。被害者はドーラ・シコーン、二十二歳のエモリー大学大学院生。キャンパス外の自宅アパートメントで、ベッドに縛りつけられて死亡していた。検死の結果、微量のロヒプノール（デートレイプに使われる薬物）が体内から検出された。アパートメントには押し入った形跡はなかった。

被害者は犯人を部屋に招き入れたのだ。

一服盛られてから、ドーラ・シコーンはナイロンコードでベッドに縛りつけられ、声をあげられないようにダクトテープで口をふさがれた。犯人はまず彼女を強姦して、それから切除にかかっている。

まだ生きているうちに切除しているのだ。

処置を終えて記念品を手に入れてから、犯人はとどめの一撃を加えた。左から右へ、首を横一文字に深く掻き切っている。精液からDNAは採取されたものの、手がかりはなかった。おまけにドーラは遊び人で知られていて、近所のバーをまわっては、会ったばかりの男を家に連れ帰ることが少なくなかったため、捜査はいよいよ難航した。

殺害された夜、彼女が自宅へ連れ帰った男は、アンドルー・キャプラという医学部の学生だった。しかし、キャプラの名は警察の注意を惹かなかった——少なくとも、二百マイル離れたサヴァナ市で、三人の女性が殺害されるまでは。

六月の蒸し暑い夜、ついに連続殺人は終わった。

キャサリン・コーデルは当時三十一歳、サヴァナのリヴァーランド病院で外科のチーフ・レジデントを務めていた。その夜、自宅ドアをノックする音を耳にして驚いてあけてみると、玄関ポーチに立っていたのはアンドルー・キャプラ、彼女の指導する外科のインターンのひとりだった。昼間、彼女は病院でそのインターンを叱責したばかりだった。ミスを犯したからだったが、いま彼はなんとか名誉挽回をしたいと必死になっている。そのことでお話ししたいんですが、入ってもかまいませんかという。

ふたりは軽くビールを飲みながら、インターンとしてのキャプラの成績を検討していった。彼が犯したすべての失策、患者を危険にさらしかねなかったうっかりミスを見ていったわけだ。彼女は歯にきぬを着せずに指摘した——キャプラは水準に達しておらず、外科のインターン課程を修了することはできないだろうと。途中でキャサリンはいったん手洗いに立ち、部屋に戻ってから話をすませ、ビールを飲み終えた。

意識が戻ったときには、裸にされてナイロンコードでベッドに縛りつけられていた。警察の調書には、身の毛もよだつほど克明に、その後に起きた悪夢が描写されている。病院で撮影された写真に写っているのは、もの狂おしい目をしたひとりの女だった。頬はあざになり、恐ろしく腫れあがっている。その数枚の写真を見て頭に浮かぶ印象をひとことでまとめるなら、それはまさしくこの一般名称――犠牲者だ。

先ほど会ってきた、不気味なほど落ち着きはらった女性には、およそ似つかわしくない言葉だった。

いまこうしてコーデルの供述を読みかえしてみると、頭のなかに彼女の声が響く。それはもう顔のない被害者の言葉ではなく、彼の見知っている血の通った女性の言葉だった。

どうして手が自由になったのかわかりません。いま見ると手首がすっかりすりむけてますから、きっとコードからむりやり引き抜いたんだと思います。ごめんなさい、でもはっきり思い出せないんです。憶えているのは、メスをとろうと手をのばしたことだけです。メスをトレイからとらなくちゃ、ナイロンコードを切らなくちゃ、アンドルーが戻ってくる前にって……

寝返りを打って、ベッドの端のほうへ移動したのを憶えてます。ベッドから落ちそうになって、床に頭をぶつけちゃって。それから銃をさがしました。父の銃なんです。サヴァナで三人めの女性が殺されたあと、父がどうしても手もとに置いておくようにって渡してくれたんです。ベッドの下に手を差し入れたのを憶えてます。銃を手にとりました。部屋に入ってくる足音がしました。それから――よくわかりません。たぶん撃ったのはそのときだと思います。ええ、たぶんそうだったと思います。二発撃ってたって聞きましたから、きっとそうだったんだと思います。

ムーアはいったん読むのをやめて考えこんだ。弾道特性分析で確認されているとおり、二発の銃弾はいずれも、キャサリンの父の名で登録されている銃から発射されたものだ。その銃はベッドわきに落ちていた。病院の血液検査によれば、記憶障害を引き起こすロヒプノールが血中から検出されているから、記憶があちこち抜け落ちているのはむりもない。救急室に運ばれてきたとき、軽度の意識混濁状態だったと医師たちも証言している。薬物のためかもしれないが、あるいは脳震盪《のうしんとう》のせいかもしれない。顔にひどいあざができて腫れあがっていたから、頭部を強打されたのはまちがいない。だが、いつどんなふうに殴られたのか、本人は憶えていなかった。

ムーアは犯行現場の写真に目を向けた。寝室の床に、アンドルー・キャプラはあおむけに倒れて死んでいた。二発の銃弾を受けていた。一発は腹部に、もう一発は目に、どちらも至近距離から。

長いこと写真をにらんで、キャプラの遺体の位置と、血痕のパターンを頭に入れた。

次に検死報告書にとりかかった。二度、最初から最後まで読みとおした。

もういちど犯行現場の写真を見なおす。

なにかおかしい。コーデルの供述はどうもつじつまが合わない。

だしぬけに、目の前に報告書が突き出された。驚いて顔をあげると、リゾーリが立っていた。

「これ、もう見た？」彼女は尋ねた。

「いや、なんだ？」

「エリナ・オーティスの創縁に付着してた毛髪の報告書」

ムーアは最後の一行までざっと目を走らせた。「わからんな。これはどういう意味だ」


一九九七年、ボストン警察署の各部署はひとつ建物に移転した。ボストンのロクスベリーという混沌とした地区に建つ、真新しいワン・シュローダー・プラザビル内にまとめられたのだ。この新しい巣のことを警官たちは「白亜の殿堂」と呼んでいたが、それはロビーにぴかぴかの花崗岩がふんだんに使われているからだった。「おれたちが何年か使ってりゃぼろぼろになって、ちったあ居心地がよくなるさ」というのはまったくのジョークだ。シュローダー・プラザは、テレビドラマに出てくるむさ苦しい警察署とは似ても似つかない。しゃれた現代的な建物で、壁面の大きな窓のほかに天窓もあって、陽光がいっぱいに降りそそぐ。カーペットを敷きつめた床にコンピュータが並ぶ殺人課は、どこの会社のオフィスと言っても通りそうだった。シュローダー・プラザに移って警官たちがいちばん歓迎したのは、警察署のさまざまな部門が一か所にまとめられたことだった。

殺人課から科学捜査研究所まで行こうと思えば、ただ廊下を歩いていって南棟に入るだけでいい。

ここは毛髪・繊維課。ムーアとリゾーリが見守る前で、科学捜査員のエリン・ヴォルチコは、証拠品の封筒をより分けて目あての封筒をさがしていた。「わたしに渡されたのは毛髪一本だけだったけど、毛髪が一本あればびっくりするようなことがわかるのよ。ああ、これこれ」エリナ・オーティスの事件番号のついた封筒をさがしあて、なかから顕微鏡のスライドをとりだした。「レンズを通すとどう見えるか見せるわね。番号のほうは報告書に書いてあるから」

「この数字のこと?」リゾーリは、ずらずらと並ぶ数字コードの列を見おろした。

「そうよ。そのコードひとつひとつが、毛髪のさまざまな特性を示してるの。色や縮れぐあいから、顕微鏡的な特徴までね。この毛髪はA01——濃い金髪。縮れぐあいはB01。湾曲してて、湾曲の直径は八十近く。完全な直毛じゃないけど、かなりそれに近いわ。毛髪の長さは四センチ。残念ながら休止期のものだから、上皮組織は付着してないけど」

「DNAはとれないってことね」

「そう。休止期は毛根の成長の最終段階なの。この毛髪は、自然な脱毛過程をたどって抜け落ちたものよ。つまり、むりやり引き抜かれたわけじゃないってこと。毛根に上皮組織がついていれば、その核を使ってDNA分析ができたんだけど。でも、この毛髪にはそんな細胞はついてないのよね」

リゾーリとムーアはがっかりして目を見かわした。

「でもね」とエリンが言葉を継ぐ。「すごく役に立つ特徴を見つけたの。DNAほどじゃないけど、容疑者さえ押さえられたら、法廷ではけっこうな決め手になるかもよ。スターリング事件でも毛髪が見つかってれば比較対照できたのに、残念ね」彼女は顕微鏡の焦点を合わせ、わきへどいた。「見てみて」

顕微鏡には教師用アイピースがついていたので、リゾーリもムーアも同時にスライドを見ることができた。レンズを通して見る毛髪には、小さな結節があちこちにくっついている。

「あの小さいこぶはなに？」とリゾーリ。「正常じゃないよね」

「異常ってだけじゃないわ、めずらしいのよ」とエリンは言った。「重積性裂毛症っていうの。または『竹状毛』ともいうわね。どうしてそんな通称がついたかわかるでしょ。小さい結節がついてるのが、竹の節みたいに見えるからよ」

「この結節はなんだね」ムーアは尋ねた。

「毛髪繊維の巣状欠陥。つまりほかより弱い部分ね。だからそこのところで毛髪が入れ子になって、球関節みたいになるわけ。その小さいこぶこぶがその弱い部分にあたるの。望遠鏡みたいにはまりこんでるから、そこだけふくらんで見えるわけ」

「こういう症状が出るのはどうして？」

「たまには髪をいじりすぎて出ることもあるわ。染めたりパーマをかけたり、そういうののやりすぎね。だけど、犯人はまずまちがいなく男性だし、人工的に脱色した形跡はゼロだから、これは外的刺激のせいじゃなくて、遺伝的疾患のせいだと思うけど」

「たとえば？」

「ネサートン症候群とかね。常染色体劣性異常で、ケラチンの生成がうまくいかないって病気。ケラチンていうのは、毛髪や爪にある固い繊維質のタンパクのことよ。皮膚の外層にもあるわ」

「遺伝的欠陥があって、ケラチンが正常につくれないと、髪の毛が弱くなるわけ？」

エリンはうなずいた。「髪の毛だけじゃないのよ。ネサートン症候群の人は、皮膚の疾患にかかりやすいの。発疹とか鱗屑《りんせつ》とか」

「じゃあ、ひどいフケ症の犯罪者をさがせばいいわけ？」とリゾーリ。

「もっとわかりやすいかもしれない。そういう人は魚鱗癬《ぎょりんせん》っていう重い皮膚病にかかることがあるの。皮膚が乾燥してざらざらになって、ワニの皮みたいに見えるっていう病気」

リゾーリは笑った。「それじゃ、ワニ男をさがせばいいのね！　ずいぶん容疑者がしぼれるじゃない」

「そうとはかぎらないわ。いま夏だから」

「なんの関係があるの」

「気温や湿度が高いと、皮膚の乾燥は軽快するのよ。いまの季節は完全に正常に見えるかもしれない」

リゾーリとムーアははっとして顔を見あわせた。同時に同じことを考えていた。

被害者はふたりとも、夏に殺されている。

「この暑さが続いてるうちは」とエリン。「たぶんどこにいてもぜんぜん目立たないでしょうね」

「いまはまだ七月だし」とリゾーリ。

ムーアはうなずいた。「狩りの季節は始まったばかりだ」

名なしの患者の名前がわかった。救急室看護婦が、キーホルダーに身分証明札がついているのを見つけたのだ。名前はハーマン・グワドウスキ、年齢は六十九歳だった。

キャサリンはその患者の外科集中治療室（SICU）内に立ち、ベッドのまわりに並ぶモニター類を順序よくチェックしていった。オシロスコープには正常な心電波形が規則的にあらわれては消える。動脈波は上百十、下七十で鋭い山を描いているし、中心静脈圧の描線は、嵐の海がうねるように上下していた。数値から見るかぎり、ミスター・グワドウスキの手術は成功だった。

ただ、意識が戻る気配はない。キャサリンはペンライトの光を左の瞳孔にあて、次に右にあてた。手術から八時間近くたつが、いまだに深昏睡状態だ。

キャサリンはかがめていた腰をのばした。人工呼吸器のサイクルに合わせて、患者の胸が上がったり下がったりしている。失血死を防ぐことはできたが、実際にはいったいなにを救ったというのだろう。からっぽの肉体。心臓は打ちつづけているが、脳は機能を停止している。

ガラスを叩く音がした。集中治療室の窓ごしに、同僚外科医のドクター・ピーター・ファルコが手をふっているのが見えた。ふだんは陽気な顔に心配そうな表情が浮かんでいる。

外科医のなかには、手術室でかんしゃくを起こすので有名な者もいる。手術室にふんぞりかえって入ってきて、王のマントでもはおるように手術着を身につける外科医もいる。有能だが人間味のない技術屋のように、患者のことを修理の必要な機械部品の集まりのように思っている外科医もいる。

だが、このピーターのような外科医もいるのだ。陽気ではつらつとしたピーター、鼓膜の破れそうな声で調子っぱずれのプレスリーを手術室で歌い、オフィスで紙飛行機コンテストを主催し、四つんばいになって子供の患者とレゴに熱中する。ピーターの顔にはいつも笑みが浮かんでいるものと思っていた。そのピーターが眉をくもらせてこっちを見ている。窓ごしにそれに気づいて、キャサリンは急いで集中治療室を出た。

「なにか変わったことは?」彼は尋ねた。

「ちょうど回診を終えたところよ」

ピーターはミスター・グワドウスキのベッドのほうを見やった。管や機械にびっしりとりかこまれている。「すごい救命をやらかしたんだってね。十二単位も出血してたのに」

「救命と言えるかどうか」また患者に目をやった。「なにもかも異常なしなんだけど。灰白質以外はね」

ふたりはしばらく無言で、ミスター・グワドウスキの胸が上下するのを見守っていた。

「ヘレンから聞いたけど、今日、刑事がふたり会いに来たんだって? なにがあったの」

「大したことじゃないのよ」

「駐車違反の切符を切られて、罰金を払い忘れたとか」

彼女はむりに笑った。「じつはそうなの、保釈金を積むときはあてにしてるわ」

ふたりはSICUをあとにして廊下を歩きだした。ピーターはいつものとおり、長い脚を軽やかにのばして彼女の横を歩いている。エレベーターに乗りこむと、彼は尋ねた。

「だいじょうぶかい、キャサリン」

「どうして? だいじょうぶじゃないように見える?」

「ほんとに?」と言って顔をのぞきこんできた。まっすぐな青い目で見つめられると、心の奥まで見透かされるような気がする。「ワインと豪華なディナーがどうしても必要だって顔に書いてあるぜ。いっしょにどう」

「そそられるお誘いだわ」

「だけど?」

「だけど、今夜はうちにいたいの」

ピーターは致命傷でも受けたように胸をおさえた。「また撃墜だ! どんなせりふなら口説けるのか教えてくれよ」

キャサリンは口もとをほころばせた。「それを見つけるのはあなたの役目でしょ」

「じゃ、こういうのはどう。風のうわさに聞いたんだけど、土曜日が誕生日なんだって? ぼくの飛行機で空を飛んでみないか」

「むりよ。土曜日は待機なの」

「エイムズと代わってもらえばいいじゃないか。ぼくから頼んどくよ」

「ピーターったら、わたしが飛行機きらいなの知ってるくせに」

「飛行機恐怖症だっていうんじゃないだろうね」

「自分の身を人まかせにするのが苦手なだけ」

彼は重々しくうなずいた。「典型的な外科医人格だな」

「そう言うと聞こえがいいわね。神経症的って言うよりは」

「それじゃ、飛行機デートはだめかい? どうしても気は変わらない?」

「残念だけど」

彼はため息をついた。「じゃあ、口説き文句はもうこれで種切れだ。レパートリーを使いきっちゃったよ」

「わかってるわよ。今度はリサイクルを始めるんでしょ」

「ヘレンも同じこと言ってたな」

彼女は驚いてピーターの顔を見直した。「わたしをどうやって誘うか、ヘレンに入れ知恵してもらってるの？」

「難攻不落の壁に男が頭をぶつけてるような、そういう哀れを誘うざまは見てられないんだってさ」

ふたりは笑いながらエレベーターを降り、オフィスに歩いていった。同僚どうしのくつろいだ笑い——このゲームはみんな冗談半分だと心得ている。その段階にとどめておけば、心が傷つくことも、感情が乱れることもない。たあいない恋愛遊戯に興じることで、どろどろした感情のもつれあいにはまりこむのを防いでいるのだ。冗談半分で彼がデートに誘い、同じく冗談半分に彼女が断わり、スタッフがみんなその冗談に参加している。

すでに五時半をまわっていて、スタッフはもう帰宅していた。ピーターは自分のオフィスに引っこみ、キャサリンも自分の部屋に入って、白衣を脱いでバッグをとった。脱いだ白衣をドアのフックにかけたとき、ふと思いついたことがあった。

廊下に出ると、向かいのピーターのオフィスをのぞきこんだ。眼鏡を鼻にのせてカルテをながめている。彼女自身のきちんとしたオフィスとちがって、ピーターの部屋は混沌の本拠地のようだ。くずかごは紙飛行機でいっぱいだし、椅子のうえには本や外科学雑誌が山になっている。いっぽうの壁は、伸びほうだいに伸びたフィロデンドロンでほとんどふさがっていた。葉っぱのジャングルに埋もれているが、その壁にはピーターの修了証がかかっている。航空工学でMITを卒業、ハーヴァード大学医学部で医学博士号を取得。

「ピーター、ちょっとつまんないことを訊くけど……」

眼鏡のふちの上から、上目づかいにこちらを見る。「つまんないことならまかしといてくれ」

「わたしのオフィスに入った？」

「答える前に弁護士に電話したほうがいいかな」

「ねえ、まじめに訊いてるのよ」

ピーターは身を起こし、真顔になった。「いや、入ってない。どうして？」

「だったらいいの。大したことじゃないから」引っこみかけたところで、ピーターの椅子のきしむ音が聞こえた。彼は立ちあがり、キャサリンのあとからオフィスに入ってきた。

「大したことじゃないって、なにが？」

「ちょっと強迫神経症ぎみなの、それだけ。あるべき場所にあるべきものがないといらいらするのよ」

「たとえば？」

「白衣とか。いつもこのドアにかけておくんだけど、それがいつのまにかファイリング・キャビネットの上にあったり、椅子にかけてあったりするの。ヘレンでもほかの秘書でもないのよ。訊いてみたの」

「掃除のおばさんが動かしたのかもしれないぜ」

「それに、聴診器が見つからなくて気が変になりそうなの」

「まだ出てこないの？」

「婦長のを借りなくちゃならなかったわ」

眉をひそめて、ピーターは室内を見まわした。「ああ、あそこにある。ほら、本棚のうえ」

部屋をつっきって棚に歩みよった。彼女の聴診器がブックエンドの横でとぐろを巻いていた。

黙ってそれを受けとり、見慣れないものでも見るようにじっとながめた。黒いヘビのように手から垂れ下がっている。

「なあ、どうしたんだい」

キャサリンは深呼吸をした。「たぶん疲れてるだけだと思うわ」聴診器を白衣の左のポケットに入れた――いつも入れておく場所だ。

「ほんとにそれだけかい？　ほかにもなにかあるんじゃないの」

「もう帰らなくちゃ」彼女が自分のオフィスを出ると、そのあとからピーターも廊下に出てきた。

「警察が来たこととなにか関係があるのかい？　なあ、もしなにか困ったことになってるのなら――ぼくにできることがあれば――」

「ないわ、せっかくだけど」そんなつもりはなかったのにそっけない口調になってしまい、口にするなり後悔した。ピーターにこんな言いかたはない。

「わかってると思うけど、ときどきは頼みごとをしてくれたってちっともかまわないんだぜ」

彼は静かに言った。「いっしょに働くってそういうことじゃないか。パートナーなんだから。

そうだろう？」

彼女は答えなかった。

ピーターは自分のオフィスに向かった。「じゃ、また明日」

「ピーター……」

「うん？」

「警察のことだけど。あの人たちが会いにきたのは――」

「言いたくなかったら言わなくてもいいんだぜ」

「いいえ、聞いてほしいの。でないと、なにがあったのかってずっと気になるでしょう。あの人たちは、ある殺人事件のことでわたしに話を聞きにきたのよ。木曜日の夜に女の人が殺されたらしいんだけど、わたしがその人のことを知ってるんじゃないかって思ったらしいの」

「知ってたのかい」

「いいえ。まちがいだったの、それだけ」彼女はため息をついた。「ほんとにただのまちがいなの」


キャサリンは錠をまわし、ボルトがしっかりかかる頼もしい響きを聞いてから、さらにチェーンをかけた。これでもうひとつ防衛線が増えた。この壁の向こうにひそむ、名前のない恐怖を閉め出す防衛線が。自分のマンションにぶじ立てこもると、靴を脱ぎ、バッグと車のキーをチェリーウッドのバトラーテーブルに置いた。ストッキングを履いた足で、分厚い白いカーペットを踏んでリビングルームに入る。集中冷暖房という現代の奇跡のおかげで、室内は涼しくて快適だ。戸外の気温は三十度だが、屋内の気温は夏でも二十三度を超えず、冬でも二十度をくだることはない。人生には、あらかじめ用意したり決定したりしておけることはほとんどないが、彼女は自分の生きる世界とその外側の世界をはっきり区切り、その境界の内側にはできるかぎりの秩序を維持しようと努力している。このコモンウェルス街の十二戸の分譲マンションを選んだのは、新築で、セキュリティのしっかりした駐車場がついていたからだ。バックベイ地区の歴史ある赤レンガの建物ほど趣《おもむき》はないが、古い建物にありがちな配管や電気系統の不安定さに悩まされることもない。不安定というものにキャサリンは耐えられなかった。彼女のマンションはちりひとつ落ちていないし、アクセントにあざやかな色が多少使われている以外は、室内装飾はほとんど白で統一してあった。白いソファ、白いカーペット、白いタイル。純潔の色。人の手のふれない無垢の色。

寝室で服を脱ぎ、スカートをハンガーにかけ、ブラウスはクリーニングに出すために別にしておく。ゆったりしたスラックスとそでなしのシルクのブラウスに着替える。素足でキッチンに入るころには、不安のない落ち着いた気分になっていた。

昼間はそんな気分ではなかった。ふたりの刑事の訪問を受けて動揺し、午後はずっとつまらないミスを連発していた。まちがった検査依頼用紙をとろうとしたり、カルテにまちがった日付を書いたり。ちょっとした失敗ばかりだが、それは水面をそこなうかすかなさざ波のようなもので、深い水底の激しい渦を映しているのだ。この二年間というもの、サヴァナで起きたことについては、どんなことも考えないようにしてきた。ときどき、なんの前ぶれもなく、記憶のなかの光景がナイフの一閃のように鋭くよみがえってくることはあったが、そんなときはそそくさと目をそらし、別のことを考えてたくみに頭を切り換えてきた。だが、今日はあの記憶を避けることができなかった。今日という日は、サヴァナがなかったふりをすることはできなかった。

キッチンのタイルが素足に冷たい。ウォトカを少なめにしてスクリュードライバーをつくると、それをちびちびやりながらパルメザンチーズをおろし、トマトとたまねぎとハーブを刻んだ。朝食をとったきりなにも口にしていなかったので、アルコールがまっすぐ血管に流れこんでいく。ウォトカのほろ酔いには、心地よい鎮静作用がある。まな板を叩く規則的な包丁の音と、新鮮なバジルとにんにくのにおいに心がなごむ。料理はセラピーだ。

キッチンの窓の外、渋滞する道路と殺気だった人々で、ボストン市は大釜のようにぐらぐら煮えたぎっている。だがこの窓のなかでは、ぴったり閉まったガラスに守られて、彼女は心静かにオリーヴオイルでトマトをソテーし、キャンティをグラスに満たし、なべにお湯を沸かして極細パスタをゆでている。涼しい風が、かすかな音をたててエアコンの送風口から吹き出してくる。

パスタとサラダとワインをテーブルに並べて腰をおろし、CDプレイヤーのドビュッシーを伴奏に食事にかかった。おなかはすいているし、ていねいに手をかけて料理もした。それなのにまるで砂を噛んでいるような気がする。むりに食べようとしたがまるでのどを通らない。ねばっこいかたまりでも引っかかっているみたいだ。二杯めのワインを流しこんでも、のどのつかえはおりない。フォークを置いて、食べかけの皿をながめた。音楽が高まり、彼女をのみこみ、打ち寄せる波のように砕け散った。

両手に顔をうずめた。最初は声が出てこなかった。長いこと悲しみを封じこめてきたせいで、封印が凍りついて永遠に解けなくなったのだろうか。だがやがて、甲高い泣き声が胸の奥から突きあげてきた。蜘蛛《くも》の糸のようにか細い声。大きく息を吸うと、嗚咽が吹き出してきて止まらなくなった。二年間ぶんの苦痛がとうとうはけ口を見つけたようだった。感情の奔流を押しとどめることができず、彼女は恐ろしくなった。苦しみの淵がどれほど深いかはかりしれないし、そもそも底があるのかどうかもわからない。しまいに声はかれ、けいれんでも起こしたように肺が痛んだ。完全に密閉された部屋のなか、彼女のむせび泣く声は出口を見つけかねている。

しまいに涙もかれはて、ソファに横になるとあっというまに眠りこんだ。疲れはてた人の深い眠り。

はっと目がさめると、部屋のなかは真っ暗だった。心臓が激しく打ち、ブラウスは汗に濡れている。音がしなかったろうか。ガラスの割れる音、人の歩く足音がしなかったろうか。ぐっすり眠っていたのに目がさめたのは、そんな音を聞いたからだったのでは。侵入者のたてる音を聞き逃すのがこわくて、指一本動かせない。

光が窓から射しこみ、部屋を掃いて消えていく。通りすぎる車のヘッドライトだ。リビングルームがつかのま照らし出されたかと思うと、また暗闇に戻る。聞き耳を立てても、聞こえるのは送風口から吹き出す涼風の音、キッチンの冷蔵庫のうなり。おかしな気配はない。この、胸もつぶれる恐怖感をよびさましそうなものはなにも。

起きあがり、勇気をふるって明かりのスイッチを入れた。あたたかな電灯の光に、存在しない侵入者の影はたちまち消え失せた。ソファから立ちあがり、用心しいしい部屋から部屋をのぞいて、明かりをつけ、クロゼットのなかをあらためた。だれもいないのは、頭ではわかっている。高度な警報装置、頑丈な錠、ぴったり閉まる窓、これ以上にしっかり守られた住宅はないぐらいだ。それでもやはり、この儀式を終えて、暗いすみずみをすっかり調べてからでないと安心できない。セキュリティが破られていないことを確認してからでないと、また楽に呼吸ができるようにはならない。

十時半。今日は水曜日。だれかと話をしなくちゃ。今夜はひとりではがまんできそうにない。デスクの前に腰をおろし、パソコンを立ちあげて、ちらつきながら画面があらわれるのを見守った。これは彼女の頼みの綱であり、セラピストでもあった。電子回路とワイヤとプラスチックのこのかたまりは、自分の苦しみをさらけ出せる唯一安全な場所だった。

ログインネームのCCORDを打ちこみ、インターネットに接続した。マウスで何度かクリックし、単語をいくつかキーボードから打ちこんで、非公開のチャットルームにたどり着いた。その部屋はただたんに「ウーマンヘルプ」と呼ばれている。

おなじみのログインネームがすでに五つ六つ表示されていた。顔も名前もない女たち。匿名で参加できるサイバースペースのこの安全な避難所に、吸いよせられるように集まった女ばかりだ。しばらく手を休め、コンピュータ画面をメッセージがスクロールしていくのをながめていた。この仮想の部屋のなかでしか会ったことのない女たちの、傷ついた声を心の耳で聞く。

LAURIE45：それからどうしたの？

VOTIVE：まだそんな気になれないって言ったの。まだフラッシュバックがあるから。あたしのことが好きなら待ってって。
HBREAKER：えらいえらい。
WINKY98：相手の言いなりになって急いじゃだめよ。
LAURIE45：彼はなんだって？
VOTIVE：立ち直らなきゃいけないって言うの。まるであたしが弱虫だからいけないとでも思ってるみたい。
WINKY98：男もレイプされてみればいいのよ！！！
HBREAKER：その気になるまでわたしは二年かかったよ。
LAURIE45：あたしは一年ちょっと。
WINKY98：男の考えることって自分のあれのことだけなのよ。それしか頭にないんだから。自分のムスコを満足させたいだけなのよ。
LAURIE45：あらあら、今夜は機嫌が悪いのね、ウィンク。
WINKY98：そうかも。ときどきロリーナ・ボビット（夫のペニスを切りとった女性）は正しかったんじゃないかと思う。
HBREAKER：ウィンクが肉切り包丁を出してくるよ！
VOTIVE：彼は待ってくれないと思う。もうあたしとつきあう気はないんじゃないかな。
WINKY98：あなたを好きなら待つべきよ。あなたにはそれだけの値打ちがあるんだから！

数秒が過ぎた。メッセージ・ボックスは空白だ。やがて、

LAURIE45: こんにちは、CCord。また会えてうれしいわ。

キャサリンはこうタイプした。

CCORD: また男性のことが話題になってるのね。
LAURIE45: そうなのよ。どうしていつもいつもこの退屈な話題になるんだろ。
VOTIVE: だって、女をひどい目にあわせるのは男だもの。

また長い間《ま》があった。キャサリンはひとつ深呼吸をしてこうタイプした。

CCORD: 今日はつらい一日だったの。
LAURIE45: どうしたの、なにがあったの?

なだめるような女性の声が聞こえる気がする。電磁波に乗って、やさしい静かなつぶやきが響いてくる。

CCORD: さっきパニック発作が起きたの。自分の家に鍵をかけて閉じこもって、だれからな

にをされるはずもないのに、やっぱり起きるの。
WINKY98: 負けちゃだめよ。自分を囚人にしちゃだめ。
CCORD: もう手後れよ。わたしは囚人なの。だって、さっき恐ろしいことに気がついたんだもの。
WINKY98: どういうこと?
CCORD: 悪は死なないってこと。ぜったいに死なないの。顔と名前を変えて戻ってくるの。いっぺん悪に手出しをされたからって、それで免疫ができて二度と傷つかなくなるわけじゃないのね。雷は同じ人に二度落ちることもあるのよ。

タイプする者はいなかった。答える者はいない。

どんなに気をつけていても、悪はわたしたちの居場所を嗅ぎつけるのだ、と彼女は思った。どうすれば見つけられるか知っているのだ。

汗がひとしずく、背中を流れ落ちた。

その存在を感じる。近づいてきている。


ニーナ・ペイトンはどこにも出かけず、だれにも会わない。もう何週間も出勤していない。彼女が営業部員として勤めているブルックラインの会社に、きょう電話をかけてみた。しかし、いつ出社してくるかわからないと同僚の男性は言った。傷ついたけもののように巣穴に閉じこもり、恐ろしさのあまり夜の闇に足を一歩も踏み出せずにいる。夜の闇の奥になにが待っているか、彼女は知っている。なぜなら、夜にひそむ悪に出会ったことがあるからだ。そしていまも、それが家の壁をすり抜けて蒸気のようにしみ入ってくるのを感じている。カーテンはぴったり閉じているが、布地は薄く、歩きまわる姿が見える。影は小さく丸まっている。身体を折りたたむように両手で胸をしっかり抱いている。行ったり来たりをくりかえす、彼女の動きはぎくしゃくとして機械のようだ。

ドアの錠を、窓の鍵をあらためている。闇を閉め出そうとしている。

あの小さな家のなかは息がつまりそうに暑いだろう。今夜はうだるようだし、どの窓にもエアコンはついていない。ひと晩じゅう彼女は閉じこもっていて、この暑いさなかに窓を閉め切っている。汗にまみれた肌が目に見えるようだ。長く暑い昼を耐えても、そのあとには夜が来る。涼しい風を入れたくてたまらないが、ほかにも入ってくるものがありはしないかと恐ろしい。

彼女はまた窓の前を歩いている。立ち止まる。四角い光にふちどられて、そこにしばしたたずむ。ふいにカーテンがさっと開き、彼女は手をのばして窓の鍵をはずす。窓を開く。その前に立ち、飢えたように涼しい空気を吸いこむ。とうとう暑さに負けたのだ。

ハンターにとって、傷ついた獲物のにおいほどぞくぞくするものはない。血にまみれたけもののにおい、ただれた肉のにおい、それがただよってくるのがわかるようだ。彼女が夜気を吸いこむように、わたしは彼女のにおいを呼吸している。彼女の恐怖を。

鼓動が速くなる。袋に手を入れて、器具を愛撫する。鋼鉄さえわたしの手にはあたたかい。

窓がぴしゃりと閉まった。何度か新鮮な空気を深呼吸する、彼女にはそれで精いっぱいなのだ。そしていまはまた、息づまる小さな家という不幸に引きこもっている。

しばらくして、わたしはついにあきらめて歩き去る。オーヴンのような寝室で、夜どおし汗をかいて過ごす彼女を残して。

予報では、明日は今日よりもっと暑くなるらしい。

第五章

「この犯人は典型的なピケリストだね」とローレンス・ザッカー博士は言った。「つまり刃物を使うことによって、二次的すなわち間接的な性的満足を得る人間のことだ。ピケリズムというのは突き刺す、切り裂くといった行為のことだね。利器を皮膚にくりかえし貫入させることだ。刃物は男根の象徴——男性性器の代用なんだ。正常な性行為をいとなむのでなく、被害者を苦痛と恐怖にさらすことによって性的満足を得る。犯人を興奮させるのは『力』だ。究極の力、生殺与奪の権なんだよ」

ジェイン・リゾーリ刑事は簡単にびくつくほうではないが、ザッカー博士にはぞっとさせられる。ジョン・マルコヴィッチをぶよぶよに太らせたような身体つき、声はか細くて女のようだ。話しながら、指をヘビの優雅さでくねくねさせる。警官ではなく、ノースイースタン大学の犯罪心理学者で、ボストン警察署の顧問を務めている。リゾーリは以前、ある殺人事件でいちどいっしょに仕事をしたことがあるが、そのときもやはりぞっとさせられたものだ。外見のせいばかりではない。徹底的に犯人の心理に同化していき、その悪魔的な側面をさぐることによって、彼は明らかに快楽を得ている。その作業を楽しんでいるのだ。彼の声に耳を傾けていると、可聴域すれすれに、沸きたつ興奮のざわめきが聞こえるような気がする。

会議室にちらと視線を走らせて、ほかの四人の刑事のようすをうかがった。この病的な変人を気味悪がっている者がほかにもいるだろうか。しかし、そこに見えたのは疲れた表情と、さまざまな色合いの五時の影――うっすら伸びてきたひげだけだった。

みんな疲れているのだ。彼女自身、昨夜は四時間も眠っていない。今朝はまだ夜も明けないうちに目がさめたが、頭はたちまち四速にシフトアップし、万華鏡のように断片的な光景や声をつなぎあわせはじめる。エリナ・オーティス事件は潜在意識に深くしみこんでいたらしく、夢のなかで彼女は被害者と話をしていた。話の内容は荒唐無稽で、超自然的な啓示などはなかったし、あの世からのヒントなどあるはずもない。脳細胞のおかしな興奮が生み出すまぼろしにすぎない。それでも、リゾーリはこの夢には意味があると思った。この事件が彼女にとってどれほど重要か示しているのだ。世間の注目する事件の捜査でチーフを務めるのは、安全ネットなしで綱渡りをするようなものだ。犯人をつかまえれば、拍手喝采が待っている。しくじれば、世界じゅうが見ている前でぺちゃんこになる。

この事件は、いまでは世間の注目のまとになっていた。二日前、地元のタブロイド紙の第一面に「外科医また切り裂く」という見出しが躍った。この〈ボストン・ヘラルド〉紙のおかげで犯人にはあだ名がつき、警察までそう呼んでいるほどだ――〝外科医〟と。

綱渡りを引き受ける覚悟はできていた。高みに昇りつめるか転落するか、自分の実力に賭ける覚悟はできていた。一週間前、チーフとしてエリナ・オーティスのマンションに入っていったとき、彼女は一瞬にしてさとった。この事件はキャリアを築く足がかりになる。自分の力を認めさせるチャンスだ。

なんと急激に状況は変わってしまったことだろう。

一日とたたないうちに、彼女の事件はみるみるふくれあがった。捜査の規模は格段に広がり、殺人課課長のマーケット警部補がじきじきにチーフの座についた。エリナ・オーティス事件はダイアナ・スターリング事件とまとめられ、マーケットのほか五人の刑事が属する捜査班が編成された。まずリゾーリとそのパートナーのバリー・フロスト。ムーアとそのずんぐりしたパートナーのジェリー・スリーパー、それに五人めはダレン・クロウだ。リゾーリはチームで唯一の女性だった。というより、殺人課全体でただひとりの女性であり、それをことあるごとに思い知らせてくれる男もいる。あまりの能天気さが鼻につくこともあるが、彼女はたしかにバリー・フロストとはうまくやっていた。ジェリー・スリーパーは無気力無感動な男で、人を怒らせることも、人に腹を立てることもない。そしてムーアにかんしては——最初は警戒していたが、いまではいい人だと思うようになっていた。落ち着いた確実な仕事ぶりには、掛け値なしに尊敬の念を抱いてもいる。なにより大きいのは、向こうもこちらを尊重してくれていると思えることだった。彼女が口を開けば、ムーアはかならず耳を傾けてくれる。

問題は、捜査班五人めの刑事、ダレン・クロウだ。どうしてもうまくやっていけない。どうしてもだ。いま彼はテーブルをはさんで向かいに腰をおろしている。日焼けした顔にいつものにやにや笑いを浮かべて。リゾーリはこの手の男たちといっしょに育ってきた。筋肉もガールフレンドもありあまるほど——ついでにうぬぼれのほうも。

彼女とクロウはたがいにきらいあっていた。

書類の束がテーブルをまわってくる。一部を手にとってみると、それは犯人の心理分析《プロファイル》だった。ドクター・ザッカーが作成したばかりのものだ。

「わたしの仕事はただの与太と思われがちだ。諸君のなかにもそう思っている人がいるのはわかっている」とザッカーは言った。「だから根拠を説明させてもらいたい。この犯人については、次のようなことがわかっている。彼は、開いた窓から被害者の住居に侵入する。時刻は日付が変わってまもなく、真夜中から午前二時のあいだ。女性の寝込みを襲い、ただちにクロロホルムで抵抗を封じる。次に服を脱がせる。手首と足首をダクトテープでベッドに縛りつけて拘束する。さらに、大腿上部と胴体中央部にもテープを渡してしっかり固定する。しまいに口をテープでふさぐ。これで完全に被害者は彼の意のままだ。まもなく意識が戻ったとき、被害者は身動きをすることも悲鳴をあげることもできない。全身がマヒしているようなものだが、頭ははっきりしている。これからわが身にふりかかることを百パーセント意識しているんだ。そしてその身にふりかかることというのが、まちがいなくだれにとってもこれ以上はない悪夢だ」ザッカーの声は表情を失って一本調子になっていた。話が醜怪になればなるほど彼の声はかすかになり、いまでは全員が身を乗り出して聞き耳を立てていた。

「犯人は切開にとりかかる」ザッカーは言った。「検死報告によれば、じっくり時間をかけている。几帳面な男だ。下腹部を層ごとに切り開いていく。まず皮膚を、次は皮下組織、筋膜、そして筋肉。結紮《けっさつ》によって出血を抑える。目的の組織をさがしあて、それだけを切除する。ほかには手をつけない。そして犯人の目的は子宮だ」

ザッカーはテーブルのまわりを見渡し、ひとりひとり表情を確認していった。その目がリゾーリに留まる。この部屋のなかで、いま話題になっている臓器をもつただひとりの刑事。彼女はその目を見返した。性別のせいで、彼の目が自分に留まったのが不愉快だった。

「これで犯人についてどんなことがわかるかな、リゾーリ刑事」彼は尋ねた。

「女性を憎んでる」彼女は言った。「女性の女性たるゆえんを切りとってるわけですから」

ザッカーはうなずき、その笑顔にリゾーリは鳥肌が立った。「切り裂きジャックもアニー・チャップマンに同じことをしている。子宮を奪うことによって、犯人は被害者の女性性を奪っている。被害者の力を盗みとるわけだ。宝石にも現金にも目もくれない。欲しいものはひとつだけ。目あての戦利品を手に入れると、犯人は仕上げにとりかかる。だがまず、究極の興奮の前にひと休みしている。どちらの被害者の検死結果を見ても、犯人はこの時点で手を休めている。たぶん一時間ぐらいは、被害者はゆっくり出血しつづけているんだ。傷口は血の海になる。そのあいだ犯人はなにをしているのか？」

「楽しんでるんだ」ムーアが低い声で言った。

「つまり、マスかいてるとか？」ダレン・クロウがいつもの無神経さをむきだしにして尋ねた。

「どっちの現場にも射精液は残っていなかった」リゾーリが指摘する。

なにをぬかすかと言わんばかりに、クロウがこちらに顔を向けた。「しゃ・せ・い・え・きが残ってないからって」と、いやみたっぷりに一音一音を区切って、「マスかかなかったとはかぎらないだろ」

「自慰行為にはおよんでいないと思う」とザッカー。「この犯人にかぎって、不慣れな環境でそこまで無防備なまねはするまい。性的満足を得るのは、安全な場所に戻るまで待つと思う。犯行現場のどこを見ても、徹底した管理主義がはっきりあらわれている。締めくくりのときも、犯人は自信をもってたしかな手腕を見せつけている。被害者ののどを一度で深々と切り裂いているんだ。それから、最後の儀式をおこなう」

ザッカーはブリーフケースのなかをさぐり、犯行現場の写真二枚をとりだしてテーブルに置いた。一枚はダイアナ・スターリングの寝室、もう一枚はエリナ・オーティスの寝室だ。

「被害者の寝間着をきちんとたたんで、遺体のそばに置いている。たたむのは殺害のあとだ。折り目の内側にも血痕が飛んでいるから」

「どうしてですかね」とフロストが尋ねた。「なんか意味があるんですか」

「やっぱり管理主義でしょう」とリゾーリ。

ザッカーはうなずいた。「たしかにそれもある。この儀式によって、現場を仕切っているのは自分だと誇示しているんだ。だがそれと同時に、この儀式に犯人は仕切られてもいる。どうしてもそれをせずにいられないわけだから」

「もしできなかったらどうするでしょうね」とフロスト。「たとえば、じゃまが入って儀式を最後までできなかったら」

「欲求不満と怒りに駆られるだろうね。すぐに次の被害者をさがさずにはいられなくなるかもしれない。しかしこれまでのところ、犯人はぶじ儀式を最後まですませている。そしてどちらの殺しにも、じゅうぶんに満足したんだろう。そのあと、ずいぶん長期にわたって衝動を抑えられるぐらいに」ザッカーは室内を見まわした。「これほど手ごわい犯人はめったにいるもんじゃない。犯行間隔がまる一年もあいてる――これはきわめてまれなことだ。つまり、この犯人は何か月も狩りをせずにいられるわけだ。こっちが犯人をさがしてくたくたになっているのに、向こうは辛抱強く次の機会をじっとうかがっていられる。この犯人は慎重で、手ぎわがいい。あとに手がかりをまったく、あるいはほとんど残さない」同意を求めるように、ちらとムーアに目をやった。

「どちらの犯行現場にも、指紋もＤＮＡも残っていない」とムーア。「唯一残っていたのは髪の毛一本です。オーティスの傷口に付着していた。それに、窓枠から何本か黒っぽいポリエステル繊維が見つかってる」

「目撃者もひとりもいなかったと思うが」

「スターリング事件では百三十人に聞き込みをしてます。オーティス事件ではこれまで百八十人。しかし、侵入者を目撃した者はひとりもいない。ストーカーに気づいたという者も」

「だけど、自白は三件とれてるぜ」とクロウ。「三人ともふらっと入ってきたんだ。調書をとってお帰り願ったけどね」彼は笑った。「いかれてるぜ」

「この犯人は狂人ではない」とザッカーは言った。「どこから見ても正常としか思えないだろう。おそらく二十代後半から三十代はじめの白人男性。身なりはきちんとしていて、平均以上の知性を有する。ハイスクールを卒業しているのはほぼまちがいない。たぶん大学教育か、あるいはそれ以上の高等教育を受けていると思う。ふたつの犯行現場は一マイル以上離れているし、犯行は公共交通機関がほとんど動いていない時刻におこなわれている。つまり車をもっているんだ。車はぴかぴかで、手入れも行き届いているだろう。精神科の病歴はないだろうが、少年期に住居侵入かのぞきで逮捕されたことはあるかもしれん。就職しているとすれば、頭脳と几帳面さの両方が必要とされる仕事だろう。犯人には計画性がある。殺害の道具を持参していることからもそれはわかる。メス、縫合糸、ダクトテープ、クロロホルム。それに、戦利品を持ち帰るためになんらかの容器を持ってきているはずだ。ただのジップロックの袋かもしれんがね。また、細かく神経をつかうことが必要な分野が専門だろう。解剖学的知識と外科の技術をもっているのはまちがいないから、あるいは医療関係者かもしれない」

リゾーリとムーアは目をあわせた。どちらも考えていることは同じ――人口あたりの医師の数という点では、ボストンに並ぶ都市は世界じゅうどこにもないだろう。

「犯人は頭がいいから」とザッカー。「犯行現場が見張られているのは心得ている。戻りたいという誘惑に抵抗しているだろう。しかし、誘惑があるのはまちがいない。だから、少なくともしばらくは、オーティスの住居の張りこみを続ける価値はある。

また、自分の住まいのすぐそばで被害者をさがすようなばかなまねもしない。犯人はいわゆる『出勤型』で、『襲撃型』ではない。自分の住む地区の外へ出かけていって狩りをするタイプだ。もう少しデータポイントがないと、地理的な行動分析《プロファイリング》はむりだ。市のどのエリアに重点を置くべきか、正確には答えられない」

「データポイントはいくつあればいいんです」リゾーリは尋ねた。

「最低でも五つだ」

「つまり、五人殺されるまではむりってことですか」

「わたしの使っている犯罪地理探索プログラムでは、有効な結果を得るにはデータが五つ以上必要なんだ。データポイント四つで実行して、なんとか犯人の住所を予測できることもあるが、正確ではない。犯人の行動についてもっと情報が必要だ。行動範囲はどのあたりで、行動拠点はどのあたりか。殺人者はみな、一定の安心できる範囲内で活動する。狩りをする肉食獣のようなものだね。縄張りというか漁場というか、獲物をあさる場所が決まっているんだよ」ザッカーはテーブルを囲む刑事たちの、おもしろくもなさそうな顔を見まわした。「この犯人については、予測が立てられるほどの情報がまだ手もとにない。となれば、被害者に目を向けるべきだ。被害者はどういう人物で、なぜ犯人に選ばれたのか」

ザッカーはブリーフケースからホルダーをふたつ引っぱり出した。ひとつには「スターリング」、もうひとつには「オーティス」とラベルがついている。なかから十枚ほどの写真をとりだしてテーブルに広げた。ふたりの女性の生前の写真。子供時代のものもある。

「見たことのない写真も混じっているだろう。遺族に頼んで提供してもらったんだ。どんなふうに育ってきたのか感じをつかもうと思ってね。ふたりの顔を見るんだ。どんな人間だったか読みとるんだ。なぜ犯人はこのふたりを選んだのか。どこで見かけたのか。どこに目を惹かれたのか。笑い声か、笑顔か。通りを歩く歩きかたか」

彼はタイプした書類を読みあげはじめた。

「ダイアナ・スターリング、三十歳。髪はブロンド、目は青。身長五フィート七インチ（約百七十センチ）、体重百二十五ポンド（約五十七キロ）。職業、旅行代理店勤務。勤務先、ニューベリー通り。住居、バックベイ地区のマールボロ通り。スミス大学卒。両親はどちらも弁護士で、コネティカット州の二百万ドルの屋敷に住んでいる。異性関係、死亡時にはなし」

彼はその書類を置いて、別のをとりあげた。

「エリナ・オーティス、二十二歳。ヒスパニック。髪は黒、目は褐色。身長五フィート二インチ（約百五十七センチ）、体重百四ポンド（約四十七キロ）。職業、家族の経営するサウスエンドの花屋で販売員を務めていた。住居、サウスエンドのマンション。学歴、高卒。生まれてからずっとボストンに住んでいる。異性関係、死亡時にはなし」

顔をあげて、「このふたりは同じ市内に住んではいたが、まったく別の世界に生きていた。買物をする店もちがえば、食事をするレストランもちがい、共通の友人もいなかった。犯人は被害者をどうやって見つけるのか。どこで見つけるのか。ふたりはたがいに共通点がないだけではなく、ふつうの性犯罪被害者とも異なっている。たいていの犯罪者は、社会の弱いメンバーを襲うものだ。売春婦とかヒッチハイカーとか。肉食獣と同じく、群れの端にいてねらいやすい獲物をねらう。では、なぜこのふたりが選ばれるのか」ザッカーは首をふった。「わたしにはわからん」

リゾーリはテーブルに並ぶ写真をながめ、そのうちの一枚に目を留めた。ダイアナ・スターリングの写真。輝くばかりの若い女性、スミス大学の卒業式の日だったらしく、角帽とガウンをつけている。だれからも愛される娘《ゴールデン・ガール》。ゴールデン・ガールとして生きるのはどんなものだろうか。リゾーリにはわからなかった。大柄でハンサムな兄がふたりいて、彼女はいつもみそっかすの妹だった。なんとかふたりの仲間に入りたいと、それればかり考えているちびのおてんば娘だった。ダイアナ・スターリングは――この貴族的な頬骨と優雅な長い首の持主は、置いていかれ、仲間はずれにされたことなどきっと一度もないだろう。無視されるとどんな気がするか、そんな気分を味わったこともなかっただろう。

とそのとき、ダイアナの首にかかる黄金《きん》のペンダントに目が釘づけになった。写真を手にとり、じっくりながめてみた。動悸が速くなった。部屋じゅうにちらと目をやり、いま彼女が気づいたことに目を留めた刑事がほかにいないか確かめたが、こちらを見ている者も、テーブルの写真に目をやっている者もいなかった。全員がザッカー博士に気をとられている。

博士はボストンの地図を広げているところだった。格子状の通りに、色つきの部分が二か所重ねてあった。いっぽうはバックベイ地区を包含し、いっぽうはサウスエンド内に限られている。

「いまわかっているかぎりでは、これがふたりの被害者の行動範囲だ。住んでいた地区、働いていた地区。人間はみな、日常の用事はなじみの地域ですまそうとするものだ。地理的行動分析学ではこういう言いかたをする――人がどこへ行くかはなにを知っているかにより、なにを知っているかはどこへ行くかによって決まる。これは被害者にも犯人にもあてはまる。この地図を見てわかるように、このふたりの女性は別々の世界に生きていた。重なりはまったくない。共通の行動拠点、すなわちふたりが出会うような接点がない。いちばんわからないのはここだ。これが捜査の鍵をにぎっている。スターリングとオーティスを結ぶリンクはなにか？」

リゾーリはまたさっきの写真に目をやった。ダイアナののどもとで揺れている黄金のペンダント。まちがっているかもしれない。確信がもてるまでは黙っていよう。へたにしゃべれば、またダレン・クロウにばかにされる種を増やすだけだ。

「この事件には、もうひとつみょうなところがありますね」とムーア。「ドクター・キャサリン・コーデルのことですが」

ザッカーはうなずいた。「サヴァナの生き残りだね」

「アンドルー・キャプラの連続殺人にかんしては、公表されていない点がいくつかある。カットグートの縫合糸とか、被害者の寝間着をたたんでいることとか。ところが、この犯人はそういう細かいところまで正確に再現している」

「殺人者どうしは連絡をとりあうものだ。いわば奇妙な同志意識だね」

「キャプラは二年前に死んでるんです。だれとも連絡はとれない」

「しかし、生きているうちに、そういうぞっとしない具体的内容を話していた可能性はある。そうであればいいと思う。もうひとつの可能性ははるかに重大な問題をはらんでいるから」

「つまり、サヴァナ警察の報告書を読んでいるということですね」とムーア。

ザッカーはうなずいた。「もしそうなら、犯人は法執行機関に属していることになる」

部屋は静まりかえった。リゾーリは同僚を見まわさずにはいられなかった。全員男性。警察官になりたがるのはどういう男たちだろうか。力と権威を愛し、拳銃とバッジを愛する男たち。他人を意のままに動かしたいと思う男たち。この犯人もまちがいなくそのひとりだ。

会議が終わったとき、ほかの刑事が会議室を出ていくのを待って、リゾーリはザッカーに近づいていった。

「この写真、ちょっと借りてもいいですか」

「理由を聞かせてもらえるかね」

「カンです」

ザッカーは、例のジョン・マルコヴィッチそっくりの不気味な笑みを浮かべた。「どういうカンかな？」

「カンの内容は人には言わないことにしてます」

「ツキが落ちるかね」

「縄張りは守らないと」

「捜査はチームワークだよ」

「チームワークっておかしなもんですね。自分のカンを人に話すと、かならず手柄をかっさらわれる」手に写真をもって会議室を出たとたん、最後のひとことを口に出したのを後悔した。しかし、今日は一日じゅう、同僚の男どもにいらいらさせられどおしだったのだ。ちょっとした当てこすりや冷やかしも、積もり積もればあからさまに侮辱したのも同然だ。とどめだったのが、ダレン・クロウと組んでやった、エリナ・オーティスの隣室の住人への事情聴取だった。リゾーリが質問しようとするたびに、クロウはそれをさえぎって別の質問をする。部屋から引きずり出してその態度をとがめたら、男が女をばかにするときの典型的なせりふを吐いた。

「あの日で機嫌が悪いんだろ」

やはり自分のカンは自分の胸にとどめておこう。そうすれば、たとえ不発でもだれにばかにされることもない。それに、もし当たっていたときも手柄を他人に持っていかれずにすむ。

自分の席に戻り、ダイアナ・スターリングの卒業式の写真をよく調べようと腰をおろした。拡大鏡に手をのばしたとき、いつもデスクに置いてあるミネラルウォーターのボトルにふと目が留まった。なかに突っこんであるものを見たとたん、かっと頭に血が昇った。

知らん顔をしてるんだ、と自分に言い聞かせた。気に障ったのを見せて喜ばせてたまるもんか。

水のボトルと、そのなかに入っている不愉快なしろものを無視して、彼女は拡大鏡をダイアナ・スターリングののどもとに向けた。気のせいか、いつになく室内が静かだ。ダレン・クロウの視線が感じられるような気がする。いつ爆発するかと待っているのだ。

くそったれ、だれがそんなところを見せるもんか。今度は平気な顔をしていてやる。

ダイアナのネックレスだけに頭を集中させた。これをもう少しで見過ごすところだった。最初に目を惹かれたのはダイアナの顔――このみごとな頬骨、繊細なカーブを描く眉のほうだったから。いま見ているのは、細いチェーンから下がるふたつのペンダントのほうだ。ひとつは錠前の形をしていて、もうひとつは小さな鍵になっている。わたしの心の鍵ってわけね、とりゾーリは思った。

デスクのファイルをせわしなくあさり、エリナ・オーティス殺害現場の写真を見つけた。拡大鏡で、被害者の胴体のクローズアップ写真を調べた。首にこびりついた乾いた血の層を通して、黄金のチェーンの細い線がどうにか見分けられた。ふたつのペンダントはよく見えない。

電話に手をのばし、検死官事務所の番号を押した。

「ドクター・ティアニーは午後は外出しております」と秘書が言った。「どんなご用件でしょう」

「先週の金曜日の解剖の件で。エリナ・オーティスの」

「というと？」

「死体保管所に運ばれてきたとき、被害者はアクセサリーをつけてたんだけど、まだそちらにあります?」

「調べてみます」

　リゾーリは待ちながら、鉛筆でデスクを軽く叩いていた。水のボトルはすぐ目の前にあったが、彼女は頑固にそれを無視していた。興奮のあまり怒りは忘れていた。狩りの高揚感のあまり。

「リゾーリ刑事?」

「はい」

「所持品は遺族が引き取ってますね。黄金のピアス、ネックレス、それに指輪ですが」

「受取人はだれになってます?」

「アンナ・ガルシア。被害者のお姉さんです」

「どうも」リゾーリは受話器をおろし、腕時計に目をやった。アンナ・ガルシアの住所はダンヴァーズ(ボストンの北北東にある住宅地)だから、かなり距離がある。ラッシュアワーの道路を運転していくことになるが……

「フロストはどこかな。知らないか」ムーアが尋ねてきた。

　リゾーリがはっとして目をあげると、ムーアがデスクのすぐわきに立っていた。「さあ、知らないけど」

「このへんにいるかと思ったんだが」

「首に縄つけてつないどくわけにはいかないでしょ」

間《ま》があった。やがてムーアが尋ねた。「なんだ、これ」

「オーティス殺害現場の写真」

「いや、このボトルに入ってるもののことだ」

また顔をあげると、ムーアは眉をひそめていた。「なんに見えるっていうの？　くされタンポンよ。ここらのだれかが、ほんとに洗練されたユーモア感覚をもってるってこと」あてつけがましく目をやると、ダレン・クロウは忍び笑いをおさえて顔をそむけた。

「おれが処理しておく」ムーアは言って、ボトルをとりあげた。

「ちょっと、ちょっと！」彼女は語気鋭く言った。「よけいなお世話よ、ムーア、ほっといて！」

ムーアはマーケット警部補のオフィスに入っていく。ガラスのパーティションごしに、タンポンの入ったボトルをマーケットのデスクに置くのが見えた。マーケットがリゾーリのほうにひたと目をあてる。

ほら始まった。これからはまた、だから女はって言われるんだ。ちょっと悪ふざけされるとすぐヒステリーを起こすって。

バッグをつかみ、写真を集めて、廊下へ出ていった。

もう少しでエレベーターというところで、ムーアに呼び止められた。「リゾーリ？」

「あたしのかわりにけんかしてくれなんて頼んでないからね」ぴしゃりと言った。

「あんたはけんかしてなかったじゃないか。ただすわって、あの……あれをデスクにのせてた」

「タンポンよ。大きな声ではっきり言ったらどう？」

「なんでおれに当たるんだ。よかれと思ってやってるのに」

「あのね、聖人さん、女にとってはものごとは理屈どおりにはいかないの。あたしが苦情を申し立てると、ワリ食うのはあたしなの。あたしの人物評価に『男に合わせて仕事ができない』って書かれるの。あたしがもういっぺん苦情を言ったら、それで評価は決まっちゃうの。リゾーリは文句ばかり言ってる、根性なしだって」

「苦情を申し立てなかったら、向こうのやりたいほうだいじゃないか」

「そういうやりかたはもうやってみたのよ。それじゃうまくいかないの。だからもうよかれとなんか思わないでくれる」バッグを肩にかけて、エレベーターに乗りこんだ。

ふたりを隔てるようにドアが閉まったとたん、彼女はいまの言葉を取り消したくなった。ムーアにはあんな非難を受けるいわれはない。どんなときも礼儀正しく、どんなときも紳士的だ。それなのに彼女は怒りにまかせて、殺人課で言われている彼のあだ名を面と向かって浴びせてしまった。聖人さん。けっして曲がったことをせず、けっして悪態をつかず、けっして冷静さを失わない警官。

それにまた、私生活面でもいま彼は不幸に見舞われている。二年前、妻のメアリが脳出血で倒れたのだ。それから半年、彼女は昏睡状態という中間地帯にしがみついていたが、とうとう息を引き取る日まで、ムーアは妻が回復するという望みを捨てようとしなかった。メアリの死から一年半が過ぎたいまも、その死を受け入れたようには見えない。いまでも結婚指輪をはめているし、デスクには写真が飾ってある。リゾーリは、ほかの警官たちの結婚が破綻するのを何度となく見てきた。デスクに飾られる女性の写真がしょっちゅう変わっていくのを。だが、ムーアのデスクにはいまもメアリの写真がある。彼女の笑顔はつねに変わらずそこにある。聖人さんだって？　リゾーリは辛辣な気分で首をふった。この世にほんとうの聖人がいたとしても、ぜったいに警官になんかなるはずがない。

ひとりは生かしたいと言い、ひとりは死なせたいと言い、そしてどちらも自分のほうがずっと愛していると言う。ハーマン・グワドウスキの息子と娘は、父のベッドをはさんでにらみあい、どちらも譲ろうとしなかった。

「お父さんの世話をしてきたのは兄さんじゃないでしょ」マリリンが言った。「食事のしたくをしたのも、掃除をしたのも、毎月病院に連れていったのもわたしじゃない。兄さんなんか、ろくに顔を見にもこなかったくせに。いつだってほかにやることがあるのよね」

「いいか、おれはロスに住んでるんだ」アイヴァンがやりかえす。「店をもってるんだぞ」

「一年にいっぺんぐらい来られたでしょ。それがそんなにたいへんなことなの」

「いまは来てるじゃないか」

「ごりっぱだこと。どたんばで大物が駆けつけて、窮地を救ってくれるってわけね。これまでは見舞いにくるひまさえなかったくせして、いまになってできることはなんでもやれって言いだすの」

「このまま死なせようっておまえの気が知れんよ」

「これ以上苦しませたくないのよ」

「へえ、そうかい。親父の預金残高をこれ以上減らしたくないだけじゃないのか」

マリリンの顔の筋肉という筋肉がさっとこわばった。「よくも言ったわね」

それ以上聞いていられなくなって、キャサリンは言葉をはさんだ。「ここはそういうことを話しあう場所じゃありませんから。おふたりとも、病室の外に出て話しませんか」

しばし、兄と妹は黙りこくってにらみあっていた。先に病室を出ていくのが降参のしるしであるかのように。やがてアイヴァンが大またに廊下へ出ていった。あつらえのスーツを着た威圧的な風貌の人物。妹のマリリン——どこから見てもくたびれた郊外の主婦にしか見えないし、またまさにそのとおりなのだが——は、父の手をぎゅっとにぎってから兄のあとを追った。

廊下に出ると、キャサリンはきびしい現実を説明した。

「お父さまは、事故以来ずっと昏睡状態です。腎臓がそろそろだめになってきています。長らく糖尿病をわずらっておられたので、もともと弱っていたところにもってきて、外傷のせいでそれが悪化しているんです」

「それはどのていど手術のせいなんですか」とアイヴァンが尋ねる。「麻酔をかけたんでしょう」

キャサリンはむっとしそうになるのを抑えて、落ち着いた口調で答えた。「搬送されてきたときから、お父さまは意識がありませんでした。ですから麻酔は関係ありません。ただし、組織損傷は腎臓に負担をかけます。お父さまの腎臓はもうもたないところまで来ているんです。それに加えて、前立腺癌と診断されていて、それがすでに骨まで転移しています。かりに意識が戻ったとしても、この問題はそのまま残ります」

「あきらめろとおっしゃる」とアイヴァン。

「わたしはただ、コードを考え直していただきたい（蘇生措置が必要になる可能性の高い患者については、どの程度の措置を希望するか事前に本人または家族に確認がとられる。希望する措置の程度を「コード・ステータス」と言い、あらゆる手を尽くす場合を「フル・コード」、挿管を望まない場合は「DNI」、蘇生を望まない場合は「DNR」という）と申し上げているんです。心停止のさいはやむをえないと同意してくだされば、蘇生措置をとる必要はありません。安らかに旅立たせてさしあげられるんです」

「つまり、なにもせずに死なせるということですね」

「そうです」

アイヴァンは鼻を鳴らした。「お話ししときたいことがあるんですがね。親父は途中で勝負を投げるような男じゃない。わたしもです」

「いい加減にしてよ、兄さん、これは勝ち負けの問題じゃないんだから！」マリリンが言った。

「いつお父さんの苦しみを終わらせるかって話なのよ」

「そう言うおまえは、やけにせっかちに終わらせたがってるな」と、彼は妹に顔を向けた。

「ちょっと困ったことになると、おまえはいつもすぐにあきらめて親父に助けてもらってたもんな。おれは一度も親父に助けてもらったことなんかないぞ」

マリリンの目が涙に曇った。「お父さんのことなんかどうでもいいんでしょ。自分の言いぶんを通したいだけでしょう」

「そうじゃない、親父に闘うチャンスを与えるんだ」アイヴァンはキャサリンに目を向けた。

「親父にはできるかぎりの手を打ってやってください。それをここではっきりさせておきたい」

マリリンは顔の涙をぬぐいながら、兄が歩き去るのを見送っていた。「一度も会いにこなかったくせに、よくも愛してるなんて言えるもんだわ」キャサリンに向かって、「わたしは父の蘇生は望みません。そうカルテに書いていただけます？」

どんな医師も、こんな倫理的ジレンマにはたじろがずにいられない。キャサリンとしてはマリリンの肩をもちたいのは山々だが、兄の最後の言葉には明らかに脅しがこもっている。

キャサリンは答えた。「お兄さんも同意してくださらないと、指示は変更できないんです」

「兄は同意しないわ。お聞きになったでしょ」

「では、もう少し話しあっていただかないと。お兄さんを説得してください」

「兄に訴えられるのがこわいんでしょう？　だから指示を変更してくれないんですね」

「お兄さんが怒ってらっしゃるのはわかってます」

マリリンは悲しげにうなずいた。「いつもその手で勝つんです。兄はいつもそうなの」

傷ついた肉体を縫いあわせることはできても、このばらばらになった家族をもとどおりにすることはできない、とキャサリンは思った。

苦痛と敵意に満ちたこの話し合いの余韻は、三十分後に病院をあとにしたときもまだ尾を引いていた。金曜日の午後。これから自由な週末が待っているというのに、医療センターの駐車場から車を出したときも解放感はまるでなかった。今日は昨日よりなお暑く、気温は軽く三十度を超えている。涼しいマンションに帰りつくのが待ちきれない。腰をおろしてアイスティーを飲みながら、テレビのチャンネルをディスカバリー・チャンネル（ドキュメンタリー専門テレビ局）に合わせたい。

最初の交差点で信号が青に変わるのを待っていると、ふと交差する通りの名前に目がいった。ウスター通り。

エリナ・オーティスが住んでいた通りだ。〈ボストン・グローブ〉紙の記事に被害者の住所が書いてあった——とうとうがまんできずに読んでしまったのだ。

信号が変わった。とっさにウスター通りに折れていた。これまではこちらに来る理由がなにもなかったのだが、見えない手に押されるように車を走らせていた。殺人者が押し入った場所を見、彼女自身の悪夢が別の女性の現実になった建物を見ずにはいられない、そんな病的な欲求に駆られていた。手のひらが汗でじっとりしている。番地の数字が大きくなるのを見るたびに、脈が速くなるのが自分でわかった。

エリナ・オーティスの住んでいたマンションの前で、車をわきに寄せて停めた。

なんのへんてつもない建物だった。恐怖や死の気配など、薬にしたいほども感じられない。ありふれた三階建てのレンガ造りだった。

車を降りて、上階の窓を見つめた。どれがエリナの部屋だったのだろう。ストライプのカーテンのかかっているあそこだろうか。それとも、垂れ下がる観葉植物の葉っぱがジャングルになっているあの部屋かしら。正面玄関に近づいていって、住人の名前を確かめた。六部屋あって、2Aの部屋には名前が出ていない。エリナの名はもう消され、被害者は生者の輪のなかから追放されていた。だれも死を思い出したくないのだ。

〈グローブ〉紙によると、犯人は非常梯子を使って入りこんだという。歩道に戻って見あげると、路地側の壁に鋼鉄の格子が張りついていた。薄暗い路地に何歩か入りこんだところで、ふいに足がすくんだ。うなじの毛が逆立っている。ふりむいて大通りのほうを見やると、一台のトラックががたがたと走りすぎていった。ジョギングする女性の姿も見える。男女が車に乗りこもうとしている。危険を感じる理由などどこにも見あたらない。しかし、このパニックの声なき叫びを黙殺することはできなかった。

　車に戻り、ドアをロックした。ハンドルをにぎりしめながら、自分で自分に何度も言い聞かせた。「こわいことなんかない。なんにもこわいことなんかない」車の送風口から冷風が勢いよく吹き出し、だんだん脈が落ち着いてくる。しまいに、ほっとため息をついて背もたれに背中をあずけた。

　もういちど、エリナ・オーティスのマンションに目を向けた。

　とそのとき、小路に停まっている車に初めて気がついた。後部バンパーにとりつけられたナンバープレートに目が吸いよせられる。

　ＰＯＳＥＹ５。

　考える間《ま》もなく、バッグのなかをかきまわして刑事にもらった名刺をさがしていた。ふるえる手で自動車電話をとり、番号を押した。

　事務的な声が答えた。「ムーア刑事です」

「キャサリン・コーデルです。何日か前に会いにいらっしゃいましたよね」

「ええ、どうかしましたか」

「エリナ・オーティスは緑のホンダに乗ってました？」

「なんですって？」

「彼女の車のナンバーを教えてください」

「どういうことかわかりかねるんですが――」

「いいから教えて！」その高飛車な命令口調に刑事は度肝を抜かれた。回線の向こうで長い沈黙が落ちる。

「いま調べます」彼は言った。遠くのほうで、男たちの話し声や電話の鳴る音が聞こえる。やがて刑事は戻ってきた。

「ヴァニティ・プレート（持主が指定した文字と数字の組み合わせによるナンバープレート）ですね。たしか家族でやってる花屋の名前だったと思いますが」

「ポージィ・ファイブでしょう」押し殺した声で言った。

間があった。「そうです」声がみょうに静かだった。神経が張りつめている。

「先日いらしたとき、エリナ・オーティスという女性を知らないかとお尋ねでしたね」

「ええ。ドクターは知らないとおっしゃった」

キャサリンはふるえる息を吐き出した。「わたしのまちがいでした」

第六章

彼女は救急部をうろうろ歩きまわっていた。顔は緊張に青ざめ、赤銅色《あかがね》の髪がもつれたたてがみのように肩にかかっている。ムーアが待合所に入ってくるのに目を留めた。

「やっぱりそうですか？」

彼はうなずいた。「たしかに、インターネットでポージィ・ファイブというログインネームを使ってました。パソコンをチェックしたんです。どうしてわかったのか教えてもらえますか」

てんてこまいの救急部を見わたし、彼女は言った。「当直室で話しましょう」

連れていかれた部屋は暗くて小さい洞穴のようだった。窓はなく、備品はベッドと椅子とデスクだけ。眠れればいいという疲れきった医師にとっては、これでじゅうぶんすぎるぐらいなのだろう。しかし、ドアがバタンと閉まったとき、ムーアは部屋のせまさを強烈に意識していた。否応なく身を寄せあっているこの状況に、彼女のほうは居心地の悪い思いをしていないのだろうか。ふたりは室内を見まわしてすわる場所をさがした。しまいに彼女がベッドに腰かけ、彼は椅子に腰をおろした。

「会ったことはないんです」キャサリンは言った。「名前がエリナだってことも知りませんでした。インターネットの同じチャットルームに出入りしていたんです。チャットルームってご存じですか」

「コンピュータでリアルタイムに話をする方法でしょう」

「ええ。同時に回線に接続している複数の人たちが、インターネットを介して会うことができるんです。わたしたちのは非公開の、女性専用のチャットルームです。キーワードがいくつかあって、それを知ってなくちゃ入れません。それに、コンピュータ画面に出るのはログイン名だけです。実名も顔も出ないから、どこのだれか知られずにいられる。だから、だれにも言えない秘密でも安心して話せるんです」いったん口をつぐんだ。「チャットって、なさったことありますか？」

「顔の見えない他人と話すっていうのは、どうも気が進みませんね」

「でも、顔の見えない他人にしか話せないっていうときもあるんです」彼女はささやくように言った。

その言葉に傷心の深さを感じたが、ムーアはなんと答えていいかわからなかった。

ややあって、彼女はひとつ深呼吸をした。ムーアではなく、ひざのうえで組んだ自分の手を見ながら話しだした。「週に一回、水曜日の夜九時に集まるんです。インターネットに接続して、チャットルームのアイコンをクリックして、まずPTSD、次に womanhelp ってタイプする。それで入れます。メッセージをタイプして、インターネットを通じて送信して、ほかの女性たちと話をする。タイプした言葉は画面に出て、みんながそれを見られるんです」

「PTSD？　なんの略でしたっけ。たしか――」

「心的外傷後ストレス障害（Post-traumatic stress disorder）。便利な臨床名だわ。そういう病気で苦しんでる女性が集まる部屋なんです」

「心的外傷というと、どういう……」

彼女は顔をあげて、まっすぐ目をあわせてきた。「レイプです」

その言葉はしばらくふたりのあいだにわだかまって、その響きだけで空気を変えてしまったようだった。短いながら容赦ない響きには、拳固をくらったような衝撃があった。

「あなたがそこに行くのは、アンドルー・キャプラのせいですね」彼は静かに言った。「彼にされたことのせいなんですね」

視線が揺らぎ、彼女はうつむいた。「ええ」ぽつりと答えた。また自分の手を見ている。そんな姿をまのあたりにして、ムーアの胸に怒りがこみあげてきた。キャサリンの身になにが起きたか、キャプラが彼女の心からなにをむしりとっていったかを思うと。襲われる以前の彼女はどんなふうだったのだろう。もっと親しみやすくて気さくな女性だったのだろうか。それとも、もともと近寄りがたかったのか――霜に守られた花のように。

彼女は背筋をのばして、早口になって話しだした。「そういうわけで、わたしはエリナ・オーティスに会ったんです。もちろん本名は知りませんでした。わたしが見ていたのは、ポージィ・ファイブっていうログインネームだけ」

「そのチャットルームには、何人ぐらい女性が来るんですか」

「週によってちがいます。ぜんぜん来なくなる人もいるし、ときどき新しいログインネームがお目見えすることもあります。たいていは、三人から十人ぐらい来てますね」

「どうやってそのチャットルームのことを知ったんです?」

「レイプ被害者のためのパンフレットで読んだんです。市内の婦人科の診療所や病院で渡されるんですよ」

「ということは、そのチャットルームの女性たちは、みんなボストン近郊の人なんですね」

「ええ」

「それで、ポージィ・ファイブの彼女はよく来てましたか」

「二か月ほど前からときどき来てましたね。あまり発言はしなかったけど、画面に名前が出るので来てるのはわかるんです」

「自分のレイプについて話しましたか」

「いいえ、彼女は聞いてただけ。みんながこんにちはってタイプすると、あいさつは返してくるんですけど、自分のことは話しませんでした。話すのをこわがってたみたい。気が小さくて、なにも言えなかっただけかもしれないけど」

「では、彼女がレイプされたかどうかわからないわけですね」

「いえ、わかってます」

「どういうことです」

「エリナ・オーティスはここの救急で治療を受けてるんです」

ムーアは目の色を変えて、「記録が残ってたんですか」

キャサリンはうなずいた。「襲われたあとに病院で手当てを受けたかもしれないって思いついたんです。彼女のマンションからいちばん近い病院はここですから、コンピュータをチェックしてみました。救急部で診《み》た患者の名前はみんな残ってますからね。彼女の名前もありました」立ちあがって、「記録をお見せします」

彼女のあとから当直室を出て、救急部に戻った。金曜の夜らしく、けが人が次から次にドアから流れこんでくる。週末のパーティで破目をはずした男が、酔っておぼつかない手つきで傷だらけの顔にアイスバッグを押し当てている。黄信号で交差点に突っこんで痛い目を見た、せっかちなティーンエイジャーもいる。金曜の夜につきものの傷だらけで血まみれの大群が、闇を抜けてよろよろと入ってくる。ピルグリム医療センターは、ボストンでも最大規模の救急治療センターなのだ。ムーアは嵐のどまんなかを突っ切っているような気分で、看護婦や車輪つき担架をよけ、なまなましい血痕をまたいで歩いた。

キャサリンは先に立って救急部の記録室に向かった。クロゼットほどのスペースが完全に棚で埋まっていて、その棚に三穴バインダーが並んでいる。

「ここは診療票を一時保管する場所なんです」キャサリンはそう言って、「五月七日〜十四日」とラベルのついたバインダーを引っぱり出した。「救急に患者が来るたびに診療票がつくられます。たいていは紙一枚で、医師の覚書とか治療の指示が書きこんであります」

「患者ひとりひとりにカルテをつくるんじゃないんですか」

「一回救急に来ただけだと、カルテはつくらないんです。記録はこの診療票だけ。しまいには病院の医療記録室に移されて、そこでスキャナで読んでディスクに保存します」五月七日〜十四日のバインダーを開いた。「これです」

ムーアは彼女の背後に立ち、肩ごしにのぞきこんだ。髪のにおいに一瞬気をとられそうになり、あわてて記録のほうに頭を集中させた。来院は五月九日午前一時。患者の住所氏名、料金請求情報が最初にタイプされている。残りの部分はインクで手書きされていた。医者の略語か。なんとか判読しようとしたが、わかったのは最初のパラグラフだけ、しかもそこは看護婦が書いた部分だった。

二十二歳、ヒスパニック女性、二時間前に性的暴行を受ける。アレルギーなし、常用薬なし。血圧一〇五／七〇、脈一〇〇、温三七・二。

残りの部分はまったくちんぷんかんぷんだった。

「翻訳してもらわないと」

彼女が肩ごしにこちらをふりむくと、いきなり顔と顔がくっつかんばかりになって、ムーアは思わず息をのんだ。

「読めません？」

「タイヤのあととか血痕なら読めるんですが、これはだめですね」

「ケン・キンボールの字だわ。サインがここにありますから」

「わたしには英語とは思えませんよ」

「医者どうしだとちゃんと意味が通るんですけど。暗号さえ知ってれば」

「それは医学部で教わるんですか」

「秘密の握手のしかたとか、解読リングの使いかたといっしょにね」

なんだかみょうな気分だった。こんな深刻な用件のことで軽口を叩きあっている。おまけにその冗談の出てくるのが、ドクター・コーデルの口からとなればなおさらだ。初めてかいま見ているのだと思った――殻の下に隠れているほんとうの姿、アンドルー・キャプラに傷つけられる以前の姿を。

「最初のパラグラフは検診結果です」彼女は説明した。「医者の略語を使ってます。HEENTというのは、頭部、耳、目、鼻、のどの略。左頬に打撲傷。肺音は澄明、心臓は雑音も奔馬調律もなし」

「というと？」

「異常なしってこと」

「お医者さんってのは、『心臓は異常なし』って書けないんですか」

「警察の人だって『車両』って言うでしょ。どうして『車』じゃだめなんです？」

ムーアはうなずいた。「一本とられましたね」

「腹部は平坦で柔らかく、内臓肥大なし。つまり――」

「異常なし」

「覚えが早いわ。その次の部分は……性器部の検査です。このへんから異常なしとはいかなくなります」言葉がとぎれた。ふたたび口を開いたときには、声は低くなり、気楽な調子はすっかり失せていた。先を続ける勇気をふるいおこすかのように、息をひとつ吸いこんだ。「膣口に出血。両大腿に擦過傷および打撲傷。膣の四時の方向に裂傷。合意のうえの行為でなかった証拠です。ここでドクター・キンボールは検査を中止したと書いてます」

ムーアは最後のパラグラフに目を向けた。ここは読めた。ここには医者の略語はなかった。

患者は興奮状態に陥り、レイプ・キットの採取を拒否。またこれ以上の介入への協力を拒否。必須のＨＩＶ検査と性病検査用の試料採取後すぐに着衣のうえ立ち去ったため、当局に連絡することはできなかった。

「では通報しなかったんですね」彼は言った。「膣内サンプルも、ＤＮＡも採取できなかったわけだ」

キャサリンは無言だった。首を垂れて立ち、両手でバインダーをにぎりしめている。

「ドクター・コーデル？」そう呼びかけて肩に手を置くと、火でもつけられたようにびくっとしたのがわかった。あわてて手をどけた。顔をあげたとき、彼女の目は憤怒にぎらぎらしていた。全身から猛々しいほどの気迫がほとばしっている。いまの彼女なら、気力はもちろん体力でも、まったくムーアにひけをとるまいと思われた。

「五月にレイプされて、七月に切り刻まれて」彼女は言った。「女にとってはほんとに住みやすい世界ですよね」

「遺族全員と話しましたがね。レイプのことはだれも言ってなかった」

「じゃあ、家族にも黙っていたんでしょう」

隠している女性がどれぐらいいるのだろう、とムーアは思った。あまりにつらくて、愛する家族にも言えずにいる女性がいったい何人ぐらいいるのか。キャサリンに目をやってふと思った——この人もまた、見知らぬ他人との交流になぐさめを求めているのだ。

彼女はその診療票をバインダーから抜きとり、コピーできるように差し出してきた。それを受けとったとき、担当の医師の名に目が留まる。ふと思いついたことがあった。

「ドクター・キンボールというのはどういう人ですか」彼は言った。「この、エリナ・オーティスを診察した人は」

「優秀な内科医です」

「たいてい夜勤で働いてるんですか」

「ええ」

「先週の木曜の夜、当直だったかどうかわかりますか」

最初のうち、その質問の意味がぴんと来なかった。ぴんと来たとたん、言外の意味に気づいてキャサリンは身をふるわせた。「まさか本気で——」

「お定まりの質問でしてね。被害者に接触した人間はみんな調べないと」

しかし、この質問はお定まりなどではない。そのことは彼女もわかっていた。

「アンドルー・キャプラは医師でした」彼女は低い声で言った。「まさか今度もまた医師が——」

「その可能性は考えています」

キャサリンは顔をそむけ、あえぐように息を吸った。「サヴァナで、ほかの女性たちが殺されていたとき、わたしは自分の知っている人間が犯人だとは夢にも思いませんでした。会ったことがあればわかるはずだ、感じるはずだって思っていたんです。アンドルー・キャプラは、それがどんなに浅はかだったか教えてくれた」

「悪の凡庸さというやつですね」

「わたしが学んだのはまさにそれです。悪はほんとにありふれた顔をしてることもあるんですね。毎日顔をあわせて、毎日あいさつして、こちらに笑顔を返してくれてた人が」彼女は小さい声で付け加えた。「わたしをどんな方法で殺そうかって、あれこれ考えていることもあるんですね」


ムーアが自分の車に戻ったとき、アスファルトからは昼間の熱気がいまも立ちのぼっていた。今夜も寝苦しい夜になりそうだ。ボストン市じゅうどこでも、女性たちが窓をあけっぱなしで寝ることだろう。そして気まぐれな夜風といっしょに、夜にひそむ悪をも呼び入れてしまうのだ。

足を止め、ふりむいて病院をあおいだ。「救急《ER》」の文字が、灯台の火のように赤々と輝いている。希望と救いの象徴。

ここがきさまの狩場なのか。女性が助けを求めてやって来る場所で、きさまは獲物をさがしているのか。

ライトをひらめかせながら、救急車が夜のなかから滑り出てきた。一日のうちに救急センターに来ては去っていく人々のことを考えた。救急隊員、医師、病棟雑用係、守衛。

そして警官。考えたくない可能性だが、切り捨てることもできない。警察という職業には奇妙な魅力があって、人間を狩る殺人者たちはそこに惹きつけられる。拳銃やバッジは理性を曇らせる支配のシンボルだ。他人を意のままに支配したければ、苦痛を与える力、命を奪う力を手にするのが一番ではないか。そんなハンターにとっては、世界は獲物のひしめく広大な平原だ。

よりどりみどりだ。

どこを見ても赤ん坊だらけだった。リゾーリは、すえたミルクとタルカムパウダーのにおいのするキッチンに立ち、床にこぼれたリンゴジュースをアンナ・ガルシアが拭き終えるのを待っていた。アンナの足には幼児がひとりまとわりついているし、食器棚に重ねたなべのふたをつかんでいる子もいる。そのふたが一度に床に落ち、シンバルのような音をたてた。高い椅子にすわった赤ん坊が、ほうれん草のクリーム煮だらけの顔で笑っている。床はと見れば、重症の乳児脂肪冠（乳幼児に見られる頭皮の皮膚炎）の赤ん坊が這いずりまわっている。食い意地のはったその小さな口に、入れてはいけないものを入れようと宝探しをしているのだ。リゾーリは赤ん坊は好きではなかったし、赤ん坊に囲まれていると落ち着かなかった。ヘビの穴に落ちたインディ・ジョーンズの気分だ。

「みんなあたしの子ってわけじゃないのよ」アンナは急いで説明しながら、足をひきずって流しに向かった。しがみついた幼児が、足かせのように離れないのだ。よごれたスポンジをしぼり、手を洗う。「あたしの子はこの子だけ」と、足にまといつく赤ん坊を指さした。「あのなべで遊んでるのと、高い椅子にすわってるのは、姉のループの子たち。それから床を這いまわってるのは、いとこの子を預かってるの。どうせ自分の子とうちにいるんだから、あと何人か見てもいいかなって思ってさ」

ついでに頭にがつんと一発くらったらどう、とリゾーリは内心で毒づいた。だがおかしなことに、アンナは少しも苦にしていないようだ。苦にするどころか、人間の足かせにも、床になべを落とすがらがらがっしゃんにも、ろくすっぽ気がついていないのではないだろうか。リゾーリなら神経衰弱を起こすところなのに、アンナは自分のいたいところにいる女性のおだやかな表情を浮かべていた。エリナ・オーティスが生きていたら、いつかこんなふうになったのだろうか。台所にでんとかまえるお母さんになって、機嫌よくジュースやよだれを拭いていたのだろうか。アンナは写真の妹にとてもよく似ていた。少しふっくらしているだけだ。彼女がこちらに向きなおると、ひたいにキッチンの明かりがまともにあたり、それを見てリゾーリは背筋が寒くなった。解剖台のうえからこちらを見あげていたあの顔、それとまったく同じ顔を見ているという気がしたのだ。

「このおちびさんたちがいると、なにをするんでもすごく時間かかっちゃって」アンナは言った。足にかじりつく幼児を抱きあげ、慣れた手つきで腰のうえにかかえた。「えっと、ネックレスだったよね。宝石箱をとってくるから」彼女が出ていくと、キッチンに赤ん坊三人と取り残される形になって、リゾーリは一瞬パニックに襲われた。べちゃべちゃの手が足首にのっている。下を見たら、這いまわっていた赤ん坊にズボンの折り返しをしゃぶられていた。それをふりほどき、歯のない口に襲われないように急いで足を引っこめた。

「はい、これ」とアンナが箱を持って戻ってきて、キッチンのテーブルに置いた。「あの子のマンションには置いときたくなかったの。知らない人が出入りして部屋を掃除してるでしょ。

それでうちの兄弟がね、このアクセサリーをどうするか家族で決めるまで、あたしに預かっといてくれって言うもんだから」彼女がふたをあけると、オルゴールが鳴りだした。「ララのテーマ」だった。そのとたん、アンナの顔がはっとこわばった。身じろぎもせずにすわっていたが、やがてその目に涙が湧いてきた。

「ミセス・ガルシア？」

アンナは涙をのみこんだ。「ごめんね、きっとうちの人がネジ巻いてたんだ。鳴ると思ってなくて……」

曲はしだいにゆっくりになり、最後に愛らしい音をいくつかたててやんだ。アンナは黙ってアクセサリーを見つめ、妹をいたんで頭をたれている。悲しさで気が進まないようすだったが、ベルベットを内張りした仕切りのひとつを開き、ネックレスをとりだした。

鼓動が速くなるのを感じながら、リゾーリはアンナからネックレスを受けとった。記憶にまちがいはなかった。死体保管所でエリナの首にかかっているのを見たときのとおり、小さい錠前と鍵が細い黄金のチェーンから下がっている。錠前を裏返してみると、十八カラットの刻印があった。

「妹さんは、どこでこのネックレスを買ったんですか？」

「さあ」

「いつからつけてたかわかります？」

「新しいんじゃないかな。見たことなかったもんね、あの日の前には……」

「あの日って？」

アンナはごくりとつばをのみ、小さい声で言った。「死体保管所で手にとった日。ほかのアクセサリーといっしょに」

「ほかにピアスと指輪をしてましたよね。あっちは前にも見たことあったんですか」

「ええ。あれはずっと前からしてたから」

「でも、このネックレスはちがうんですね」

「どうしてそのことばっかり訊くの？　それがなんの関係が……」アンナはふと口をつぐんだ。その目に恐怖の色が浮かぶ。「そんな。まさかこれ、犯人があの子につけさせたっていうの？」

高い椅子の赤ん坊が、おかしな気配を感じて泣きだした。アンナは自分の息子を床におろすと、駆け寄って泣いている子供を抱きあげた。しっかり抱きしめながら、ネックレスに背を向ける。邪悪な呪符を子供に見せてはいけないとでもいうように。「持ってって」かすれた声で言った。「うちのなかに置いときたくない」

リゾーリはネックレスをジップロックの袋に入れた。「受け取りを書きます」

「いいの、持ってって！　返してくれなくていいから」

リゾーリはともかく受領書を書いて、キッチンのテーブルのうえ、赤ん坊の食べていたほうれん草のクリーム煮のとなりに置いた。「もうひとつだけ、訊きたいことがあるんですけど」となだめるように言った。

興奮する赤ん坊をゆすりながら、アンナはキッチンを歩きまわっている。

「妹さんの宝石箱をあらためてください」とリゾーリ。「なにかなくなってるものはありませんか」

「先週もおんなじこと訊いたじゃない。ありませんてば」

「なにかがないっていうのは、なかなか気がつかないんですよ。どうしても、そこにあるとおかしいもののほうに目がいっちゃうから。もういちど確認してもらえませんか。お願いします」

アンナはまたごくりとつばをのんだ。しぶしぶ腰をおろして赤ん坊をひざにのせ、宝石箱のなかをのぞきこんだ。ひとつずつアクセサリーをとりだし、テーブルに並べる。安物の装身具の貧弱な寄せ集めだった。ラインストーン、ガラスのビーズ、まがいの真珠。どちらかと言うと、エリナは色あざやかで派手なものが好きだったようだ。

アンナは最後のひとつ、トルコ石のフレンドシップ・リングをテーブルに置いた。ちょっと考えるふうだったが、だんだん眉根にしわが寄ってきた。

「ブレスレット」彼女は言った。

「ブレスレットがどうか？」

「ブレスレットがあったはずなんだけど。小さいお守りのついたやつ。馬の形の。ハイスクール時代は毎日身につけてたの。エリナは馬が大好きだったから……」アンナは顔をあげた。ぼうぜんとした表情が浮かんでいる。「なんの値打ちもないもんなのに！　ただの錫《すず》なんだもの。なんであんなものとってくんだろう」

リゾーリは、ビニール袋に入れたネックレスに目をやった。まちがいない、これはダイアナ・スターリングのものだったのだ。エリナのブレスレットがどこで見つかるか、もう正確に予測できる。次の被害者の手首に巻かれているんだ。

リゾーリはムーアの家の玄関ポーチに立ち、ネックレスの入ったジップロックの袋を得意そうにふってみせた。

「やっぱりダイアナ・スターリングのだった。さっき両親と話してきたんだ。あたしが電話してくるまで、なくなってることに気がついてなかったって」

ムーアは袋を手にとったが、あけはしなかった。ただ手に持って、なかでとぐろを巻いている黄金のチェーンをにらんでいる。

「ふたつの事件を結ぶ物的なリンクよ」彼女は言った。「犯人は被害者のところから記念品をとっていって、それを次のとこに残してくる」

「こんな重要なことを見逃したなんて信じられん」

「ちょっと、見逃してないじゃない」

「あんたはな。ほかの者は見逃してたんだ」と言ってこちらを向いた彼の顔を見て、リゾーリは自分の背が十フィートも伸びたような気がした。ムーアは、人の背中を叩いて「よくやった」と大声で褒めるような男ではない。それどころか、怒りのためであれ興奮のためであれ、大声を出すのをリゾーリは聞いた憶えがない。しかし、彼があの顔を向けてくれたとき――称賛のしるしに眉があがり、口もとがわずかにほころぶのを見たとき、これだけ褒めてもらえばもうじゅうぶんという気がした。

うれしさに顔を紅潮させて、リゾーリは腰をかがめ、持参してきたテイクアウトの料理の袋に手をのばした。「夕食どう？　通りの向こうの中華料理店に寄ってきたんだ」

「気をつかわなくてもよかったのに」

「そんなことない。あやまらなくちゃと思ってたのよ」

「なにを？」

「今日の午後のこと。あのばかみたいなタンポンのことよ。せっかく味方してくれて、正しいことをしようとしてくれたのに。あたしったらひどい態度をとっちゃって」

ぎこちない沈黙が流れた。なんと言っていいかわからず、ふたりはただ突っ立っていた。まだよく知らない者どうし――幸先がいいとは言えない出会いだったが、その最初のつまずきを乗り越えようとしている。

やがてムーアは笑顔になった。ふだんは生真面目な顔ががらりと変わって、ずっと若々しく見えた。「じつは腹ぺこなんだ。入ってくれ、ごちそうになろう」

笑いながら、彼女は家のなかに足を踏み入れた。ここに来るのは初めてだ。足を止めて見まわすと、あちこちに女性的な装飾が目についた。更紗《サラサ》のカーテン、壁にかかった花の水彩画。まさかこんなふうだとは思わなかった。これじゃ、あたしの部屋より女っぽいじゃないの。

「キッチンで食べよう」とムーア。「書類があっちに出してあるんだ」

彼のあとについてリビングルームを抜けるとき、リゾーリはアップライトピアノに目を留めた。

「わあ、弾くの？」

「いや、メアリが弾くんだ。おれはまるで音痴でね」

メアリが弾くんだ。現在形。この家の雰囲気が女性的なわけがそれでわかった。まだメアリが現在形だからだ。家はいまも以前のまま、女主人が帰ってくるのを待っているのだ。ムーアの妻の写真がピアノのうえに飾ってあった。日焼けした女性、目には笑いを含んで、髪を風に乱している。メアリ。彼女のかけた更紗のカーテンは、いまも窓にかかっている。彼女がけっして帰ってこない家の窓に。

キッチンに入ると、リゾーリは料理の入った袋をテーブルにのせた。その横にはファイルが山をなしている。ムーアはホルダーの山をあさって、さがしていたホルダーを見つけだした。

「エリナ・オーティスの救急治療の記録だ」と言って差し出す。

「コーデルが見つけてきたの？」

ムーアは自嘲ぎみににやりとした。「おれのまわりには、おれよりずっとできる女性がいっぱいいるみたいだな」

リゾーリはホルダーを開いて、ミミズの這ったような医師の手書き文字のコピーをながめた。

「このちんぷんかんぷんの翻訳はある？」

「だいたい電話で話したとおりさ。未通報の強姦事件。キットは採取してないし、DNAもなし。エリナの家族さえ知らなかった」

彼女はホルダーを閉じて、ほかの書類のうえに重ねた。「ムーア、すごい散らかりかただね。あたしんちのダイニングテーブルそっくり。食べるとこないじゃない」

「あんたもやっぱり、ほかのことをするひまなんかぜんぜんなくなってるわけか」そう言いながら、ファイルをかたづけて料理を広げる場所をつくった。

「ほかのことってなに？　あたしにとっちゃこの事件がすべてよ。寝て、食べて、働く。運がよければ寝る前に一時間、デイヴ・レターマン（長寿深夜トークショー番組のホスト）が見られるぐらいね」

「恋人はいないのか」

「恋人？」ふんと鼻を鳴らし、料理の紙箱をとりだして、ナプキンと箸をテーブルに並べた。「べつに、片っぱしから追い出さなくちゃなんなくってたいへんってわけじゃないしね」そう口に出してから、やけに自己憐憫《れんびん》めいた口調になったのに気づいた——そんなつもりはまったくなかったのに。あわてて付け加えた。「それが不満ってわけじゃないよ。週末も仕事が山ほどあるんなら、文句を言う男はいないほうがいいってこと。文句たれはきらいだし」

「そうだろうな、なにしろあんたは文句たれとは正反対だ。今日はそれをいやってほど思い知らされたよ」

「だからあ、そのことはあやまったじゃない」

ムーアは冷蔵庫からビールの缶をふたつとってきて、彼女の向かいに腰をおろした。こんなムーアを見るのは初めてだった。シャツの袖をまくりあげて、すっかりくつろいで見える。いつもこんなふうだったらいいのに。堅苦しい聖人さんではなく、気軽に雑談のできる男、いっしょに笑える男。愛想をふりまく気にさえなれば、ムーアなら寄ってくる女にはこと欠かないだろう。

「なあ、いつでもだれよりもタフでなくたっていいんだぜ」

「なんで」

「あたしはタフじゃないってみんなが思ってるから」

「みんなってだれだ」

「クロウみたいな男たちよ。マーケット警部補とか」

肩をすくめて、「ああいう手合いは、どこにでも多少はいるもんさ」

「なんであたしは、いつもそういうのと仕事する破目になるんだろ」ビールのふたをあけてぐいとあおった。「あのネックレスのこと、真っ先にあんたに話したのはだからなのよ。人の手柄を横どりしたりしないから」

「憂鬱な話だな。この手柄はだれので、あれはだれのって言いだすのは」

リゾーリは箸をとり、カン・パオ・チキン(鶏肉のカシューナッツ炒め)の箱に突っこんだ。口がひりひりするほど辛くて、それがまた彼女の好みだった。敵がトウガラシだろうと、リゾーリは尻込みしたりはしない。

「あたしが初めてほんものの大事件を担当したのは、麻薬・風紀犯罪取締課にいたころで、あのときの捜査班も男五人に女はあたしひとりだった。事件が解決したとき、記者会見ってやつがあったんだ。テレビからなにからみんな来てさ。それでどうなったと思う？ 捜査班の全員の名前が出たのよ。あたしひとりを除いてね。ほかの連中はみんな名前が出たのに」またビールをあおった。「だからね、二度とあんなことが起きないようにしてるんだ。男はいいよ。男はね、事件のことや証拠のことだけ考えてればすむから。でもこっちは、自分の意見に耳を貸してもらうだけで、むだに大量のエネルギーを食ってるのよ」

「おれはちゃんと聞いてるぞ」

「ありがたいと思ってるわよ」

「フロストだっているじゃないか。あいつとはうまくやってるんだろ」

「フロストは大したもんよ」つい辛辣なせりふが口をついて出て、リゾーリはあわてた。「奥さんによく仕込まれてるからね」

ふたりは声をそろえて笑った。バリー・フロストが電話で妻とやりとりするときの、おどおどした「だって、だけど」をはたで聞いたことがあれば、フロストが尻に敷かれているのは疑いようもない。

「あれじゃ、フロストはあんまり出世できないよね」彼女は言った。「野心がないもん。マイホーム主義だから」

「マイホーム主義だっていいじゃないか。おれももっと家庭を大事にすればよかったと思うよ」

モンゴリアン・ビーフの箱からちらと目をあげた。しかし、ムーアはこちらを見ていなかった。ネックレスをにらんでいる。彼の声には内心の痛みがにじんでいて、リゾーリはなんと答えていいかわからなかった。たぶんなにも言わないのが一番だろう。

話がまた捜査のことに戻って、リゾーリは胸をなでおろした。警官たちの世界では、殺人事件ぐらい差し障りのない話題はほかにないのだ。

「なんか引っかかるんだよ」彼は言った。「このアクセサリーのことだが、どうも理屈に合わんような気がする」

「記念品を持って帰るって、よくあることじゃない」

「しかし、記念品をとって帰ったって、あとで手放すんだったら意味がないじゃないか」

「被害者のアクセサリーを、奥さんや恋人にやっちゃう犯罪者もいるでしょう。恋人の首にかかってるのを見て、内心ひとりで興奮してるわけよ。ほんとの出どころを知ってるのは自分だけだから」

「しかし、こいつのやってるのはそれとはちがう。記念品を次の犯行現場に残してくるんだぜ。二度と見られないじゃないか。殺しのことを思い出して、くりかえしスリルを味わってるわけじゃない。どういう気でいるんだかおれにはわからん」

「所有のシンボルかな。犬と同じで縄張りをマーキングしてるのよ。ただ、次の被害者をマーキングするのにアクセサリーを使ってるってだけでしょ」

「いや、それはちがうな」ムーアはビニール袋をとりあげ、手のひらにのせた。その重みから、犯人の意図を読みとろうとするかのように。

「ともかく肝心なのは、パターンが見えてきたってことよ。次にこいつが事件を起こしたら、その現場になにがあるか正確に予測できるじゃない」

顔をあげてリゾーリを見た。「そうか、それが答えだ」

「え？」

「やつは被害者にマーキングしてるんじゃない。犯行現場にマーキングしてるんだ」

リゾーリは虚をつかれた。だしぬけにそのちがいがわかった。「そうか。現場にマーキングすることで……」

「これは記念品じゃない。所有のしるしでもない」彼はネックレスをおろした。もつれた繊細な金細工。かつて、死んだ女性ふたりの肌に触れていたもの。

リゾーリの背筋に悪寒が走った。「名刺なんだね」かすれた声で言った。

ムーアはうなずいた。「〝外科医〟はおれたちにあいさつしてるんだ」


強風が吹き荒れ、危険な潮の寄せくるところ。

イーディス・ハミルトンの『神話』では、ギリシアの港アウリスはそう描写されている。ここには、狩猟の女神アルテミスの古い神殿の遺跡がある。このアウリスの港に、トロイアに向けて出撃しようとギリシアの黒い軍船一千隻が集まったのだ。しかし、北風が吹き荒れ、船は出帆できない。来る日も来る日も、風はやむことを知らず、アガメムノン王率いるギリシア軍の将兵は、しだいにじりじりしはじめる。ひとりの占師がこの逆風の理由を解きあかした。女神アルテミスの愛する野うさぎを、アガメムノンが殺したせいだ。それで女神の怒りがくだったのだ。ギリシア軍はいつまでたっても出撃できまい——アガメムノンが、娘のイーピゲネイアをいけにえに捧げないかぎり。

そこで彼はイーピゲネイアを呼びにやる。アキレウスとの盛大な婚礼の宴を用意していると偽って。自分が死にに行くのだとは、彼女は夢にも思わない。

その荒々しい北風は吹いていなかった。あの日、きみといっしょにアウリス近くの海岸を歩いたときには。おだやかな日で、海は緑のガラスのよう、踏む砂は白い灰のように熱かった。ああ、太陽に灼かれた砂浜をギリシアの少年たちが裸足で走るのを見て、あのときはどんなにねたましかったことだろう。よそ者の生白い肌を砂に焼き焦がされても、わたしたちはその痛みに耐えていた。あの少年たちのようになりたかったから。自分の魂を強靱《きょうじん》なめし革のように固くしたかったからだ。痛みに耐えて何度もすりむかなければ、皮膚を固く分厚くすることはできない。

夕方になって暑熱がやわらぐのを待って、アルテミス神殿を訪れた。

長く伸びた影のなかを歩き、イーピゲネイアが犠牲に捧げられた祭壇の前にやって来た。祈りの言葉にも、「お父さま、助けて!」という悲鳴にも耳を貸さず、戦士たちは少女を祭壇に運ぶ。彼女は石の上に四肢をのばし、白いのどを短剣にさらす。アトレウスの戦士たちが、そしてギリシア全軍が、そのとき地面を見つめていた——古代の劇作家エウリピデスはそう書いている。処女の血が流されるのを見ていられなくて。惨劇をまのあたりにするのに耐えられなくて。

しかし、わたしだったら見ていただろう。そしてもちろん、きみも。むさぼるように見ただろう。

沈黙の全軍が、薄闇のなかに勢ぞろいするさまが目に浮かぶ。太鼓の音が聞こえる。生命にあふれる婚礼の宴の鼓動ではなく、粛々とした死への行進曲だ。曲がりくねった道を、戦士の行列が木立の奥へ進んでいく。戦士と神官に両側を固められて、少女は白鳥のように白い。太鼓の音がやむ。

悲鳴をあげながら、少女は祭壇に運ばれていく。

わたしの夢想のなかでは、短剣をにぎるのはアガメムノン自身だ。自分で剣をふるって血を流すのでなかったら、どうしてそれを犠牲と呼べるだろう。アガメムノンは祭壇に近づいていく。その祭壇には彼の娘が横たわり、しなやかな肌を衆目にさらしている。むなしく命乞いをする声が響く。

神官が彼女の髪をつかんで引っぱり、のどをむき出しにする。白い肌の下で動脈が脈うち、刃を入れるべき場所を示している。アガメムノンはわきに立ち、愛する娘の顔を見おろす。その血管に流れるのは彼の血だ。その瞳は彼の瞳だ。そののどを掻き切ることで、彼は自分自身の肉を切るのだ。

短剣をふりかざす。戦士たちは黙して立ち、聖なる木立の石像と化している。少女の首の脈が乱れる。

アルテミスはいけにえを求め、アガメムノンはその求めに応えねばならない。刃を少女の首に押しあて、ひと思いに深く切り裂く。

真紅の泉水が噴き出し、熱い雨がアガメムノンの顔を打つ。

イーピゲネイアはまだ生きている。血が首から噴き出すと、その目が恐怖に裏返る。人体には五リットルもの血液が流れているから、たった一本動脈を切断しただけでは、すべて流れ出すまでにはかなり時間がかかる。心臓が打ちつづけるかぎり、血液は噴き出しつづける。少なくとも何秒間か、おそらく一分以上脳は生きている。手足が激しくばたつく。

心臓が最後の鼓動を打つとき、イーピゲネイアは空が暗くなるのを見、自分の顔に噴きかかる自分の血の熱さを感じる。

伝えによれば、たちどころに北風は吹きやんだ。アルテミスは怒りをおさめた。ついにギリシアの船団は出航し、軍と軍が戦い、トロイアは陥落した。流された血の多さを考えれば、ひとりの処女がのどを切り裂かれたぐらい大したことではない。

しかし、トロイア戦争のことを考えるとき、わたしが思い出すのは木馬のことではない。干《かん》戈《か》の響きでも、帆に風をはらんだ一千隻の黒い船でもない。思い出すのは、ひとりの乙女の亡《な》骸《がら》だ。血を失って青白く、そのかたわらに血まみれの短剣をにぎって父が立っている。高貴なるアガメムノンが、その目に涙をためて。

第七章

「脈うってます」看護婦が言った。

恐怖に口のなかをからからにして、キャサリンは検査台に横たわる男を見つめた。長さ一フィートの鉄棒が胸から垂直に突き出している。それを見ただけで医学生がひとりすでに気絶していたし、看護婦三人が口をぽかんとあけて突っ立っている。鉄棒は男の胸に深く埋もれていて、心臓の鼓動に合わせて上下に脈動している。

「血圧は?」キャサリンは尋ねた。

その声に、全員がはじかれたように動きはじめた。血圧カフがふくらみ、ため息のような音をたててしぼむ。

「七十、四十です。脈拍は百五十まであがってます!」

「静注を両方ともいっぱいに開きます!」

「開胸トレイをあけて――」

「ドクター・ファルコを呼んできて、大至急。助けが必要になるから」キャサリンは滅菌ガウンのそでに手を通し、手袋をはめた。手のひらはもう汗でぬるぬるしている。棒が脈動しているということは、先端が心臓のすぐそばに達している――あるいは悪くすると、心臓そのものに突き刺さっているのかもしれない。とすると、引き抜けば最悪の事態を招きかねない。心臓に穴があいて、数分で失血死する恐れがある。

現場の救急救命士は正しい判断をくだしていた。輸液を開始して挿管をほどこし、鉄棒はそのままにして救急センターに運んできたのだ。あとはこちらの責任だ。

メスに手をのばすかのばさないうちに、ドアがさっと開いた。いったん立ち止まり、患者の胸の状況をひと目で見てとった。ピーター・ファルコが入ってくる。キャサリンは顔をあげ、安堵のため息をもらした。ピーター・ファルコが入ってくる。吸血鬼の心臓に突き刺さった杭のように、鉄の棒が突き出しているのを。

「いや、こいつはなかなかお目にかかれるもんじゃないな」彼は言った。

「血圧がどんどん下がってます！」看護婦が叫ぶ。

「バイパスの時間はないわ。すぐ始めます」とキャサリン。

「補佐するよ」ピーターはふりむき、変わったことなどなにもないような顔をして、「ガウンを着せてくれないか？」

キャサリンは手早くメスを入れて、前側方開胸をおこなった。胸腔の重要臓器をもっともよく露出できる切開法だ。ピーターが来てくれたおかげで、気分が落ち着いてきた。有能な手が二本増えたというだけではなく、それがピーターの手なのが大きいのだ。入ってくるなり、彼はひと目で状況を見てとってしまう。手術室でけっして声を荒らげず、なにがあっても顔色ひとつ変えない。外傷外科の最前線で彼女より五年長く経験を積んでいて、こういう恐ろしい症例でこそ、その経験が生きるのだ。

彼は検査台をはさんでキャサリンの向かいに陣取った。青い目が切開部にひたと向けられている。「よっしゃ、お楽しみはこれからかい？」

「おなかがよじれるほど笑えるわよ」

彼はさっそく仕事にかかった。その両手はたくみに彼女の手と連携して動き、荒っぽいと言っていいほどの勢いで胸郭を露出させていく。ふたりはこれまで何度も組んで手術を手がけてきたから、相手がなにを必要としているか考えなくてもわかるし、相手の動きを前もって予測できる。

「どういう事情？」ピーターが尋ねた。血が噴き出したが、少しもあわてず、出血箇所のうえで止血鉗子を締める。

「建設作業員。現場で足をすべらせて倒れて、串刺しになったの」

「そりゃついてないな。バーフォード開創器を頼む」

「バーフォードです」

「血はどうなってる？」

「Oマイナスを待っているところです」と看護婦。

「ドクター・ムラタは院内にいる？」

「バイパス・チームを連れてこっちに向かってます」

「それじゃちょっと時間をかせげばいいんだな。調律は？」

「洞性頻脈、脈拍百五十、少し心室期外収縮が——」

「最大血圧が五十まで落ちました！」

キャサリンはピーターにちらと目をやった。「バイパスまでもたないわ」

「じゃあ、いまここでなにができるかやってみよう」

ふいに黙りこみ、彼は切開部をにらんだ。

「たいへん」とキャサリン。「心房に入ってる」

棒の先端が心壁に突き刺さっている。心臓が打つごとに、その貫入部のまわりに鮮血が噴き出していた。胸腔にはすでに深い血だまりができている。

「これを抜いたら、鉄砲水みたいに血が噴き出すな」とピーター。

「もうまわりにこんなに出血してるわ」

看護婦が言った。「最大血圧、ほとんど触診できません!」

「よーおし」とピーター。その声には狼狽の色はない。恐怖の気配さえなかった。看護婦のひとりに向かって、「十六Fのフォーリー・カテーテルをさがしてきてくれる? 三十ccのバルーンつきのやつ」

「あの、ドクター・ファルコ、フォーリーですか?」

「そ。尿管カテーテル」

「それに、十ccの食塩水入り注射器も要るわ」とキャサリン。「いつでも打てるようにスタンバってて」キャサリンとピーターは相手に説明する必要はなかった。ふたりともプランは心得ている。

フォーリー・カテーテル——膀胱に挿入して尿を排出するための管——がピーターに渡された。ふたりはそれを、本来の用途とは異なる目的で使おうとしている。

彼はキャサリンに目を向けた。「用意はいい？」

「どうぞ」

自分の鼓動が速まるのを感じながら、キャサリンは見守っていた。ピーターが鉄棒をつかみ、心壁からそろそろと引き抜いていく。ついに鉄棒が抜けると、血液がどっとばかりに噴き出してくる。間髪を入れず、キャサリンは尿管カテーテルの先をその穴に突っこんだ。

「バルーンをふくらませろ！」とピーター。

看護婦が注射器のピストンを押し下げ、十ccの生理食塩水を、フォーリーの先端についているバルーンに送りこんだ。

キャサリンはカテーテルを少し引きもどし、バルーンを心房壁の内側に密着させた。噴き出していた血がぴたりと止まり、周囲からわずかににじみ出るだけになった。

「バイタルは？」キャサリンが声をあげる。

「最大血圧まだ五十。Oマイナス来ました。いまスタンドにかけてます」

心臓はいまも打っている。キャサリンが目をやると、ピーターは保護ゴーグルごしにウインクしてみせた。

「おもしろかったろ？」と言って、心臓縫合針をはさんだクランプに手をのばす。「任せていいかな？」

「もちろん」

ピーターは彼女にその持針器を手渡した。貫入部のふちとふちを縫いあわせ、穴を完全にふさぐ前にフォーリーを抜けばいい。深く針を通すたびに、ピーターの承認のまなざしを感じる。

成功の喜びに顔がほてる。骨の髄から成功が感じられる。この患者は助かる。

「こういう仕事で一日を始めるってすごいよな」彼は言った。「人の胸をこう切り裂いてさ」

「一生忘れられない誕生日だわ」

「今夜のお誘いはまだ有効なんだけど。どう？」

「待機なのよ」

「エイムズに代わってもらえるよ。いいじゃないか。食事してダンスでもしよう」

「あら、お誘いってあなたの飛行機に乗せてもらうことかと思ってたわ」

「どっちでもいいよ。よし、ピーナッツバター・サンドをつくろう。スキッピーのピーナッツバターを持っていくよ」

「ほらね！　金遣いの荒い人なのはとっくにわかってたんだから」

「キャサリン、ぼくはまじめなんだ」

口調が変わったのに気づいて顔をあげると、彼のまっすぐな視線に出くわした。ふと気づいてみたら、室内は静まりかえっている。みんなが聞き耳を立てて待ちかまえている。難攻不落のドクター・コーデルが、ついにドクター・ファルコの魅力に屈するか。

また針を通しながら、キャサリンは考えた。ピーターは同僚としてすばらしい人だ。頼りになるし、向こうもこちらを頼りにしてくれる。いまのままでいたかった。このかけがえのない友情を台無しにする危険は冒したくない。関係を深めようと一歩を踏み出して、それがうまくいかなかったら……

けれども、夜に外出して楽しめた日々がどんなになつかしいか。夜が来るのが恐怖ではなく、楽しみだったあのころ。

室内はまだ静かだ。みんなが答えを待っている。

とうとう顔をあげて、ピーターの顔をまっすぐに見た。「八時に迎えに来て」

キャサリンはメルロー（辛口の赤ワイン）を注ぐと、窓ぎわに立って、グラスを傾けながら夜景をながめた。笑い声が聞こえ、眼下のコモンウェルス街をそぞろ歩く人々の姿も見える。おしゃれなニューベリー通りはたった一ブロック先だし、夏の週末の夜ともなれば、このバックベイ地区は観光客を磁石のように引き寄せる。バックベイに住もうと決めたのはだからなのだ。たとえ赤の他人でも、まわりに人がおおぜいいると思うと心が休まる。音楽や笑い声が聞こえると、自分はひとりではない、世界から切り離されているわけではないとわかるから。

それなのに、彼女はいまも密閉された窓のこちら側にいて、たったひとりでグラスのワインを飲んでいる。もうだいじょうぶ、あの外の世界にもう出ていける、と自分で自分に言い聞かせている。

アンドルー・キャプラに奪われた世界をとりもどすのだ。

手を窓に当て、指先に力を入れてガラスを押した。ガラスを叩き割って、この無菌の監獄から逃げ出そうとしているかのように。

ひと思いにワインを飲みほし、グラスを窓枠におろした。いつまでも犠牲者のままでいるものか。あんな男に負けるものか。

寝室に入り、クロゼットの服をじっくりあらためた。なかから緑のシルクのワンピースを選び出してそでを通し、ファスナーをあげた。これを最後に着たのはいつだっただろうか。思い出せなかった。

別の部屋から、「メールが届いています!」という能天気な声がした。そのパソコンのメッセージを無視して、バスルームに入って化粧を始めた。戦闘準備ね、と思いながらマスカラをつけ、口紅を塗る。これは勇気の仮面だ。外の世界に対面する勇気を与えてくれる。メイクアップ・ブラシのひとはきごとに、自信の層が厚くなっていく。鏡に映る顔はまるで別人だった。二年ぶりに再会する女の顔。

「お帰りなさい」とつぶやいてほほえんだ。

バスルームの明かりを消してリビングルームに入った。ハイヒールの痛みを足が思い出そうとしている。ピーターは遅れていた。もう八時十五分だ。そこで「メールが届いています」というアナウンスを寝室で聞いていたのを思い出し、パソコンの前へ行ってメールボックスのアイコンをクリックした。

受信メッセージが一通。送信者は SavvyDoc、件名は「検査所見」。メールを開いてみた。

ドクター・コーデル

ご興味がおありと思うので、病理写真を添付します。

署名はない。

矢印を「ファイルのダウンロード」のアイコンに移動させ、しばしためらった。指がマウスのうえで止まっている。SavvyDoc という送信者に心当たりはないし、ふつうは未知の人物からのファイルをダウンロードはしない。しかし、このメッセージは明らかに仕事に関係しているし、宛て名には彼女の名前がちゃんと書いてある。

「ダウンロード」をクリックした。

画面にカラー写真があらわれた。

はっと息をのんで、やけどでもしたように飛びあがり、はずみで椅子を床に引っくりかえした。手で口をふさいで、よろよろとあとじさった。

急いで電話をかけにいった。

トマス・ムーアは戸口に立ち、ひたとこちらの顔を見すえている。「写真はいまも画面に残ってますか」

「さわってませんから」

わきへよけると、彼はなかに入ってきた。いかにも仕事一途な警官らしく、まっすぐパソコンに向かい、すぐにそのそばに立っている男に目を留めた。

「ドクター・ピーター・ファルコです」とキャサリン。「病院でいっしょに仕事をしてるんです」

「よろしく」とムーアは言い、ふたりの男は握手をした。

「今夜はキャサリンと食事に出かけるつもりだったので」とピーターが言った。「病院でちょっと足止めを食って、あなたが見える少し前に着いたところです。で……」いったん言葉を切って、キャサリンに目をやった。「やっぱり食事はキャンセルかな」

返事のかわりに、彼女は青い顔でうなずいた。

ムーアはパソコンの前に腰をおろした。スクリーンセーバーが起動していて、色あざやかな熱帯魚がモニターを泳ぎまわっている。マウスを軽く押した。

ダウンロードした写真があらわれる。

キャサリンはさっと顔をそむけ、窓ぎわに歩いていった。自分で自分の身体を抱くようにして立ち、たったいまモニターで見た映像を頭から閉め出そうとする。背後でムーアがキーボードを叩く音がする。電話をかけて、「いまファイルを転送した。着いたか？」と言うのが聞こえる。窓の下の暗闇がみょうに静まりかえっていた。もうそんなに遅い時刻なのだろうか。人けのない通りを見おろしていると、あの闇のなかへ歩いていって、また世界をとりもどそうとしていたのがたった一時間前のこととは信じられなかった。

いまはただ、ドアに鍵をかけて隠れていたいだけだ。

ピーターが言った。「いったい、だれがこんなものをきみに送ってくるんだ？　正気じゃない」

「そのことは話したくないわ」

「こういうのを前にも受けとったことがあるの？」

「いいえ」

「じゃあ、なぜ警察が出てくるんだ」

「ピーター、お願いだからやめて。その話はしたくないの！」

間があった。「つまり、ぼくとはその話をしたくないっていうんだな」

「いまはね。今夜はしたくないの」

「だけど、あの警察にはその話をするんだろう」

「ドクター・ファルコ」ムーアが言った。「もうお引き取りいただいたほうがいいと思います」

「キャサリン、きみはどう思う？」

その声を聞けば傷ついているのはわかったが、彼女はそちらに顔を向けずに答えた。「帰ってもらったほうがいいと思うわ。ごめんなさい」

答えはなかった。ドアが閉じて初めて、彼女はピーターが立ち去ったのを知った。

長い沈黙が落ちた。

「あの人には、サヴァナのことは話してないんですか」ムーアが尋ねた。

「ええ。とても話す勇気がなくて」レイプは、口にするにはあまりにプライベートで屈辱的な話題だ。たとえ自分を大切に思ってくれている人が相手でも。

彼女は尋ねた。「その写真の女性はだれです？」

「あなたがご存じかと思っていたんですが」

彼女は首をふった。「だれが送ってきたのかもわかりません」

ムーアが立ちあがったらしく、椅子のきしむ音がした。手が肩に置かれ、緑のシルクを通してぬくもりが伝わってくる。彼女はまだ服を着替えていなかった。今夜のためにドレスアップして、化粧をしたままだった。街へ出ていこうと思ったことじたい、いまとなってはばかげたことのような気がした。いったいなにを考えていたのか。また昔に戻って、ほかのみんなと同じようになれるとでも？　またもとどおりになれるとでも？

「キャサリン、この写真のことを話してくれないと」

肩をぎゅっとつかまれて、ふと気がついた。いまムーアは彼女のファーストネームを呼んだ。すぐそばに立っていて、髪にあたたかい息がかかるほどだ。しかし、こわいとは思わなかった。ほかの男性にふれられると、どうしても押しつけがましいと感じてしまうのだが、ムーアの手の感触はほんとうに心をなごませてくれた。

彼女はうなずいた。「やってみます」

ムーアが椅子をもう一脚引き寄せてくれ、ふたりはパソコンの前に並んで腰をおろした。キャサリンはむりに写真に目を向けた。

その女性は縮れた髪をしていた。らせんを描く髪が枕に広がっている。唇は銀白色のダクトテープでふさがれているが、大きく見開かれた目は意識のある人の目だ。網膜にカメラのフラッシュが映って、瞳は血のように赤い。写っているのは腰から上の部分。ベッドに縛りつけられて、全裸姿だった。

「だれかわかりますか」

「いいえ」

「この写真のどこかに、見憶えのあるものは写ってませんか。この部屋とか、家具とか」

「いいえ、でも……」

「なんです」

「同じことをされたんです」ささやくように言った。「アンドルー・キャプラも写真を撮ってました。わたしをベッドに縛りつけて……」ごくりとつばをのんだ。恥ずかしさに居ても立ってもいられなかった。まるで自分の裸がムーアの視線にさらけ出されているようだ。気がついたらまた胸の前で腕を組んでいた。無意識に乳房をかばっている。

「このファイルは午後七時五十五分に送られてる。送信者の名前は SavvyDoc ——心当たりはありませんか」

「いいえ」また写真の女性に目を向けた。真っ赤な瞳で見返してくる。「この人は意識がありますね。これからなにをされるかわかってるんです。彼はそれを待ってるんだわ。意識が戻るのを待ってるんです。苦痛を感じるのを見たいのよ。意識がなかったらおもしろくないから……」彼女はアンドルー・キャプラのことを話していたのだが、なぜかいつのまにか現在形で話していた。まるでキャプラがいまも生きているかのように。

「どうしてあなたのメールアドレスがわかったんでしょうね」

「そう言われても。だれが送ってきたのかもわからないんですから」

「あなた宛てに送ってきてるんですよ、キャサリン。あなたがサヴァナでどんな目にあったか知ってるんだ。こんなことをしそうな人間はいませんか」

ひとりだけいるわ、と彼女は思った。でも彼は死んでいる。アンドルー・キャプラは死んだのだ。

ムーアの携帯電話が鳴り、キャサリンは椅子から飛びあがりそうになった。「ああ、驚いた」彼女はつぶやいた。心臓が激しく打っている。ぐったりと背もたれに背中をあずけた。

ムーアが携帯電話を開いた。「ああ、いまいっしょだ……」しばらく黙って聞いていたが、ふいにこちらに目を向けてきた。その目つきに胸騒ぎがした。

「なんです？」キャサリンは尋ねた。

「リゾーリ刑事からです。メールの発信元がわかったそうです」

「だれだったんです？」

「あなたです」

顔を引っぱたかれてもこれほどは驚かなかっただろう。あまりのことに口もきけず、ただ首をふるばかりだった。

「〝SavvyDoc〟という名前は、今日の夕方、あなたのアメリカ・オンラインのアカウントを使って作られてます」

「でも、わたしはアカウントをふたつ持ってるんです。ひとつはわたしの個人用で――」

「もうひとつは？」

「オフィスの職員用です。あれを使うのは……」そこでふと口をつぐんだ。「オフィスだわ。わたしのオフィスのパソコンを使ったんだわ」

ムーアは携帯電話を耳にあてた。「聞こえたか、リゾーリ」ややあって、「向こうで会おう」

リゾーリ刑事は、キャサリンの診療所のすぐ外でふたりを待っていた。もう何人か人が集まっている――警備員がひとり、制服警官がふたり、そして私服の男たちが数人。刑事だわ、とキャサリンは思った。

「オフィスを捜索したけど」とリゾーリ。「とっくに逃げたあとだった」

「じゃあ、まちがいなくここにいたのか」とムーア。

「パソコンが二台ともスイッチが入ったままになってる。それに、アメリカ・オンラインのサインオン画面に、いまも SavvyDoc って名前が残ってるし」

「どうやって入ったんだ」

「ドアには押し入った形跡はないのよ。オフィスの清掃を請け負ってる清掃会社があって、合鍵を持ってる人間がけっこういるみたいね。それに、このオフィスで働いている従業員もいるし」

「会計係がひとり、受付がひとり、診療所のアシスタントがふたりいます」とキャサリン。

「それにあなたとドクター・ファルコ」

「ええ」

「つまり、これで鍵がまた六つ増えたわけ。なくなってるのや黙って使われてるのがいくつあるやら」というのが、リゾーリの無愛想なあいさつだった。キャサリンはこの女性が好きになれなかったが、それはお互いさまかもしれないと思った。

リゾーリはオフィスのほうを身ぶりで示し、「それじゃ、ドクター・コーデル、いっしょになかを見てみましょうか。なくなってるものがあったら教えてください。ただ、ぜったいに手をふれないで。ドアにもパソコンにも。あとで指紋を採取しますから」

キャサリンはムーアに目を向けた。ムーアが励ますように彼女の肩に腕をまわす。三人はなかに入っていった。

入ったところは患者用の待合室だったが、キャサリンはそこはざっと見まわしただけで、すぐに受付エリアに入った。ここはオフィスのスタッフが働く場所だが、会計用のコンピュータのスイッチが入っていた。Aドライブはからだ。侵入者はフロッピーディスクを持ち帰っている。

ペンを使って、ムーアはマウスを叩いてスクリーンセーバーを消した。あとにAOLのサインオン・ウィンドウがあらわれる。「名前を入力してください」のボックスには、いまも〝SavvyDoc〟の名が表示されていた。

「この部屋にはいつもとちがうところはありませんか」リゾーリが尋ねた。

キャサリンは首をふった。

「オーケイ、じゃあなたのオフィスに行きましょう」

廊下を歩いていくにつれて、心臓の鼓動が速くなってくる。ふたつの診察室の前を過ぎ、自分のオフィスに入った。すぐに天井に目がいった。はっと息をのんでとびすさり、もう少しでムーアにぶつかりそうになった。それをムーアが両手でしっかり支えてくれた。

「あたしたちが来たときは、もうあそこにありました」とリゾーリは言って、聴診器を指さした。頭上の照明からぶらさがっている。「あそこに引っかけてあった。まさか、あなたがやったんじゃありませんよね」

キャサリンは首をふった。ショックにうわずった声で、「前にも入ってきてたんだわ」

リゾーリの鋭い視線がキャサリンの目をとらえた。「いつです」

「この数日です。ものがなくなったり、置き場所が変わったりしていたんです」

「どんなものが？」

「聴診器とか、白衣とか」

「部屋をよく見てください」とムーアは言って、彼女をそっと前に押し出した。「なにか変わったところは？」

本棚、デスク、ファイリング・キャビネットを見てまわった。ここは彼女のプライベートな空間であり、すみからすみまできちんと整理整頓してある。なにがどこにあるべきで、どこにあってはいけないかすっかりわかっている。

「パソコンが立ちあがってるわ」彼女は言った。「いつも帰る前には消していくんです」

リゾーリがマウスをつつくと、ＡＯＬの画面があらわれた。サインオン・ボックスには、キャサリンのログインネーム〝CCord〟が表示されていた。

「犯人は、これであなたのメールアドレスを知ったんですね」とリゾーリ。「あなたのパソコンを立ちあげるだけでよかった」

キャサリンはキーボードを見つめた。このキーをタイプしたんだ。わたしの椅子にすわったんだ。

ムーアの声に、彼女ははっとわれに返った。

「なくなってるものはありませんか」彼は尋ねた。「なにか小さな、他人はまず手をふれないようなものがなくなってる可能性があります」

「どうしてわかるんです？」

「それがパターンなので」

じゃあ、ほかの女の人たちにも起こったことなんだわ、と彼女は思った。ほかの被害者たちにも。

「身につけるものじゃないかな」とムーア。「あなたひとりが使うもの。アクセサリーとか、櫛とか、キーホルダーとか」

「たいへん」とっさに彼女は手をのばし、デスクのいちばん上の引出しを勢いよく開いていた。

「ちょっと！」とリゾーリ。「手をふれないでって言ったでしょう」

けれども、キャサリンはすでに引出しに手を突っこんで、狂ったようにペンや鉛筆をかきまわしていた。「ないわ」

「なにがです」

「スペアのキーホルダーを入れてるんです」

「どこの鍵がついてるんです？」

「車のスペアキー。病院のロッカー……」そこで言葉がとぎれた。のどが急にからからになった。「もし昼間にロッカーがあけられていたら、わたしのハンドバッグが入ってたはず」彼女は顔をあげてムーアを見た。「そのなかには家の鍵が……」

ムーアが戻ったときは、鑑識がすでに指紋採取を始めていた。

「ベッドに寝かしつけてきたわけ」とリゾーリ。

「救急部の当直室に泊まるそうだ。安全が確保されるまでは自宅に帰したくない」

「自分で錠をぜんぶ取り換えてあげるつもり？」

ムーアは眉をひそめ、彼女の表情をうかがった。どうも気に入らない。「どうかしたのか」

「彼女、美人よね」

なるほどそう来たかと思って、彼はやれやれとため息をついた。

「ちょっと傷ついてて、ちょっとはかなげで」とリゾーリが続けた。「あれじゃ、どんな男も駆けつけて守ってやりたくなるよね」

「それがおれたちの仕事だろ」

「ほんとに仕事だけでやってるの」

「この話はもう終わりだ」と言って、診療所の外へ出ていった。

リゾーリは、かかとに食らいついたブルドッグのように、廊下まで彼のあとにくっついてきた。「ムーア、彼女はこの事件の核なのよ。なにか隠しごとをしてないとはかぎらないんだよ。頼むから彼女に惚れたなんて言わないでよ」

「惚れてなんかいない」

「あたしの目は節穴じゃないんだから」

「そうか、それでその目でなにを見たっていうんだ」

「あんたが彼女を見る目つきよ。彼女があんたを見る目つき。客観的に見られなくなってる刑事の姿が見えるわよ」彼女はいったん言葉を切った。「傷つくのはあんただよ」

リゾーリが声を荒らげていたら、それが敵意をむき出しにして言われた言葉だったら、ムーアも言い返していたかもしれない。しかし、最後の数語は押し殺した声だった。だから、反撃しようにもその怒りが湧いてこなかった。

「ほかのやつだったらこんなこと言わない」リゾーリは言った。「だけど、あんたはいい人だと思うから。クロウとか、あの手のノータリンだったら、せいぜい泣きを見るがいいって思うだけだし、洟《はな》も引っかけないと思う。でも、あんたがそういう目にあうのは見たくない」

ふたりはしばらく見つめあっていた。ムーアは良心のうずきを感じた。リゾーリのぱっとしない容姿にどうしても目がいってしまう。彼女の鋭い頭脳、成功への野心をどんなに高く買っていても、どう見ても平凡な顔だちや冴えないパンツスーツを見ずにはいられない。ある意味では、彼はダレン・クロウとまったくの同類だった。彼女の水のボトルにタンポンを突っこんだ連中と少しも変わらない。彼女の称賛に値する男ではない。

咳払いが聞こえて、ふたりはふりむいた。鑑識課員が戸口に立っている。

「指紋はなしだ」彼は言った。「パソコン二台とも粉かけたけどね。キーボードもマウスもディスクドライブも。ぜんぶきれいに拭きとられてる」

リゾーリの携帯電話が鳴りだした。電話を開きながら、彼女はぼそりと言った。「なにを期待してたんだろ。この犯人はそこまでばかじゃない」

「ドアはどうだ」とムーア。

「いくつか不鮮明な指紋はあったがね」と鑑識課員。「だけど、ここはおおぜいの人間が出入りするだろうからな。患者とか職員とか。たぶんなにも特定できんだろう」

「それじゃ、ムーア」とリゾーリは言って、携帯電話を閉じた。「行こうか」

「どこへ」

「本部。ブローディが、ピクセルの奇跡を見せてくれるってさ」

「例の画像ファイルをフォトショップ・プログラムにかけたんだ」とショーン・ブローディが言った。「このファイル、容量が三メガバイトもある。つまり、かなり細かいとこまで写ってるってこと。この犯人はぼけた写真は撮らないんだな。高品質の画像を送ってきてるよ。被害者のまつげまでばっちし写ってる」

ブローディはボストン市警きってのコンピュータ通で、顔色の悪い二十三歳の若造だ。パソコン画面の前にかがみこんでいるところを見ていると、まるでマウスから手がはえているようだ。ムーアとリゾーリ、フロスト、それにクロウがブローディの背後に立って、その肩ごしにモニターを見つめている。例によってジャッカルめいた耳ざわりな笑い声をあげながら、ブローディは画面の画像をうれしそうに操作していた。

「いま出てんのは全面像《フルフレーム》ね」とブローディ。「被害者《ガイシャ》はベッドに縛られてる。意識があって、目が開いてる。フラッシュでひどい赤目になってるけど。口はダクトテープでふさがれてるみたいだね。ほらここ、写真の左下すみを見て。ナイトスタンドの端が写ってる。本が二冊重ねてあって、そのうえに目覚まし時計がのってるよね。ズームインすると、何時かわかるだろ？」

「二時二十分」とリゾーリ。

「大当たり。で、問題は午前か午後かってことだけど、今度は写真のうえのほうを見てみるからね。ほら、窓のかどが写ってる。カーテンは閉まってるけど、ここの細いすきまがわかる？カーテンの端と端がぴったしくっついてないんだ。だけど、そのすきまからは日が射してきてない。この時計が合ってればだけど、この写真は午前二時二十分に撮ったもんだね」

「でも、何日の午前二時よ」とリゾーリ。「昨夜かもしれないし、去年かもしれない。だいたい、この写真を撮ったやつが〝外科医〟かどうかもわからない」

ブローディは仏頂面をリゾーリに向けた。「最後まで聞いてよ」

「わかったわよ、で？」

「画像を全体に下げてみるからね。この右の手首をよく見て。ダクトテープでちょっと隠れてるけど、この小さい黒っぽい点が見える？　これなんだと思う？」ポインタを当ててクリックすると、その細部が拡大された。

「まだなんだかわからんな」とクロウ。

「オーケイ、もうちょっと拡大しよう」ともういちどクリックする。黒っぽいかたまりの輪郭が見えてきた。

「信じられない」とリゾーリ。「小さい馬だ。エリナ・オーティスの幸運のブレスレットだ！」

ブローディはふりむいて、リゾーリににやっとしてみせた。「ちょっとは見直した？」

「あいつだ」とリゾーリ。「〝外科医〟だわ」

ムーアが言った。「さっきのナイトスタンドをもう一回見せてくれ」

ブローディはマウスをクリックし、フルフレームの画像に戻した。カーソルを左下すみに移動させる。「なにが見たいの？」

「この時計によると時刻は二時二十分。それから、時計の下に本が二冊ある。その背表紙を見ろ。上の本のカバーが光を反射してるのがわかるか」

「うん」

「つまり、本を保護するために透明カバーがかけてあるんだ」

「ふうん……」ブローディは言ったが、ムーアのねらいはわかっていないようだ。

「その上の本の背表紙を拡大してくれ」とムーア。「本のタイトルが読めるかな」

ブローディがポインタを当ててクリックする。

「単語がふたつみたいね」とリゾーリ。「theが見える」

ブローディがもういちどクリックすると、画像がさらに拡大された。

「二番めの単語の頭はSだ」とムーアが言った。「それに、これを見ろ」と画面をつついた。「この小さい白い四角のもんを見てくれ。背表紙の下にくっついてるやつ」

「あっ、そうか！」と、リゾーリがだしぬけに興奮した声をあげた。「タイトル。そのタイトルをどうしても読まなくちゃ！」

ブローディがポインタを当てて最後にもういちどクリックした。

ムーアは画面をにらみ、背表紙の二番めの単語に目をこらした。ふいにふりむいて電話に手をのばす。

「なんの話だ？」とクロウが尋ねた。

「本のタイトルは The Sparrow（すずめ）だ」とムーアは言って、〝O〟のボタンを押した。「それから、背表紙についてる小さい四角いの——まちがいない、それは分類番号だ」

「図書館の本よ」とリゾーリ。

電話の向こうから声がした。「交換《オペレータ》です」

「ボストン市警のトマス・ムーア刑事だ。ボストン市立図書館の緊急連絡先を知りたいんだが」

「イエズス会士が宇宙に行く」バックシートのフロストが言う。「あの本はそういう話だぜ」

車はセンター通りを飛ばしている。運転はムーア、天井では回転灯がひらめく。二台のパトカーに先導されていた。

「うちの女房が読書会ってのに入っててさ」とフロスト。「たしか、その『ザ・スパロウ』って本のことを話してた」

「てことはSF?」リゾーリが尋ねた。

「んにゃ、どっちかっていうと、かたい宗教的な問題の本みたいだったぜ。神の本質はなにかとか、そういうたぐいの」

「じゃ、あたしは読まなくていいな」とリゾーリ。「答えはみんなわかってるもの。あたしはカトリックだから」

ムーアは横道にちらと目をやった。「そろそろだぞ」

目当ての住所はボストンの西部、ジャマイカ・プレイン。フランクリン・パークと、ボストン市に隣接するブルックライン町にはさまれた地区だ。女性の名前はニーナ・ペイトン。一週間前、市立図書館のジャマイカ・プレイン分館から『ザ・スパロウ』を借り出していた。ボストン全域でこの本を借りている利用者のうち、午前二時の電話に出なかったのはニーナ・ペイトンだけだった。

「ここだ」とムーアが言うのと同時に、すぐ前を走っていたパトカーが右のエリオット通りに折れた。ムーアはそれにならい、一ブロック走ったところでパトカーの後ろに車を停めた。

パトカーの屋上灯の投げる青い閃光が、闇のなかに現実離れした情景を浮かびあがらせる。

ムーアとリゾーリとフロストは、正面の門を抜けて家に近づいていった。屋内には、かすかな明かりがひとつ灯っていた。

ムーアが目配せすると、フロストはうなずいて家の裏手にまわった。

リゾーリが正面玄関のドアをノックして叫んだ。「警察です！」

数秒ほど待つ。

リゾーリはノックする手にさらに力をこめた。「ペイトンさん、警察です！　あけてください！」

鼓動を三回かぞえるほどの間《ま》があって、ふいに通信機からフロストのひびわれた声が響いた。

「裏の窓の網戸が外されてる！」

ムーアとリゾーリはすばやく目をあわせ、ひとことも発せずに決断をくだした。

玄関ドアのわきに嵌《は》まっていたガラスを、ムーアは懐中電灯の握りで割り、なかに手を突っこんで錠のボルトをはずした。

リゾーリが先に踏みこんだ。腰を低く落として進みながら、銃で弧を描いている。ムーアはそのすぐあとに続いた。全身をアドレナリンが駆けめぐり、一場面一場面がぱっぱっと目に焼きついてくる。板張りの床。開いたクロゼット。正面にキッチン。右手にリビングルーム。側卓にひとつランプが灯っている。

「寝室」とリゾーリ。

ふたりは廊下を進みはじめた。先を行くリゾーリはさかんに左右をうかがっている。バスルームを過ぎ、客用寝室の前を過ぎた。どちらも無人。廊下のつきあたりのドアがわずかに開いている。しかし、その奥の暗い寝室のなかは見えなかった。

銃をにぎる手は汗にすべり、心臓は激しく動悸を打っている。ムーアはそろそろとそちらに近づいていった。足先でドアを軽く押す。

血のにおい。むっとする血のにおいが襲いかかってきた。明かりのスイッチを入れた。その場の情景が網膜に映じる前から、そこになにがあるかはわかっていた。それでも、その凄惨さにはたじろがずにはいられなかった。

女性の腹部は切り裂かれてぱっくりと口をあけていた。小腸がとぐろを巻いてこぼれ出て、奇怪な吹き流しのようにベッドのわきに垂れている。首の傷からはいまも血がしたたり、床の血だまりがどんどん大きくなってきている。

最初のうち、ムーアは眼前の光景の意味がなかなかのみこめなかった。少しずつ細かい部分が頭に入ってくるにつれて、ようやくその意味するところがわかってきた。血はまだ新しく、まだしたたり落ちている。壁には動脈血の飛び散ったあとがない。床に広がっていく血は、赤というよりほとんど黒に近い。

と見てとるなり、ムーアは女性に駆け寄った。血だまりにまっすぐ踏みこんでいく。

「ちょっと！」リゾーリがどなった。「現場を乱さないでよ！」

ムーアは被害者の首の無傷の側に指をあてた。

「行くぞ」

死体が目をあけた。
なんてことだ。まだ生きている。

第八章

キャサリンはがばと起きあがった。心臓が激しく打ち、全身の神経が恐怖にぴりぴりしている。暗闇に目をこらしながら、必死でパニックを鎮めようとした。

だれかが当直室のドアをどんどん叩いている。「ドクター・コーデル！」その声には聞き憶えがあった。救急部の看護婦のひとりだ。「ドクター・コーデル！」

「なに？」キャサリンは答えた。

「外傷患者が運ばれてきます！　大量出血、傷は腹部と頸部。今夜の外傷担当はドクター・エイムズなんですけど、遅れてらっしゃるんです。ドクター・キンボールが手を貸してくださいって！」

「すぐ行くと伝えて」キャサリンは電灯のスイッチを入れて時計を見た。午前二時四十五分。寝てからたった三時間しかたっていない。緑のシルクのワンピースがいまも椅子にひっかけてあった。初めて見るもののような気がする。ほかの女性のもの、自分にはそぐわないもののような。

ベッドに入るときに着た術衣の上下は汗に濡れていたが、着替えているひまはなかった。乱れた髪をポニーテールにまとめ、流しに立って冷水で顔を洗った。鏡からこちらを見返してくる女の顔は、恐怖にマヒした見知らぬ他人の顔だった。よけいなことは考えない。いまは恐怖は忘れるときだ。仕事にかかるときなんだ。病院内の自分のロッカーからランニングシューズをとってきていたので、素足のままそれを履き、大きくひとつ息を吸うと、当直室の外へ出た。

「あと二分で到着です！」救急部の事務員が声をかけてきた。「最大血圧が七十まで落ちてるって救急隊員が」

「ドクター・コーデル、いま第一外傷室の用意をしてます」

「だれがいるの？」

「ドクター・キンボールとインターンがふたりです。院内にいてくださってよかった。ドクター・エイムズの車が故障して来られなくて……」

キャサリンはドアを押して第一外傷室に入った。最悪の事態が予想されているのはひと目でわかる。乳酸加リンガー液のバッグを下げたスタンドが三つ。点滴の管は巻かれて接続するばかりになっている。血液サンプルを検査室に届けるため、配達員もひとり待機している。ふたりのインターンは台の両側に立ち、静脈カテーテルをにぎりしめているし、救急部当直のケン・キンボールは、早くも開腹トレイの封を破っていた。

キャサリンは手術帽をかぶり、滅菌ガウンのそでに手を通した。看護婦がガウンのひもを背中で結び、手袋を開いて捧げ持つ。一枚一枚と衣装を整えるごとに、力の膜を重ねていくように強さと自信が湧いてくる。ここでは彼女は犠牲者ではない。救済者なのだ。

「どういう事情なの？」キンボールに尋ねた。

「襲われたらしい。首と腹部に外傷」

「銃創？」

「いや、刃創」

キャサリンは、もう片方の手袋をはめようとして、その手を中途でとめた。急に胃にしこりができたようだった。首と腹部。刃創。

「救急車が来ました!」看護婦が戸口から叫ぶ。

「スプラッタの時間だぞ」キンボールは言って、患者を迎えに出ていった。

すでに滅菌服に身を包んでいたので、キャサリンはそのままその場に残った。室内がふいに静まりかえる。台の両側に立つふたりのインターンも、キャサリンに器具を渡そうと身がまえている手術室看護婦も、だれもが黙りこくっている。ドアの向こうの物音に一心に耳を傾けている。

キンボールの大声。「早く、急げ、急げ!」

ドアがさっと開き、車輪つき担架が飛びこんできた。キャサリンにちらと見えたのは、血を吸ったシーツ、もつれた茶色の髪。気管内チューブを留めたテープに隠れて、顔ははっきり見えなかった。
一、二の三の掛け声とともに、患者が手術台に移された。
キンボールがシーツをはぎとり、被害者の身体がむき出しになった。

大混乱のさなか、キャサリンがはっと息をのむのに気づいた者はいなかった。一歩後ろによろめいたのに目を留めた者はいなかった。被害者の首にじっと目をあてた。圧迫ドレッシングが真っ赤に染まっている。腹部に目をやると、応急処置でぞんざいに当てたドレッシングがすではがれて、むき出しの脇腹に細い血の筋が流れていた。ほかのスタッフはたちまち動きだし、点滴の管や心臓モニターの導線をつないだり、患者の肺に空気を送りこんだりしはじめたが、キャサリンは恐怖に身動きができず、ただその場に突っ立っていた。小腸がとぐろを巻いてあふれ出し、台にこぼれ落ちた。

「最大血圧、やっと六十です！　洞性頻脈で——」

「こっち静注入りません！　静脈が虚脱してます！」

「鎖骨下でやれ！」

「別のカテーテルをください」

「くそ、この術野は全体に汚染が……」

「ドクター・コーデル？　ドクター・コーデル？」

あいかわらずぼうっとしたまま、キャサリンはいま話しかけてきた看護婦に顔を向けた。手術マスクに隠れていても、看護婦が不審げな顔をしているのがわかる。

「開腹パッド、用意しますか？」

キャサリンはごくりとつばをのみ、深く息を吸った。「ええ、開腹パッド用意。それに吸引を……」また患者に目を向けた。若い女。別の救急室の情景が頭にひらめいて、一瞬ここがどこかわからなくなった。あのサヴァナの夜、彼女自身が手術台に横たわる女性だったあの夜。

死なせやしない。あいつに負けるもんか。

手術器具のトレイからスポンジと止血鉗子を手にとった。早くも完全に仕事に没頭し、その場を支配するプロフェッショナルの顔をとりもどしていた。長年外科の訓練を受けてきたおかげで、こういうときは自動的にスイッチが入る。まず首の傷に目を向け、圧迫ドレッシングをはがした。暗色の血が流れ出し、床にしたたり落ちる。

「頸動脈が！」インターンのひとりが言った。

キャサリンはスポンジをさっと傷に押しあて、深く息を吸った。「ちがうわ。頸動脈だったらとっくに死んでる」手術室看護婦に目を向けた。「メス」

叩きつけるようにメスが手に置かれた。キャサリンはひと呼吸おいて、細かい作業にそなえて気を落ち着けてから、メスの先端を首に置いた。スポンジで傷を押さえながら、皮膚を手早く切り裂いていく。あごに向かって下から上へ切開して、頸静脈を露出させた。「刃物は頸動脈まで届いてない」彼女は言った。「でも頸静脈は切断されてる。その断端が軟組織に引っこんじゃってる」メスを無造作に放り出し、鑷子《せっし》（ピンセット）を手にとった。「インターン、スポンジで血を吸って。そっとよ！」

「吻合《ふんごう》するんですか」

「いいえ、ただ結紮するだけ。側副循環が発達してくるから。ただ、糸をかけるには血管を露出させないと。血管鉗子」

間髪をいれず、鉗子が手渡された。

キャサリンは、露出した血管に鉗子をあてがってぱちんと留めた。吐息をひとつついてキンボールに目をやった。「出血はおさまったわ。あとで結紮するから」

次に腹部に目を向けた。キンボールともうひとりのインターンが、吸引器と開腹パッドで術野の血を除去していて、すでに傷口は完全に露出されていた。キャサリンはそっと小腸をわきへどけ、ぽっかりとあいた切開口をのぞきこんだ。怒りのあまり胸が悪くなる。

台の向かいで、キンボールがぼうぜんとこちらを見つめている。

「だれがこんなことを」彼はささやくように言った。「いったいぜんたい、犯人はどんなやつなんだろう」

「化物よ」彼女は言った。


「被害者はいまも手術中です。まだ息があります」リゾーリは携帯電話をぴしゃりと閉じると、ムーアとザッカー博士に目をやった。「これで目撃者がひとり見つかったね。犯人はだんだん不注意になってきてる」

「不注意じゃない」とムーア。「急いでただけだ。仕事を終えるひまがなかったんだ」ムーアは寝室のドアのそばに立ち、床の血を調べていた。まだ新しく、まだ濡れている。乾く間《ま》もなかったんだ。〝外科医〟はついさっきまでここにいたんだ。

「あの写真がコーデルに送られたのは午後七時五十五分だった」リゾーリが言う。「写真の時計は二時二十分」と、ナイトスタンドの時計を指さした。「この時計、ちゃんと時間が合ってる。つまり、あの写真を撮ったのは昨夜だったわけね。この家のなかで、犯人は被害者を二十四時間以上も生かしてたんだ」

楽しみを長引かせていたんだ。

「大胆になってきてる」とザッカー博士は言ったが、不謹慎にも、その声には称賛するような響きがあった。敵の手ごわさを認めて感心しているような。「被害者をまる一日生かしているだけではない。ここにいっときひとりでほったらかしにして、メールを送信しにいってる。やつはわれわれを相手に心理ゲームをしてるんだ」

「あるいはキャサリン・コーデルを相手にね」とムーア。

被害者のバッグが整理だんすのうえに置いてあった。手袋をはめた手で、ムーアはその中身をあらためた。「財布、三十四ドル入ってる。クレジットカードが二枚。米国自動車協会の会員証。〈ローレンス科学機器《サイエンティフィック・サプライズ》〉営業部の社員章。運転免許証、ニーナ・ペイトン、二十九歳、五フィート四インチ（約百六十センチ）、百三十ポンド（約六十キロ）」免許証を裏返した。「臓器ドナー登録済」

「臓器ならもう提供しちゃってるみたいね」とリゾーリ。

ムーアはバッグのサイドポケットのジッパーを開いた。「手帳が入ってる」

興味を惹かれたらしく、リゾーリがこちらに目を向けた。「それで？」

ムーアは今月の欄を開いた。真っ白だ。日付を逆にたどっていちばん新しい書きこみを探した。八週間近くも前に、「家賃の支払日」とある。さらに日付をさかのぼってみると、「シドの誕生日」、「クリーニング」、「八時コンサート」、「スタッフ・ミーティング」とあった。こういうこまごました日々の雑事は、生きていればかならずついてまわるものだ。それなのに、八週間前にいきなり書きこみが絶えているのはなぜだろう。これらの予定を書き入れた女性のことを考えた。青いペンで書かれた几帳面な文字。きっと真っ白な十二月のページを見ては、クリスマスや雪のことを楽しみに想像していたにちがいない。自分がそれを生きて見られないと考える理由などなにひとつなかったのだから。

手帳を閉じたとたん、ふいに言いようのない悲しみに襲われて、しばらく口がきけなかった。

「シーツにはぜんぜんなんにも落ちてない」ベッドのわきにうずくまっていたフロストが言った。「縫合糸の切れ端も、手術道具も、なんにも」

「大急ぎで出ていったにしちゃ、ずいぶんきれいにしていったもんだよね」とリゾーリ。「それに見てよ。ちゃんと寝間着をたたんでいってるよ」と、コットンの寝間着を指さした。たしかに、きちんとたたまれて椅子のうえに置いてある。「あわてて逃げ出したとは思えない」

「しかし、被害者を生きたまま残していってるんだ」とムーア。「最悪の失敗じゃないか」

「これは変よ、ムーア。ちゃんと寝間着をたたんで、きっちり後始末もしてる。そこまでやっときながら、うっかり目撃者を生かしたままにしとくと思う？　あいつは、こんなミスをしでかすようなまぬけじゃない」

「どんな抜け目のない犯人もへまはする」とザッカー。「テッド・バンディ（一九七〇年代のアメリカで、四年間に四十件を超す〔百件以上ともいう〕強姦殺人事件を起こした人物）もしまいには不注意になったんだ」

ムーアはフロストに目を向けた。「被害者に電話をかけたのはおまえだったな」

「ああ。図書館からもらった電話番号のリストに、みんなでかたっぱしから当たってたときな。ここの番号にかけたのは二時ごろ、二時十五分てとこかな。出たのは留守番電話だった。メッセージは残さなかったけど」

ムーアは部屋をざっと見まわしたが、留守番電話は見あたらなかった。リビングルームに出てみると、側卓に電話機がのっていた。発信元表示ボックスつきで、メモリー・ボタンが血で汚れていた。

鉛筆の先でそのボタンを押すと、最後に電話をかけてきた者の電話番号がデジタル画面に表示された。

ボストン市警　二：一四ＡＭ

「それでびびったのかな」とザッカー。ムーアのあとからリビングルームに入ってきていたのだ。

「フロストが電話したとき、やつはここにいたんです。発信元表示ボタンに血がついてる」

「つまりこういうことかな。電話が鳴った。犯人はまだ最後まで仕事を終えてなかった。満足を得るところまでいってなかった。しかし、真夜中の電話にうろたえたんだろうな。このリビングルームに出てきて、発信元表示ボックスで番号を確認した。見れば警察だ。警察が被害者をさがしている」ザッカーはいったん口をつぐんだ。「きみならどうする」

「さっさと逃げ出すでしょうね」

ザッカーはうなずき、唇をゆがめてにやりと笑った。

あんたにとっちゃゲームでしかないんだな、とムーアは思った。窓ぎわに歩いていって、通りを見渡した。ひらめく青い光が交錯して、まるでどぎつい万華鏡のようだ。パトカーが五、六台、家の前に停まっている。マスコミも集まってきていた。ローカルテレビの中継車が、衛星伝送の用意をしているのが見えた。

「楽しむところまでいかなかったわけだ」とザッカーは言った。

「切除は終わってますよ」

「いや、あれはただのおみやげだ。ささやかな記念の品だな。彼がここに来たのは、たんに臓器を手に入れるためじゃない。究極のスリルを味わうため、女の命の火が消える瞬間を味わうためなんだ。しかし、今回はそこまでいかなかった。じゃまが入り、警察が来るという恐怖で気がそがれた。最後までとどまって、犠牲者が死ぬのを見届けることができなかった」ザッカーはひと息おいた。「次の事件はかなり早く起きるだろう。犯人は欲求不満に陥ってる。その緊張は耐えがたいものになってくるはずだ。ということは、もう次の犠牲者をさがしてるだろう」

「あるいは、もう選んでいるかも」とムーアは言った。頭に浮かんだのは、キャサリン・コーデルだった。

夜明けが近づき、空が白みはじめていた。ムーアは二十四時間近く眠っておらず、コーヒーだけを燃料に、ほとんど一晩じゅうスロットル全開で働いてきた。しかし、明けてくる空を見あげたとき、感じたのは疲労ではなく、つのるいっぽうの焦燥感だった。キャサリンと〝外科医〟のあいだにはなんらかのつながりがあるのに、それがなんだかわからない。見えない糸のようなもので、彼女はこの化物と結びついている。

「ムーア」

ふりむくとリゾーリだった。目が興奮に光っているのがすぐに見てとれた。

「いま性犯罪課から電話があったの」彼女は言った。「この被害者、ものすごく運が悪い人だね」

「どういうことだ」

「二か月前、ニーナ・ペイトンは性的暴行を受けてるんだよ」

ムーアはがくぜんとした。メモ帳の空白のページのことを思い出した。八週間前で書きこみは止まっていた。あれは、ニーナ・ペイトンの時間が、急ブレーキの悲鳴とともに停止したせいだったのだ。

「被害届が出ているのかね」とザッカー。

「届だけじゃありません」とリゾーリ。「レイプ・キットまで採取されてる」

「レイプ被害者がふたり」とザッカー。「そんな簡単なことだったのか?」

「つまり、レイプ犯が戻ってきて殺したと?」

「たんなる偶然よりそのほうが考えやすい。連続強姦犯の十パーセントは、事件後に被害者と接触してる。被害者の苦しみを長引かせる手段なんだ。強迫観念だ」

「殺人の前戯としてのレイプ」リゾーリは不愉快そうに鼻を鳴らした。「胸くそ悪い」

ふとムーアは思いついたことがあった。「レイプ・キットが採取されてると言ったな。つまり膣内サンプルもとってあるのか」

「そう。DNAの結果待ちよ」

「だれがサンプルを採取したんだ。救急室に行ったのか」尋ねるまでもないと思っていた――リゾーリの口から出るのは、ピルグリム医療センターの名にちがいない。

しかし、リゾーリは首をふった。「救急じゃないよ。フォレスト・ヒルズ婦人科クリニックに行ってる。この通りの先にあるのよ」

診療所の待合室の壁にはポスターが張ってあったが、それにはオールカラーで女性生殖器が描かれていて、そのうえには「女性、この驚くべき美」とあった。女性の身体は造化の妙だ。ムーアもそれを認めるにはやぶさかでないが、そのあられもない図を見ていると、薄ぎたないのぞき屋になったような気がしてくる。おまけに、待合室にいる女性数人がこちらを見る目は、群れにまぎれこんだ肉食動物を見るガゼルの目だ。いくらリゾーリがいっしょでも、彼が男であって場ちがいな存在であるという事実にはなんの変わりもないらしい。

受付がやっと声をかけてきたときはほっとした。「刑事さん、どうぞお入りください。右手のいちばん奥の部屋です」

リゾーリが先に立って廊下を進みだした。壁のポスターは、「虐待に走りやすいパートナー、十の徴候」だの、「レイプかどうか見分けるには」といったものばかりだ。ひと足ごとに、男の犯した罪のひとつひとつがわが身にくっついてくるような気がする。服にへばりつく泥はねのようだ。いっぽう、リゾーリはなにも気にしていなかった。彼女はここに属しているのだ。ここは女の領域なのだ。彼女がノックしたドアには、「サラ・デイリー、臨床看護婦」と標示があった。

「どうぞ」

ふたりを迎えて立ちあがったのは、いまふうのかっこうをした若い女性だった。白衣の下に着ているのはブルージーンズに黒のTシャツ。ボーイッシュな髪形が、いたずらっぽく光る黒い目と上品な頬骨を強調している。しかし、ムーアの目はどうしても、左の小鼻に通してある小さい黄金の輪っかに吸いよせられてしまう。事情聴取のあいだじゅう、その輪っかに向かって話しているような気がした。

「電話をいただいたあと、カルテを調べてみました」とサラ。「被害届が出てると思いますけど」

「読みました」とリゾーリ。

「じゃ、どうしてわざわざいらしたんですか？」

「ニーナ・ペイトンは昨夜、自宅で襲われたんです。いま危篤状態で」

女性の顔に最初にあらわれたのはショックだった。だが、すぐに激しい怒りが沸きあがってきたようだ。あごが突き出し、目が光っている。「あいつですか」

「あいつとは？」

「レイプしたのと同じやつ？」

「その可能性も考えてます」とリゾーリが言った。「残念ながら、被害者は昏睡状態で話ができません」

「被害者なんて言わないでください。ちゃんと名前があるんだから」

リゾーリのあごもぐっと突き出され、彼女がむっとしたのがわかってムーアはあわてた。事情聴取をこれから始めようというのに、これでは先が思いやられる。

彼は口をはさんだ。「ミズ・デイリー、これは信じられないほど残忍な犯罪で、警察としては――」

「信じられないことなんかなんにもないわ」とサラが切り返してきた。「男は女にどんなひどいことでもするんだから」デスクからホルダーをとりあげ、ムーアに向かって突き出した。「カルテです。レイプされた日の翌朝、この診療所に来たんです。あの日、彼女を診たのはわたしです」

「検査をなさったのもあなたですか」

「ぜんぶわたしがやりました。問診も、陰部の検査も。膣内サンプルをとって、顕微鏡下で精子の存在も確認したし、陰毛に櫛をかけて、爪の破片を集めてレイプ・キットにも収めたし。事後の経口避妊薬も出しました」

「救急に行ってほかの検査を受けたということはありませんか」

「ここに来るレイプ被害者は、この建物から一歩も出ずに、ひとりの人間からすべて面倒を見られることになってます。次から次にいろんな人間に事情を説明させられるんじゃかなわないでしょ。だから、血液を採取して臨床検査センターに送るのもわたしです。必要なら警察にも通報します。患者さんが望めばですけど」

ムーアはホルダーを開いて、患者の個人情報を読んだ。ニーナ・ペイトンの出生日、住所、電話番号、勤務先が書かれている。次のページをめくると、そこには小さな手書き文字がぎっしり書きこまれていた。最初の日付は五月十七日。

主訴：　性的暴行

現疾患の経過：　二十九歳白人女性、性的暴行の疑いを感じて来所。昨夜〈グラマーシー・パブ〉で飲んでいるとき、めまいがしてトイレに行ったことまでは憶えているが、その後の記憶がまったくない……

「目がさめたら、自宅の自分のベッドに寝ていたそうです」とサラ。「どうやって帰ってきたのか憶えてなかった。服を脱いだ憶えもない。もちろん自分でブラウスを引き裂いた憶えもない。それなのに、服を脱いで寝ていたんです。大腿部になにかがこびりついていて、精液じゃないかと思うと言ってました。おまけに片目は腫れあがってるし、両手首にはあざができてた。すぐになにがあったか見当がついて、ほかのレイプ被害者とまったく同じ反応を示しました。つまり、『悪いのは自分だ、不注意だったのがいけなかったんだ』と思ったんです。だけど、女はみんなそうなのよ」彼女はまっすぐムーアに目を向けた。「なにがあっても、女は自分が悪いと思うんです。突っこむのは男のほうだっていうのに」

そんな怒りを目の前にしては、ムーアに言えることはなにもなかった。カルテに目を戻し、検診の結果を読んだ。

患者は身なりにかまわず、内にこもっていて、感情のない単調な声で話す。付き添いはなく、自宅からこの診療所まで歩いてきた……

「車のキーのことばかり言ってました」とサラ。「さんざん殴られて、片目は腫れあがってあかないぐらいになってるのに、車のキーをなくしたことしか頭にないんです。キーが見つからないと運転できなくて仕事に行けないって。その堂々めぐりみたいな話をやめさせて、ちゃんと話をさせるまでずいぶんかかりましたよ。あの人は、それまでほんとうにひどい目にあったことがなかったんです。教育があって、自立した女性だった。〈ローレンス科学機器〉の営業部員で、毎日いろんな人を相手に仕事してるんです。それなのに、ここに来たときは脱け殻も同然だった。車のキーを見つけなくちゃって、それしか考えられなくなってたんです。しょうがないから、いっしょに彼女のバッグをあけて、ポケットをかたっぱしから開いてみたら、キーはその中にありました。それでやっと、こっちに顔を向けて、なにがあったか話してくれた」

「それで、なにがあったんです？」

「〈グラマーシー・パブ〉に入ったのは九時ごろで、女友だちと会う約束だったそうです。でもその友だちが来なかったので、ニーナはしばらくぐずぐずしていた。マティーニを一杯飲んで、何人かの男性と話をしたそうです。わたしも行ったことあるけど、あの店はいつも混んでるんですよ。女ひとりでも安全なような気がするの」そう言ってから、吐きすてるように言い足した。「安全な場所なんか、ほんとはどこにもありゃしないのに」

「どんな男に連れて帰られたのか憶えてませんでしたか」リゾーリは尋ねた。「わたしたちが知りたいのはそこなんです」

サラはリゾーリに目を向けた。「いつも犯罪者のことばっかりなのよね。性犯罪課の刑事さんふたりも、そればっかり訊いてましたよ。犯罪者は注目の的なのよね」

リゾーリの頭から湯気が立ち、室内の気温があがってくるのがわかるようだった。ムーアは急いで口をはさんだ。「その刑事たちから聞いたんですが、彼女は人相を言えなかったとか」

「事情聴取のとき、わたしもこの部屋にいたんです。ついてくれって彼女に頼まれて。だから同じ話を最初から二回聞いたわけです。刑事さんたちは犯人の人相をしつこく訊いてましたけど、彼女には答えられなかった。ほんとになんにも憶えてなかったんです」

ムーアはカルテの次のページをめくった。「七月に二度めの診察をなさってますね。ほんの一週間前に」

「フォローアップの血液検査を受けにきたんです。HIVに感染していても、検査で陽性が出るまで六週間かかりますから。究極の責め苦よね。レイプされたうえに、致命的な病気をうつされたってわかるわけ。AIDSにかかっているかどうか判明するまで、六週間の地獄が待ってるんです。恐ろしい敵が自分の身体のなかにいて、血液のなかでどんどん増えているんじゃないかって。フォローアップの検査を受けにきた患者さんには、わたしは激励演説をしなくちゃなりません。そして結果がわかったらすぐに電話するって固く約束するんです」

「ここで分析はしないんでしょう」

「ええ。ぜんぶインターパス臨床検査センターに送ってます」

ムーアがカルテの最後のページを開くと、そこにあったのは検査結果の通知書だった。

HIV検査：　陰性。VDRL（梅毒）：　陰性。

ティッシュペーパーのように薄い、カーボン紙で書かれた用紙。人生を左右するような重大な通知は、どうしていつもこんなぺらぺらの紙に書かれて届くのか。電報も、試験の合否もそうだ――そして血液検査の結果も。

カルテを閉じてデスクに置いた。「二度めにお会いになったときのことですが。そのフォローアップの血液検査を受けにきた日、ニーナさんはどんなようすでしたか」

「まだ精神的に傷ついていたかっていうことですか」

「傷ついていたのはまちがいないと思ってます」

彼のもの静かな答えが、ふくれあがった怒りの風船に穴をあけたらしい。サラは椅子に身を沈めた。怒りが消えたとたん、気力もなえてしまったかのように。しばらく、どう答えたものかと思案しているふうだった。「二度めに会ったとき、ニーナはゾンビみたいでした」

「というと？」

「その椅子にすわってたんです。いまリゾーリ刑事がかけてるそれに。なんだか身体が透けて向こうが見えてるみたいだった。そこにいるのにいないみたいな感じ。レイプされてから仕事には行ってないって言ってました。たぶん人に会うのが、とくに男性に会うのがつらかったんでしょう。おかしな恐怖症をいっぱいかかえてすくんでましたからね。水道の水みたいな、密封されてないものがこわくて飲めないんです。ちゃんとふたのしてある壜とか缶とか、毒や薬を混入できないものでないと飲めなかった。それに、あれは強姦された女だって、男性には見ただけでわかるんじゃないかっておびえてました。犯人が精液をシーツや衣服に残していったにちがいないと思いこんでて、毎日何時間もかけて洗濯をくりかえしてた。以前のニーナ・ペイトンがどんな女性だったにしても、その女性はもう死んでました。もう亡霊も同然だったたんです」声がしりすぼみにとぎれたかと思うと、サラは身じろぎもせず、じっとリゾーリのほうを見つめていた。その椅子にすわっていた別の女性を見ているのだろう。次々にやってくる女性たち。いろいろな顔、いろいろな亡霊、傷ついた顔がいくつもいくつも。

「つけまわされてるようなことは言ってませんでしたか。犯人がまたあらわれたようなことは」

「いっぺんレイプされたら、その男はいつでもそこにいるんです。生きているかぎり、女はその男の所有物なの」サラは言葉を切った。それから苦い口調で付け加えた。「犯人は、自分のものを取り返しにきただけかもしれないわね」

第九章

バイキングが犠牲に捧げたのは処女ではなく、遊女だった。

キリスト紀元九二二年、アラブの外交使節イブン＝ファドラーンは、ルーシ族と呼ばれる部族がそんな犠牲を捧げるのを目撃している。その記述によると、ルーシ族は長身で金髪、完璧な肉体をもつ男たちだった。スウェーデンからロシアの川をくだり、遊牧国家ハザールやアラブ世界にまで南下し、琥珀《こはく》や毛皮と引き換えに絹地やビザンティウムの銀を手に入れていたという。そんな通商ルート上、ブルガールという国のヴォルガ川の屈曲部でのこと。バイキングたちは、死せる重要人物のために、ワルハラへの最後の旅立ちのしたくを整えていた。イブン＝ファドラーンはその葬儀を目撃したのだ。

故人の船が岸に引きあげられ、白樺の杭のうえに置かれた。甲板には天幕が立てられ、その天幕のなかには、ギリシア産の金襴《きんらん》におおわれた寝台が設置されていた。遺体は十日前に埋葬されていたが、ここにきてまた掘り出される。

イブン＝ファドラーンによると、遺体は黒ずんでいたものの、意外なことに悪臭はなかったという。

掘り出された遺体はみごとな衣装で美々しく飾られた。ズボンと靴下、ブーツ、チュニック、そして金ボタンのついた金襴のカフタン。遺体は天幕内の寝台に運ばれ、クッションにささえられて座位をとる。まわりにはパンと肉とたまねぎ、アルコール飲料、植物性の香料がそなえられる。犬を一匹、馬を二頭、雄鶏と雌鶏を一羽ずつほふり、天幕内にそなえる。これらもまた、ワルハラで主人の用を務めるのだ。

最後に、奴隷女が連れてこられる。

死者が地中に横たわっていた十日間、この女は遊女の役を務めていた。酒を飲まされたうえでテントからテントへ連れまわされ、宿営地のすべての男たちに奉仕させられていたのだ。足を広げて横たわる女のうえを、汗にまみれてうなる男たちが次々に通りすぎていく。彼女の使いこまれた肉体は部族共有の容れものであり、そのなかに男たち全員の種が注ぎこまれるのだ。こうして女は凌辱《りょうじょく》され、肌は汚され、その身はいけにえにふさわしいものになる。

十日め、女は船に連れていかれる。付き添うのは、死の天使と呼ばれる老女ひとり。女は腕輪と指輪を外す。酒を浴びるほど飲んで酔いつぶれると、死者の待つ天幕のなかへ連れていかれる。

そこで、金襴におおわれた寝台のうえで、女はふたたび凌辱される。さらに六回、六人の男たちの手から手へ、女は共有の肉のように渡される。男たちが満足すると、女は死んだ主人のかたわらに大の字なりに横たえられる。ふたりの男が彼女の足を押さえ、ふたりが手を押さえ、死の天使が女の首にひもをかける。男たちがそのひもを強く引っぱり、天使は広刃の短剣をふりあげ、女の胸にふりおろす。

何度も何度も短剣はふりおろされ、血がまき散らされる——男たちがうなりながら種をまきちらしたように。何度も凌辱された肉体を短剣がふたたび凌辱する。鋭い刃物が柔らかい肌に突き刺さる。

欲情に狂った短剣が、最後のひと突きとともに死の恍惚をもたらすのだ。

「大量の輸血と新鮮凍結血漿が必要だったんです」とキャサリンは言った。「血圧は安定してますけど、いまも意識不明で人工呼吸器につながれています。ですからもう少しお待ちください。意識が戻ることを祈りましょう」

キャサリンとダレン・クロウ刑事は、ニーナ・ペイトンの外科集中治療室《SICU》の外に立ち、心臓モニターに描かれる三本の線を見守っていた。患者が車輪つき担架で手術室から運び出されたとき、クロウはその扉のすぐ外で待っていた。そして回復室でも、その後にSICUに移されるときも、ずっと患者のそばにくっついていた。しかし、患者を保護することだけが目的だったわけではない。彼は供述をとりたくてうずうずしていたのだ。この数時間というもの、しょっちゅう経過の報告を求め、ICUの外をうろついて迷惑がられていた。

そしていまはまた、午前中ずっとくりかえした質問をくりかえしている。「助かりますか」

「いま言えるのは、バイタルサインは安定しているということだけです」

「いつ話ができます？」

キャサリンはうんざりしてため息をもらした。「どうもおわかりでないみたいですけど、彼女はとても危険な状態だったんですよ。ここに運ばれる前に、もう全身の血液の三分の一以上を失っていたんです。脳に血液がまわっていなかった可能性もあります。ほんとうに意識が戻ったとしても、そのときはなにも憶えていないかもしれません」

クロウはガラスのパーティションごしになかをのぞいた。「それじゃ、なんの役にも立ちやしない」

キャサリンは刑事をにらんだ。嫌悪感はつのるいっぽうだった。ニーナ・ペイトンの身を案じる言葉など、この男はひとことも発していない。証人が欲しいだけ、利用できる人間が欲しいだけなのだ。この午前中ずっと、ただの一度も名前で呼んだことすらない。いつでも「被害者」か「目撃者」だ。ICUをのぞきこむとき、この男の目に映るのはひとりの女性ではなく、目的を達するための手段にすぎないのだ。

「いつICUから出られるんです？」

「まだその質問にはお答えできません」

「個室に移してもらえませんかね。ドアを閉めきって、出入りを制限すれば、まだしゃべれないってことが漏れずにすむんだが」

なにが言いたいのか、キャサリンには手にとるようにわかった。「わたしの患者をおとりに使わせる気はありません。彼女をここに収容したのは、一日二十四時間の観察が必要だからです。モニターのあの線が見えますか。あれは心電図と中心静脈圧と動脈圧です。状態が少しでも変化したら、それをすぐにつかめなくてはいけないんです。それができるのはこの部屋だけです」

「いま犯人を押さえられたら、何人の女性が助かると思いますか。そこんとこを考えてくださいよ。ドクター・コーデル、被害者の女性たちがどんな思いをしたか、あなたならだれよりもわかってるはずだ」

キャサリンは怒りに身をこわばらせた。いちばん痛いところを突かれた。あまりにも屈辱的で人に知られたくないことだから、アンドルー・キャプラから受けた仕打ちについては、実の父親にすら話すことができずにいる。クロウ刑事はその傷口を無神経に引き裂いたのだ。

「つかまえる方法はこれしかないかもしれんのです」とクロウ。

「警察にはそんな方法しか思いつけないんですか。昏睡状態の女性をおとりにするなんて。ここに殺人者をおびき寄せて、病院のほかの患者を危険にさらして、それが最善の手段だっていうんですか」

「もう入りこんでるかもしれんでしょうが」クロウはそう言い捨てて出ていった。

もう入りこんでいる。キャサリンはわれ知らず集中治療室を見まわしていた。看護婦たちが患者のあいだをせかせかと歩きまわっている。外科のレジデントが何人か、ずらりと並ぶモニターのそばに集まっている。静脈採血士が血液の試験管とシリンジのトレイを持って歩いている。この病院には、毎日どれぐらいの人間が出入りしているのだろう。そのひととなりをよく知っていると言える人間が、そのなかに何人いるだろう。ゼロだ。少なくともそれだけは、アンドルー・キャプラに教えられた。他人の胸のうちにどんなものがひそんでいるか、ほんとうに知ることはできないのだ。

病棟の事務員が声をかけてきた。「ドクター・コーデル、お電話です」

キャサリンは向かいのナース・ステーションに歩いていき、受話器をとった。

ムーアからだった。「助けてくださったそうですね」

「ええ、まだ生きてます」キャサリンはそっけなく言った。「言っておきますが、まだ話はできませんよ」

ひと呼吸おいて、「悪いときに電話したみたいだな」

キャサリンは椅子にすわりこんだ。「ごめんなさい。いまクロウ刑事と話したところで、ちょっとむしゃくしゃしてたので」

「どうしてあいつは、行く先ざきで女の人を怒らしてまわるのかな」

ふたりは笑った。どんな感情的なしこりがあったにしても、その疲れた笑いがそれを溶かしてくれた。

「どんな感じですか」

「ひやっとしたときもありましたけど、いまは安定してるみたいです」

「いや、あなた自身のことですよ。だいじょうぶですか」

それはたんなる儀礼的な問いかけではなかった。ほんとうに気にかけてくれているのが声から伝わってきて、キャサリンはなんと答えていいかわからなかった。ただわかるのは、心配してもらってうれしかったということ。彼の言葉に頬が熱くなったということだった。

「家に帰ったりしないでしょうね」彼は言った。「錠をぜんぶ取り換えるまでは」

「ほんとに腹が立ちます。安心できるたったひとつの場所まで奪われて」

「すぐにとりもどせますよ。わたしが自分で錠前屋を手配しますから」

「日曜日に？　あなたは魔法使いなのね」

「いやいや、分厚い住所録を持ってるだけでね」

背もたれに背をあずけると、肩に入っていた力が抜けていく。フル稼働のＳＩＣＵのざわめきに包まれていながら、キャサリンの耳には電話の向こうの声しか聞こえていなかった。彼女をなだめ、励ましてくれる声。

「そちらはどうなんですか？」彼女は尋ねた。

「それが、これからまだまだ仕事が続きそうでしてね」そこで間があって、彼がだれかの質問に答えているのが聞こえた。どの資料を持ち帰るかと訊かれているようだ。遠くでほかの人々の話し声もしている。キャサリンは、ムーアがニーナ・ペイトンの寝室にいるところを想像してみた。まわりじゅう恐怖の証拠だらけの部屋にいて、それなのに彼の声は静かで落ち着いている。

「意識が戻ったら、すぐに電話してもらえますか」とムーア。

「クロウ刑事が鵜の目鷹の目でこのへんをうろついてますよ。わたしより先に気がつくと思うわ」

「ほんとに意識が戻ると思います？」

「率直に言って、ってこと？」とキャサリン。「なんとも言えませんね。クロウ刑事にもそう言いつづけてるんですけど、それでは満足してくださらないの」

「ドクター・コーデル？」ニーナ・ペイトンの看護婦が、仕切りのなかから声をかけてきた。その声音にキャサリンはぎくりとした。

「どうしたの？」

「ちょっと来て、これを見てください」

「なにかあったんですか」電話の向こうでムーアが言う。

「待っててください。見てきます」受話器を置いて、仕切りに向かった。

「清拭《せいしき》をしてたんです」看護婦は言った。「手術室から運ばれてきたとき、まだ身体じゅう血がこびりついたままだったので。それで身体を横向きにさせたら、見えたんです。左の大腿の裏側に」

「見せて」

看護婦は患者の肩と腰をつかんで、身体を横向きにした。「ほら」と押し殺した声で言う。

恐怖でキャサリンはその場に立ちすくんだ。親しげなメッセージ。ニーナ・ペイトンの肌に黒のフェルトペンで書かれている。


誕生日おめでとう。プレゼントは気に入った?

彼女は、病院のカフェテリアでムーアを待っていた。すみのテーブルに着いて、壁に背を向けてすわっている。ねらわれているのを知っている人間が好む場所だ。襲撃者があらわれたらすぐにわかるから。いまも外科手術用の術衣姿で、髪は後ろでポニーテールにまとめていた。そのせいで、人目を惹く鋭角的な顔だち、化粧っけのない肌、ぎらつく目がいやでも目立った。ムーアに負けず劣らず疲れているはずだが、恐怖のせいで感覚がとぎすまされている。ネコ科の野生動物のように、テーブルに近づいてくる彼の一挙一動を見守っていた。その前には半分飲みかけのコーヒーのカップがある。何杯めだろうかとムーアは思い、そこでカップにのばした彼女の手がふるえているのに気がついた。外科医のたしかな手ではなく、おびえた女性の手だった。

ムーアは向かいに腰をおろした。「マンションの外には、ひと晩じゅうパトカーを待機させますよ。新しい鍵はもう届きましたか」

彼女はうなずいた。「錠前屋さんが持ってきてくれました。車で言えばロールスロイス並みの最高級の錠をつけてくれたって」

「心配いりませんよ、キャサリン」

彼女はコーヒーに目を落とした。「あのメッセージはわたし宛てなんです」

「そうとはかぎらんでしょう」

「昨日はわたしの誕生日だったんです。犯人は知ってたんです。それにわたしが待機の予定なのも知ってたんだわ」

「あれを書いたのが犯人だったらの話でしょう」

「おためごかしはやめて。犯人のしわざなのはわかってらっしゃるんでしょ」

ひと呼吸おいて、ムーアはうなずいた。

ふたりはしばらく黙っていた。もう午後も遅い時刻で、テーブルはほとんどあいていた。カウンターの向こうで、カフェテリアの従業員が皿洗いをしていて、湯気が薄い柱になって立ちのぼっている。ぽつねんと立っているレジ係が硬貨のパッケージを破り、それをじゃらじゃらとレジの引出しに流しこんでいた。

「わたしのオフィスはどうでした」彼女が尋ねた。

「指紋は残ってませんでした」

「じゃあ、なにも手がかりはないんですね」

「ありません」正直に答えた。

「わたしのまわりを空気みたいに出たり入ったりしてるんだわ。だれにも見られずに。だれも犯人がどんな顔をしてるのか知らない。窓という窓に閂《かんぬき》をかけても、これではこわくて眠れないわ」

「むりに帰らなくてもいいんですよ。ホテルにお連れしますから」

「どこに隠れたって同じです。どこにいてもどうせわかってしまう。なぜかわからないけど、犯人はわたしを選んだんです。次はおまえだって言ってるんです」

「まさか。次の被害者にわざわざ警告するなんて、そんなばかなまねはしませんよ。〝外科医〟はまぬけじゃない」

「じゃあ、どうしてあんなことをするんです。わたし宛てにメッセージを……」彼女はごくりとつばをのんだ。

「警察に対する挑戦状かもしれません。警察をばかにして喜んでるんだ」

「それなら、ちゃんと警察宛てに書くはずでしょう！」その声が室内に響きわたり、コーヒーをついでいた看護婦が驚いてこちらをふりむいた。

顔を赤くして、キャサリンは立ちあがった。感情をぶちまけたのが恥ずかしく、ムーアといっしょに病院を出たときは黙りこんでいた。ムーアのほうは彼女の手をとりたかったのだが、引っこめられるだけだろうと思っていた。きっと侮辱ととられるにちがいない。見下して保護者づらをしているとだけは思われたくなかった。これほど尊敬できると思う女性には会ったことがないというのに。

彼の車に乗りこんでから、キャサリンは静かな声で言った。「さっきは取り乱してしまって。ごめんなさい」

「こんな状況では、だれだって取り乱しますよ」

「あなたは別ね」

ムーアは皮肉な笑みを浮かべた。「もちろんです。わたしはいつでも冷静な人間でね」

「そうみたいですね」

あれはどういう意味だったのだろう。バックベイに向かって車を走らせながら、ムーアはいぶかっていた。ふつうの人間なら心を乱される嵐にも平気な人間だと、彼女にそう思われているのだろうか。いったいいつから、論理立てて考える人間には感情が欠落しているという話になったのだろう。殺人課の同僚から、自分が「静かなる聖トマス」と呼ばれているのは知っていた。事態が暴走しはじめて、冷静な意見が必要なときに頼りになる男。かれらはトマス・ムーアのもうひとつの顔を知らない。夜中、妻のクロゼットの前に立ち、薄れかけた衣服の香りを嗅いでいる男の顔を。かれらが見ているのは、彼が見せている仮面だけなのだ。

彼女は怒りのこもった声で言った。「そりゃ、あなたは落ち着いていられるでしょう。犯人に目をつけられてるのはあなたじゃないんだから」

「理屈で考えれば――」

「自分が死ぬかもしれないのに、それを理屈で考えろっていうんですか」

「〝外科医〟はパターンにのっとって行動してます。パターンを守っていれば安心できるんでしょう。まず、日中ではなく夜中に襲う。本来は臆病者で、対等の条件では女性と対決できないんです。だから無力な状態のときをねらうんだ。ベッドで眠っているときは反撃できないから」

「じゃあずっと眠らなければいいわけね。なんて簡単な話かしら」

「わたしが言ってるのは、日のあるうちは襲ってこないってことですよ。相手が自分で自分を守れるあいだは。状況が変化するのは暗くなってからなんです」

ムーアは彼女のマンションの前で車を停めた。コモンウェルス街の古式ゆかしいレンガづくりの建物とちがって、いささか趣に欠けるきらいはあるが、このマンションにはそれを補う利点もある。地下駐車場にはゲートがあって照明もじゅうぶんだし、正面玄関から入るには鍵のほかにセキュリティ・コードが必要だ。キャサリンはいま、そのコードをキーパッドから打ちこんでいた。

入ったロビーは鏡張りで、床は磨きあげた大理石だった。上品だが無機的。冷え冷えとしている。不安になるほど静かなエレベーターが、ふたりをすみやかに二階に運んだ。

部屋のドアの前で、彼女は新しい鍵を手にためらっていた。

「心配だったら、わたしが先に入ってようすを見てきますよ」ムーアは言った。

この申し出を自分への侮辱ととったようだ。答えるかわりに、彼女は鍵を鍵穴に差しこみ、ドアをあけてなかに入った。自分で自分に証明してみせなければ気がすまないのだろうか——〝外科医〟に負けたわけではない、他人にふりまわされて生きているわけではないと。

「いっしょに部屋をひとつずつ見ていきましょうか」彼は言った。「念のため、異常がないか確認しましょう」

彼女はうなずいた。

ふたりはいっしょにリビングルームを抜け、キッチンに入り、最後に寝室に向かった。〝外科医〟が女性たちから記念品を盗んでいったのは聞いていたから、キャサリンは宝石箱や化粧だんすの引出しを順序よく調べ、侵入者の手のあとがないか確認していった。ムーアは入口に立って、彼女がブラウスやセーターや下着を調べているのを見守っていた。そのときふいに胸が痛んだ。別の女の衣服のことを思い出したのだ。スーツケースに押しこまれている、お世辞にもエレガントとは言えない服。灰色のセーター、あせたピンク色のブラウス。青い矢車草もようのコットンのナイトガウン。真新しいもの、高価なものは一枚もない。どうしてただの一度も、メアリにいい服を買ってやらなかったのだろう。なにを考えて貯金などしていたのだろう。あの金は結局、医者や療養所の請求書、理学療法士への支払で消えてしまったのに。

ムーアは寝室のドアに背を向け、リビングルームに歩いていき、ソファに腰をおろした。午後遅い陽光が窓から射しこんできて、そのまぶしさに目が痛んだ。目をこすり、罪の意識に襲われて両手に顔をうずめた。今日は一度もメアリのことを思い出さなかった。恥ずかしくなった。なお恥ずかしかったのは、顔をあげてキャサリンの姿を見たとたん、メアリの思い出がきれいさっぱり頭から消えてしまったことだ。彼は思った——こんな美しい女には会ったことがない。

こんな勇敢な女には会ったことがない。

「なにもなくなってません」彼女は言った。「少なくとも見たところでは」

「ほんとにだいじょうぶですか。よかったらホテルにお送りしますよ」

彼女は窓に歩いていき、外をながめた。その横顔が金色の夕陽に照らされる。「この二年、わたしはずっとおびえて生きてきたんです。頑丈な錠で外の世界を閉め出して。いつもドアの向こうをうかがって、クロゼットのなかを調べて。もうたくさん」ふりむいてこちらに顔を向けた。「わたし、やりなおすつもりです。今度こそ勝ってみせます」

今度こそ、そう彼女は言った。長く続く戦争の、これは戦闘のひとつだというように。〝外科医〟とアンドルー・キャプラが融合してひとつの敵になったかのように。その敵に二年前はいったん屈したけれど、ほんとうに打ち負かされたわけではないというように。キャプラと〝外科医〟――同じ化物のふたつの顔。

「今夜は外にパトカーを待機させるっておっしゃいましたよね」

「待機させます」

「信じていいんですね」

「もちろんです」

彼女は深く息を吸った。ありったけの勇気を奮い起こして、ムーアに笑顔を向けてみせた。

「それなら、なにも心配することありませんよね」彼女は言った。

その夜、まっすぐ自宅に戻らずにニュートンに車を走らせたのは、罪悪感のためだった。コーデルに対して身体が反応したことにうろたえていたし、頭のなかが完全に彼女に占領されているのが苦しかった。メアリが死んでから一年半、修道士のような生活を送ってきた。女性にはなんの関心も湧かず、悲しみの前に情熱の火はすっかり消えていた。この新たに噴き出した欲望の火花に、いったいどう対処していいかわからない。ただ、いまの状況ではこれはまずい、それだけは言える。それに、かつて愛した女への裏切りのしるしでもある。

というわけで、彼はニュートンに向かって車を走らせていた。正気に返るために。そして自分の良心をなだめるために。

ひな菊の花束を持って前庭に足を踏み入れ、いまあけた鉄の門を閉めて掛け金をかけた。ニューカッスルに石炭を持ってくるようなものだったな、と思いながら、夕方の影ののびる庭を見まわした。このせまい庭を訪れるたびに、咲きみだれる花が増えていくような気がする。朝顔とバラのつるが家の側面を伝いのぼっているせいで、庭は垂直方向にものび広がっているようだ。質素なひな菊を手みやげに持ってきたのが恥ずかしくなってきた。しかし、ひな菊はメアリがいちばん好きだった花だ。いまでは、花屋でこの花を選ぶのがほとんど習い性になっていた。メアリはひな菊の単純な明るさを愛し、白い縁飾りに囲まれたレモン色の太陽を愛していた。その香りを愛していた――ほかの花々とちがって甘ったるくなく、すがすがしくてきりっとした香り。空き地や道端にたくましく咲きほこりだす、その姿を彼女は愛していた。真の美は自然に生まれてくるもの、抑えることのできないものだと思い出させてくれる、そう言っていた。

メアリ自身もそんなふうだった。

呼び鈴を押した。すぐにドアがさっと開き、こちらにほほえみかけてきた顔はメアリに生き写しで、それを見るといつものとおり胸が痛んだ。ローズ・コネリーは、娘と同じ青い目と丸い頬をしていた。髪の毛はほとんど真っ白で、顔には年齢が刻みこまれてはいたが、だれが見てもメアリの母親の顔だった。

「まあトマス、よく来てくれたわ」彼女は言った。「最近はちっとも顔を見せてくれないんだもの」

「すみません、ここのところ時間がなかなかとれなくて。今日が何曜日かもわからないくらいなんです」

「事件のことはテレビでいつも見てますよ。ほんとにたいへんなお仕事ね」

彼は家のなかに入り、ひな菊の花束を渡した。「もう花は必要ないとは思うけど」と苦笑する。

「花はいくらあっても多すぎるってことはありませんよ。それに、わたしがひな菊大好きなの知ってるでしょ。アイスティーでもいかが？」

「いただきます」

ふたりはリビングルームに腰をおろし、アイスティーを飲んだ。甘い、ふんわりした味。ローズが生まれたサウスカロライナでは、紅茶はこんなふうに淹《い》れて飲むのだろう。ムーアが子供のころから飲みつけてきた、いかめしいニューイングランドふうとはぜんぜんちがう。部屋の雰囲気も明るくて、ボストンの基準で言えば救いがたく時代後れだった。どこを見ても更紗だらけ、かわいい小物だらけだ。だがそれが、メアリのことを痛いほど思い出させる。いたるところにメアリがいる。写真が壁にかかっているし、水泳のトロフィーが本棚に飾ってある。

子供のころ弾いたピアノがリビングルームにいまもある。幼いメアリのまぼろしが、いまもここに——彼女が育ったこの家のなかに生きている。そしてローズがいる。娘の面影を宿しつづけている人。あまりに瓜ふたつなので、ムーアはときどき、ローズの青い目のなかからメアリ自身がこちらを見ているような気がするほどだった。

「疲れてるみたいね」彼女は言った。

「そうですか」

「休暇はぜんぜんとれなかったんでしょ」

「呼び戻されたんですよ。もう車に乗って、メイン高速道路を北上してたのに。釣り竿を積んで、釣り道具箱まで買って」ため息をついた。「湖に釣りに行きたかったなあ。一年じゅうあれだけを楽しみにしてるのに」

それはまた、メアリがいつも楽しみにしていたことでもあった。本棚に飾られた水泳のトロフィーに目をやる。メアリはたくましい人魚姫だった。えらをもって生まれていたら、一生水から出ずに幸福に暮らしたことだろう。力強い腕であざやかに水をかき、湖を泳ぎ渡る姿を思い出す。その腕が、療養所ではやせ衰えて骨と皮になっていたものだ。

「事件が解決したら、また行けるわよ」とローズが言った。

「解決するかどうか」

「なにを言うの、あなたらしくもない。そんな弱音を吐くなんて」

「今度のはいつもの事件とちがうんですよ。いったいどんなやつが犯人なのか、取っかかりさえつかめない」

「あなたはどんなときでもなんとかする人よ」

「どんなときでも？」彼は首をふって苦笑した。「それは買いかぶりすぎだな」

「メアリがいつもそう言ってたのよ。あなたのことをよく自慢してたわ。『あの人はいつだって犯人をつかまえるんだから』って」

だが、そのためにどれだけ代償を支払ったことか、そう思って彼の笑みは薄れていった。犯行現場で過ごして帰らなかった夜のこと、すっぽかした夕食のこと、仕事のことしか頭になかった週末のことを思い出す。それなのにメアリはいつも、彼がこっちに目を向けるのを辛抱強く待っていてくれた。ただの一日でもやり直すことができたら、一分一秒もおまえのそばを離れないのに。おまえをベッドで抱きしめて過ごすのに。ぬくぬくしたベッドのなかで、打ち明け話を耳もとでささやくのに。

だが、神はそんなやり直しを許してはくれない。

「あなたはあの子の自慢だったのよ」とローズ。

「あいつはおれの自慢でした」

「あなたたちは二十年も幸せに連れ添ってきたじゃない。それだけでもたいていの人にはうらやましいことよ」

「おれは欲張りなんですよ。もっといっしょに暮らしたかった」

「それができなかったんで、腹を立ててるのね」

「ええ、たぶんね。あいつにどうして動脈瘤ができなきゃならなかったんだ、どうして助からなかったんだって思うとね。それに――」ふと口をつぐんで、深いため息をついた。「すみません。ただつらいんですよ。このところ、なにもかもがつらくて」

「わたしもよ」ローズがささやくように言った。

ふたりは無言で見つめあった。そうだ、ローズのほうがもっとつらい思いをしているはずだ。夫に先立たれたうえに、たったひとりの子まで失ったのだから。もしおれが再婚したら、ローズは許してくれるだろうか。それとも裏切り行為だと思うだろうか——娘の思い出を、地中深く埋めて忘れ去ろうとしていると？

ふいに彼女の視線を受け止めていられなくなって、罪の意識から目をそらした。今日の午後、キャサリン・コーデルの姿を見てまぎれもない情欲のうずきを感じた、あのときと同じ罪の意識だった。

からのコップを置いて立ちあがった。「そろそろ失礼しないと」

「もうお仕事に戻るの？」

「犯人をつかまえるまでは休めないんですよ」

彼女は玄関へ出てきて、そこでムーアを見送っている。せまい庭を突っ切り、正面の門まで来て彼はふりむいた。「戸締りに気をつけて」

「いつもそう言うのね」

「いつも本気で言ってるんですよ」手をふり、立ち去りながら思った——だが、今夜はとくにそうだ。

どこへ行くかはなにを知っているかにより、なにを知っているかはどこへ行くかによって決まる。

ジェイン・リゾーリの頭のなかには、この文句がくりかえし鳴り響いていた。延々と同じ節をくりかえす童謡のようだ。彼女はいま、ボストンの地図をにらんでいる。自分のマンションの壁に大きなコルク板をとりつけ、それにボストンの地図を留めたのは、エリナ・オーティスの遺体が発見された翌日だった。捜査が進むごとに、その地図に色つきのピンを次々に刺していった。三色のピンは、それぞれ三人の女性たちを表している。白はエリナ・オーティス、青はダイアナ・スターリング、緑はニーナ・ペイトンだ。一本一本が、その女性の活動領域内の拠点を示している。自宅、職場。親しい友人や親戚の家。訪れた医療機関。要するに獲物の生息地だ。日々のいとなみのどこかで、それぞれの女性の世界は〝外科医〟の世界と交差していたのだ。

どこへ行くかはなにを知っているかにより、なにを知っているかはどこへ行くかによって決まる。

だが、〝外科医〟はどこへ行くのだろう。彼の世界はどんなものから成り立っているのか。

椅子にすわって、ツナサンドとポテトチップという冷たい食事をビールで流しこみながら、彼女は地図をながめていた。地図はダイニング・テーブルわきの壁にかかっていて、毎朝コーヒーを飲むたび、夕食をとるたび（家で食事ができるときはだが）、その色つきピンにどうしても視線が吸いよせられる。ふつうの女性は花の絵やきれいな景色や映画ポスターを飾るのだろうが、彼女はちがう。死の地図をながめながら、故人の行動のあとを追うのだ。

これが彼女の毎日だった。食べ、眠り、働く。この部屋に住んで三年になるが、壁には装飾のたぐいはほとんどない。鉢植えも（だいたい水をやっている時間がどこにある）、くだらない小物も、カーテンすらなかった。窓にベネチアン・ブラインドがかかっているだけだ。日々の生活と同じく、住む家も仕事第一に効率化されている。彼女は仕事が好きで、仕事が生きがいだった。はっきり警官になりたいと思うようになったのは十二歳のとき。キャリア・デイ（さまざまな職業の人を学校に呼んで話を聞く日。アメリカでは下は幼稚園から上は大学まで広くおこなわれている）に、女性刑事が学校にやって来たのだ。最初に話をしたのは看護婦と弁護士、その次がパン屋と技術者だった。教室がだんだん騒がしくなってくる。輪ゴムが列のあいだを飛び、紙つぶてが空《くう》を切った。そのとき立ちあがったのが、腰のホルスターに拳銃をさした女性刑事だった。とたんに教室はしんと静まりかえった。リゾーリはそれが忘れられなかった。相手は女性なのに、男子たちさえかしこまって見ていたのが忘れられなかった。

そしていま、彼女自身がその女性刑事だ。しかし、十二歳の少年を恐れ入らせることはできても、おとなの男たちの尊敬はなかなかかちえることができない。トップに立て、というのが彼女の戦略だった。男たちより熱心に働き、男たちより手柄を立てる。だからこうして、夕食をとっているあいだも仕事をしているのだ。殺人とツナサンドの夕食。彼女はごくごくとビールを飲み、背もたれに寄りかかって地図を見つめた。死者の生態地図を見ていると、なにか背筋がぞわぞわしてくる。死者がかつて生きていた場所、死者にとって重要だった場所。昨日のミーティングのとき、犯罪心理学者のザッカー博士の口からは数々のプロファイリング用語がぽんぽん飛び出してきた。行動拠点だの、活動交点だの、標的の背景幕だの。ともかく、ザッカーの大好きな専門用語やコンピュータ・プログラムなどなくても、いま目の前にあるものをどう解釈すべきか彼女にはわかっている。地図を見て思い浮かべるのは、獲物のうようよしている草原だった。色つきのピンが描き出すのは、三頭の不運なガゼルの個人世界だ。ダイアナ・スターリングの世界の中心は北部、つまりバックベイ地区とビーコン・ヒルだ。エリナ・オーティスの世界はサウスエンド。ニーナ・ペイトンの世界は南西部、ジャマイカ・プレインという郊外にある。三つのばらばらの生息地、重なりはまったくない。

で、あんたの生息地はどこよ。

犯人の目でボストン市をながめてみようとした。摩天楼のあいだの谷間が見える。緑の公園は牧草地のようだ。愚かな獲物の群れが道を移動していく——ハンターにねらわれているとも知らずに。ハンターは遊動する肉食獣、距離も時間も超えて襲いかかる。

電話が鳴りだし、ぎょっとしたひょうしにビールの壜を倒してしまった。くそ。ペーパータオルをとって、こぼれたビールを拭きながら電話をとった。

「リゾーリです」

「もしもし、ジェイニー?」

「あれ、ママ。どうしたの」

「どうしてかけなおしてくれなかったの」

「え?」

「何日か前に電話したでしょ。あとでかけなおすって言ったのに、ぜんぜんかけてこないじゃないの」

「忘れてた。いま仕事であっぷあっぷしてるのよ」

「今週フランキーが帰ってくるのよ。楽しみでしょ」

「そうね」リゾーリはため息をついた。「すごく楽しみだね」

「お兄ちゃんには年に一度しか会えないのよ。もうちょっとうれしそうにできないの？」

「ママ、あたし疲れてるのよ。この〝外科医〟の事件は一日二十四時間仕事なんだから」

「刑事さんたちは犯人をつかまえたの？」

「あたしが刑事なのよ」

「ママの言いたいことはわかってるでしょ」

もちろんわかっている。母はたぶん、ジェイニーちゃんは電話番をしたり、えらい男の刑事さんにコーヒーを運んだりしているとでも思っているのだろう。

「夕食には来るでしょ？」と、ジェインの仕事という話題を母はあっさりかたづけた。「今度の金曜日よ」

「どうかな。捜査の進みによるな」

「お兄ちゃんが帰ってくるのに、来られないわけないでしょ」

「忙しくなったら、別の日に行くかもしれない」

「別の日はないのよ。マイクがもう金曜日に来るって言ってるし」

そうでしょうとも。マイケルのつごうに合わせましょ。

「ジェイニー？」

「わかったよ、ママ。金曜日ね」

受話器をおろした。やり場のない怒りに胃がむかむかする。あまりにもおなじみの感情。子供のころ、これをいったいどうやってしのいできたのだろう。

ビールをとり、こぼれなかった残りの数滴を飲みほした。また地図を見あげる。いまのいまなら、〝外科医〟をつかまえるためならなんでもできる。みそっかすの妹、とるに足りない女の子として生きてきた長い年月、その年月に鬱積した怒りが、いま〝外科医〟に向かってふつふつと煮えたぎっている。

どんなやつだろう。いまどこにいるんだろう。

しばらく身じろぎもせず、彼女は地図をにらんでいた。考えていた。やがてピンの箱を手にとり、新しい色のピンを選んだ。赤。一本をコモンウェルス街に突き立て、さらにもう一本を、サウスエンドのピルグリム医療センターの場所に突き立てた。

赤が示すのはキャサリン・コーデルの生息地だ。それは、ダイアナ・スターリングの生息地とも、エリナ・オーティスの生息地とも交差している。コーデルこそ共通因子だ。彼女はふたりの被害者の世界を行き来している。

そして第三の被害者、ニーナ・ペイトンの命は、いま彼女の手にゆだねられているのだ。

第十章

月曜の夜とはいえ、〈グラマーシー・パブ〉は流行りの店だ。いまは午後七時、勤め帰りの独身者が街へ遊びにくりだす時刻だし、ここはかれらの集まる遊び場なのだ。

　リゾーリは入口近くのテーブルに陣取り、ドアが大きく開くたびにぶわっと吹きこむ都市の熱気を浴びていた。入ってくるのは『ＧＱ』誌（男性ファッション誌）のクローン男か、三インチのヒールでよたよた歩くオフィスのバービーたちだ。いっぽうリゾーリはといえば、いつものだぶだぶのパンツスーツに分別くさいぺたんこの靴を履いて、まるでハイスクールの生活指導員になったような気がした。女がふたり入ってきて目の前を歩いていく。猫のようにしなやかに。二種類の香水の混じりあったにおいをあとにたなびかせて。リゾーリは香水をつけたことがない。口紅は一本もっているが、バスルームの棚の奥に、乾いたマスカラとリキッドファンデーションといっしょに突っこんである。五年前、デパートの化粧品売場で買ったものだ。ちゃんと化ける道具さえあれば、自分もカバーガールのエリザベス・ハーリーみたいになれるかもと思って。販売員はクリームを塗り、パウダーをはたき、ブラシをかけたり線を描いたりして、終わると得意満面でリゾーリに鏡を手渡し、にっこりこう尋ねた。「新しいお顔は気に入った？」
鏡に映った自分の顔を見て、リゾーリはエリザベス・ハーリーが憎いと思った。よくもむなしい希望を抱かせてくれた。これが残酷な現実だ。女のなかにはどうしても美しくなれない者もいて、リゾーリはそのひとりなのだ。

というわけで、彼女はだれからも注目されることなく、ジンジャーエールを飲みながら、パブにだんだん人が入ってくるのを見守っていた。騒々しい客ばかりだ。のべつしゃべっているし、やたらに氷をからからいわせているし、笑い声もことさら大きくてわざとらしい。

立ちあがり、人込みをかきわけてバーカウンターに向かった。バーテンにバッジをちらと見せ、「ちょっと訊きたいことがあるんだけど」

バーテンはバッジをろくに見もせず、レジを叩いて飲物代を収めた。「いいとも、なんだい」

「この店でこの人を見たことある？」と、カウンターにニーナ・ペイトンの写真を置いた。

「ああ、見たよ。それに、その子のことを訊いてきた刑事はあんたが初めてじゃないぜ。前にも女刑事が来たんだよ。一か月ばかし前に」

「性犯罪課の？」

「たぶんな。その写真の子を引っかけようとしてたやつを憶えてないかって」

「で、どうなの」

肩をすくめて、「ここじゃ、みんなが相手をさがしてんだ。いちいち気をつけちゃいられないよ」

「でも、この人を見たのは憶えてるんでしょ。名前はニーナ・ペイトン」

「何度か見かけたよ。たいてい女友だちと来てた。名前は知らなかったな。ここんとこ見ないけど」

「その理由を知ってる？」

「んにゃ」彼は台拭きをとってカウンターを拭きはじめた。早くもこっちに興味をなくしかけている。

「教えてあげようか」怒りのせいでリゾーリの声は高くなっていた。「どっかのろくでなしがいいことをしようって気になったからよ。それでそいつはここへ来て、獲物を物色した。店内を見まわして、ニーナ・ペイトンに目をつけて、うまそうなのがいるって思ったわけよ。そいつは彼女を人間だなんて思ってなかった。適当に利用して、あとは放り出せるおもちゃぐらいに思ってたのよ」

「あのさ、おれにそんなこと言ったってしょうがないだろ」

「なにがしょうがないのよ。あんたには聞く義務があるんだよ。だって、こういうことが目と鼻の先で起きてたっていうのに、あんたは見て見ぬふりをしてたんだから。どっかのろくでなしが女の酒に薬を混ぜる。女はたちまち気分が悪くなってふらふらトイレに立った。するとそのろくでなしは女をかかえて外へ連れ出す。なのに、あんたはなんにも見てないっていうわけ」

「ああ」男はやりかえす。「見てないね」

店内は静まりかえっていた。客がみんなこちらを見ている。もうなにも言わず、彼女は大またにカウンターを離れ、テーブルに戻った。

しばらくすると、またがやがやと会話が始まった。

バーテンがウイスキーを二杯、ひとりの男の手もとへ滑らせる。男はいっぽうを女に手渡した。さまざまな酒のグラスがさまざまな口もとに運ばれ、マルガリータの塩を舌がなめ、頭がのけぞらされ、ウォトカやテキーラやビールがのどに流しこまれる。

男たちは女たちを見ている。リゾーリはジンジャーエールをなめ、酔いがまわってくるのを感じた。アルコールではなく、怒りに酔っていた。すみにひとりですわって見ていると、この店がほんとうはどういう場所なのか、あきれるほどはっきりと見てとれる。ここは水場なのだ。食うものと食われるものの両方が集まってくる場所。

ポケットベルが鳴りだした。バリー・フロストからだ。

「やかましいな、そこどこだ」とフロストが尋ねる。携帯電話からの声はほとんど聞きとれない。

「いまバーにいるのよ」近くのテーブルでどっと笑いが起き、リゾーリはそちらをふりむいてにらんだ。「いまなんて言った？」

「……マールボロ通りの医者だ。診療記録のコピーをもらってきた」

「だれの診療記録？」

「ダイアナ・スターリングの」

リゾーリはやにわに前かがみになり、フロストのかすかな声に全神経を傾けた。「もう一回言って。なんて医者？　スターリングはなんでその医者にかかってたの？」

「ドクター・ボニー・ギレスピーって女医さん。マールボロ通りで婦人科をやってる」

またけたたましい笑い声が起きて、電話の声はかき消された。リゾーリは手で耳をふさぎ、彼の次の言葉を聞きとろうとした。「なんでスターリングはそこへ行ったの？」大声でどなった。

しかし、すでに答えはわかっていた。彼女の目の前、バーのカウンターにその答えがあった。ふたりの男が、ゼブラをねらうライオンのようにひとりの女に目をひたと向けている。

「性的暴行」とフロスト。「ダイアナ・スターリングもレイプされてたんだ」

「三人とも性的暴行の被害者だった」とムーア。「しかし、エリナ・オーティスもダイアナ・スターリングも被害届を出してない。このあたりの婦人科の診療所や病院をしらみつぶしにチェックしてみなかったら、スターリングがレイプされていたことはわからなかっただろう。なにしろ両親にも話してなかった。今朝電話して伝えたら、初めて知ってショックを受けてたぐらいだ」

まだ午前のなかばだったが、会議室のテーブルのまわりには疲れきった顔が並んでいた。全員が睡眠不足だったし、これからまた長い一日が始まろうとしている。

マーケット警部補が言った。「つまり、スターリングのレイプを知っていたのは、マールボロ通りの婦人科医だけなのか」

「ドクター・ボニー・ギレスピー。ダイアナ・スターリングは一回しか行ってません。AIDSに感染したんじゃないかとこわくなって検査を受けに行ったんです」

「ドクター・ギレスピーはそのレイプのことをどれぐらい知ってたんだ」

婦人科医に事情聴取をしたフロストがその質問に答えた。ダイアナ・スターリングの診療記録をはさんだホルダーを開いて、「ドクター・ギレスピーはこう書いてます。『三十歳、白人女性、HIV検査を求める。五日前にコンドームなしの性行為をしたが、パートナーがHIV感染者かどうか不明。パートナーがハイリスク集団に属しているのかと尋ねたところ、患者は動揺して涙ぐんだ。同意のうえの行為ではなかったと打ち明け、相手の名前も知らないと言う。暴行の被害届を出す意志はなし。レイプのカウンセリング紹介も拒否』」フロストは顔をあげた。「ドクター・ギレスピーが彼女から得た情報はこれだけです。陰部の検診をおこない、梅毒、淋病、HIVの検査をし、フォローアップのHIVの血液検査のため、二か月後にもう一度来院するように言ったそうです。しかし、患者はあらわれなかった。そのころには死んでましたからね」

「なのにドクター・ギレスピーは警察に連絡してこなかったのか。殺人事件のあとにも？」

「患者が死んだのを知らなかったんです。ニュースは見ないそうで」

「レイプ・キットは採取されてるのか。精液は」

「いえ、患者はその……」フロストは赤くなった。フロストのような既婚者にとっても、口にしにくい話題はある。「その、暴行された直後に何度か膣洗浄をしていたそうです」

「むりもないよね」とリゾーリ。「ったく、あたしだったらクレゾールで洗浄するね」

「レイプ被害者が三人」とマーケット。「これは偶然じゃないな」

「そのレイプ犯が見つかれば、それでたぶん事件は解決だろう」とザッカー。「ニーナ・ペイトンのDNA分析はどうなってる？」

「いま急がせてます」とリゾーリ。「研究所は精液サンプルを二か月近くも前に受けとったのに、まだなにもやってなかった。だから尻を叩いてやりました。犯人がもうCODISに登録されてるのを祈るだけです」

CODISはCombined DNA Index System（総合DNAインデックス・システム）の略で、FBIによるDNAデータの全国的なデータベースである。このシステムはまだ誕生してまもないので、DNAデータがシステムに登録されていない既決犯がまだ五十万人も残っている。「コールド・ヒット」——登録済の犯罪者と一致すること——の見込みはかなり薄い。

マーケットがザッカー博士に目を向けた。「この犯人はまず被害者を性的に暴行し、それから何週間もたってから殺しに戻ってくるというのか。そんなことをしてなんになるのかな」

「われわれから見ればなんにもならないが」とザッカー。「ただ、犯人にとってはそうではない。レイプ犯が同じ被害者を二度襲うというのはめずらしいことではない。そこには所有者意識が作用している。病的ではあるが、一種の関係が生まれているんだ」

リゾーリが鼻を鳴らした。「そういうの、関係って言うんですかね」

「虐待者と犠牲者という関係だ。たしかにいい気持はしないが、関係にはちがいない。そのもとになっているのは力だ。まず、犯人は被害者から力を奪い、それによって人間以下の存在におとしめる。被害者はもうただのモノにすぎない。彼はそれを知っているし、なにより重要なのは、女性のほうもそれを知っているということだ。彼女が傷つけられ、はずかしめられたという事実が、犯人を興奮させ、戻ってくる気にさせるんだ。犯人はまず、強姦によって焼き印をおす。それから究極の所有権を行使しに戻ってくる」

傷つけられた女か、とムーアは思った。それが、三人の被害者を結びつける共通点だ。だがそれを言うなら、キャサリンもまた傷つけられた女のひとりではないか。

「キャサリン・コーデルはこの犯人にはレイプされてない」とムーア。

「だが、レイプの被害者であることはたしかだ」

「彼女を襲った犯人は二年前に死んでます。どうして〝外科医〟は彼女が被害者だとわかったんでしょうね。そもそも、犯人のレーダーに引っかかったことじたい解《げ》せない。彼女は襲われたことをだれにも話してないのに」

「インターネットでは話してただろう。例の非公開のチャット・ルームで……」ふとザッカーは口をつぐんだ。「そうか。インターネットを通じて被害者を見つけているってことは考えられないかな？」

「その可能性は調べました」とムーア。「ニーナ・ペイトンはパソコンを持ってすらいなかった。それに、コーデルはチャット・ルームでは本名をだれにも明かしてません。これで、議論はまたふりだしに戻るわけです。なぜ、〝外科医〟はコーデルに目をつけたのか」

ザッカーは言った。「やつはコーデルにとり憑かれているようだな。いつものパターンを崩してまで、彼女をこけにせずにはいられなかった。ニーナ・ペイトンの写真をメールで送るためだけに、わざわざ危険を冒しているんだからね。それが引金になって、破滅的な事態を招きよせてしまった。あの写真を見て、警察はまっすぐニーナの家へ急行した。犯人は急いで逃げたために息の根をとめることができず、満足を得られなかった。なお悪いことに、目撃者を残してしまった。最悪のミスだ」

「ミスなんかじゃない」とリゾーリ。「わざと生かしておいたんです」

その言葉に、テーブルを囲む顔という顔に、まさかと言わんばかりの表情が浮かんだ。

「そうとでも考えなかったら、こんなへまは説明がつかないでしょう」彼女は続けた。「コーデルにメールで送った写真は、警察を呼ぶための手段だったんです。あいつは写真を送って、警察が来るのを待ってたんだ。警察がガイシャの家に電話してくるのを待ってたんです。それで警察がまもなく来るとわかってから、わざと手加減してのどを切ったんです。警察が発見したとき、彼女がまだ生きているように」

「なあるほど」とクロウが鼻を鳴らした。「なにもかもやつの計画の一部だったってか」

「なぜそんなことを？」ザッカーはリゾーリに尋ねた。

「理由は被害者の太腿に書いてあります。ニーナ・ペイトンはコーデルへの捧げものなんです。彼女をふるえあがらせるための贈りものですよ」

しばしの沈黙があった。

「もしそうなら、効果はあったわけだ」ムーアは言った。「コーデルはおびえてる」

ザッカーは背もたれに寄りかかり、リゾーリの説について考えた。「これほどのリスクを冒して、その目的が女をひとりおびえさせることとは……これは誇大妄想の一徴候だな。補償喪失に陥っているということかもしれん。ジェフリー・ダーマー（米国の大量殺人犯。人肉食で知られる）も、テッド・バンディも最後にはそうなっている。ファンタジーがひとり歩きを始め、そのせいで不注意になる。そうなったとき、かれらはミスを犯した」

ザッカーは立ちあがり、壁にはった表の前へ歩いていった。表には三人の被害者の名が書かれている。ニーナ・ペイトンの名前の下に、彼は四つめの名前を書き入れた――キャサリン・コーデル。

「彼女は〝外科医〟の被害者ではない――いまはまだ。しかし、どういうわけか目をつけられて、関心の対象になっている。どうして選ばれたのか」ザッカーは室内を見まわした。「彼女の同僚に事情聴取をしたかね。警戒警報に引っかかるような者はいなかったか」

リゾーリが言った。「救急部のケネス・キンボール医師は除外しました。ニーナ・ペイトンが襲われた夜は当直だったので。外科の男性スタッフにはほとんど事情聴取しました。レジデントにも」

「コーデルのパートナーのドクター・ファルコはどうだ」

「ドクター・ファルコは除外されてません」

いまザッカーは、リゾーリひとりに目を向けていた。目に奇妙な光を浮かべてじっと見つめてくる。殺人課の刑事たちに、「ビョーキの脳医者の目」と言われている目つきだ。「くわしく話してくれ」彼はやさしい声で言った。

「ドクター・ファルコの経歴は大したもんです。航空工学でマサチューセッツ工科大学《MIT》を卒業、ハーヴァードで医学博士号を取得。ピーター・ベント・ブリガム（ボストンの歴史のある病院）で外科のレジデントを務める。母子家庭の出で、大学から医学部まで働きながら出てます。自家用飛行機の操縦が趣味。それにハンサムです。メル・ギブソンほどじゃないけど、ふりむく女性はおおぜいいるでしょう」

ダレン・クロウが笑った。「おやおや、リゾーリがメンで容疑者の評価を始めたぜ。女の刑事だとこうなるかね」

リゾーリはクロウを冷たくにらんだ。「あたしが言ってるのは」と言葉を継いで、「その気になれば何人でも女性をものにできるってことです。ところが、看護婦たちの話によれば、彼が興味を示している女性はコーデルひとりです。しょっちゅうデートを申し込んでるのは秘密でもなんでもないし、彼女はその申込をいつも断わってます。それでだんだん腹にすえかねてきたのかも」

「ドクター・ファルコは要注意だな」とザッカー。「しかし、あまり性急に容疑者をしぼるのは控えたほうがいい。いまはコーデルの話を続けよう。〝外科医〟が彼女を次の標的に選ぶ理由はほかに考えられないか？」

その問いの前提を引っくり返したのはムーアだった。「彼女はほんとうに、次の獲物にすぎないんでしょうかね。最初から彼女こそ〝外科医〟のねらいだったとは考えられませんか。

"外科医"の犯行はいずれも、ジョージア州の女性たちの身にふりかかった事件の再現だった。そしてコーデルも危うく同じ目にあいかけてます。彼がなぜキャプラの唯一の生存者にねらいを定めたのか、その理由はまだ皆目わかりませんが」彼はリストを指さした。「ほかの女性たち、このスターリング、オーティス、ペイトン——彼女たちがたんなる埋め草だったとしたら？　第一の標的の代理にすぎないとしたらどうです」

「報復標的の理論だね」とザッカー。「ほんとうに憎い女は、あまりに強くて恐ろしいので殺すことができない。それでそのかわりに、標的の代理として別の女性を殺す」

フロストが言った。「つまり、やつの真の標的は最初からコーデルだったんだけど、こわくて手が出せなかったっていうんですか」

「エドマンド・ケンパー（七〇年代米国の連続殺人犯）がそうだった。はでな殺しをくりかえしたのち、最後の最後に母親を殺してる。ほんとうは、その母親こそが真の標的であり、憎悪していた女だったんだ。ところが、彼はその怒りをほかの女性にぶつけている。犯行のたびに、象徴的に母親をくりかえし殺していたわけだ。だが現実には、少なくとも最初のうちは母親を殺すことはできなかった。徹底的に押さえつけられていたから、心のどこかで母親を恐れていたんだ。しかし、殺しをくりかえすごとに自信をつけ、力をつけていった。そしてしまいに、とうとう目的を達した。母親の頭蓋骨を砕き、首を切りおとし、死体を凌辱した。そして最後の侮辱として、母親の喉頭を引きちぎり、それをディスポーザーに突っこんでいる。こうして怒りの真の対象がついに死んでしまい、そのとき彼の連続殺人は終わった。エドマンド・ケンパーは自首して出た」

バリー・フロストは、犯行現場でたいてい真っ先にげろを吐いてしまう刑事だ。それだけに、ケンパーの凄惨なフィナーレの話を聞いて、少しばかり気分の悪そうな顔をしていた。「それじゃ、この最初の三人は、メイン・イベントのための肩ならしだったっていうんですか」

ザッカーはうなずいた。「キャサリン・コーデル殺しのためのね」

診療所の待合室で待っていると、キャサリンが迎えに出てきてくれた。その笑顔を見て、ムーアは胸のふさがる思いだった。きょうたずさえてきた質問が、その歓迎の笑みを台なしにしてしまうのがわかっていたからだ。ムーアの目に映る彼女は、もうただの被害者ではなく、いっしょにいて楽しい美しい女性だった。その女性がいま、近づいてくるなり両手で彼の手をとり、しかもそれを離したくなさそうにしている。

「お話しする時間があるといいんですが」ムーアは言った。

「あなたのためならいつでも時間をつくります」またあの引きこまれそうな笑みを浮かべて、「コーヒーでも飲みにいきましょうか」

「いや、ありがたいがけっこうです」

「じゃあ、わたしのオフィスで話しましょう」

彼女はデスクの向こうに腰を落ち着け、どんな話をもってきてくれたのかと期待する目で待っている。ここ数日のあいだに、彼女はムーアを信頼するようになっていて、その目には警戒の色はまるでなかった。無防備な目。せっかく友人として信頼をかちえたのに、彼はいまそれをぶち壊しにしようとしている。

「〝外科医〟があなたをねらっているのはだれの目にも明らかです」

彼女はうなずいた。

「わからないのはその理由です。なぜ彼はアンドルー・キャプラの犯罪をなぞっているのか。なぜあなたに照準を当てているのか。心あたりはありませんか」

彼女の目に当惑の色がひらめいた。「いえ、ぜんぜん」

「ほんとうにありませんか」

「犯人がなにを考えてるかなんて、どうしてわたしにわかるんです？」

「キャサリン、ボストンには女性はほかにもおおぜいいるんです。まったく警戒していない女性、まさかねらわれているとは思いもしない女性をいくらでも選べるんだ。犯人にしてみれば、ねらいやすい獲物をねらうのが論理的な行動というものでしょう。その点、あなたぐらいねらいにくい獲物はいない。なにしろ、もう攻撃を予測して守りを固めているんですからね。しかも犯人は、あなたに警告を与え、あなたをいたぶることによって、わざわざ自分から狩りをさらにむずかしくしている。なぜこんなことをするんでしょうね」

彼女の目からあたたかい光は消え失せた。ふいに肩をこわばらせ、両のこぶしをデスクに置いた。「何度も言ってるじゃありませんか。わたしにはわかりません」

「アンドルー・キャプラと〝外科医〟のあいだには、具体的なつながりはなにひとつない。あなたを除いてはね。あなたはふたりの共通の標的だ。まるでキャプラがいまも生きていて、中断したところから仕事を再開したみたいだ。そしてその中断したところというのはあなたなんです。とり逃がした獲物」

彼女はうつむいてデスクを見つめていた。「入」と「出」のボックスにきちんと積まれたファイル。細かい正確な文字で彼女が書いていた診療メモ。身じろぎもせずにすわっていたが、両手の指関節が突き出し、象牙のように白く光っている。

「アンドルー・キャプラのことで、隠していることがあるでしょう」彼は静かに尋ねた。

「なにも隠してません」

「あの夜、なぜ彼はあなたの家を訪ねてきたんですか」

「それがなんの関係があるんです？」

「キャプラと面識があった被害者はあなただけだ。ほかの被害者はみんな行きずりの、酒場で目をつけた女性ばかりだった。しかし、あなたはちがう。彼はあなたを選んだんです」

「たぶん――わたしを恨んでいたんでしょう」

「彼は、なにか仕事の話であなたに会いにきたんですね。自分の犯したミスのことで。あなたはシンガー刑事にそう言ってますね」

彼女はうなずいた。「ミスと言っても一度や二度じゃなかったんです。いくつも立て続けに。医療過誤です。おまけに血液検査の結果が異常だったのに、その追跡検査をしていなかった。これは不注意から来る典型的なミスです。あの日の昼間、わたしは病院で彼を叱責しました」

「なんと言って叱責したんですか」

「ほかの職をさがしたほうがいいと言いました。レジデントの二年めに推薦するつもりはないからって」

「彼はおどしめいたことを言いませんでしたか。怒りをぶちまけるとか」

「いいえ。それがみょうなんです。平然と聞いていました。それから……にっこりしてみせたんです」

「にっこりした？」

彼女はうなずいた。「まるで大したことじゃないっていうみたいに」

それを想像してムーアは寒けがした。そのときの彼女は知らなかっただろうが、キャプラの笑顔の裏側にはとほうもない憤怒が隠れていたのだ。

「その日の夜、あなたの自宅で」とムーアは口を開いた。「彼が襲ってきたとき――」

「もうそのことは話しました。供述書に書いてあります。なにもかも書いてありますから」

ムーアはいったん口をつぐんだが、しいて先を続けた。「シンガー刑事に言っていないことがあるでしょう。隠していることがあるはずです」

彼女は顔をあげた。頰が怒りで赤くほてっている。「なにも隠してません！」

これ以上質問をくりかえして彼女を悩ますのはつらかったが、ここで引き下がるわけにはいかない。「キャプラの検死報告を調べたんですがね。サヴァナ警察にあなたが供述した内容と矛盾するんですよ」

「わたしはシンガー刑事にありのままを話しました」

「あなたは、ベッドの側面に身を乗り出していたと言ってます。そしてベッドの下に手を入れて銃をさがした。その姿勢でキャプラをねらって撃ったと」

「そのとおりです。まちがいありません」

「検死報告によれば、銃弾は腹部に下から入って、胸椎を貫通し、彼の身体をマヒさせた。この部分はあなたの供述とも矛盾しません」

「それなら、どうしてわたしが嘘をついたっていうんですか」

ふたたびムーアは口をつぐんだ。胸が痛くてこれ以上は追及したくなかった。もう彼女を傷つけたくない。「二発めの銃弾の問題があります。二発めは至近距離から左目にまっすぐ撃ちこまれている。しかし、あなたは床に横たわっていた」

「きっと向こうが前かがみになって、そのときわたしが撃って――」

「きっと？」

「わからないんです。憶えてないの」

「二発めを撃ったのは憶えてないんですか」

「ええ。いいえ……」

「どっちがほんとうなんです、キャサリン」彼は静かに言ったが、その言葉に含まれるとげをやわらげることはできなかった。

彼女はぱっと立ちあがった。「こんなふうに尋問されるいわれはありません。わたしは被害者なんです」

「こちらはあなたを守ろうとしてるんです。それにはほんとうのことを話してもらわないと」

「嘘はついてません！　そろそろ帰っていただけませんか」キャサリンはドアに歩いていき、力まかせに開いて、そこで驚いて息をのんだ。

目の前にピーター・ファルコが立っていた。ノックしようと手をあげていた。

「どうしたんだ、キャサリン」とピーターは尋ねた。

「なんでもないの」彼女はぴしゃりと答える。

ムーアに目を留めて、ピーターの表情がけわしくなった。「これはどういうことです、警察のいやがらせですか」

「ドクター・コーデルにいくつか質問をしていただけですよ」

「廊下で聞いてると、そうは思えませんでしたがね」ピーターはキャサリンに目を向けた。

「ぼくが刑事さんを出口まで案内しようか」

「だいじょうぶ、自分でなんとかするわ」

「きみは質問に答える義務なんかないんだぜ」

「ええ、わかってるわ。ありがとう」

「ならいいけど。必要なら、ぼくはいつでもそこにいるから」最後にもういちど、警告するような目でムーアをにらんでから、ピーターは自分のオフィスに引きあげていった。廊下の向こう端で、ヘレンと会計係がこちらを見つめている。彼女はあわててドアを閉めた。しばらくムーアに背を向けて立っていたが、やがて背筋をのばしてこちらに向きなおった。いま答えようがあとで答えようが、どっちみちそれで疑問が氷解するわけではないのだ。

「わたしはなにも隠してません」彼女は言った。「あの夜にあったことをなにもかも話していないとしたら、それは憶えていないからです」

「では、サヴァナ警察に対するあなたの供述は、完全な真実というわけではなかったんですね」

「供述をとられたとき、わたしはまだ入院中でした。シンガー刑事はなにがあったのかすっかり説明して、わたしが記憶をつぎあわせるのを助けてくれました。あの話をしたときは、ほんとにそのとおりのことが起きたと思っていたんです」

「でも、いまはそれほど自信がない」

彼女は首をふった。「どの記憶がほんものなのかよくわからないんです。思い出せないことがたくさんありますから。キャプラに盛られた薬のせいで。ロヒプノールです。ときどきフラッシュバックがあるんです。ほんとうにあったことかもしれないし、ちがうかもしれない」

「そのフラッシュバックはいまもあるんですか」

「夕べもありました。何か月も起きてなかったので、もう乗り越えたと思ってたんですけど。もう終わったって思ってたのに」窓ぎわに歩いていき、外をながめた。そびえたつコンクリートのせいで日陰になっている。彼女のオフィスは病棟に面していて、入院患者の病室の窓が何列も重なっているのが見える。病人や死期の近い人々の個人的な世界がかいま見える。

「二年は長いと思うでしょう」彼女は言った。「二年もあればどんなことも忘れられそうな気がするでしょう。でもほんとうは、二年なんかあっという間です。ないも同然です。あの夜のあと、わたしは自分の家に帰れなかった。あんなことのあった場所に足を入れることができなかった。父に頼んで荷物をまとめてもらって、引っ越しをしなくちゃなりませんでした。あのころわたしはチーフ・レジデントで、血や臓物なんかすっかり見慣れてた。それなのに、あの廊下を歩くと思っただけで、あの寝室のドアをあけると思っただけで、冷や汗が噴き出してきたんです。父は理解しようとしてくれましたけど、なにしろ昔かたぎの軍人で、弱虫がきらいな人ですから。わたしの傷も戦争の傷とおんなじだと思ってるんです。いつかは治って、またいままでどおりに生きていけるって。いつまでもめそめそしてないで立ち直れって言うんです」彼女は首をふって笑った。「立ち直れって。すごく簡単なことみたい。父にはぜんぜんわかってなかった。毎朝外へ出るだけ、車まで歩いていって、外の世界に身をさらすだけ、それだけのことがわたしにとってどんなにたいへんだったか。しばらくすると、わたしは父と話すのをやめました。わたしの弱さに父がいらいらしてるのがわかったので。もう何か月も電話もしてない……

二年かかって、やっと恐怖を抑えられるようになりました。なんとかふつうの生活ができるようになった。物陰からなにかが飛びかかってくるんじゃないかって、びくびくせずにいられるようになったんです。やっと自分の生活をとりもどしたんです」手で目をこすった。浮いてきたいまいましい涙を、すばやくぬぐったのだ。「それなのに、また失ってしまった……」

彼女は涙をこらえようとしてふるえていた。自分で自分の身体を抱き、爪を腕に食いこませ、必死に自制心を失うまいとしている。ムーアは椅子から立ちあがり、彼女の背後に近づいていった。いまふれたら彼女はどうするだろう。身を引き離すだろうか。男の手がふれたというだけでぞっとするだろうか。どうしていいかわからずに見ていると、彼女は背中を丸めてちぢこまった。目の前で粉々に砕けてしまいそうな気がした。

そっと肩に手を置いてみた。彼女はびくりともしなかったし、身を引きもしなかった。こちらを向かせて、両手を背中にまわし、自分の胸に引き寄せた。これほど深く苦しんでいたとは思わなかった。苦しみに全身が激しくふるえている。まるで嵐に叩かれて揺れる吊り橋のようだ。声こそあげなかったが、吸う息がふるえていて、嗚咽をこらえているのがわかる。唇を彼女の髪に押しあてた。そうせずにはいられなかった。彼女がそれを必要としていることが、心の奥深くで感じられた。両手で顔を包みこみ、ひたいに口づけをした。

腕のなかで、彼女はじっと身じろぎもしない。一線を越えてしまった、とムーアは思った。あわてて腕をほどき、「申し訳ない。こんなことをしてはいけなかった」

「そうですね」

「なかったことにしてくれますか」

「あなたはできます?」ささやくように尋ねる。

「できます」彼は背筋をのばした。自分で自分に言い聞かせるように、さらに強い口調でくりかえした。「できます」

彼女がうつむいて彼の手を見ている。結婚指輪を見ているのだ。「奥さまのためにも、なかったことにしなくては」彼女がそう言ったのは罪の意識をかきたてるためだったが、たしかにその効果はあった。

ムーアは指輪に目をやった。シンプルな黄金の輪。長いことはめっぱなしなので、もう指にくっついているように見える。「メアリは亡くなったんです」彼は言った。キャサリンがなにを考えているかわかる——妻を裏切っていると思っているのだ。どうしても説明しなくてはならないという気がした。彼女に自分という人間を誤解されたくない。

「二年前でした。脳内出血を起こしたんだが、すぐには亡くならなかった。半年間、わたしは望みをつないでいました。いつか目をさましてくれると……」彼は首をふった。「慢性的植物状態だと医者は言ってました。あの言葉がほんとにいやだった。植物とは。まるでそのへんの木や草になったみたいでしょう。しかし、女房はもう以前の女房じゃなくなってた。息をひきとるころにはまるで別人だった。メアリはもうどこにも残ってなかった」

彼女にふれられて、彼は驚いた。手の感触にびくっとしたのはこちらのほうだった。窓から射しこむ灰色の光を浴びて、ふたりは黙って見つめあった。どんなキスも抱擁も、いまの自分たちほどふたりの人間を近づけることはできないだろう、そうムーアは思った。ふたりの人間が分かちあえるもっとも深い感情は、愛でも欲望でもない。それは苦しみだ。

インターホンの雑音に魔法は破られた。ここがどこか急に思い出したように、キャサリンはまばたきをした。デスクに戻ってインターホンのボタンを押す。

「はい？」

「ドクター・コーデル、ＳＩＣＵから呼び出しです。上に大至急来ていただきたいと」

キャサリンがこちらに投げた一瞥で、ふたりとも同じことを考えたのがムーアにはわかった。ニーナ・ペイトンになにかあったのだ。

「十二番ベッドのこと？」とキャサリンは尋ねた。

「そうです。たったいま患者の意識が戻りました」

第十一章

ニーナ・ペイトンの目は大きく見開かれ、狂おしく光っていた。四点拘束具で両手首と両足首がベッドの柵に固定されていたが、その両手を自由にしようとあばれているせいで、浮きあがった腕の腱に太いひもが食いこんでいる。

「五分ほど前に意識が戻ったんです」とSICU看護婦のステファニーが言う。「最初に心拍があがってるのに気がついて、それで見たら目があいていたんです。落ち着かせようとしたんですけど、拘束をいやがって」

キャサリンは心臓モニターに目をやった。心拍は高いが、不整脈は見られない。呼吸も速く、ときおり突発的に喘鳴《ぜんめい》が混じり、気管内チューブから痰が噴き出していた。

「気管内チューブのせいだわ」とキャサリン。「それでパニックを起こしてるのよ」

「バリウム(精神安定剤の一種)を与えましょうか」

ムーアが入口のほうから声をかけてきた。「意識を失うと困ります。鎮静剤を与えられたら事情聴取ができない」

「どっちみち話せませんよ。気管内チューブが入ってるから」キャサリンはステファニーに目をやった。「最後の血液ガスの結果はどうだった？　抜管できそう？」

ステファニーはクリップボードの書類をめくった。「ぎりぎりです。酸素分圧《PO_2》六十五、二酸化炭素分圧《PCO_2》三十二。チューブで四十パーセントの酸素を与えてこれですから」

キャサリンは眉をひそめた。どの選択肢も気に入らない。できれば鎮静剤は与えたくない。ニーナの話を聞きたいという気持は警察に負けず劣らず強かった。しかし、医師としてはほかにも考えなくてはならないことがいくつもある。のどに管が挿入されていると、だれでもパニックを起こすものだ。ニーナはひどく興奮していて、拘束された手首はもう赤くすりむけている。しかし、管を抜くことにもリスクはある。手術後に胸水が貯留しているため、四十パーセントの酸素――室内の空気の二倍――を与えていても、血液酸素飽和度は正常値ぎりぎりだ。キャサリンが気管内チューブを入れたままにしておいたのはそのためだった。チューブを抜くと正常値の下限を割り込む恐れがある。しかし、抜かなければ患者のパニックはおさまらず、ずっとあばれつづけるだろう。かといって鎮静剤を与えれば、警察の質問に答えられなくなる。

キャサリンはステファニーに目をやった。「抜管するわ」

「いいんですか？」

「危険な徴候が見えたら、また挿管するから」言うは易しだわ、そうステファニーの顔に書いてあった。数日チューブを挿入したままだと、喉頭の組織が腫れあがって再挿管がむずかしくなる場合がある。そうなったらもう緊急気管切開しか手がない。

キャサリンはベッドをまわって患者の頭の後ろに立ち、その顔をそっと両手で包むようにした。「ニーナ、わたしはドクター・コーデルです。これから管を抜きますからね。そのほうがいいでしょう？」

患者はうなずいた。はっきりした必死の意思表示だ。

「それじゃ、ぜったい動かないで、じっとしててね。声帯に傷がつくといけないから」キャサリンは顔をあげた。「マスクの用意は？」

ステファニーがプラスチックの酸素マスクを持ちあげてみせる。

キャサリンは励ますようにニーナの肩をぎゅっとつかんだ。チューブを留めているテープをはがし、風船様のカフから空気を抜いた。「大きく息を吸って、吐いて」キャサリンは言った。ニーナの胸が拡張したあと、息を吐き出すタイミングを待って、キャサリンはチューブを抜いた。

チューブが抜けるのと同時に痰が噴き出し、ニーナは咳きこんでぜいぜいと息をあえがせた。キャサリンは髪をなでてやり、ステファニーが酸素マスクをとりつけるあいだ低い声でささやきかけていた。

「だいじょうぶ、だいじょうぶよ」

しかし、心臓モニターはあいかわらずせわしなく点滅しているし、ニーナはおびえた目でじっとキャサリンを見つめていた。キャサリンだけが頼みの綱で、その姿からとても目が離せないというように。患者の目をのぞきこみ、そこになじみの表情を認めてキャサリンは胸が痛んだ。これは二年前のわたしだ。サヴァナの病院で気がついたときの。悪夢からさめたと思ったら、別の悪夢が待っていた……

ニーナの手首と足首を固定しているひもに目をやり、縛りつけられているのがどんなに恐ろしかったか思い出した。アンドルー・キャプラにされたのと同じ縛りかた。

「拘束をはずして」彼女は言った。

「でも、管を引き抜いてしまうかも」

「いいからほどきなさい」

この叱責に、ステファニーは顔を赤くした。返事もせずにいましめをほどく。わかっていないのだ。だれにもわかりはしない——わかるのはキャサリンだけだ。サヴァナから二年たったいまでも、そでにきついカフスのついた服にはがまんできない。最後の拘束が解かれたとき、ニーナの唇が声のないメッセージを形作るのがわかった。

ありがとう。

心電図のピッピッという音がしだいにゆるやかになってきた。その心拍の安定したリズムをBGMに、ふたりの女は見つめあっていた。キャサリンがニーナの目のなかに自分の一部を認めたとしたら、ニーナもまたキャサリンの目のなかに自分を認めたようだった。口に出さなくてもわかる、被害者どうしの連帯感。

人が思うより、わたしたちはずっと数が多いのだ。


「刑事さん、どうぞお入りください」看護婦が言った。

ムーアとフロストがなかに入ると、ベッドサイドにキャサリンが腰をおろして、ニーナの手をにぎっていた。

「ついててほしいと言ってますから」とキャサリン。

「女性の刑事を連れてきてもいいんですが」とムーア。

「いいえ、わたしでないと」キャサリンは言った。「わたしはここから動きません」まっすぐムーアを見る視線は揺らぎもしなかった。これは、ほんの数時間前に彼の腕でふるえていた女性ではない、そうムーアは思った。これは彼女のもうひとつの顔、猛々しい保護者の顔だ。このことでは彼女は一歩もひきはしないだろう。

ムーアはうなずき、ベッドサイドに腰をおろした。フロストはカセットレコーダーをセットすると、ベッドの足もとの目立たない場所に引っこんだ。フロストのこういうひかえめなところ、物静かで礼儀正しいところを買って、ムーアはこの事情聴取の相棒に彼を選んだのだ。いまのニーナ・ペイトンには、押しの強い刑事ぐらい会いたくない人種はいないだろうから。

酸素マスクははずされており、かわりに鼻カニューレが使われていた。そのチューブからかすかな音をたてて空気が鼻孔に送りこまれている。彼女の目はふたりの男のあいだを行ったり来たりし、不穏なそぶりが見えないか、急にとびかかってこないかと油断なくうかがっている。ムーアは大きな声を出さないように気をつけながら、自分の名を名のり、バリー・フロストを紹介した。事情聴取の準備として、まずニーナに氏名と年齢と住所を言わせた。すでにわかっている情報だが、自分で言わせてテープに録音することで、精神状態が正常であることを確認し、意識がはっきりしていて供述能力があることを示すのだ。ムーアの問いに答える彼女の声は、しゃがれていて抑揚にとぼしく、奇妙に感情が欠落していた。他人ごとのようなその態度に、ムーアは不安になった。まるで死人と話をしているようだ。

「入ってくる物音は聞こえませんでした」彼女は言った。「目がさめたときには、もうベッドのそばに立っていたんです。窓をあけっぱなしにしとくんじゃなかった。薬をのむんじゃなかんです。よく眠れるように」

　彼女は顔をそむけて、ムーアの視線を避けた。「こわい夢ばかり見て。病院で薬をもらった
「レイプのせいで？」

「眠れなくなってたんです、あれのせいで……」声が尻すぼみにとぎれた。

「なんの薬です？」ムーアは静かに尋ねた。

った……」

　そのせいで、悪夢が――ほんものの悪夢が寝室に入りこんできたのだ。

「顔は見ましたか」

「暗かったので。息づかいは聞こえましたけど、動けなかった。声も出せなかった」

「もう縛られてたんですね」

「いつ縛られたのかわかりません。どうしてあんなことになったのか」

　クロロホルムだ、とムーアは思った。まずそれで抵抗を封じたんだ。彼女が完全に目をさま
す前に。

「それからどうなりました？」

　息が速くなった。ベッドのうえのモニターで、心拍を示す点滅も速くなる。

「彼はベッドのそばの椅子に腰をおろしました。影が見えました」

「それで、そいつはなにをしました？」

「わたしに――わたしに話しかけてきました」

「なんと言ったんです？」

「おまえは……」彼女はつばをのんだ。「おまえはよごれてるって言いました。汚染されてるって。自分の不潔さがいやでたまらないはずだって。それから――きたない部分を切除して、わたしをまたきれいな身体にしてやるって言いました」いったん口をつぐみ、やがてささやくように言った。「それで、わたしはもうすぐ死ぬんだってわかったんです」

キャサリンの顔からは血の気が引いていたが、被害者自身はみょうに落ち着いていた。だれか別の女性にふりかかった悪夢のことを話しているかのように。もうムーアを見てはいなかった。ムーアを通りこしてどこか遠くを見ていた。彼女は遠くから、ベッドに縛りつけられた女性を見ている。そして椅子にすわって闇に包まれている男を。次に彼女の身にどんな恐ろしいことがふりかかるか、男は静かな声で話して聞かせている。〝外科医〟にとっては、これは前戯なのだ。これが彼を興奮させるのだ。女の恐怖のにおい。彼はそれを糧《かて》にしている。女のベッドのそばにすわり、死のイメージで女の心を満たす。女の肌に汗が浮き、汗は恐怖のすえたにおいを発散する。彼の求めてやまぬエキゾチックな芳香。彼はそれを吸いこみ、そして興奮するのだ。

「それからどうなりました？」とムーア。

答えはない。

「ニーナ？」

「顔にランプを当てられました。光がまともに目に入って、わたしには向こうの顔が見えませんでした。見えたのはまぶしい光だけです。それから写真を撮られました」

「それから？」

彼女はムーアに目を向けた。「それから、彼は出ていきました」

「あなたを家にひとりで残していったんですか」

「家から出てったわけじゃありません。歩きまわる足音が聞こえました。それからテレビの音——ひと晩じゅうテレビの音がしてました」

パターンが変わっている。ムーアは慄然としてフロストと目を見交わした。〝外科医〟はますます自信をつけてきている。ますます大胆になっている。数時間で殺しを終えるのでなく、それを長引かせている。ひと晩じゅう、そしてその翌日も、獲物をベッドに縛りつけたまま放置している。被害者はそのあいだずっと、これから起きることを思っておびえつづけるのだ。リスクを気にせず、〝外科医〟は被害者の恐怖を引きのばしている。そして自分の快楽を。

モニターの心拍数がふたたび上昇していた。声には抑揚も感情もなかったが、そののっぺりした仮面の下に恐怖がいすわっている。

「ニーナ、それからどうなりました」彼は尋ねた。

「午後のあいだに、きっと眠ってしまったんだと思います。目がさめたらまた暗くなってました。ひどくのどが渇いて、もうそのことしか考えられなかった。水が欲しくてたまらないって、そればっかり……」

「ひとりで残されたことはありませんでしたか。家のなかにひとりきりになったことは？」

「わかりません。聞こえるのはテレビの音だけでした。そのうちテレビの音が消えて、それでわかったんです。あいつがまたこの部屋に戻ってくるって」

「戻ってきたとき、犯人は明かりをつけましたか」

「はい」

「顔が見えましたか」

「目しか見えませんでした。マスクをしてたんです。お医者さんがかけるような」

「でも目は見えたんですね」

「はい」

「見憶えがありましたか。以前に一度でも会った憶えはありませんでしたか」

長い沈黙があった。自分の心臓の鼓動を感じながら、ムーアは聞きたい答えが返ってくるのを待ち受けていた。

やがて彼女は小さく答えた。「いいえ」

ムーアはぐったりと椅子に沈みこんだ。室内の緊張がぷつんととぎれた。この被害者にとって〝外科医〟はあかの他人、名前をもたない男だったのだ。なぜ彼女が選ばれたのか、その理由はあいかわらずわからないままだ。

声に落胆が出ないように気をつけながら、彼は言った。「人相を教えてください」

彼女は深く息を吸い、目を閉じた。記憶をよびさまそうとするように。「髪が……髪は短かった。すごくきちんと切ってあって……」

「何色でした？」

「茶色です。明るい茶色」

エリナ・オーティスの傷口に付着していた髪の毛と一致する。「では白人だったんですね」とムーア。

「ええ」

「目は？」

「薄い色でした。青か灰色。こわくてまともに見られませんでした」

「顔の形はどうです。丸顔ですか、卵形？」

「細面でした」彼女は口ごもり、「ふつうの」

「身長や体重はどうです」

「それはちょっと――」

「だいたいでいいんです」

ため息をついて、「中肉中背です」

ふつう。平凡。中身は化物でも外側はありふれているというわけか。

ムーアはフロストに顔を向けた。「シックス・パックを見てもらおう」

フロストが顔写真集の第一巻を差し出した。シックス・パックと呼ぶのは、一ページに写真が六枚ずつ印刷されているからだ。ムーアはその本をベッドサイドのキャスターつきトレイテーブルに置き、患者の前に近寄せた。

それから三十分、希望はしだいにしぼんでいった。ニーナは一度も手を休めずにページをめくりつづけている。口を開く者はない。聞こえるのは酸素の流れる音と、ページをめくる音だけだ。そこに写っているのは、すでに知られている性犯罪者の顔だ。ニーナがページをめくってもめくっても、その顔が尽きることはないような気がする。延々と続くその顔写真は、あらゆる男にそなわった暗部を――人間の仮面に隠れた爬虫類の衝動を体現しているような気がする。

仕切りの窓を叩く音がした。顔をあげると、ジェイン・リゾーリが手招きしている。

ムーアは話をしに外へ出た。

「人相はわかった？」彼女は尋ねた。

「むりそうだな。外科医のマスクをかけてたそうだ」

リゾーリは眉をひそめた。「なんでマスクなんか」

「儀式の一部かもな。興奮するのに必要な小道具なんだろう。医者のふりをするのがファンタジーなんだ。汚染された臓器を切除するって彼女に言ったそうだ。レイプ被害者だと知ってたんだ。それでなにを切除したかっていえば、迷わず子宮をねらってる」

リゾーリは仕切りのなかを見つめた。低い声で、「マスクをかけてた理由、もうひとつ考えられると思うけど」

「というと？」

「顔を見られたくなかったのよ。人相を知られたくなかったんだ」

「しかし、もしそうだとすると……」

「だからあたしがずっと言ってるじゃない」リゾーリはムーアに目を向けた。「〝外科医〟は、最初からニーナ・ペイトンを生かしとくつもりだったのよ」

こんなにじっくり人の心臓を見ていたことがあっただろうか。キャサリンはそう思いながら、ニーナ・ペイトンの胸部X線写真を見ていた。薄暗がりのなかに立ち、ライトボックスに留めたフィルムにひたと目をあてて、骨と臓器のつくる影をつくづくながめている。胸郭、トランポリンのような横隔膜、そしてその上にのっているのが心臓だ。魂の座などではない。ただの筋肉のポンプでしかなく、とくに神秘的な役目をになっているわけではない。その意味では肺や腎臓と少しも変わらない。しかし、科学にしっかり足を置いているキャサリンでさえ、ニーナ・ペイトンの心臓を見ていると、その象徴性に心を動かされずにはいられなかった。

生き残った者の心臓。

隣室で声がした。ピーターの声。ファイル管理者に患者のフィルムを出してくれと頼んでいる。ややあって読影室に入ってきたが、ライトボックスのそばに彼女が立っているのに気づいて足を止めた。

「まだいたの」彼は言った。

「あなただって」

「そりゃ、ぼくは今夜待機だからね。なんで帰らないの」

キャサリンは、またニーナの胸部X線写真に目を向けた。「帰るより先に、この患者が安定しているか確かめたくて」

ピーターがすぐ横にやって来た。なんて背が高いんだろう。なんて大きいんだろう。思わず一歩ひきそうになって、その衝動をむりやり押さえつけた。彼はフィルムを調べている。

「少し肺拡張不全があるね。でも、それを別にすれば心配はなさそうだけど」写真のすみの「氏名不詳」という記述に目を留めた。「これは十二番ベッドの患者かい？　刑事がおおぜいまわりをうろついてる」

「そうよ」

「抜管したんだね」

「数時間前にね」彼女はしぶしぶ言った。ニーナ・ペイトンのことは話したくなかった。この患者に個人的に思い入れがあることを知られたくなかった。しかし、ピーターは質問を続ける。

「血液ガスの値はどう」

「まずまずね」

「ほかに心配なことでもあるのかい」

「いいえ」

「じゃあ、もう帰ったらいいのに。あとのことはぼくにまかせてさ」

「この患者はわたしが自分で気をつけていたいのよ」

彼が肩に手を置いてきた。「いったいいつから、きみは自分のパートナーを信用できなくなったんだ」

彼の手がふれたとたん、思わず身体がこわばった。それを感じてピーターが手を引っこめる。しばらく黙っていたが、やがてピーターは離れていって、自分の持ってきたX線写真をライトボックスにセットしはじめた。無造作にクリップにはめこんでいく。腹部CTスキャンの連続写真だったので、クリップを一列まるごと占領してしまった。フィルムを留め終わると、彼は身じろぎもせずに立っていた。眼鏡にX線写真が映りこんで、その奥の目は見えない。

「キャサリン、ぼくはきみの味方だよ」こちらには目を向けず、ライトボックスをにらんだまま低い声で言った。「どうしたら信じてもらえるんだろうな。ずっと考えてたんだ。ぼくがなにか言ったかしたかして、そのせいでぼくらのあいだはおかしくなったんだろうって」ついにこちらに顔を向けた。「以前はおたがい頼りにしあってたのに。少なくともパートナーどうしとしてはね。このあいだなんか、患者の胸のなかでほとんど手をにぎりあってたじゃないか！それなのに、いまきみは患者のひとりもぼくにまかせようとしない。そろそろ信頼してもらってもいいと思うけどな」

「あなたぐらい信頼できる外科医はいないと思ってるわ」

「じゃあ、いったいなにがどうなってるんだ？　朝仕事にかかると、押し込みがあったのがわかる。それなのにきみはそのことを話そうとしない。十二番ベッドの患者のことを質問すれば、きみはやっぱり話そうとしない」

「警察に口止めされてるんだもの」

「近ごろじゃ、警察がきみの人生を仕切ってるみたいだな。どうしてなんだ」

「そのことは話せないわ」

「キャサリン、きみにとってぼくはただのパートナーなのか。ぼくは友だちのつもりだったのに」そう言って、一歩こちらに近づいてきた。彼は大柄な男だ。近づいてこられただけで、ふいに閉所恐怖が起きそうになった。「きみがおびえてるのはわかってる。オフィスに鍵をかけて閉じこもってるし、何日も眠ってないような顔をしてる。ただそばにいて、それを見てるだけなのは耐えられない」

キャサリンは、ニーナ・ペイトンのX線写真をライトボックスから引きはがし、封筒にすべりこませた。「あなたには関係のないことよ」

「いや、あるとも。だってそのせいできみが苦しんでるんだから」

追いつめられるかっこうになって、だしぬけに怒りがこみあげてきた。「ちょっとはっきりさせておきましょうよ、ピーター。そりゃ、わたしたちはいっしょに仕事をしてるし、わたしはあなたを外科医として尊敬しているわ。パートナーとして好ましい相手だと思ってる。でも、あなたとわたしはあくまでも他人なのよ。秘密を打ち明けあう仲でもないじゃないの」

「打ち明けたっていいじゃないか」彼は静かに言った。「ぼくに話すのをこわがってることがあるんだろう。それはなんだい」

キャサリンは彼を見つめた。その声のやさしさに胸が騒いだ。その瞬間、いっそなにもかも話してしまおうかと思った。サヴァナで起きたことを、どんな屈辱的なことも隠さずすべて打ち明けてしまいたかった。しかし、そんなことをしたらどうなるかわかっている。レイプされた女は、いつまでたっても傷ものなのだ。いつまでたっても犠牲者なのだ。憐れまれるのはがまんできない。ピーターから憐れまれるのだけは。彼に一目置かれることが、彼女にとってはなにより大事なことだから。

「キャサリン……」彼は手を差しのべてきた。

涙にくもる目で、その差し出された手を見た。おぼれかけていながら、救助の手を拒否して、黒々とした海に沈むほうを選ぶような気持で、彼女はその手をとらなかった。

その手に背を向けて、部屋を出ていった。

第十二章

氏名不詳の患者が部屋を移された。

いま、手のなかに彼女の血液を入れた試験管がある。残念ながらもう冷たくなっていた。静脈採血士の試験管ラックに長いこと立ててあったから、かつてこの試験管にこもっていた体温はガラスを通じて発散され、空気中に飛んでしまったのだ。冷えた血液はもう死んでいる。力も魂も宿っておらず、もうなんの感興もよびさますことはない。いまわたしが注目しているのはそのラベルだ。ガラスの試験管に貼付された白い長方形のラベルには、病院番号、病室番号、そして患者の氏名が印刷されている。氏名は「不詳」になっているが、この血液がほんとうはだれのものなのかわたしにはわかっている。もう外科集中治療室から出されている。五三八号室に移されたのだ――外科病棟へ。

試験管をラックに戻した。試験管が二十本ほど並べて立ててある。嵌めてあるゴムのふたは青と紫と赤と緑に色分けされていて、その血液にどんな検査をおこなうかわかるようになっている。紫のふたは血球数、青は凝固検査、赤は生化学検査と電解質検査。赤いふたの試験管のなかには、血がすでに凝固して柱状の黒っぽいゼラチンに変わっているものもある。検査指示書の束をあさって、「氏名不詳」用の指示書を見つけた。今日の朝、ドクター・コーデルは二種類の検査を指示している。全血球数算定と血清電解質検査だ。さらに下のほうをさぐって、昨夜の検査指示書をさがしだし、ドクター・コーデルが指示担当医師になっている別の指示書のカーボンコピーを見つけた。

「大至急、抜管後動脈血ガス検査。鼻カニューレにより酸素毎分二リットル吸入」

ニーナ・ペイトンは抜管されている。自分で呼吸し、人工呼吸器の助けを借りずに空気を吸っている。のどにはもうチューブは入っていない。

自分の席にじっと腰をおろし、わたしはニーナ・ペイトンのことではなく、キャサリン・コーデルのことを考えていた。このラウンドは自分が勝ったと彼女は思っている。ニーナ・ペイトンをこの手で救ったと思っている。身のほどを思い知らせるときだ。謙虚さを叩きこんでやらなくては。

電話をとり、病院の栄養部に電話をかけた。電話に出た女の声はいらいらしている。背後でトレイががちゃがちゃ鳴る音がする。夕食時間が近く、むだ話をしているひまなどないのだ。

「西病棟五階ですが」とわたしは嘘をついた。「患者ふたりの食事メニューがごっちゃになってるような気がして。五三八号室の食事はなにが指定されてるかわかりますか」

間《ま》があった。キーボードを叩いて情報を呼び出しているのだ。

「水分のみになってます」彼女は答えた。「まちがいありませんか」

「ええ、まちがいなしです。どうも」わたしは電話を切った。

今朝の新聞には、ニーナ・ペイトンはいまだに昏睡状態で危篤だと書かれていた。だが、それは嘘だ。意識が戻っている。

キャサリン・コーデルは彼女の命を救った。こちらのねらいどおりだ。

静脈採血士が近づいてきて、血液の試験管でいっぱいのトレイをカウンターにのせた。いつものように、わたしたちは笑顔をかわした。親しい同僚どうし、たがいに好意をいだいているのはとうぜんというわけだ。彼女は若く、高々と盛りあがった胸がメロンのように白衣を持ちあげている。それに白い歯がきれいで、歯並びもいい。検査指示書の新しい束をとりあげ、こちらに手をふって離れていく。彼女の血は塩からい味がするだろうか。

機械の低いうなりは、やむことのない子守歌だ。

コンピュータの前に行き、西病棟五階の患者のリストを呼び出す。この病棟は各階に二十の病室があり、それがH字形に配置されていて、ナース・ステーションはHの中央の横線にあたる位置に置かれている。わたしは患者のリストをスクロールした。全部で三十三人。年齢と病名をスキャンし、十二番め、五二一号室の患者のところで画面を止めた。

「ミスター・ハーマン・グワドウスキ、六十九歳。担当医師：キャサリン・コーデル。診断：外科処置、腹部多発外傷による緊急開腹」

五二一号室は、ニーナ・ペイトンの病室と並行して走る廊下にある。五二一号室からはニーナの病室は見えない。

ミスター・グワドウスキの氏名をクリックし、検査履歴にアクセスした。入院は二週間前、検査履歴はスクリーニングに次ぐスクリーニングだった。腕がどうなっているか目に見えるようだ。静脈に沿って注射痕とあざがずらりと並んでいるだろう。血糖値からして、糖尿病をわずらっているのはまちがいない。白血球数が高いのは、なんらかの感染症を起こしているしるしだ。また、足の創傷部検体がいま培養中になっている。糖尿病のために四肢の血行障害が起きており、両脚の組織が壊死《えし》を起こしはじめている。中心静脈ラインの部位の検体も、やはり現在培養中になっていた。

電解質検査の結果に目をやった。カリウム濃度は着実に上昇している。二週間前は四・五、先週は四・八、昨日は五・一だ。高齢だし、腎臓は糖尿病に冒されている。そのためごく一般的な毒素も排出できず、血液中に蓄積されてきているのだ――カリウムのような毒素が。

軽くひと押ししてやれば、すぐに死線を越えてしまうだろう。

わたしはミスター・ハーマン・グワドウスキに会ったことはない。少なくとも顔をあわせたことはない。試験管ラックを置いたカウンターに歩みより、血液の入った試験管のラベルを読んだ。そのラックは東病棟五階と西病棟五階の患者のもので、さまざまなスロットに二十四本の試験管が立っていた。五二一号室の赤いふたの試験管を見つけた。ミスター・グワドウスキの血液だ。

その試験管をとりあげ、光の下でゆっくりまわして観察した。まだ凝固しておらず、なかの液体は黒っぽくどろりとしていた。ミスター・グワドウスキの静脈でなく、よどんだ井戸に注射針がもぐりこんでしまったかのように。試験管のふたをはずし、においを嗅いだ。高齢者の血に特有の尿素のにおいと、感染症の徴候である甘ったるいにおい。肉体はすでにぐずぐずと崩れはじめている――外殻が死につつあることを、たとえ脳は否定しつづけていても。

このようにして、わたしはミスター・グワドウスキと知り合いになった。

末永いつきあいにはならないだろうが。

アンジェラ・ロビンズは良心的な看護婦で、十時に投与予定のハーマン・グワドウスキの抗生物質がなかなか届かないのでいらいらしていた。西病棟五階の事務員に、「グワドウスキさんの点滴薬がまだ来ないのよ。もういちど薬剤部に電話してもらえない？」

「薬剤カートはチェックした？　九時にあがってきましたよ」

「グワドウスキさんの薬は影も形もなかったわ。いますぐゾーシンを点滴しなくちゃならないのに」

「そうだ、思い出した」事務員は立ちあがり、別のカウンターに置かれた「入」の箱に歩いていった。「ちょっと前に、西四階の助手が持ってきたんだった」

「西四階？」

「このバッグ、別の階に送られちゃったんですよ」事務員はラベルをチェックした。「グワドウスキ、五二一号室A」

「それだわ」アンジェラは言い、小さな点滴バッグをとった。病室に戻りながらラベルを読んで、患者の氏名と担当医師の氏名、それに生理食塩水に添加されたゾーシンの量を確認した。どれも問題なしだ。十八年前、アンジェラが看護婦になりたてのころは、正看護婦は病棟の備品室に自由に入っていき、点滴液のバッグをとってきて必要な薬剤を添加すればよかった。看護婦が忙しさのあまり犯したいくつかのミス、世間の注目を集めた何件かの訴訟、そのせいでなにもかも変わってしまった。いまではカリウムを添加した生理食塩水の点滴バッグですら、病院の薬剤部を通さなければ手に入らない。管理の階層がまたひとつ増え、歯車がまたひとつ増えた。医療というマシンはそれでなくてもじゅうぶん複雑なのに。アンジェラはそれが気に入らなかった。そのせいで、この点滴バッグは届くのが一時間遅れたのだ。

点滴の管を新しいバッグに接続し、そのバッグをスタンドにかけた。ミスター・グワドウスキはじっと横たわったまま身動きもしない。二週間も昏睡状態が続いていて、早くも死臭がただよいはじめていた。アンジェラは看護婦になって長いだけに、それにはとっくに気がついていた。すえた汗のようなそのにおいは、最後の旅立ちの前ぶれだ。このにおいに気づくたび、彼女はほかの看護婦にこうつぶやく。「この人はもう長くないわね」点滴の落ちる速度をあげ、患者のバイタルサインをチェックしながら、彼女はいままた思っていた——この人はもう長くない。それでも、どの患者に対するときとも変わらず、彼女は注意深く自分の務めを果たしていった。

清拭の時間だった。お湯のたらいをベッドサイドに運び、布をひたして、まずミスター・グワドウスキの顔から拭きはじめた。口をぽかんとあけたままなので、舌は乾いてしわが寄っている。できるものなら死なせてあげたい。この地獄から解放してあげたい。しかし、息子はコードの変更さえ認めようとせず、そのせいでこの老人は生きつづけている——これを生きていると言えればだが。崩壊していく肉体という殻《から》のなかで、心臓はいまも鼓動しつづけている。

患者のガウンを脱がせ、中心静脈ラインの刺入部位をチェックした。傷口が少し赤みを帯びているのが気になる。両腕にはもう点滴の針を刺せる場所がない。いまでは輸液の入口はここしかないし、アンジェラはそれでなくても、傷口を清潔に保つことには神経質だった。清拭のあとでドレッシングを交換しよう。

胴体の清拭にとりかかり、肋骨をなぞるようにして拭いていった。もともと筋肉のついているほうではなかっただろうが、いまの彼の胸は、骨に羊皮紙を張ったようにしか見えなかった。

足音がした。ミスター・グワドウスキの息子が入ってくるのを見て憂鬱になった。その姿を見ただけで身がまえてしまう──彼はそういうたぐいの男だった。いつでも他人のあら探しばかりしている。妹に対してしょっちゅうそれをやっていた。ふたりが言いあっているのを聞いたことがあるが、つい妹に加勢しそうになるのをがまんしなくてはならなかった。なんにしても、この男をどんなにいやなやつだと思っているか、アンジェラの立場ではそんなことを言うわけにはいかない。とはいえ、だからと言って愛想をふりまく理由もない。彼女はただ会釈しただけで清拭を続けた。

「どんなようすだね」アイヴァン・グワドウスキは尋ねた。

「変わりはありません」彼女の声はそっけなかった。早く出ていってほしかった。心配しているふりをするという、つまらない儀式はさっさとやめにしたらいいのに。とにかく仕事のじゃまをしないでほしい。父親を愛する気持から見舞いに来ていると思うほど、彼女の目は節穴ではなかった。この息子が采配をふるっているのは、いつもそうしているからでしかない。たんに主導権を譲りわたしたくないだけなのだ──相手が死神であっても。

「あの医者はちゃんと診に来てるんだろうな」

「ドクター・コーデルは毎朝診察に見えます」

「いったいどう思ってるんだろうな、ぜんぜん意識が戻らないじゃないか」

アンジェラは布をたらいに入れ、背筋をのばして彼に目を向けた。「ミスター・グワドウスキ、なにがおっしゃりたいんですか」

「いつまでこんな状態が続くんだ」

「あなたがもういいとおっしゃるまでです」

「どういう意味だ」

「そろそろ息をひきとらせてあげたほうがいいんじゃありませんか」

アイヴァン・グワドウスキは彼女をにらんだ。「なるほど、そうすればみんなが楽になるってわけだな。病院もベッドがあいて万々歳だ」

「そういう意味じゃありません」

「近ごろの病院がどうやって儲けているか、わたしが知らないとでも思ってるのか。患者が長く入院すれば経費がかさむだけなんだ」

「わたしはただ、そのほうがお父さんのためだって言ってるんです」

「親父のためを思うなら、病院がちゃんとやることをやればいいんだ」

言わないほうがいいことを言ってしまう前に、アンジェラは彼に背を向けて、たらいから布をとった。ふるえる手で布をしぼる。言い合いなんかしちゃだめ。自分の仕事をすればいいのよ。言い合いなんかしたら、こういう男はぜったい責任者を呼べって言い出すんだから。

湿らせた布を腹部にあてたとき、初めて老人が息をしていないのに気がついた。

アンジェラはすぐに首の脈をさぐった。

「どうしたんだ」息子が尋ねた。「だいじょうぶか」

それには答えず、息子を押しのけて廊下に走り出た。「コード青《ブルー》（患者の生命が危険にさらされているという意味）！」彼女は叫んだ。「コード・ブルー、五二一号室！」

キャサリンはニーナ・ペイトンの部屋から走り出て、かどを曲がって次の廊下に向かった。五二一号室はすでに人でいっぱいで、あまったスタッフが廊下にあふれ出していた。医学生の一団が目を丸くして立ち、首をのばして室内の騒ぎをのぞきこんでいる。

キャサリンは人をかき分けてなかに入り、喧騒に負けじと声をはりあげた。「なにがあったの？」

ミスター・グワドウスキの担当看護婦のアンジェラが言った。「たったいま呼吸が止まったんです！　脈もありません」

キャサリンがベッドサイドにたどり着いてみると、もうひとりの看護婦がすでに患者の顔にマスクをあてがい、肺に酸素を送りこんでいた。インターンが両手を胸に置き、胸骨を強く押して心臓から血液をしぼり出し、動脈と静脈に血液を送りこんでいる。臓器に、脳に血液を送りこむのだ。

「心臓モニターの電極つけました！」と声がした。

キャサリンの目がモニターに飛んだ。波形は心室細動を示している。心室はもう収縮しておらず、心筋はでたらめにけいれんしているだけだ。心臓はたるんだ筋肉の袋になりはてていた。

「電極《パドル》は充電した？」キャサリンは言った。

「百ジュールです」

「やって！」

看護婦が除細動器のパドルを胸に当てて叫んだ。「みんな下がって!」

パドルが放電し、心臓に電気ショックを送りこんだ。熱い金網に乗った猫のように、患者の上体がベッドからはねあがる。

「まだ心室細動です!」

「エピネフリン一ミリグラム静注。百ジュールのショックをもう一回」

エピネフリンが中心静脈ラインから流れこんでいく。

「下がって!」

ふたたびパドルからショックが送りこまれ、また上体が躍りあがる。

モニター上、まっすぐにはねあがる波形があらわれたが、すぐに急降下して細かくふるえるラインに戻ってしまった。死にゆく心臓の最後のけいれんだ。

キャサリンは患者を見おろして考えた。このしなびた骨のかたまりを生き返らせてどうしようというのだろう。

「まだ——続け——ますか?」胸部圧迫を続けているインターンが、息を切らしながら尋ねた。汗がひとしずく、頬に光るすじを残して流れ落ちる。

そもそも蘇生させたかったわけではないのだ、と彼女は思い、打ち切ろうとしかけたとき、アンジェラが耳打ちしてきた。

「息子さんが来てます。見てますよ」

キャサリンはアイヴァン・グワドウスキにちらと目をやった。戸口に立っている。こうなってはほかに道はない。最大限の努力をしなかったら、この息子はまちがいなくそのつけを払わせようとするだろう。

モニターの波形は、嵐に翻弄《ほんろう》される海面のようだ。

「もう一回やるわよ」キャサリンは言った。「今度は二百ジュールで。大至急血液をとって電解質検査に送って！」

心肺蘇生カートの引出しが大きな音をたてて開くのが聞こえた。試験管とシリンジがあらわれる。

「血管とれません！」

「中心静脈使って」

「下がって！」

全員が一歩下がり、パドルが放電した。

キャサリンはモニターを見つめていた。この電気ショックで心臓がいったん停止し、それがきっかけになってまた正常に動きだすことを願って。しかし、モニターの波形はただのさざ波に戻っていく。

ふたたびエピネフリンが中心静脈ラインをすべり落ちていった。

インターンは真っ赤になって汗をかきながら、胸部圧迫を再開した。バッグマスクは別の人間が交代して、また肺に空気を送りこみはじめたが、干からびたもみ殻に生命を吹きこもうとするようなものだった。周囲の声が変化しているのがわかる。切迫した響きは消えて、言葉は単調に、自動的になっていく。ただ無目的に身体を動かしているのも同然だった。敗北は目に見えている。キャサリンは室内を見まわした。ベッドのまわりには十人以上のスタッフが集まっているが、だれにとっても結論は明らかなようだ。だれもが彼女の言葉を待っている。

とうとうキャサリンはその言葉を発した。「コードを終了しましょう。終了、十一時十三分」

無言のまま、全員が一歩さがってみずからの敗北の証拠を見つめた。ハーマン・グワドウスキは、ワイヤと点滴チューブのからみあうなかに、しだいに冷えていく身体を横たえている。看護婦が心電図モニターのスイッチを切り、オシロスコープ画面が空白になった。

「ペースメーカーはどうしたんだ」

キャサリンは、コード・シートにサインしている途中でふりむいた。患者の息子が病室に入ってきている。「手の打ちようがありませんでした」彼女は言った。「お気の毒です。もう心臓を生き返らせることができなくて」

「そういうときはペースメーカーを使うもんじゃないんですか」

「できることはすべて――」

「電気ショックをかけただけじゃないですか」

電気ショックをかけただけ？　彼女は室内を見まわし、奮闘の痕跡に目をやった。使用済みのシリンジや薬のバイアル、破れたパッケージが散乱している。医療の戦場にかならず残される残骸だ。室内の全員がこちらを見つめ、彼女がどう答えるか固唾《かたず》をのんで待ちかまえている。

書きこみをしていたクリップボードをおろした。怒りの言葉が口もとに浮かびかけたが、それを発する機会はなく、彼女はドアのほうにさっとふりむいた。

病棟のどこかで女性の悲鳴があがった。

たちまちキャサリンは部屋の外に飛び出していた。看護婦たちがすぐあとに続く。全力でかどを曲がったとき、廊下に突っ立っている助手の姿が目に飛びこんできた。すすり泣きながらニーナの部屋を指さしている。室外の椅子はからっぽだ。

警官がいたはずなのに。警官はどこ？

キャサリンはドアを開くなり凍りついた。

最初に目に映ったのは血だった。あざやかな血のリボンが壁を伝い落ちている。次に患者に目を向けた。うつぶせになって床にころがっている。ニーナはベッドとドアの中間あたりに倒れていた。ドアに向かって何歩か逃げようとして、そこで力尽きたかのように。点滴チューブがはずれ、その抜けたあとから生理食塩水が床に流れ落ち、大きな血だまりの横に小ぶりの水たまりができている。

ここにいたのだ。〝外科医〟がここに。

本能は声をかぎりにあとじされ、逃げろとわめきたてていたが、キャサリンはしいて足を前に踏みだし、ニーナのわきにひざをついた。術衣のズボンにしみこんでくる血はまだあたたかい。ニーナの身体をあおむけにした。

血の気のない顔、見開いた目を見ただけで、息絶えているのはすぐにわかった。ついさっき、あなたの心臓が打つのを聞いていたのに。

ようやくわれに返ると、キャサリンは顔をあげ、周囲のおびえた顔を見やった。「警官は」彼女は言った。「警官はどこ？」

「さあ――」

よろめく足で立ちあがると、まわりの者はあとじさって道をあけた。したたる血にはかまわず、病室の外へ出た。狂ったように廊下を見まわす。

「たいへん」看護婦が言った。

廊下のつきあたり、床に黒っぽい線が伸びていく。血だ。備品室のドアの下から血が流れ出していた。

第十三章

犯行現場のテープごしに、リゾーリはニーナ・ペイトンの病室をのぞきこんだ。飛び散った動脈血が、祝祭日に投げる紙テープのようなもようを壁に描いて乾いている。廊下をそのまま歩いて備品室の前に来た。警官の遺体が発見された場所。その入口にも、やはり犯行現場を示すテープが渡されている。なかには林立する点滴スタンド、たらいや洗面器の棚、手袋の箱が見えたが、すべてが血のジグザグもように飾られていた。仲間のひとりがこの部屋で死んだのだ。ボストン市警の全警察官にとって、〝外科医〟を追うのはもうただの仕事ではなくなっていた。

そばに立っていた制服警官に、彼女は顔を向けた。「ムーア刑事は？」

「下の管理部です。病院の監視ビデオを見てるところです」

リゾーリは廊下を見まわしたが、セキュリティカメラは見あたらない。この廊下を映したビデオはないだろう。

階下に降りて会議室にすべりこんだ。ムーアがふたりの看護婦とともに監視ビデオを見ていたが、こちらをふりむく者はいなかった。ビデオを再生しているテレビモニターに一心に見入っている。

カメラがねらっているのは、西病棟五階のエレベーターだった。ビデオのなかで、エレベーターのドアが開いた。ムーアが画像を一時停止する。

「ほら」彼は言った。「これが、コード・ブルーが出たあとに最初にエレベーターから出てきたグループです。十一人いますね。みんな一度に飛び出してきてます」

「コード・ブルーのときはそうするものなんです」と病棟主任看護婦が言った。「院内スピーカーでアナウンスするんですよ。手のあいている人はみんな呼び出しに応えることになってるんです」

「顔をよく見てください」とムーア。「全員に見憶えがありますか。ここにいるはずのない人はいませんか」

「みんなの顔は見えませんね。ひとかたまりになって出てきてるから」

「シャロン、あなたはどうです」ムーアがふたりめの看護婦に尋ねた。

シャロンは身を乗り出してモニターを見つめた。「ここ、この三人は看護婦です。それからこの若い男の人ふたり、横のほうにいる人たちですけど、これは医学部の学生さんです。この三人めの男の人は――」と、画面の上のほうを指さした。「雑用係《オーダリー》です。ほかの人たちも見憶えがあるような気はしますけど、名前はわかりません」

「なるほど」と言うムーアの声には疲れがにじんでいた。「じゃあ、残りを見ましょう。それがすんだら階段室のカメラを見ますから」

リゾーリは近づいていき、主任看護婦のすぐ後ろに立った。

画面では画像が逆まわしになり、エレベーターのドアが閉じた。ムーアが再生ボタンを押すと、ドアがふたたび開く。出てきた十一人は、足が何本もある一個の生物のようにいっせいにコード患者のもとへ急ぎだした。だれの顔にも張りつめた表情が浮かび、音声はなくても危機感がひしひしと伝わってくる。人間のかたまりが画面の左のほうへ消えた。エレベーターのドアが閉じる。ややあってそのドアがまた開き、ふたたび人々がどっと吐き出された。十三人。この三分足らずのうちに、合計二十四人の人間がこの階にやって来たことになる。しかも、その頭数にはエレベーターで来た者しか入っていない。階段でやって来た人間が何人いたことだろうか。リゾーリは舌を巻く思いだった。なんという完璧なタイミング。コード・ブルーが出れば、たちまち大騒ぎになる。何十人というスタッフが、病院じゅうからこの西病棟五階に集まってくるのだ。白衣さえ着ていれば、だれにも気づかれずにもぐりこめる。犯人はまちがいなくエレベーターの奥に立って目立たないようにしていたのだろう。カメラに対して自分が別の人間の陰になるように気をつけていたにちがいない。敵は、病院の規則や慣習を正確に知っているのだ。

エレベーターで来た第二のグループが画面から消えていく。一度もカメラに映らなかった顔がふたつあった。

ムーアがテープを取り換えている。場面が変わった。今度のビデオに映っているのは階段室のドアだった。しばらくはなにも起きなかった。やがてドアがさっと開き、白衣を着た男がひとり、すごい勢いで飛び出してきた。

「この人は知ってます。マーク・ノーブルっていうインターンです」とシャロン。

リゾーリはらせん綴じのメモ帳を出し、その名前を急いで書き留めた。

ドアがまたさっと開き、女性がふたりあらわれた。どちらも白い制服姿だ。

「これはヴェロニカ・タムだわ」と主任看護婦が背の低いほうを指さした。「西五階の看護婦です。コードが出たときは休憩中だったんです」

「もうひとりの女性は？」

「知りません。それに顔がよく見えないし」

リゾーリはこう書き留めた。


一〇：四八、階段室のカメラ。

ヴェロニカ・タム、西五階の看護婦。

不明女性、黒髪、白衣。


階段室のドアから入ってきたのは全部で七人。看護婦が見知っていたのはうち五人。これまでのところ、エレベーターまたは階段でやって来た人間は三十一人。それに加えて最初からこの階で働いていた人員がいるから、事件当時は少なくとも四十人が西五階に近づくことができた計算になる。

「それじゃ、コードの最中と終わったあとの映像を見ましょう」とムーア。「今度は走ってませんからね。顔や名前のわかる人がさっきより増えるんじゃないかな」ビデオを早送りした。画面下の時刻表示が八分ぶん進んだ。コードはまだ終了していないが、出番のなかった人員がすでに病棟から散っていきはじめていた。映っているのは、階段室のドアに歩いていくその背中だけだ。まず、医学部学生の男子ふたり、少し遅れて第三の氏名不詳の男性。こちらはひとりだった。それから長い間《ま》があって、ムーアはそこを早送りした。次に四人の男性がいっしょに階段室に出ていった。時刻は十一時十四分。このころにはコードは正式に終了していて、ハーマン・グワドウスキは死亡が宣告されていた。

ムーアはテープを取り換えた。ふたたびエレベーターの映像があらわれる。

そのテープも終わるころには、リゾーリはメモ帳三ページにわたって書きこみをし、コードのあいだにやって来た人間の数をチェックしていた。緊急呼び出しに応えてやってきたのは男が十三人、女が十八人だった。コードが終わったあと、出ていくのが映っていたのは何人だったか数えてみた。

人数が合わない。

ついにムーアが停止ボタンを押し、画面が空白になった。一時間以上もビデオを見ていて、ふたりの看護婦はくたくたに疲れきった顔をしていた。

リゾーリの声が沈黙を破ったとき、看護婦はふたりともぎょっとしたようだった。「あなたの勤務中に、西五階で働いている男性の部下はいますか」リゾーリは尋ねた。

主任看護婦はこちらに顔を向けた。目を丸くしている。自分の気づかないうちに、刑事がもうひとりこの部屋に入ってきていたのに驚いたのだろう。「三時に看護士が来ます。でも、日中の勤務時間には男性はいません」

「では、コードが出たときに西五階で働いていた男性はいないんですね」

「外科のレジデントはいたかもしれません。でも、男性看護士はね」

「どのレジデントです？　憶えてます？」

「レジデントは、しょっちゅう出たり入ったりして回診してますから。とても全部は把握しきれませんよ。あたしたちには仕事があるんです」看護婦はムーアに顔を向けた。「そろそろ五階に戻らないと」

ムーアはうなずいた。「けっこうです。ご協力ありがとうございました」

ふたりの看護婦が部屋を出ていくのを待って、リゾーリはムーアに言った。「〝外科医〟は最初っから病棟にいたのよ。コードが出る前から。そうでしょう」

ムーアは立ちあがり、ビデオをとりだし、別のビデオカセットプレイヤーに歩み寄った。怒っているのはその態度からわかる。

「西五階に駆けつけてきた男は十三人いたけど、出ていったのは十四人。ひとり多いよね。犯人は最初からずっといたんだ」

ムーアは再生ボタンを押した。階段室の場面がまた映し出される。

「こんなばかなことってある？　クロウは監視をちゃんと手配しといたんだよ。なのに、あたしたちはたったひとりの目撃者を失ってしまった」

彼は無言のまま画面をにらんでいる。もう飽きるほど見た顔が、階段室のドアを通ってあらわれ、また消えていく。

「この犯人は壁を抜けて出たり入ったりしてる」彼女は言った。「そしてどこへともなく消えてしまう。あの階では九人の看護婦が働いてて、なのに犯人がその場にいたのにだれも気がついてない。あいつはもう最初からずっとあそこにいたのよ」

「その可能性はある」

「それにしても、どうやって警官に近づいたのかな。なぜ警官は、患者のドアのそばを離れるのを承知して、のこのこ備品室についていったんだろう」

「たぶん顔見知りだったんじゃないか。あるいはなんの危険もなさそうな人間か」

コードの大騒ぎのさなか、全員が人命を救おうとおおわらわになっているさなかには、なにもせずに廊下に突っ立っているただひとりの男——警官——に、病院のスタッフが用事を頼むのは自然なことだっただろう。備品室でなにかを手伝ってほしいと警官に頼むのは、ごく自然なことに思えただろう。

ムーアが一時停止ボタンを押した。「ここだ」彼は低い声で言った。「こいつがそうだと思う」

リゾーリは画面を見つめた。コードが出されてまだまもないうちに、階段室のドアからひとりで出ていった男だった。映っているのは後ろ姿だけだ。白衣を着て、手術帽をかぶっている。短く切った茶色い髪が、その帽子の下に細い帯状にのぞいている。やせ型で、肩幅はお世辞にも広いとはいえない。背中を丸めて前かがみになっているせいで、さながら歩くクエスチョンマークだった。

「この男が映っているのはこのときだけだ」とムーア。「エレベーターのビデオには見あたらなかったし、この階段室のドアから入ってくるところも映ってなかった。それなのにこうして出ていってる。ほら、ドアを腰で押してて、手でぜんぜんさわってないだろう。まちがいなく、こいつはどこにも指紋を残してない。そんなうかつなやつじゃない。それに前かがみになってる。カメラに映ってるのを意識してるみたいに。自分がさがされてるのを知ってるんだ」

「だれだかわかった？」

「看護婦はだれもこいつの名前を知らなかった」

「なんでよ、おんなじ階にいたのに」

「ほかにも大勢いたからな。みんなハーマン・グワドウスキを救うことで頭がいっぱいだった。こいつは別だがな」

リゾーリはビデオ画面に近づいた。白い廊下にひとりきりで映っている人物に、目は釘付けになっている。男の顔は見えなかったが、邪悪なるものの目をのぞきこんだように全身に寒けが走った。あんたが〝外科医〟なの？

「この男を見たって者はだれもいない」とムーア。「エレベーターでいっしょに昇ってきたのを憶えてる者もいない。それなのにこいつはここにいる。幽霊だ。好きなようにあらわれたり消えたりする」

「出てったのはコードが始まって八分後」リゾーリは画面の時刻を見ながら言った。「そのすぐ前に医学生がふたり出ていってるけど」

「ああ、そのふたりには話を聞いた。十一時の講義に出なくちゃならなかったんだと。だから早めに出ていったんだ。ふたりとも、この男があとから階段室に入ってきたのには気づかなかったそうだ」

「じゃあ、目撃者はゼロなわけね」

「このカメラだけさ」

彼女はあいかわらず時刻をにらんでいた。コードが始まってから八分。八分は長い。頭のなかで筋書きを演出してみた。警官に近づいていく。十秒。話しかけて、廊下の数フィート先までついてこさせ、備品室に連れこむ。三十秒。警官ののどを掻き切る。十秒。備品室を出て、ドアを閉じ、ニーナ・ペイトンの病室に入る。十五秒。第二の被害者をあの世に送って外へ出る。三十秒。ぜんぶあわせてもせいぜい二分。まだ六分残る。その六分でなにをしていたのか。血を落としていたのか。すさまじい出血だったから、返り血を浴びていても不思議はない。時間はたっぷりあった。看護婦の助手がニーナの遺体を見つけたときは、ビデオの男が階段室のドアを出ていってからすでに二十分が過ぎていた。そのころには、車なら一マイルも先を走っていたことだろう。

あまりに完璧なタイミング。この犯人はスイス時計のように正確に行動している。

リゾーリはだしぬけに上体をがばと起こした。雷に打たれたようにはたと気づいた。「知ってたんだ。なんてこと、ムーア、こいつはコード・ブルーが出るのを知ってたのよ」見れば、ムーアは落ち着きはらっている。とっくに同じ結論に達していたのだ。「ミスター・グワドウスキに見舞い客はあった？」

「息子がな。しかし、あの部屋にはずっと看護婦がいたし、患者のコードが出されたときも看護婦はそこにいたんだ」

「コードの直前にはなにがあったの」

「看護婦が点滴のバッグを交換した。そのバッグは分析に送ったよ」

リゾーリはまたビデオ画面に目を向けた。白衣の男の画像が、足を前に出す途中で止まっている。「おかしいじゃない。なんだってそんな危険を冒すんだろう」

「いわば尻ぬぐいだからな。最後の始末をつけに——目撃者をかたづけに来たんだろう」

「だけど、ニーナ・ペイトンは実質なんにも見てないんだよ。マスクをした顔を見ただけなんだから。人相が割れてないのはわかってたはず。危険でもなんでもないのはわかってたはずなのよ。それなのに、わざわざ手間ひまかけて殺しに来た。へたすればつかまる危険だってあったのに。そんなことしてなんになるのよ」

「満足だろう。とうとう殺しを終えたわけだからな」

「だけど、その気だったら彼女の家で殺すことだってできたんだよ。ムーア、犯人はあの晩、わざとニーナを生かしておいたのよ。つまり、最初からこんなふうに結末をつけるつもりだったんだ」

「病院でか？」

「そうよ」

「なんのために」

「それはわからないけど、でも不思議だと思わない？　あの病棟にはほかにも患者はたくさんいるのに、目くらましに選ばれたのはハーマン・グワドウスキだった。キャサリン・コーデルの患者よ」

　ムーアのポケットベルが鳴りだした。彼がそれに応えているあいだに、リゾーリはまたモニターに目を向けた。再生ボタンを押し、白衣の男がドアに近づくのを見まもる。腰を横に突き出してドアのバーを押し、階段室に入っていった。ただの一度も、ほんの一部分すら顔はカメラに向けていない。巻き戻しボタンを押し、その場面をふたたび見なおした。男が腰をわずかにひねったとき、今度はそれに気づいた。白衣の下のふくらみに。右側、ウェストと同じ高さのところ。なにを隠しているのだろう。着替えの服だろうか。殺人の道具か。

ムーアが電話に向かってしゃべっているのが聞こえた。「さわっちゃいけない！　そのままにしておきなさい。すぐ行くから」

彼が電話を切ったとき、リゾーリは尋ねた。「だれ？」

「キャサリンだ」とムーア。「敵がまたメッセージを送ってきた」

「院内便で来たんです」とキャサリン。「封筒を見てすぐ、犯人からだってわかって」

ムーアが手袋をはめるのを見て、むだな用心だ、とリゾーリは思った。どの資料にも〝外科医〟は指紋を残していない。それは大きな茶封筒で、ひもとボタンで閉じるようになっていた。いちばん上の空白行に、青いインクでこう印刷されていた。「キャサリン・コーデル様。お誕生日おめでとう。A・Cより」

アンドルー・キャプラだ。

「あけてないね？」ムーアが尋ねた。

「ええ。デスクに置いて、すぐにあなたに電話したの」

「いい子だ」

そういう褒めかたはばかにしているとリゾーリは思ったが、どうやらキャサリンはそうはとらなかったようで、緊張した顔にちらと笑みを浮かべてムーアと目をあわせている。ムーアとキャサリンのあいだには通いあうものがあった。見交わすまなざし、ぬくもり。リゾーリはそれに気づいて、嫉妬の痛みに胸をかまれた。このふたりのあいだは、あたしが思ってたより進んでる。

「なにも入ってないみたいだ」彼は言った。手袋をはめた手で、彼は封筒のひもをほどいた。中身を受け止めるために、リゾーリがカウンターに無地の白い紙を置く。ムーアがふたをあけて封筒をさかさにした。

つややかな赤褐色の毛がすべり出て、紙のうえに輝く小山をなした。

リゾーリの背筋に冷たいものが走った。「人間の髪の毛みたい」

「そんな。そんな……」

リゾーリがふりむくと、キャサリンが恐怖にあとじさっていた。キャサリンの髪を見、封筒から落ちてきた毛髪にまた目を向ける。同じ髪だ。これはコーデルの髪の毛だ。

「キャサリン」ムーアは低い声でなだめるように言った。「ぜんぜんきみのじゃないかもしれないよ」

彼女はムーアを狂おしい目で見た。「でもわたしのだったら？　いったいどうして――」

「ヘアブラシを置いてないか。病院のロッカーとか、オフィスとかに」

「ムーア」とリゾーリ。「この髪をよく見なさいよ。これはヘアブラシから抜いた毛じゃない。この根元のほう、刃物で切ってあるもの」キャサリンに向かって、「ドクター・コーデル、最後にあなたの髪を切った人は？」

キャサリンはそろそろとカウンターに近づいてきて、毒蛇を見るような目で切り取られた髪の毛を見つめた。「いつ切られたかわかったわ」と押し殺した声で言った。「思い出しました」

「いつです」

「あの夜……」ぼうぜんとした表情でリゾーリを見る。「サヴァナで」

リゾーリは電話を切り、ムーアに目を向けた。「シンガー刑事から裏がとれたよ。髪の毛が切られてたって」

「どうしてそれがシンガーの報告書には書いてないんだ」

「コーデルは、入院して二日めに鏡を見て初めて気がついたんだって。キャプラは死んでるし、髪は犯行現場では見つからなかったから、シンガーは病院のスタッフが切ったんだって思ったみたい。たぶん救急治療のときに。ほら、コーデルの顔はひどいあざになってたから。頭皮をきれいにするんで救急で髪を切ったのかもしれない」

「シンガーは、髪を切ったのが病院のスタッフかどうか確認してみたのか」

リゾーリは鉛筆を放り出してため息をついた。「いや、そこまでは調べなかったみたいよ」

「そのまま放っておいたっていうのか、報告書に書きもしないで。意味がわからなかったから」

「まあ、たしかに意味はわからないよね。なぜ切った髪が現場で見つからなかったの？　キャプラの遺体のそばに」

「あの夜のことについては、キャサリンが憶えてない部分がかなりある。ロヒプノールのせいでごっそり記憶が消えてるからな。キャプラはいったん家を出て、また戻ってきたのかもしれん」

「なるほどね。でも、まだ最大の謎が残ってるよ。キャプラは死んでるのよ。どうしてこのみやげが〝外科医〟の手に落ちたわけ？」

ムーアはこの問いには答えられなかった。ふたりの殺人者――生きているのと死んだのと。このふたりの化物を結びつけるものはなんだろう。ふたりの結びつきはたんに精神的なものではない。いまでは物理的な実体をもつにいたったのだ。実際に目で見、手でふれることのできるものになったのだ。

ふたつの証拠品バッグを見おろした。一方のラベルにはこうある――「出所不明の毛髪」。もう一方には、比較対照のためにキャサリンの毛髪サンプルが入っている。彼が自分で赤銅色の髪を切って、ジップロックの袋に入れたのだ。こんな髪の毛なら、たしかに記念品にしたくなるだろう。髪の毛ぐらい持主と密接に結びついているものは少ない。起きているときも寝ているときも、髪は女性とともにある。香りと色と手ざわりがある。髪はまさに女性の本質だ。キャサリンがおびえたのもむりはない。そんな重要な自分の一部が、どこのだれとも知れない男のものになっていたのだから。彼はそれをなで、においを嗅ぎ、恋人のように彼女のにおいになじんでいたのだから。

〝外科医〟はもう、彼女のにおいをよく知っているのだ。

真夜中近かったが、彼女の部屋は明かりがついたままだった。閉じたカーテンごしに、影が動くのが見える。まだ起きている。

ムーアは停まっているパトカーに近づいていき、腰をかがめてなかの巡査ふたりに話しかけた。「報告することは？」

「家に戻ってきてから、あの建物を一歩も出てません。ずっとうろうろしてます。今夜は落ち着かないみたいですね」

「ちょっと話してくるから」とムーアは言って、パトカーに背を向けて通りを渡った。

「ひと晩じゅういるんですか」

ムーアは立ち止まった。身をこわばらせてふりむき、警官に目を向けた。「なんだって？」

「ひと晩じゅういるんですか？　もしいるんなら、次の班にそう伝えとかないと。警察の人間があの人のそばについてるって教えたほうがいいでしょう」

ムーアは怒りをのみこんだ。巡査がそう訊いてくるのはごくあたりまえのことだ。それなのに、悪意があるとなぜすぐに思いこんでしまったのか。

夜更けに彼女のマンションに入っていけば、どんなふうに見られるかわかってるからさ。人がなにを考えるかわかってるから。そしておれ自身も同じことを考えているからだ。

マンションに足を踏み入れた瞬間、彼女がもの問いたげなまなざしを向けてきた。ムーアは暗い顔でうなずいてその問いに答えた。「残念だが、研究所が確認した。あいつが送ってきたのはきみの髪だ」

彼女はぼうぜんとして声もなかった。

キッチンでケトルが笛のような音をたてた。彼女はふりむき、部屋を出ていった。

ドアをロックしたとき、ムーアは真新しいぴかぴかの錠にしばし目を留めた。この鍛えた鋼鉄もなんと頼りなく見えることか。なにしろ敵は壁を抜けて入ってこられるのだ。あとを追うようにキッチンに入ると、彼女はピーピーとうるさいケトルの火を消していた。ティーバッグの箱をとろうとしたが、中身がこぼれてカウンターじゅうに散らばり、それを見てはっと息をのんだ。ほんのちょっとした失敗なのに、それが立ち直れないほどの打撃だったらしい。ふいにカウンターにもたれ、両手を強くにぎりしめて、白くなった手の関節を白いタイルに押しあてた。泣くまいとこらえていた。彼の目の前で取り乱すまいとしている。だが、もちこたえられそうには見えなかった。深く息を吸う。肩に力が入る。すすり泣きを押し殺そうと全身が緊張している。

それ以上見ていられなかった。そばに近づいていって抱きよせた。腕のなかで彼女はふるえている。今日は一日じゅう、彼女を抱きしめることを考えていた。抱きしめたいと焦がれていた。だが、恐怖に駆られてこの腕に逃げこんでくるような、そんなことを望んでいたわけではない。彼が望んでいたのは、たんに安全な避難所になることではない。困ったときに頼れる相手になることではなかった。

しかし、いま彼女が必要としているのはまさにそれだ。だから彼はキャサリンを腕に包みこみ、夜の恐怖から守る盾になってやった。

「どうして二度もこんな目にあうのかしら」彼女はささやいた。

「キャサリン、おれにはわからないよ」

「あれはキャプラのしわざ――」

「ちがう。キャプラは死んだんだ」彼女の濡れた顔に手をあて、そっと上を向かせた。「アンドルー・キャプラは死んだんだ」

彼女は腕のなかで身じろぎもせず、こちらをじっと見つめかえしてくる。「それなら、なぜ〝外科医〟はわたしを選んだの？」

「その答えを知っている者がいるとしたら、それはきみだ」

「わたしは知らないわ」

「顕在意識ではそうかもしれない。しかし、サヴァナで起きたことをなにもかも憶えてるわけじゃないって、きみも自分で言ったじゃないか。きみは二発めの銃弾を撃ったのを憶えていない。だれに、いつ髪を切られたのか憶えていない。ほかにどんなことを憶えてないんだ？」

彼女は首をふった。それからぎょっとして目を丸くした。ムーアのポケットベルが鳴りだしたのだ。

どうしてほっといてくれないんだ。彼はキッチンの壁の電話に歩み寄り、ポケットベルの呼び出しに応えた。

リゾーリのどこか非難めいた声に迎えられた。「彼女の部屋にいるのね」

「よくわかったな」

「発信元番号でわかったのよ。もう真夜中よ。自分がなにやってるかわかってるの」

彼はいらいらと答えた。「どうして呼び出したんだ？」

「彼女、聞いてるの？」

彼はキャサリンがキッチンから出ていくのを見送った。急に部屋がからっぽになったような気がする。火が消えたようだ。「いや」彼は言った。

「あの髪の毛のことを考えてたのよ。彼女があれを受けとった理由、もうひとつ考えられるじゃない」

「というと？」

「自分で自分に送ったってこと」

「なにを言いだすんだ。耳を疑うよ」

「それはこっちのせりふよ。あんたがこんなことも思いつかないなんて」

「動機はなんだ」

「男たちが通りからふらっと入ってきて、やってもない殺人を告白するのとおんなじよ。この件で彼女がどれだけ注目を集めてるか見てよ。あんたの注目をよ、ムーア。こんな夜中にあんたはそこへ行って大騒ぎをしてるじゃない。〝外科医〟が彼女をつけねらってないとは言わないけど、どうもこの髪の毛の一件は眉唾な気がするね。〝外科医〟が送ってきたって決めつけないで、ほかの可能性も考えてみていいころだと思うよ。だって、〝外科医〟がどうやってあの髪の毛を手に入れられるっていうのよ。二年前にキャプラがくれてやったとでもいうの？　寝室の床で死んでたのに、どうしたらそんなことができるのよ。キャプラの検死報告とくらべると彼女の供述はつじつまが合わないって、あんただって気がついてたくせに。彼女が完全に真実を話してないのはおたがいわかってるじゃない」

「あの供述は、シンガー刑事が誘導してしゃべらせたんだ」

「シンガーが作り話を吹きこんだっていうの？」

「シンガーがどんなプレッシャーを受けてたか考えてみろ。殺しが四件。だれもかれもが犯人をつかまえろとわめきたててる。そこへ、またとないすっきりした解決策があらわれたんだ。犯人が被害者に逆に撃たれて殺される。おかげで事件は解決だ。つごうのいい証言をさせたくなったって不思議はないさ」ムーアはいったん言葉を切った。「サヴァナのあの夜に、ほんとうはなにがあったのか突き止めなくちゃならんな」

「あの晩、その場にいたのは彼女だけなんだよ。しかも全部は思い出せないって当人は言ってる」

ムーアは目をあげて、キャサリンが戻ってきたのに目を留めた。「ああ、いまはまだな」

第十四章

「ほんとにドクター・コーデル自身が望んでるんだろうね」アレックス・ポロチェックが尋ねる。

「もう来て待ってるんだ」とムーア。

「むりに説得したんじゃないだろうね。抵抗感があると催眠術は効かないんだ。相手が心から協力する気になっていないと、ただの時間のむだだからね」

時間のむだ――リゾーリは最初からそう言っていたし、殺人課の刑事の多くが同意見だった。催眠術を余興の一種と思っているのだ。ラスヴェガスの芸人やクラブの手品師の領分だと。かつてはムーアも同じように思っていた。

それが変わったのは、メガン・フロレンス事件のせいだった。

一九九八年十月三十一日、十歳の少女メガンが学校から徒歩で帰宅途中、一台の車がそばに停まった。以来、彼女が生きて帰ってくることは二度となかった。

誘拐を目撃していたのは、近くに立っていた十二歳の少年ただひとりだった。車ははっきり見えたし、少年は形や色は憶えていたが、ナンバーは思い出せなかった。それから数週間後、捜査になんの進展もなかったため、少女の両親が催眠療法士を雇って少年から話を聞き出したいと主張した。完全に手づまり状態だった警察は、しぶしぶながら承知した。

ムーアはその場にいあわせた。アレックス・ポロチェックが少年をやさしく催眠状態に導くのを、彼はその目で見た。そして、少年が落ち着いて車のナンバーをそらんじるのを、腰をぬかす思いで聞いていた。

二日後、メガン・フロレンスは遺体となって発見された。誘拐犯の家の裏庭に埋められていたのだ。

ポロチェックの魔法で少年の記憶が戻ったのなら、キャサリン・コーデルの記憶も戻るのではないだろうか。

いまふたりは面会室の外に立ち、マジックミラーごしになかを見ていた。鏡の向こうにキャサリンとリゾーリがすわっている。キャサリンはそわそわしているようだった。椅子のうえで落ち着きなくもじもじし、見られていると気づいているかのように、鏡のほうにちらと視線を投げてくる。そばの小さなテーブルには、手つかずの紅茶のカップが置いてあった。

「思い出せばつらいだろう」とムーア。「協力する気はあるかもしれないが、本人にとっては楽しいことじゃない。襲われたときは、まだロヒプノールの効果が切れてなかったし」

「薬でぼやけた記憶で、二年も前で、しかもねじ曲げられてると言ったね」

「サヴァナの刑事が、事情聴取のとき誘導尋問をした可能性はある」

「わたしには奇跡は起こせないよ。それに情報が得られたとしても、それは証拠としては認められない。今後彼女が法廷でなにを証言しても、その証言はみんな無効になるんだ」

「わかってる」

「それでもやる気なのかね」

「ああ」

ムーアがドアをあけ、ふたりの男は面会室に入っていった。「キャサリン、こちらがアレックス・ポロチェック」とムーアは切り出した。「ボストン市警の法催眠学者だ」

ポロチェックと握手をしながら、彼女は困ったように笑った。

「ごめんなさい。どんなかたを予想してたのか、自分でもよくわからないわ」

「黒いマントをまとって、魔法の杖を持った男が出てくると思ってらしたんでしょう」

「ばかな話ですけど、ええ、でもそのとおりです」

「ところが、出てきたのはずんぐりむっくりのはげた小男だったと」

また彼女は笑い、少し肩の力が抜けたようだった。

「催眠術をかけられたことは？」彼は尋ねた。

「ありません。正直言って、かかるとは思えません」

「どうしてです？」

「ほんとは信じてないからです」

「それでも、わたしに会うことに同意なさった」

「ムーア刑事が勧めてくださったから」

ポロチェックは彼女の向かいの椅子に腰をおろした。「ドクター・コーデル、催眠術が効くと信じる必要はありません。ただ、効いてほしいとあなたが本心から願っていなくてはだめなんです。わたしを信頼してください。そして、自分から進んでリラックスしよう、やってみようと思ってくださらなくてはいけない。わたしの誘導にしたがって、ふだんとは異なる意識状態に入っていきたいと思ってください。その意識状態は、夜眠りに落ちる直前に経験する状態にたいへんよく似ています。ただし、ほんとうに眠りこむわけではない。ご心配なく、まわりで起きていることはちゃんと意識できますから。ただ完全にリラックスしているので、ふだんは手の届かない記憶に手が届くようになるんです。言ってみれば、頭のなかにあるファイリング・キャビネットのロックを外すようなものですね。ロックが外れれば、引出しをあけてなかのファイルをとりだすことができる」

「そこが信じられないんです。催眠術で記憶がよみがえるっていうのが」

「催眠術でよみがえるわけじゃありません。思い出せる状態をつくりだすだけです」

「それでもやっぱり、なんだかありえないような気がするんです。記憶を引っぱり出すのに催眠術がどうして役に立つんでしょう。自分では思い出せないのに」

ポロチェックはうなずいた。「なるほど、お疑いはごもっともです。たしかにありえないように思えるでしょうね。しかし、憶えているのに思い出せないというのはよくあることなんですよ。逆効果の法則と言うんですが、思い出そうとすればするほど、どうしても思い出せなくなるんです。そういう経験はだれでもありますよね。たとえば、テレビで有名な女優を見たとします。名前を知ってるはずなのに思い出せない。ここまで出かかってるのにどうしても出てこない。一時間も脳みそをしぼって、それでも思い出せない。若年性アルツハイマーにでもかかったかと思う。どうです、経験があるでしょう」

「しょっちゅうです」キャサリンは笑顔になっていた。ポロチェックに好感をもち、いっしょにいて楽しいと感じはじめているのは明らかだった。好調なすべりだしだ。

「でも、いつかは思い出せる。そうでしょう」と彼は言った。

「ええ」

「それはどういうときです？」

「思い出そうとするのをやめたときですね。リラックスして別のことを考えてるとき。でなかったら、ベッドに横になって寝ようとしてるとき」

「そのとおり。リラックスしているとき、ファイリング・キャビネットの引出しを必死であけようとするのをやめたときです。するとあら不思議、引出しが開いてファイルが飛び出してくる。これで、催眠術の働きが少しは納得しやすくなったんじゃありませんか」

彼女はうなずいた。

「つまり、これからやるのはそういうことです。あなたをリラックスさせる。リラックスすれば、ファイリング・キャビネットに手が届くようになる」

「そこまでリラックスできるかしら」

「部屋が気に入りませんか？　それとも椅子のせいかな」

「椅子はだいじょうぶです。ただ……」と言って、ビデオカメラを不安げに見やった。「人に見られてると」

「ムーア刑事とリゾーリ刑事には部屋を出てもらいます。それからあのカメラですが、あれはただのモノです。ただの機械です。そう考えてください」

「そうですけど……」

「ほかに心配なことがありますか？」

ややあって、彼女は小さい声で言った。「こわいんです」

「わたしがですか？」

「いいえ、思い出すのが。また同じ思いをするのが」

「そんな心配はまったくご無用です。ムーア刑事によると、恐ろしい経験をなさったそうですね。ですが、それをまた一から経験させるなんてことはしません。別のやりかたがあるんです。恐怖感で記憶が抑圧されてはいけませんからね」

「でも、それがほんとうの記憶かどうかどうしたらわかるんです？　わたしがこしらえたにせの記憶かもしれないでしょう？」

ポロチェックはいったん口をつぐんだ。「たしかに、記憶が変質している恐れはあります。ずいぶん以前のことですからね。しかし、ないものねだりをしても始まりません。先に申し上げておきますが、わたし自身はあなたが巻きこまれた事件のことはほとんど知りません。記憶に影響をおよぼしてはいけませんから、なるべく耳に入れないようにしているんです。わたしが聞いているのは、それが二年前の事件だということ、あなたが襲われたということ、そしてあなたの体内にロヒプノールという薬物があったということだけです。そのほかはまったく知りません。ですから、どんな記憶がよみがえったにしても、それはあなた自身の記憶です。わたしはただ、あなたがファイリング・キャビネットをあけるお手伝いをするだけです」

彼女はため息をついた。「わかりました。お願いします」

ポロチェックはふたりの刑事に目をやった。

ムーアはうなずき、リゾーリとともに部屋を出た。

鏡の反対側でふたりが見守るなか、ポロチェックはペンとメモ用紙をとりだし、そばのテーブルに置いた。それからいくつか質問を始めた。リラックスしたいときにどんなことをするか。とくに心が休まると思うような、特別な場所や思い出があるか。

「子供のころは、夏になるとニューハンプシャーの祖父母の家に遊びに行ってたんです」彼女は言った。「湖畔にコテージがあって」

「どんなコテージです？　くわしく教えてください」

「とても静かなところでした。小さいコテージで。湖に面して大きなポーチがあったんです。そばに野生のラズベリーの茂みがあって、よく実を摘んだわ。桟橋に通じる道の両側に、祖母がキスゲを植えてました」

「なるほど、ラズベリーですか。それに花ですね」

「ええ。それから湖。わたしはあの湖が大好きなんです。よく桟橋で日光浴をしました」

「そうですか、よくわかりました」メモ用紙にそれを書き留めると、ペンを置いた。「けっこうです。では、まず三回深く息を吸ってください。深く吸って、ゆっくり吐く。そうです。では目を閉じて、わたしの声に意識を集中してください」

キャサリンのまぶたがゆっくり閉じるのを見て、ムーアはリゾーリに言った。「録画を始めてくれ」

リゾーリが録画ボタンを押すと、テープがまわりはじめた。

隣室では、ポロチェックがキャサリンを完全なリラックス状態に導こうとしていた。まず自分の足指に意識を集中し、緊張が抜けていくのを感じるようにと指示している。もう足からすっかり力が抜けました。今度はふくらはぎからもだんだん力が抜けていきます……

「ほんとにこんな与太を信じてるの」とリゾーリ。

「役に立つのを見たことがあるんだ」

「ほんとだ、効いてきたみたい。あたしまで眠くなってきた」

目をやると、リゾーリは腕組みをして立ち、下唇を突き出していた。頭から疑ってかかっている。ムーアは言った。「いいから見てろよ」

「空中浮揚はいつ始まるの」とリゾーリ。

ポロチェックは、リラクゼーションの焦点をしだいに身体の高い位置に移動させていく。ふくらはぎから腿へ、腿から背中へ、背中から肩へ。キャサリンは両手をわきにだらりと垂らしていた。顔にはくつろいだおだやかな表情が浮かび、ゆっくりと深く呼吸をしている。

「では、あなたの大好きな場所を思い描いていきましょう」とポロチェック。「おじいさんおばあさんの湖畔のコテージです。大きなポーチに立っている自分の姿を想像してください。ポーチから湖のほうを見ています。夏の日で、風もなくおだやかに晴れあがっています。聞こえるのは鳥のさえずりだけ。ここは静かで、のどかです。太陽の光が反射して湖面がきらきらしています……」

キャサリンの表情は静かで澄みきっていて、ムーアは目をみはった。先ほどとは別人のようだ。そこには情熱が、少女時代のバラ色の夢があった。子供のころの彼女はきっとこんなふうだったのだろう。無垢が失われる前、成長とともに味わう失望をまだひとつも知らないころ。

アンドルー・キャプラがその爪痕を残していく前の時代。

「湖はとてもきれいで、ぜひそばに行ってみたくなります」とポロチェック。「あなたはポーチの階段を降りて、道をたどり、湖に向かいます」

キャサリンはじっとすわっている。すっかりくつろいだ表情で、両手をだらりとひざにのせている。

「足の下で地面は柔らかく、陽射しが降り注いで背中が熱いほどです。木々のあいだでは鳥がさえずっています。あなたはとてものびのびした気分です。一歩進むごとに、ますますゆったりしてきます。これ以上はないほどの深い静けさに包まれています。道の両側にはキスゲが咲き乱れ、甘い香りを放っています。花をかすめて歩くとき、あなたはその香りを吸いこみます。それはとても特別な魔法の香りで、あなたは眠りの世界に引きこまれていきます。歩くにつれて、足がだんだん重くなってきます。花の香りは麻薬のようで、あなたをますますリラックスさせてくれます。まだ残っていた凝りや緊張も、まぶしい太陽の光が解かしてくれます。さあ、湖畔が近づいてきました。桟橋の端に小さなボートが見えます。あなたは桟橋を歩いていきます。湖面は鏡のようにおだやかです。ガラスのように澄んでいます。湖面に浮かぶ小さなボートは少しも揺れていません。ただ静かに浮かんでいるだけです。これは魔法のボートです。なにもしなくても、好きな場所に連れていってくれます。どこでも行きたいところに。ただ乗りこむだけでいいのです。さあ、あなたは右足をあげて、ボートに乗りこみます」

ムーアはキャサリンの足に目をやった。右足がほんとうにもちあがり、床から数インチのところで止まった。

「そうです。右足をボートにおろします。ボートはちっとも揺れません。足をしっかり支えてくれています。なんの心配もなく、快適な気分です。さあ、次は左足をのせます」

キャサリンの左足が床から浮き、それがまたゆっくりとおろされた。

「うそ、信じられない」リゾーリが言った。

「その目で見てるじゃないか」

「だけど、ほんとに催眠術にかかってるってどうしてわかるの。かかったふりをしてるのかもしれないでしょう」

「それはそうだが」

ポロチェックはキャサリンのほうに身をかがめたが、手をふれようとはせず、声だけでトランス状態の彼女を導いていった。「あなたはボートのもやい綱を桟橋からほどきます。ボートは桟橋を離れて水のうえを動きだしました。あなたの思うとおりに動きます。行きたい場所を思い浮かべるだけでいい。そうすれば、魔法のボートがそこへ連れていってくれます」ポロチェックはマジックミラーに目を向けて、ひとつうなずいた。

「さあ、ポロチェックが過去へ連れていってくれるぞ」とムーア。

「いいですよ、キャサリン」ポロチェックはメモ用紙にペンを走らせ、催眠術が完全にかかった時刻をメモした。「あなたはボートを別の場所、別の時間に導いていきます。とはいえ、決めるのはやはりあなたです。水面に霧が湧いてきます。あたたかくてやさしい霧が、顔を気持よくなでていきます。ボートは霧のなかにすべりこんでいきます。手をのばして水にふれると、シルクのような手ざわりです。あたたかく、静かです。さあ、霧が晴れはじめました。正面の岸に家が建っています。家にはドアがひとつついています」

いつのまにかムーアは身を乗り出していて、マジックミラーに顔がくっつきそうになっていた。両手に力が入り、脈が速くなる。

「岸に着き、あなたはボートを降ります。家に通じる道をのぼり、ドアを開きます。ひと間きりで、上等の分厚いカーペットが敷いてあります。椅子があります。あなたはその椅子に腰かけます。こんなすわり心地のいい椅子は初めてです。あなたはすっかりくつろいでいます。しかもなんでも思いどおりにできるのです」

キャサリンはほっと息をついた。ちょうどふかふかのクッションに身を沈めたときのように。

「さて、見ると目の前の壁に映画のスクリーンがあります。これは魔法のスクリーンで、あなたの人生のどんな場面でも映し出すことができるんです。好きなだけ過去にさかのぼることができます。決めるのはあなたです。場面を先に進めることも、あともどりさせることもできます。いつでも好きなところで止められます。すべてあなたしだいです。ではやってみましょう。まず楽しかったころに戻りましょう。おじいさんおばあさんの湖畔のコテージで過ごしたころ。あなたはラズベリーを摘んでいます。スクリーンにその場面が映っていますか？」

キャサリンは長いこと答えなかった。やっと口を開いたときも、声があまりかすかなので、ムーアにはほとんど聞こえないほどだった。

「ええ。映ってます」

「あなたはなにをしてますか？　スクリーンのあなたは？」

「紙袋を持っています。ラズベリーを摘んで袋に入れています」

「摘みながら食べていますか？」

彼女の顔に、やわらかい夢見るような笑みが浮かんだ。「ええ。甘い味がします。太陽の熱であたたかくなっています」

ムーアは眉をひそめた。これは予想外だった。彼女は味や触感を経験している。つまり、その瞬間を追体験しているわけだ。映画のスクリーンで見ているだけではなく、場面のなかに入りこんでいる。ポロチェックが気づかわしげにこちらにちらと目をくれた。映画のスクリーンというイメージを使って、過去のトラウマをじかに経験するのを防ごうとしたのに、彼女は過去をそのまま体験している。次に打つ手を決めかねて、ポロチェックはしばしためらった。

「キャサリン」彼は言った。「いますわっているクッションのことを考えてください。あなたは室内の椅子にすわって、映画のスクリーンを見ています。クッションがふかふかなのを感じてください。椅子が背中を気持よく支えています。感じられますか」

間があった。「はい」

「けっこうです。いいですか、あなたはこれからもずっとその椅子にすわったままです。ずっと椅子を離れないでください。では魔法のスクリーンを使って、あなたの人生の別の場面を見てみましょう。あなたはいまも椅子にすわったままです。背中にふかふかのクッションをいまも感じています。これから見るのはみんな、スクリーンに映ったただの映画なんです。いいですね」

「はい」

「では」ポロチェックはひとつ深呼吸をした。「六月十五日、サヴァナの夜に戻りましょう。

アンドルー・キャプラがあなたの家の玄関をノックした夜です。スクリーンでどんなことが起きているか教えてください」

ムーアは、文字どおり息のつまる思いで見守っていた。

「彼はわたしの家の玄関ポーチに立っています」とキャサリン。「話がしたいと言っています」

「なんの話ですか?」

「ミスのことです。彼が病院でしでかしたミスのことです」

そこからの話は、サヴァナのシンガー刑事が彼女からとった供述とまったく同じだった。しぶしぶキャプラをなかに入れた。暑い夜で、彼がのどが渇いたと言うのでビールを勧めた。自分のぶんもビールをあけた。彼は興奮状態で、自分の将来を心配していた。たしかにぼくはミスを犯しました。でも、ミスをしない医者なんかいないでしょう。レジデントからぼくを外すのは才能の損失です。エモリー大学時代にある医学生を知ってましたが、優秀なやつだったのに、たった一度のミスで将来を閉ざされてしまったんです。人のキャリアを生かすか殺すか、そんな権力をあなたがふるうのは正しいことじゃない。人にはやり直すチャンスを与えるべきです。

道理を言って聞かせようとしたが、声には怒りがにじんでいるし、両手はぶるぶるふるえている。時間を与えれば落ち着くかと思い、しまいに彼女はトイレに行くと言って席を立った。

「それで、あなたがトイレから戻ってきたときはどうなりました?」とポロチェック。「映画ではなにが起きてますか? なにが映ってますか」

「アンドルーは少し落ち着いていています。もうそんなに怒っていません。あなたの立場はわかると言っています。わたしがビールを飲みほしたとき、彼はほほえんでいます」

「ほほえんでいる？」

「変です。とても変な笑いかた。病院でもあんな笑いかたをしていた……」

ムーアには、彼女の呼吸が速くなるのがわかった。はたで見ている観察者として、想像上の映画の場面を見ているだけなのに、やはり目前に迫る恐怖を感じずにはいられないのだ。

「それからどうなりました？」

「わたしは眠りこんでいます」

「それが映画のスクリーンに見えるんですね」

「はい」

「それから？」

「なにも見えません。スクリーンは真っ暗です」

ロヒプノールのせいだ。このあたりは記憶がないんだ。

「けっこう」とポロチェック。「では、その真っ暗なところは早送りしましょう。先に進んで、映画の次の場面に行きましょう。スクリーンに映像が出るところまで進んでください」

キャサリンの息づかいが荒くなってきた。

「なにが映っていますか」

「わたし――わたしはベッドに寝ています。自分の部屋です。手も足も動かせません」

「どうしてですか」

「ベッドに縛られてるんです。服を脱いでいて、彼がわたしにおおいかぶさっています。なかに入ってきています。なかで動いて……」

「アンドルー・キャプラが？」

「ええ。ええ……」いまでは息が乱れていた。恐怖にのどを締めつけられている。

ムーアはこぶしを固めていた。彼の息も速くなっていた。必死で衝動を押しこめていないと、マジックミラーを叩いていますぐ中断させてしまいそうになる。こうして聞いているのは耐えがたかった。レイプをまたむりやり体験させてはいけない。

しかし、ポロチェックはとっくにその危険に気づいていた。すばやく誘導して、苦痛に満ちた恐ろしい記憶から彼女を引き離した。

「あなたはいまも椅子にすわっています」とポロチェック。「この部屋にいれば安全です。映画のスクリーンがあるだけ。キャサリン、いま見てるのはただの映画なんです。あれはあなた以外の、だれかほかの人に起きていることなんです。あなたは安全です。心配することはなにもないんです」

彼女の息づかいがまた静かになり、ゆっくりと落ち着いたリズムを刻みはじめる。それはムーアも同じだった。

「その調子です。では映画を見ましょう。あなたがやっていることに意識を集中してください。アンドルーのやっていることではなく。次になにが起きてますか？」

「スクリーンはまた真っ暗になりました。なにも見えません」

まだロヒプノールの効果が切れていなかったんだ。

「早送りしましょう。その黒い部分は飛ばして。次に映像があらわれるまで。今度はなにが見えますか？」

「光です。光が見えます……」

ポロチェックは口をつぐんだ。「ちょっとカメラを引いてみましょうか。カメラを引いて、もう少し広く部屋を見てみましょう。スクリーンにはなにが映っていますか？」

「いろんなもの。ナイトスタンドにのっています」

「どんなものです？」

「手術器具です。メス。メスが見えます」

「アンドルーはどこにいます？」

「わかりません」

「部屋にはいないんですか？」

「いません。水を流す音がします」

「それからどうなりました？」

息が速くなり、声がうわずっていた。「わたしはナイロンコードを引っぱっています。ほどこうとしてます。足は動かせません。でも右手が――手首のナイロンコードがゆるんでいます。わたしは引っぱっています。必死で引っぱってます。手首から血が出ています」

「アンドルーはいまも部屋の外にいるんですね」

「ええ。笑い声が聞こえます。なにかしゃべっています。でもほかの部屋にいます」

「ナイロンコードはどうなりました？」

「ゆるんできました。血のせいですべりやすくなって、手が抜けました……」

「そのあと、あなたはなにをしてますか?」

「メスに手をのばしています。左手の手首のナイロンコードを切っています。なにをするのでもすごく時間がかかります。胃がむかむかします。手がよく動きません。すごくのろくて、部屋は暗くなったり明るくなったりします。いまも彼の声が聞こえます。しゃべっています。わたしはいま、左の足首のナイロンコードを切っています。アンドルーの足音が聞こえてきました。わたしはベッドから降りようとしますが、右の足首がまだ縛られたままです。わたしは横向きにころがって、床に顔から落ちてしまいました」

「それから?」

「アンドルーが戸口に立っています。驚いた顔をしています。わたしはベッドの下に手を入れて、銃をさぐりあてます」

「ベッドの下に銃があるんですか」

「ええ。父の銃です。でも、手が言うことをきかないので、構えるのがやっとです。それにまた目の前が暗くなってきています」

「アンドルーはどこです?」

「こっちに向かって歩いてきます……」

「それからどうなりました、キャサリン」

「わたしは銃を構えています。音がします。大きな音」

「発砲したんですね」

「はい」

「あなたが撃ったんですか」

「そうです」

「アンドルーはどうしました?」

「倒れました。両手でおなかを押さえています。指のあいだから血がにじみ出てきます」

「それからどうなりました」

長い間があった。

「キャサリン、映画のスクリーンにはなにが映ってますか」

「真っ暗です。スクリーンは真っ暗になっています」

「では、次にスクリーンに映像があらわれるのはいつです?」

「人がいっぱい。部屋に人がいっぱいいます」

「どんな人たちです?」

「警察の人です……」

落胆のあまり、ムーアはうめき声をあげそうになった。彼女の記憶には重大な欠落がある。ロヒプノールに頭を打った後作用が重なって、また意識を失っていたのだ。キャサリンは二発めを撃ったのを憶えていない。アンドルー・キャプラがどうして脳に銃弾を撃ちこまれる結果になったのか、そこのところはあいかわらずわからずじまいだ。

ポロチェックは鏡に目を向けてきた。その目が、これで終わってよいかと訊いている。ふいにリゾーリがドアをあけ、ポロチェックを手招きしたのでムーアは驚いた。ポロチェックは、キャサリンをひとり残してこちらの部屋に入ってきて、ドアを閉じた。

「もういちど、発砲する前のところに戻ってください。まだベッドに寝ているところ」とリゾーリ。「別の部屋から物音が聞こえるって言ってた、あのへんをくわしく訊いてください。水を流す音がして、キャプラが笑ってたってあたり。どんな音が聞こえたのかすっかり知りたいから」

「なにか理由でも？」

「とにかくお願いします」

ポロチェックはうなずき、面会室に引き返した。キャサリンはじっとしていた。身動きひとつせずにすわっている。ポロチェックがいなくなったとたん、仮死状態に陥ったかのように。

「キャサリン」彼はやさしく話しかけた。「映画を少し巻きもどしてください。発砲する前の場面に戻りましょう。手のナイロンコードを切って、床にころげ落ちる前です。あなたがベッドにまだ横たわっていて、アンドルーが部屋の外に出ている場面がありましたね。あなたは水の流れる音がしたと言いました」

「はい」

「聞こえた音をぜんぶ教えてください」

「水の音がします。パイプを流れています。ザーッという音。それから、排水口にごぼごぼと流れ落ちる音」

「アンドルーは水を流しに流してるんですね」

「はい」

「それから笑い声が聞こえたって言いましたね」

「アンドルーが笑っています」

「なにかしゃべっていますか」

間があった。「はい」

「なんと言ってます？」

「わかりません。声がとても遠いので」

「たしかにアンドルーですか？　テレビの音では？」

「いいえ、まちがいありません。アンドルーの声です」

「わかりました。映画をスローモーションにしてみましょう。一秒ずつ進めるんです。なにが聞こえますか？」

「水がまだ流れています。アンドルーが『ちょろい』と言ってます。『ちょろい』って言葉が聞こえます」

「それだけですか？」

「『見せて、やらせて、教えさせる』と言っています」

「『見せて、やらせて、教えさせる』ですか。そう言っているんですね」

「はい」

「次にはどんな言葉が聞こえますか？」

「『キャプラ、今度はぼくの番だ』」

「アンドルーが言ったんですか」

「いいえ。アンドルーじゃありません」

ムーアはぎょっとして、椅子にじっとすわっているキャサリンを見つめた。

ポロチェックがさっとマジックミラーに目を向けた。その顔に驚きの表情があった。またキャサリンに顔を向ける。

「ではだれですか」ポロチェックは尋ねた。「『キャプラ、今度はぼくの番だ』と言ったのはだれです？」

「わかりません。聞き憶えのない声です」

ムーアとリゾーリは顔を見あわせた。

現場には第三の人物がいたのだ。

第十五章

いまあの女といっしょなのだ。

リゾーリの包丁がまな板の上でぎこちなく動き、刻んだたまねぎがすべってカウンターから床に飛んだ。隣室では、父親と兄ふたりがテレビを大音量で鳴らしている。この家ではいつもテレビが大音量で鳴っていて、それに負けまいとすれば大声でしゃべらなくてはならない。というわけで、フランク・リゾーリの家ではどならないと声が聞こえないから、ふつうの家族の会話でもまるで口論しているようだった。刻んだたまねぎをボウルに押しやり、次はにんにくにとりかかった。たまねぎは目にしみるし、ムーアとキャサリン・コーデルのイメージがいまも頭にこびりついていらいらする。

ドクター・ポロチェックの催眠術が終わってから、ムーアはコーデルを自宅へ送っていった。リゾーリは、ふたりがいっしょにエレベーターに乗りこむのを見送り、彼がコーデルの肩に腕をまわすのを目にした。そのしぐさは、たんなる保護者のしぐさには見えなかった。コーデルを見るあの目つき、その顔によぎる表情、目に宿るあの輝き。ムーアはもう、市民を保護する警官ではなかった。恋に落ちたただの男になっていた。

リゾーリはにんにくを小片にばらし、包丁の腹でひとつずつ潰して皮をむいた。包丁を力いっぱいまな板に叩きつけると、料理用ストーブのそばから母がこっちにちらと目をくれたが、なにも言わなかった。

いまあの女といっしょなんだ。あの女の家にいる。ひょっとしたらベッドのなかかも。

鬱憤晴らしに、にんにくをバン、バン、バンと力いっぱい叩きつぶす。ムーアとコーデルのことがなぜこんなに気になるのか、自分でもわからなかった。たぶんこの世には聖人がとても少ないから、規則を厳守して行動する人間がとても少ないから、そしてムーアはその数少ない人間のひとりだと思っていたからかもしれない。彼のおかげで、世の中くずばかりではないと思えるようになってきたのに。それがいま、その彼に幻滅させられているのだ。

いらつくのは、あれが捜査のさまたげになると思うからかもしれない。個人的な利害関係が深くからんでくると、人間は論理的に考えたり行動したりできなくなるから。

それとも、あの女に嫉妬しているのだろうか。ひと目で男をふりむかせる女に対する嫉妬。男は逆境の女には弱いものだ。

隣室で、テレビを見ている父親と兄たちがやかましい歓声をあげた。自分の静かなマンションがむしょうに恋しくなり、早めに退散する口実を考えはじめていた。少なくとも、夕食が終わるまでは帰れないだろう。母親がいつもうるさく言っているように、フランク・ジュニアはしょっちゅう帰ってくるわけではない。お兄ちゃんの顔を見て楽しくないなんて、ジェイニー、まさかそんなことあるわけないでしょ。フランキーの基礎訓練キャンプの話をひと晩じゅう聞かされることだろう。今年の新兵がどんなに情けないか、アメリカの若者がどんなに軟弱になっているか、たかが障害物通過訓練を完了させるだけで、女の腐ったみたいな連中の尻をどれだけ蹴飛ばさなくてはならなかったか。両親はそんな話にいちいち感心する。腹にすえかねるのは、家族のだれひとり、彼女の仕事については訊こうともしないことだ。マッチョな海兵隊員のフランキーは、少なくともこれまでのところ、せいぜい戦争ごっこをしているだけだ。彼女のほうは毎日闘っているのだ。ほんものの人間、ほんものの人殺しを相手に。

フランキーがふんぞりかえってキッチンに入ってきて、冷蔵庫からビールをとりだした。

「メシはいつできるんだよ」とタブを引っぱりながら尋ねる。こっちをメイドかなにかと勘ちがいしている。

「あと一時間ぐらいね」と母親が答える。

「冗談こくなよ、もう七時半じゃないか。腹ぺこだぜ」

「フランキー、きたない言葉を使わないの」

「ねえ」とリゾーリが口を開いた。「早く食べたいんだったら、あんたたちもちょっと手伝ってよ」

「遠慮しとくよ」フランキーは言って、テレビ室に戻りかけた。戸口で立ち止まり、「そうだ、忘れるとこだった。電話があったぜ」

「どういうこと？」

「おまえの携帯が鳴ったんだよ。フロスティとかいう男からだった」

「バリー・フロストのこと？」

「そうそう、そんな名前だったな。電話してくれってよ」

「いつのことよ」

「おまえが外で車を動かしてたときさ」

「フランキー、このくそったれ！　一時間も前じゃないのよ！」

「ジェイニー」と母親がたしなめた。

リゾーリはエプロンをほどき、カウンターに放り投げた。「仕事の話なのよ、母さん！　どうしてだれもまともにとりあってくれないのよ」キッチンの電話をとり、バリー・フロストの携帯の番号を押した。

最初の呼出音でバリーが出た。

「あたし」彼女は言った。「いま伝言を聞いたとこなのよ」

「早く来ないと捕り物を見損ねるぜ」

「え？」

「ばっちりコールド・ヒットだ。ニーナ・ペイトンから出たＤＮＡ」

「精液のこと？　ＣＯＤＩＳのＤＮＡと一致したの？」

「カール・パチェコって野郎と一致してる。一九九七年に逮捕、性的暴行で告発されたけど無罪になってる。同意のうえだったと主張してて、陪審はそれを信じたんだ」

「そいつがニーナ・ペイトンのレイプ犯なの？」

「そうとも、ＤＮＡって証拠もあるしな」

彼女はこぶしをふりあげてガッツポーズをとった。「住所を教えて」

「コロンバス街四五七八だ。そろそろみんな集まってきてるぞ」

「すぐ行く」

早くも玄関から走り出そうとしているときに、母親が声をかけてきた。「ジェイニー！　夕食はどうするの？」

「仕事なのよ」

「でも、フランキーは明日には帰っちゃうのよ！」

「これから逮捕なんだから」

「あんたが行かなくたってだいじょうぶでしょ」

リゾーリはドアノブに手をかけたまま立ち止まった。怒りがふつふつと沸きあがってきて、いまにも爆発しそうだった。いやになるほどはっきりと気がついた――どんなに手柄をたてようと、どんなに出世しようと、いまこの瞬間の現実はいつまでたっても変わらないだろう。ジェイニー、みそっかすの妹。ただの女の子。

ものも言わずに外へ出て、叩きつけるようにドアを閉じた。


コロンバス街はロクスベリーの北端にあり、〝外科医〟の狩場のどまんなかにあたる。南にはジャマイカ・プレイン、ニーナ・ペイトンの自宅がある。南東にはエリナ・オーティスの住居。そして北東にはバックベイ、ダイアナ・スターリングとキャサリン・コーデルの住居がある。コロンバス街に交差する通りは並木にふちどられていて、そちらにちらと目をくれると、ぱっとしないレンガ造りの家並みが続いていた。近くのノースイースタン大学の学生や職員が住む街だ。女子学生もどっさり住んでいる。

手ごろな獲物がどっさり。

前方の信号機が黄色に変わった。アドレナリンが噴き出し、リゾーリはアクセルを強く踏みこんで交差点を猛然と走り抜けた。この犯人を挙げて手柄をたてるのは彼女でなくてはならない。何週間も、リゾーリは〝外科医〟の人生を生き、〝外科医〟のにおいを呼吸してきた。夢にまで見た。毎日が〝外科医〟一色に染まり、寝てもさめてもそのことばかり考えていた。〝外科医〟をつかまえるために彼女ほど熱心に働いてきた者はいない。そしていま、その褒賞を獲得するための競争が始まったのだ。

カール・パチェコの家まであと一ブロックのところで、リゾーリは急ブレーキをかけてパトカーの後ろに車を停めた。通りには、ほかにも四台の車がでたらめに停めてあった。

出遅れたと思いながら、アパートに向かって走った。刑事たちはもう踏みこんでいる。なかに入ると、どすどす歩きまわる足音と、男たちのどなり声が階段に反響していた。その音をたどって二階にあがり、カール・パチェコの部屋に足を踏み入れた。

なかはすさまじいありさまだった。打ち破られたドアの木っ端が敷居に散乱しているし、椅子はひっくりかえっているし、電灯は割れている。暴れ牛が乱入して破壊してまわったあとのようだ。空気まで男性ホルモンにあてられていた。数日前に仲間を惨殺した下手人をつかまえてくれようと、警官たちが大立ちまわりを演じたのだ。

床にひとりの男が腹ばいになっていた。黒人――〝外科医〟ではない。その黒人のうなじを、クロウが靴のかかとで無慈悲に踏みつけにしている。

「質問に答えろって言ってんだよ、こんちくしょうめが」クロウが吠えた。「パチェコはどこだ」

男は哀れっぽくうめき、よせばいいのに頭をあげようとした。とたんにクロウのかかとが容赦なく降ってきて、あごをしたたかに床にぶつけた。男は息のつまったような音をたて、手足をばたつかせはじめた。

「そいつを離しなさいよ！」リゾーリはどなった。

「じっとしてねえんだよ！」

「それじゃ話もできないじゃないよ！」リゾーリはクロウを押しのけた。男はあおむけになり、釣りあげられた魚のようにあえいだ。

クロウが吠える。「パチェコはどこだ！」

「知ら――知らねえ――」

「てめえ、この部屋にいたくせしやがって！」

「出てった。出かけたんだよ――」

「いつだ」

男は咳きこみはじめた。胸の奥からつきあげる激しい咳で、肺がずたずたに裂けそうな音をさせている。ほかの警官たちがまわりに集まってきて、憎悪を隠そうともせずににらみつけていた。この男は警官殺しの仲間なのだ。

いやけがさしてきて、リゾーリは廊下に出て寝室に向かった。クロゼットのドアがあけっぱなしになっていて、ハンガーにかかった服が床に投げ捨ててある。捜索は徹底的にして暴力的におこなわれていた。ドアはすべてあけ放たれ、隠れられそうな場所は残らずむき出しにされていた。彼女は手袋をはめ、たんすの引出しのなかを調べにかかった。パチェコの逃げそうな場所がわかればと思い、衣服のポケットに手を入れてメモ帳やアドレス帳をさがした。

顔をあげると、ムーアが部屋に入ってくるところだった。「あんたがこの乱痴気騒ぎの責任者なの？」彼女は尋ねた。

彼は首をふった。「マーケットがゴーサインを出したんだ。パチェコがこのアパートにいるって情報があって」

「それで、どこにいるのよ」引出しを力まかせに閉じ、寝室の窓に近づいた。窓は閉まっていたが、鍵はかかっていない。すぐ外に非常梯子があった。窓をあけて首を外に突き出してみる。下の小路にはパトカーが停まっていて、無線で話す声が聞こえる。制服警官がごみ収容器のなかを懐中電灯で照らしていた。

首を引っこめようとしたとき、後頭部になにか軽いものが当たった。かすかな物音。非常梯子に砂利が当たって落ちる音だ。しばらく目をこらし、くすんだ黒い空を背景に屋根の輪郭を調べたが、動くものはない。

窓から非常梯子の足場へ出て、三階に通じる梯子をのぼりはじめた。次の足場で足を止め、パチェコの部屋の真上の窓をチェックした。網戸が釘で打ちつけてあり、窓は暗かった。ふたたび屋根を見あげた。なにも見えないし、上からはなんの音も聞こえてこなかったが、うなじの毛が逆立っていた。

「リゾーリ？」ムーアが窓から声をかけてきた。彼女は答えるかわりに屋根を指さし、無言で自分の意図を伝えた。

手のひらの汗をズボンでぬぐい、静かに屋根に通じる梯子をのぼりはじめた。最後の段で足を止め、深く息を吸いこむと、そろそろと頭をあげて屋上をのぞいた。

月のない夜空の下、屋上は影の森だった。テーブルと椅子の輪郭、弧を描いてからみあう木々の枝が見えた。屋上に庭がつくってあるのだ。屋根のふちを乗り越え、身軽にアスファルト・シングル（アメリカで一般的な屋根材。無機繊維材にアスファルトを含ませたもの）のうえに降りて拳銃を抜いた。二歩進んだところで、靴がなにかに当たってがしゃんと音がした。ゼラニウムのつんとするにおい。気がつけば、まわりは花の鉢植えだらけだった。植木鉢でできた障害物通過訓練場に踏みこんでしまったようなかっこうだ。

左手のほう、少し離れたところでなにかが動いた。

目をこらし、からみあう影のなかに人間の形を見分けようとした。とそのとき、男の姿が見えた。黒い人工胎児《ホムンクルス》のようにうずくまっている。

拳銃をあげて命令した。「動くな！」

だが、そのときには男はもうなにかを手に持っていた。そして、こちらめがけて投げつける構えに入っていたのだ。

それが顔にぶつかってくる直前、ほんの一瞬、押し寄せる空気の流れを感じた。闇の奥からひょうと飛んでくる邪悪な風のようだった。移植ごてが左の頬を直撃し、すさまじい衝撃に目の前に星が飛んだ。

両ひざをついた。痛みが津波の勢いで神経を駆けのぼっていく。息ができない。

「リゾーリ？」ムーアだ。彼が屋上にあがってきた物音さえ耳に入らなかった。

「だいじょうぶ。だいじょうぶ……」彼女は目を細め、人影がうずくまっていたほうをにらんだ。「ここにいる」彼女はささやいた。「あんちくしょう、ふんづかまえてやる」

ムーアが暗闇にそろそろと足を進める。彼女は頭を押さえ、めまいが去るのを待ちながら、油断した自分をののしった。ぼうっとしそうになるのをこらえて、よろめく足を踏みしめた。怒りは強力な燃料になる。それが足をふんばらせ、銃を持つ手に力を与えてくれた。

右手数ヤードにムーアがいる。その輪郭がやっと見分けられる。テーブルと椅子のわきを抜けて進もうとしていた。

リゾーリは左に向かった。反対側からまわりこむつもりだった。頬のずきずきする痛み、突き刺すようなその痛みが、おまえはへまをしたと言いたてている。今度はうまくやってみせる。

鉢植えの木々や低木の細かく入り組んだ影を視線で掃いていく。

ふいにがしゃんと音がして、彼女はさっと右に身体を向けた。走る足音が聞こえ、屋上を突っ走る影が見えた。こっちにまっすぐ向かってくる。

ムーアが叫んだ。「止まれ！　警察だ！」

男はぐんぐん近づいてくる。

リゾーリは腰を落としてうずくまり、銃を構えた。ずきずきする痛みがクレッシェンドで強まり、顔が爆発するかと思うほどに耐えがたい。これまでなめたあらゆる屈辱、日々くりかえされる無視と侮蔑、この世のダレン・クロウによる終わることのないいやがらせ、そのすべてがただ一点の憤怒に収束したかのようだった。

こんちくしょう、今度はあたしの勝ちだ。男が急に目の前で立ち止まっても、その両手が空に向かって高々とあげられても、もう引き返すことはできなかった。

引金をしぼった。

男は身をよじった。よろよろとあとじさった。

二度、三度と引金をしぼり、そのたびに手のひらに伝わる銃の反跳が快感だった。

「リゾーリ！ 銃をおろせ！」

耳に響く轟音《ごうおん》をつらぬいて、ムーアの怒声がようやく届いた。リゾーリはぎょっとして凍りついた。あいかわらず銃は構えたまま、腕がこわばって痛む。

男は倒れていた。動かない。彼女は身を起こし、くずおれた影にのろのろと近づいていった。ひと足ごとに恐怖がつのってくる。とんでもないことをしてしまった。

ムーアはもう男のそばにひざをつき、脈を調べていた。顔をあげてこちらを見る。暗い屋上では表情は読めなかったが、その目に非難の色があるのはわかっていた。

「死んでる」

「なにか持ってたから――手に――」

「なにも持ってない」

「見たのよ。まちがいなく持ってた」

「手をあげてたじゃないか」

「いい加減にしてよ、ムーア。撃ってとうぜんだったじゃない！ あたしを支持してくれなくちゃ困るよ！」

だしぬけにほかの声が割って入ったと思うと、ほかの刑事たちがふたりのあとを追って梯子をのぼってきた。これ以上はふたりで言葉を交わすことはできなかった。

クロウが懐中電灯を男に向けた。見開いた目、血で黒ずんだシャツ。悪夢に出てきそうな光景が、ちらとリゾーリの目に入った。

「やったな、パチェコだ！」クロウは言った。「だれがやったんだ？」

リゾーリがうつろな声で言った。「あたしよ」

だれかが彼女の背中を叩いた。「女の刑事《デカ》もやるじゃないか！」

「うるさい」リゾーリは言った。「うるさいんだよ！」憤然とその場をあとにし、非常梯子をおりて自分の車に引きあげた。頭のなかは真っ白だった。座席に腰をおろし、ハンドルの前でちぢこまっているうちに、吐き気がこみあげてきて顔の痛みは忘れていた。頭のなかで、屋上でのできごとをくりかえしくりかえし再生してみる。パチェコがなにをし、自分がなにをしたか。彼の走る姿がまた見えた。ただの影が飛ぶように近づいてくる。立ち止まるのが見えた。そうだ、立ち止まっていた。こちらを見たのがわかった。

武器を。お願い、たのむから武器を持っていて。

しかし、武器は見えなかった。引金を引くせつなに見た光景は、彼女の網膜に焼きついていた。立ち尽くす男。投降のしるしに両手をあげて。

窓をノックする者がいる。バリー・フロストだ。窓ガラスをおろした。

「マーケットがさがしてるぜ」

「わかった」

「なんかあったのか？　リゾーリ、だいじょうぶか？」

「顔をトラックに轢かれたみたいな気分」

フロストは窓に顔を突っこむようにして、彼女の腫れあがった頰に目を丸くした。「ひでえ。あんちくしょう、殺されてあたりまえだな」

リゾーリもそう信じたかった。パチェコはとうぜんの報いを受けたのだと。いや、実際そのとおりではないか。自分で自分を苦しめる理由がどこにある。この顔が歴然たる証拠だ。向こうが攻撃してきたのだ。あいつは化物なのだ。あいつを射殺したことで、彼女はすばやく安あがりに正義をおこなったのだ。エリナ・オーティスとニーナ・ペイトンとダイアナ・スターリングならきっと喝采してくれる。この世のくずの死を悼む者なんかいない。

彼女は車を降りた。フロストに同情されて気分がよくなってきた。力が湧いてきた。アパートに向かって歩いていくと、正面入口の石段の近くにマーケットが立っていた。ムーアと話している。

彼女が近づいたのに気づいて、ふたりともこちらに顔を向けた。しかし、ムーアは目をあわせようとせず、わざとよそを見ている。彼女の視線を避けている。吐きそうな顔をしていた。

マーケットが言った。「リゾーリ、拳銃をこっちにくれ」

「あれは正当防衛です。犯人は攻撃してきたんです」

「それはわかってる。だが、規則は規則だ」

彼女はムーアに目をやった。あんたが好きだった。信用してたのに。ホルスターのバックルをはずし、マーケットの手にぐいと押しつけた。「ここらじゃ、どっちが敵でどっちが味方なんだか」彼女は言った。「ときどきわからなくなる」くるりと背を向けて車に戻っていった。

ムーアは、カール・パチェコのクロゼットをのぞきこみながら考えた。どこもかしこもおかしい。クロゼットの床には六足の靴。サイズは十一（約二十九センチ）、特幅広。棚にはほこりをかぶったセーター、古い電池と小銭の入った靴箱、それに『ペントハウス』誌の山。

引出しをあける音にふりむくと、フロストが手袋をはめた手でパチェコの靴下の引出しをあさっていた。

「なにかあったか」とムーア。

「メスもなきゃクロロホルムもない。ダクトテープすらないよ」

「ジャジャーン！」バスルームから大声がしたかと思うと、クロウがジップロックの袋をふりかざしておもむろに登場した。袋のなか、プラスチック容器には茶色の液体が入っている。

「太陽の国メキシコ、薬物も採れ採れってか」

「ルーフィー（ロヒプノールの俗称）か？」フロストが尋ねる。

ムーアはスペイン語のラベルをちらと見やった。「ガンマ《G》・ヒドロキシ《H》酪酸《B》。効果は同じだ」

クロウが袋をふってみせた。「こんだけで、少なくともデート・レイプ百回ぶんはあるぜ。パチェコの息子はずいぶん忙しかっただろうな」と言って笑った。

その笑い声がムーアの神経にさわった。「忙しい息子」のことを考え、それがもたらした苦痛のことを考えた。肉体的な苦痛だけではない、精神的な苦痛もある。魂がまっぷたつに引き裂かれる。キャサリンの言葉を思い出した。レイプされると、人生はそれ以前と以後とに断絶してしまう。性的暴行は女性の世界を一変させる。目の前に広がるのは荒涼とした見なれない風景で、そこではどんなほほえみも幸福な瞬間も、なにもかも絶望の色に染まっている。数週間前なら、クロウの笑い声など気にも留めなかったかもしれない。だが、今夜はその笑い声がやたら耳につき、その醜さがありありと見えた。

リビングルームに入っていくと、黒人がスリーパー刑事の質問に答えていた。

「さっきから言ってるだろ、ただのダチだって」

「ダチんちに遊びにきただけだってのか。ポケットに六百ドルも突っこんで」

「現金持って歩くのが好きなんだよ」

「なにを買いにきたんだ」

「なんの話だよ」

「パチェコとはどういうつきあいだ」

「ダチだって」

「なあるほど、マブダチってわけか。あいつはなにを売ってたんだ」

GHBだ、とムーアは思った。デート・レイプ薬。こいつはそれを買いにきたのだ。ここにも忙しい息子の持主がいる。

暗い戸外へ出ていくと、点滅するパトカーの光のせいで、たちまち非現実感に襲われた。リゾーリの車はもうない。そのからっぽの空間を見ているうちに、自分のしたことが、どうしてもせねばならないと思ってしたことが、急にずっしりと両肩にのしかかってきて身動きができなくなった。警官になってこのかた、こんな苦しい選択に直面したことはなかった。正しいことをしたのは胸のうちではわかっていたが、それでも苦しみは減らない。リゾーリのことは高く買っているし、屋上で目撃したあの行動は、ふだんの彼女からは考えられない。自分の勘ちがいだったのではないか。いまならまだ、マーケットに言ったことも取り消せる。あの屋上はたしかに暗かったし、おまけにごちゃごちゃしていた。リゾーリはほんとうに、パチェコが武器を持っていると思ったのかもしれない。ムーアは気づかなかったが、あやしいそぶりや動作が見えたのかも。しかし、どれだけ記憶をかきまわしても、リゾーリの行動を正当化できるとは思えなかった。どう考えても、あれは冷酷な処刑以外のなにものでもない。

次にまた会ったとき、リゾーリはデスクの前で背を丸くして、氷嚢《ひょうのう》を頬にあてていた。もう真夜中を過ぎていて、ムーアは話をする気分ではなかった。しかし、そばを通り過ぎようとするとリゾーリが顔をあげ、その視線に射抜かれたように足がその場で止まった。

「マーケットになにを言ったのよ」

「訊かれたことに答えたんだ。パチェコがどんなふうに死んだか。嘘は言ってない」

「くそったれ」

「おれが喜んでしゃべったとでも思ってるのか」

「ほかのやりかたもあったはずよ」

「それはそっちも同じだろう。あの屋上で、あんたはまちがった道を選んだんだ」

「へえそう、あんたはまちがった道を選ぶことはないわけね。ぜったいミスは犯さないっていうのね」

「もし犯したら、おれは潔く認める」

「そうでしょうとも。さすが聖人さんはちがうよね」

リゾーリのデスクに寄っていき、まっすぐ彼女を見おろした。「おれがいっしょに仕事した刑事のうちじゃ、あんたはまず最高の部類だ。だが今夜のあんたは無慈悲に男を撃ち殺した。おれは見たんだ」

「だれも見てくれなんて頼んでないよ」

「でも見た」

「ムーア、ほんとのとこ、あそこでなにが見えたっていうのよ。影だらけだったし、あっという間《ま》のことだった。それでなくたって、正しい選択とまちがった選択の差はこんなに小さいんだよ」と、二本の指をふれあわんばかりに近づけた。「それはみんな承知のうえじゃない。おたがいに疑わしきは罰せずでやってるじゃない」

「おれも努力はした」

「努力が足りなかったんじゃないの」

「ほかの刑事をかばうために嘘はつけん。たとえ友だちでもな」

「ほんとに罰を受けなきゃならないろくでなしはだれなのか、忘れてるんじゃないの。こっちじゃないよ」

「こっちが嘘をつきだしたら、あっちとこっちを分ける線をどうやって引いたらいいんだ。きりがないじゃないか」

彼女は顔にあてていた氷嚢をおろし、自分の頰を指さした。片目はあかないほど腫れ、顔の左側は全体にふくれあがって、まるでまだらもようの風船のようだった。その無惨なありさまにムーアは息をのんだ。「これが、パチェコがあたしにしたことよ。ふざけてぴしゃりとやったように見える？　あっちとこっちっていうけど、あいつはどっち側にいたと思う？　あたしがあいつを吹っ飛ばしてやったおかげで、みんなが助かったのよ。〝外科医〟が死んで悲しむやつなんかいない」

「カール・パチェコは〝外科医〟じゃない。あんたが吹っ飛ばしたのは別人だ」

リゾーリはムーアをまじまじと見つめた。あざだらけのその顔は、まるで不気味なピカソのように半分はグロテスクで半分は正常だ。「だって、DNAが一致したのよ！　あいつは――」

「ニーナ・ペイトンをレイプした。それはたしかだ。しかし、どこをとっても〝外科医〟とは一致しない」彼女のデスクに毛髪・繊維課の報告書を放《ほう》った。

「なにこれ」

「パチェコの毛髪の顕微鏡分析だ。色も、縮れかたも、小皮の密度も、エリナ・オーティスの創縁に付着してた毛髪とはちがう。竹状毛の徴候もない」

彼女は身じろぎもせず、科学捜査研究所の報告書をにらんでいた。「いったいどういうことなの」

「パチェコはニーナ・ペイトンをレイプした。たしかに言えることはそれだけだ」

「スターリングもオーティスもレイプされて――」

「パチェコがやったとは証明できん。やつが死んだいまでは、証明する手だてもなくなった」

リゾーリはムーアを見あげた。無傷の側が怒りのためにゆがんでいる。「ぜったいあいつのはずよ。この街で三人の女をでたらめに選んで、三人が三人ともレイプ被害者だって確率はどれぐらいだと思う？　それが〝外科医〟のやったことなんだよ。三打数三安打。レイプしたのが〝外科医〟でないとしたら、だれを選べばいいか、だれをぶっ殺せばいいかどうしてわかるのよ。パチェコでないなら仲間よ。パートナーよ。どっかのハゲタカが、パチェコの残した屍肉をあさってるんだ」報告書をムーアに突っ返した。「あたしが撃ったのは〝外科医〟じゃなかったかもしれない。でも、人間のくずなのはまちがいないのよ。みんなそれを忘れてるみたいだけどね。パチェコは人間のくずよ。勲章をもらったっていいと思うわ」立ちあがり、椅子を力まかせにデスクに押しこんだ。「これから事務仕事よ。マーケットはあたしを書類仕事にまわしてくれたよ。あんたのおかげでね」

無言のまま、ムーアはリゾーリの背中を見送っていた。かける言葉もなかった。なにをしても、ふたりのあいだにできたみぞは埋められない。

自分の席に戻り、ぐったりと椅子に沈みこんだ。おれは恐竜と同じ絶滅種だ。ほんとのことを言うやつがきらわれる世界を、のそのそ歩きまわっているんだ。いまはリゾーリのことは考えられなかった。パチェコの容疑がからぶりに終わり、捜査はふりだしに戻った。正体不明の殺人犯をまた一から狩り出さなくてはならない。

三人のレイプ被害者。いつもそこに戻ってくる。〝外科医〟はどうやって三人を見つけたのか。被害届を出したのはニーナ・ペイトンだけ。エリナ・オーティスもダイアナ・スターリングも出していない。ふたりは痛みを自分の胸にたたみこんでいて、知っているのはレイプ犯と被害者、それに被害者を診察した医療関係者だけだ。しかし、三人の女性はそれぞれ別の場所で手当てを受けている。スターリングはバックベイの婦人科医。オーティスはピルグリム医療センターの救急部。ニーナ・ペイトンはフォレスト・ヒルズ婦人科クリニック。重なる人間は皆無だ。医師も看護婦も受付も、この三人のうちひとりとしか接触していない。

それなのに、〝外科医〟はこの三人が傷を負っているのを知り、その痛みに惹きつけられた。セックス殺人の犯人は、社会のもっとも弱い部分から獲物を選ぶ。意のままに支配できる女性、踏みつけにできる女性、反撃される恐れのない女性をさがす。すでに暴行を受けている女性ほど、もろい獲物がどこにいるだろうか。

部屋を出しなにムーアは足を止めて、スターリング、オーティス、ペイトンの写真がはってある壁をながめた。三人の女性、三度のレイプ。

いや、四度だ。キャサリンがサヴァナでレイプされている。

だしぬけに彼女の顔が脳裏にひらめき、ムーアはまばたきをした。壁にはられた被害者の写真の横に、キャサリンの顔が並んでいるさまを思い浮かべずにはいられなかった。

なぜかすべてが、あの夜にサヴァナで起きたことに戻っていく。すべてがアンドルー・キャプラに還《かえ》っていくのだ。

第十六章

メキシコ・シティの中心部では、かつて人間の血が川をなして流れていた。この現代的な大都市の基礎の下には、大神殿《テンプロ・マヨール》の遺跡が眠っている。テノチティトランと呼ばれた古い都に堂々とそびえていた、アステカの偉大な神殿が横たわっている。ここで、何万という不運な人間が神々のいけにえに捧げられていたのだ。

神殿のあった場所を歩いた日、すぐそばに大聖堂が建っているのがいささか滑稽に思えた。あそこではカトリック教徒がろうそくに火をともし、天にまします慈悲深い神に低い声で祈っている。かれらがひざまずいているのは、かつておびただしい血が石を濡らした場所のすぐそばなのだ。わたしが訪れたのは日曜日だった。そのときは知らなかったのだが、テンプロ・マヨール博物館は、日曜日は入場無料で一般に開放される。おかげで博物館は子供だらけで、どの展示室にもはしゃぐ声が響きわたっていた。わたしは子供は好きではない、というより、子供の騒々しさが好きではない。またあの都市を訪ねることがあったら、日曜日に博物館に行くのだけはやめることにしよう。

しかし、あの日はメキシコ・シティで過ごす最後の日だったから、耳ざわりな騒音もがまんした。出土品を見たかったし、第二展示室を見学したかった。テーマが「祭祀といけにえ」なのだ。

アステカでは、死は生のために必要と信じられていた。世界の聖なる力を維持するため、わざわいを遠ざけ、明日の日の出を確実なものにするためには、神々に人間の心臓をそなえなくてはならない。わたしは祭祀の展示室に立ち、ガラスケースに飾られた犠牲の短剣をながめた。人肉を切り裂いたその短剣には、「テクパトル・イスクワウア」と名がついている。広いひたいをもつ短剣、という意味だ。刃はフリント石でできており、柄《つか》はひざまずく男をかたどっている。

人間の心臓をえぐりとろうというときに、どうしてただのフリント石の短剣一本なのだろう。その疑問にずっと頭を悩ませながら、わたしはその日の午後、アラメダ公園を歩いていた。薄ぎたない子供たちがあとをついてきて小銭をねだるが、目もくれなかった。しばらくして、黒い目と満面の笑みではこの男は落とせないとわかったらしく、子供たちはわたしにかまわなくなった。こうしてやっとある程度の平安が訪れてきた——不協和音うずまくメキシコ・シティに、そんなものがあればの話だが。カフェを見つけ、店外のテーブルに腰をおろして濃いコーヒーを飲んだ。炎天下、外の席を選んだ客はわたしだけだった。わたしは暑熱に恋い焦がれている。皮膚のひび割れをやわらげてくれるから。爬虫類が熱い岩を求めるように、わたしは暑熱を求める。そういうわけで、あのうだるように暑い日、わたしはコーヒーを飲みながら人間の胸部について考えていた。胸のなかで脈うつ宝石を手に入れるには、どうするのがいちばんよい方法だろうか。

アステカのいけにえの儀式は手早くおこなわれ、苦痛はきわめて小さかったという。これがわからない。盾のように心臓を保護している胸骨は、ふたつに割るのも難儀だが、割れた断片を引き離すのも容易ではない。心臓外科医は胸部の中心を縦に切開し、胸骨をのこぎりでふたつに切る。半分に切った骨を分離させるのにも助手の助けがあるし、術野を広げるためにさまざまな高度な器具を使い、おまけにその器具はすべて輝くステンレス鋼でできている。

フリント石の短剣一本では、アステカの神官にはこの手は使えないだろう。胸骨を中心線にそって割るためには、たがねでも打ちこまなくてはなるまいが、そんなことをすれば犠牲の人間は激しくあばれるだろう。すさまじい悲鳴をあげるはずだ。だめだ。心臓はほかの方法で切りとっていたにちがいない。

肋骨と肋骨のあいだを水平方向に切開するか。これにも問題がある。人間の骨格は頑丈にできているから、手がなかに入るほど肋骨のすきまを広げるには、かなりの力と特殊な器具が必要だ。下から攻めるのが賢いやりかたかもしれない。腹部の切開はすばやくできる。あとは横隔膜を切り裂いてそこから手を突っこみ、心臓をつかみさえすればよい。だが、このやりかたは見苦しい。腸が祭壇にあふれ出してしまう。犠牲の人間がとぐろを巻く腸をはみ出させている、そんな図はアステカの彫刻のどこにも描かれていない。

本というのはじつにありがたいものだ。文字どおりどんなことでも教えてくれる。フリントの短剣を使って、もっとも手際よく心臓を切りとる方法さえ教えてくれるのだ。答えを見つけたのは、『人身御供と戦争』と題する大学の教科書だった（まったく、近ごろでは大学もおもしろい場所になっているようだ！）。書いた学者の名はシャーウッド・クラーク、この人にはいつかぜひ会ってみたい。

きっとおたがいに得るところが多いだろう。

クラーク先生によれば、アステカの神官は、心臓を切りとるのに胸骨横断切開法を用いていた。第二肋骨と第三肋骨のあいだから始めて、胸部前面を横に切り開く。胸骨の横から刃を入れて、胸骨を横断して反対側まで切るのだ。次に胸骨を横方向に割るが、これはおそらくたがねの鋭い一撃によるのだろう。すると大きな穴があくから、肺は外気圧にさらされて一瞬にして虚脱する。このためいけにえの人間はたちまち意識を失う。というわけで、心臓がまだ鼓動しているあいだに、神官は胸に手を入れて動脈と静脈を切断できる。神官は脈うつ心臓を手にとり、血の海からとりあげて高々と空に掲げてみせるのだ。

そのさまは、ベルナルディーノ・デ・サアグンの『コーデックス・フロレンティオ』、すなわち『ニュースペイン総史』にこう描かれている。

祈りを捧げる神官はワシの杖を持ち、
それをいけにえの胸に立てる。かつて心臓があった場所に。杖は血によごれる——
いや、血の海に沈むのだ。
次に、神官はまた太陽への捧げものとしてその血を高く掲げる。
いわく、「かくて太陽は飲物を与えられる」と。
そしてとらえた者はとらわれた者の血を集める。
羽毛にふちどられた緑の鉢のなかに。
犠牲をほふる神官たちは、そこで彼のために血を注ぎ入れる。

中空の杖はそのなかに立てられる。同じく羽毛に飾られて。

かくて、とらえた者は悪霊を養うために出立する。


悪霊を養う食物。

血の意味はなんと強力なことだろう。

そう思いながら、わたしはいま血の筋を見つめている。針のように細いピペットに血が吸いこまれていくさまを。まわりには試験管ラックがあり、機械のうなりが空気をふるわせている。アステカの人々は血を神聖な物質と見なしていた。生命を維持するもの、怪物を養う食物だと。わたしもかれらと同じく血に魅了されている。もちろん、血液は体液の一種であり、血漿に血球が浮かんでいるだけなのはわかっている。なにしろ、わたしは毎日血液を相手に仕事をしているのだ。

平均的な体重七十キロの人間の身体には、わずか五リットルの血液しか流れていない。うち四十五パーセントが血球、残りが血漿。血漿の化学成分は九十五パーセントが水、残りがタンパク質と電解質と養分だ。生物学的な構成成分に還元してしまえば、神聖さなどはぎとられると言う者もいるだろうが、わたしはそうは思わない。むしろ、その構成成分を知ることによってこそ、血液の不思議さがよくわかってくるのだ。

分析が終わった合図に機械がピーと音をたて、レポートがプリンタから吐き出されてくる。わたしはそのシートを切りとり、検査結果を調べる。

ミセス・スーザン・カーマイクルには一度も会ったことがないが、検査結果をざっとながめただけで多くのことがわかる。ヘマトクリットが低い――四十はなければならないのにたった二十八だ。彼女は貧血症で、酸素の運び手である赤血球の産生量が正常より少ない。血が赤く見えるのは、この円盤形の細胞につまっているヘモグロビンというタンパク質のためだ。爪床がピンク色をしているのも、少女の頬がかわいらしく赤く染まるのもそのためだ。ミセス・カーマイクルの爪床は黄ばんでいる。まぶたを裏返してみれば、結膜はごく薄いピンク色を呈しているだろう。彼女は貧血症だから、心臓は大車輪で働いて薄い血液をどんどん動脈に送り出さなくてはならない。そのため、彼女は階段を一階ぶんのぼるごとに立ち止まり、息をととのえ、駆け足の鼓動が収まるのを待たなければならない。前かがみになり、手をのどにあて、胸を大きく波うたせている姿が目に見えるようだ。階段の途中でそれを見かければ、彼女のぐあいがよくないことはだれにでもわかる。

わたしにはこの紙切れ一枚でわかる。

それだけではない。彼女の口蓋には赤い点々――点状出血がある。血液が毛細管を破ってにじみ出し、粘膜にたまっているのだ。たぶん本人はこの小さな出血に気づいていないだろう。とはいえ、身体の別の箇所、たとえば指の爪の下とか、むこうずねの出血には気づいているはずだ。いつできたのかわからないあざ、腕や腿に島のようにあらわれる青いあざに気づいて、いったいいつぶつけたのかとさぞかし首をひねるだろう。車のドアにぶつけたのだろうか。足に子供がしがみついてきたとき、拳骨がぶつかったのだろうか。彼女は外の世界に理由を求めるが、ほんとうの原因は血管のなかにひそんでいる。

血小板数は二万。ほんとうはこの十倍はなくてはならない。血小板は血液の凝固を助ける小さな細胞だ。これが少ないと、ちょっとしたことですぐにあざができる。

このぺらぺらの紙切れ一枚からわかることは、ほかにもいろいろある。白血球分画を見れば、なにが彼女を苦しめているのかわかる。骨髄芽球が検出されているのだ。これは未発達の白血球の前駆細胞であり、ふつうは血液中には存在しない。スーザン・カーマイクルは急性骨髄芽球性白血病だ。

これからの数か月に彼女がどんな毎日を送ることになるか、わたしには手にとるようにわかる。彼女は治療台にうつぶせになり、骨髄穿刺針が腰に突き刺さると痛みに目をつぶるだろう。髪の毛がごっそり抜けるようになり、ついに不可避の運命に屈伏して、電気カミソリを使うことになる。

朝には便器にかがみこんで嘔吐し、長い昼を天井をながめて過ごす。寝室の四つの壁のなかが全世界になってしまう。

血がなければ生命はなく、血はわたしたちを生かす魔法の液体だ。しかし、スーザン・カーマイクルの血は彼女にそむいている。血管を流れる毒と化している。

一度も会ったことがない女性のことを、わたしはこれほどくわしく知っているのだ。

この「大至急」の検査結果をファクスで彼女の医師に送り、あとで発送する検査報告書を発送書類入れに入れてから、次のサンプルに手をのばす。また別の患者、別の血液の試験管。

人類はその黎明《れいめい》のころから、すでに血と生命との関係に気づいていた。血液が脊髄でつくられているとは知らなかったし、成分の大半がただの水だということも知らなかったが、それでもその力を認めて祭祀と犠牲に用いていた。アステカ族は骨穿孔器とアガーベの針を使い、自分の皮膚に穴をあけて血を採った。唇や舌や胸の生き身に穴をあけ、それによって流れる血は神々への私的な供物だった。今日では、そんな自切行為は異常で奇怪な行為と言われるだろう。狂気のしるしだと。

アステカ族は、現代人のことをどう思うだろうか。

いまわたしは衛生的な部屋にすわり、白衣を着て、誤って血のはねを浴びないように手袋をはめている。現代人は、人間の本質をはずれてなんと遠くへさまよい出てしまったことか。血を見ただけで気絶する者もいるし、人々はおぞけをふるって隠そうと躍起になり、血がしたたった歩道に水を流したり、テレビでいきなり暴力シーンが映れば子供の目をふさいだりする。人間は、自分の真の姿、本来の生きかたを見失っている。

だが、なかにはそうでない者もいる。

わたしたちはその他おおぜいに混じって暮らしている。どこから見ても正常そのものの顔をして。ほんとうはわたしたちのほうこそ正常なのだ。ほかの人間とちがって、文明の滅菌包帯に巻かれたミイラになろうとはしないから。血を見ても顔をそむけないし、そのつややかな美を愛《め》で、人を惹きつけてやまない原初の力をすなおに感じる。

事故現場に通りかかると、つい血のあとをさがさずにはいられない、そういう人ならわかるはずだ。嫌悪感の下に、目をそむけたいという衝動の下に、より大きな力が脈うっている。それが血の誘惑だ。

見たいという気持はだれにでもある。だが、だれもがそれを認めているわけではない。孤独なものだ――半分眠った人々のなかを歩くのは。午後、わたしは都市をさまよい、目に見えそうに濃密な空気を呼吸する。それは熱したシロップのように肺をあたためてくれる。道行く人々の顔をながめながら考える。かつてのきみと同じような、愛しい血の兄弟がこのなかにいるだろうか。すべての人間のなかを流れる古き力を、いまもちゃんと感じられる者がほかにいるだろうか。出会ったらたがいに同類とわかるだろうか。たぶんわからないだろうと思う。わたしたちは自分の本性を深く秘して、正気という名の分厚いマントをまとっているから。だからわたしはひとり歩く。そしてきみのことを思う。理解しあえたたったひとりの同類のことを。

第十七章

医師として何度となく死を見てきたから、キャサリンは死者の顔貌は見なれている。患者の顔をじっと見つめ、目から生気が抜けていくさまを見、うつろなガラス玉に変化していくさまを見届けてきた。肌の色はあせて灰色に変わり、消えゆく精神は血がしみ出すように全身からしみ出していく。医療という行為は、生と同じぐらい深く死とかかわっている。患者の冷えていく身体を通じて、キャサリンはとっくに死と親しんでいた。死体をこわいとは思わない。

しかし、ムーアの運転する車がオールバニー通りに折れ、検死官事務所のこぎれいなレンガ造りの建物が見えてきたときには、手のひらに汗がにじみはじめていた。

ムーアは建物の裏の駐車場に車を停めた。となりに停まっている白いヴァンの側面には、「マサチューセッツ州検死官事務所」とあった。車を降りるのは気が進まなかったが、ムーアがこちらにまわってドアをあけてくれたので、ようやく地面に足をおろした。

「覚悟はできてる？」彼は尋ねた。

「楽しみとは言えないけど」彼女は白状した。「とにかくすませてしまいましょう」

検死解剖は何十回も見たことがあるが、解剖室に入ったとたん、血と破裂した腸のにおいに迎えられ、さすがの彼女もたじろいだ。死体を見て吐きそうだと思ったのは医師になって初めてだった。

年配の紳士がこちらをふりむいた。目を保護するためにプラスチックのゴーグルをかけていたが、検死官ドクター・アシュフォード・ティアニーなのはわかった。半年前、法病理学会の会議で会ったのだ。外傷外科医が失敗をしでかすと、多くの場合、それがそのままドクター・ティアニーの解剖台に送られることになる。つい一か月前にも、脾臓破裂で死亡した子供のことで、その死因にまつわる疑惑について話をしたばかりだった。

ドクター・ティアニーのおだやかな笑みは、手にはめた血まみれのゴム手袋とはあまりにそぐわなかった。「ドクター・コーデル、またお会いできてうれしいよ」この言葉が不穏当だったと気がついて、彼はしばし口ごもった。「まあその、もっと楽しいことで会えればよかったんだが」

「もう解剖を始めてるんですね」ムーアがいささか非難がましく言った。

「マーケット警部補がすぐに結果が知りたいと言うのでね」とティアニー。「警官が発砲するたびに、マスコミがくらいついてくるから」

「対面をさせてもらいたいと前もってお電話したのに」

「ドクター・コーデルは検死解剖なら何度も見てるよ。なにも目新しいことじゃない。ここの摘出だけすましてしまうから、そしたら顔を見てもらったらいい」

ティアニーは腹部に目を向けた。メスで小腸を切り離すと、とぐろを巻く腸管を引っぱり出して、スチール容器に落としこんだ。そこで解剖台から離れてムーアにうなずきかけた。「どうぞ」

ムーアに腕を軽く押されて、キャサリンはしぶしぶ遺体に近づいた。最初に目がいったのはぽっかりあいた切開口だった。開いた腹腔は勝手のわかった領域だ。臓器は個人差のない標識構造で、だれのものでも同じ組織のかたまりだ。臓器を見て気持が揺れることはないし、個人を特定できる特徴もない。だからプロとして冷静な目で観察できる。見れば、胃と膵臓と肝臓はまだ本来の場所にあり、ひとつのかたまりとしてまとめて切除されることになっているようだ。首から鼠蹊部《そけいぶ》に達するY字切開によって、胸腔も腹腔も露出されていた。心臓と肺はすでに摘出され、胸郭は空洞になっている。胸壁に銃創がふたつ見えた。ひとつは左の乳首のすぐ上から入り、もうひとつはそれより肋骨数本ぶん下から入っている。どちらの銃弾も胸腔に入り、心臓か肺をつらぬいていた。左上腹部にも三つめの射入口があり、そちらはまっすぐ脾臓があるべき場所を目指している。これまた重篤な創傷だ。カール・パチェコを撃った人間は、最初から殺すつもりで撃っている。

「キャサリン?」ムーアに声をかけられて、自分がずっと黙りこんでいたのに気がついた。

深く息をすると、血と冷えた肉のにおいで肺がいっぱいになる。もうカール・パチェコの体内の状態はよくわかったから、今度は顔を見る番だ。

黒髪だった。細面で、鼻梁は刃のように細い。あごの筋肉が弛緩して、口がぽかんとあいている。歯並びはいい。とうとうその目に視線を向けた。ムーアはこの男についてはほとんど話してくれなかった。ただ名前と、逮捕に抵抗して警官に撃たれたと聞かされただけ。これが〝外科医〟なの?

死んで角膜のにごった目を見ても、なんの記憶もよみがえってこない。顔をじっくりながめ、カール・パチェコの遺体にいまも悪の気配が残っているか感じとろうとしたが、なにも感じられなかった。このはかない肉体はからっぽで、そこに宿っていたものの痕跡はなにひとつ残っていない。

「知らない人です」そう言って、解剖室の外に歩いていった。

ムーアが建物から出てきたとき、彼女はすでに車のそばに立って待っていた。解剖室の異臭で肺がよごれたような気がして、その汚染を洗い流そうとするように焼けつく空気をさかんに吸う。もう汗をかいていたが、エアコンのきいた屋内の冷えが骨の髄にしつこく残っていた。

「カール・パチェコってどんな人だったんですか」彼女は尋ねた。

ムーアは目をそらし、ピルグリム医療センターのほうを見やった。近づいてくる救急車の悲鳴に耳を傾ける。「強姦魔ですよ。女性を獲物としか見ていなかったやつです」

「〝外科医〟なんですか」

ムーアはため息をついた。「ちがうようです」

「でも、そうじゃないかと思ってらしたんでしょ」

「DNAでニーナ・ペイトンとのかかわりがわかったのでね。二か月前に襲ってるんです。しかし、エリナ・オーティスとダイアナ・スターリングについては、かかわっていた形跡はありません。パチェコとこのふたりを結びつけるものはなにひとつない」

「わたしとも結びつかないわ」

「ほんとに会ったことはありませんか」

「憶えてないことだけはたしかです」

太陽に灼かれて車内はオーヴンさながらで、ふたりはドアをあけはなして外に立ち、熱気が去るのを待っていた。車の屋根ごしに見ていると、ムーアがどんなに疲れているかよくわかった。シャツは早くも汗で濡れている。せっかくの土曜日の午後を、死体保管所に証人を連れていってつぶしてしまうなんて。多くの点で、警官と医師の生きかたはよく似ている。労働時間は長いし、五時になったからといって終業の鐘が鳴るわけではない。もっともつらく苦しいときの人間の姿を見せられる。悪夢のような状況を目撃し、その記憶をかかえて生きていかなくてはならない。

この人はどんな記憶をかかえているのだろう——彼の車で自宅に送ってもらう道みち、キャサリンは思った。何人の犠牲者の顔が、いくつの殺害現場が、ファイルされた写真のように頭のなかに保存されているのだろうか。彼にとって、彼女はこの事件の捜査にかかわるひとつの要素でしかない。死人にせよ生者にせよ、これまで彼の目を惹きつけた女性はどれぐらいいたのだろうか。

マンションの前でムーアは車を停め、エンジンを切った。彼女は自分の部屋の窓を見あげ、車から降りたくないと思った。そばを離れたくない。ここ数日でずいぶん長い時間をいっしょに過ごし、彼の強さとやさしさを頼りにするようになっていた。こんな状況で知りあったのでなくても、彼のハンサムな顔だけでじゅうぶん目を惹かれたと思う。しかし、いまの彼女にとっていちばん大事なのは、彼の外見的な魅力ではなく、知性ですらなかった。彼の心のなかにあるものだった。信頼できる男性だということだった。

彼女は次に言うべきことを考え、その言葉がもたらす結果のことを思った。そしてどうなってもかまわないと思った。

ささやくように尋ねた。「あがってなにか飲んでいらっしゃらない？」

答えはすぐには返ってこず、彼女は顔がほてってくるのを感じた。この沈黙の意味を考えるといたたまれない。心を決めかねて葛藤している。彼もやはり、ふたりのあいだになにが起きようとしているか察していて、どうするべきか迷っている。

ついにこちらに目を向け、「ではお言葉にあまえて」と彼は言った。そのときにはふたりとも、飲物だけで終わらないのはよくわかっていた。

ロビーのドアに向かうとき、彼が肩に腕をまわしてきた。それは証人を保護する警官の行動でしかなかったし、手もさりげなく置かれているだけだったが、その手のぬくもりに彼女は鼓動が速くなり、キーパッドに暗証番号を打つ指がもつれた。心がはやって、手も足もぎくしゃくしている。二階にあがると、ふるえる手でドアの錠をあけた。生き返るように涼しい部屋に、ふたりはいっしょに入っていく。ムーアがドアを閉じ、錠をかけなおす。

と、即座に彼女を腕に抱きしめた。

こんなふうに抱きしめられるのは久しぶりだった。これまでは、男性の手が身体にふれると思うだけでパニックが起きそうになった。それなのに、ムーアの腕に抱かれているとき、心のうちにはパニックなどみじんもなかった。口づけにむさぼるように応え、その激しさにはふたりとも驚いた。長く愛情と無縁でいて、愛情に飢えていることさえ忘れていた。けれどもいま、全身全霊が目ざめたいま、欲望がどんなものだったかを思い出し、そして唇は飢えを満たすように荒々しく彼の唇を求めた。彼を寝室に引っぱっていったのは彼女のほうだった——廊下を行きながらずっとキスをしつづけだった。自分から彼のシャツのボタンをはずし、彼のベルトのバックルをゆるめた。ムーアにはわかっていた。なぜだかわかっていた。ここでは自分から行動を起こしてはいけない。それをすれば彼女をおびえさせてしまう。だからいまは、ふたりの最初のときは、主導権を握るのはキャサリンでなくてはならない。けれども、彼は自分の昂りを隠すことはできなかったし、ジッパーをおろしてズボンを下げたときに彼女もそれを感じていた。

ブラウスのボタンに手をのばしかけて、ムーアはその手を止めて目線をあわせてきた。彼に向けるまなざし、そしてあえぐような息づかいが、それが彼女の望みだとまぎれもなく語っている。ブラウスの前がゆっくりと開き、肩をすべり落ちる。ブラジャーが床に落ちてため息のような音をたてた。彼はこのうえなくやさしかった。征服軍に武装をはぎとられるのとはちがう、これは待ち望んだ友軍の到来、解放のときだった。身をかがめて乳房にキスをされると、彼女は目を閉じて歓びのため息をもらした。暴行ではない、これは崇敬の行為だった。

こうして、キャサリンは二年ぶりに男性の手に身をゆだねた。ムーアとベッドを共にしているとき、アンドルー・キャプラのことはただの一度も思い出さなかった。パニックに襲われることもなく、恐ろしい記憶がよみがえることもなかった。最後の一枚を脱ぎ捨てたときも、彼の体重で身体がマットレスに沈みこんだときも。もうひとりの男にされたあの残酷な仕打ちは、いまこの瞬間の経験とはかけ離れていたし、いま彼女を包んでいるこの肉体とは縁もゆかりもない。暴力はセックスではなく、セックスは愛ではない。ムーアが入ってきたとき、ムーアの手が彼女の顔を包みこむとき、ムーアと目と目を見かわすとき彼女の心を満たすもの、それが愛だ。男性が与えてくれる快楽がどんなものだったか忘れていた。その瞬間にわれを忘れて、まるで初めてのように快楽を味わっていた。

腕のなかで目ざめたときは、もう暗くなっていた。彼が身動きするのを感じた、と思ったら声がした。「いま何時かな」

「八時十五分よ」

「驚いたな」あきれたように笑い、横に体《たい》を開いてあおむけになった。「午後いっぱい寝てたなんて信じられない。ちょっとがんばりすぎたかな」

「それに、このところあんまり眠ってなかったんでしょう」

「べつに眠る必要なんかないからな」

「医者みたいなことを言うのね」

「共通点だな」そう言って、ゆっくりと彼女の身体を手でなぞった。「きみもおれも、ずいぶん長いこと……」

ふたりはしばらくじっと横になっていた。やがて彼がぽつりと尋ねた。「どうだった？」

「あなたがどんなにすばらしかったかって訊いてるの？」

「いや。つまり、きみにとってどうだったか訊きたい。おれにさわられて」

彼女はほほえんだ。「よかったわ」

「いやな思いはさせなかったかな。こわくなかった？」

「安心できたわ。それがなにより必要だったの、安心できるってことが。わかってくれた男の人はあなただけよ。この人なら信頼できると思ったのはあなただけ」

「いざってときにそばについていてくれるのが信頼できる男だ」

「ええ、でもどの人がそうなの？　わたしにはわからないわ」

「いざってときが来るまではわからないものさ。いざってときにそばについていてくれるのが信頼できる男だ」

「それじゃ、たぶん一生見つけられないわね。ほかの女の人たちから聞いてるんだけど——自分がどんな目にあったか打ち明けるとね、つまりレイプって言葉を口にすると、とたんに男の人はみんな尻ごみするっていうの。傷ものを見るような目で見るんだって。男の人は聞きたがらないの。打ち明けずに黙っててほしいと思うのよ。でも、そういうことを黙っていると、言えないことがどんどん増えていくの。しまいにはなにも話せなくなる。なにもかもタブーになって話題にできなくなる」

「それじゃ生きていけないじゃないか」

「でも、それ以外に方法がないのよ。でないとほかの人はみんな逃げていくの。黙っているしかないのよ。でも、黙っていたからってなかったことにはできない」

ムーアは彼女にキスをした。ささやかながら、それはどんな愛の行為よりもむつまじい行為だった。なぜならそれが告白への答えだったから。

「今夜は泊まっていける？」彼女がささやいた。

彼の息が髪にあたたかい。「いっしょに食事に出かけられるならね」

「あら。食事のことをすっかり忘れてたわ」

「それが男と女のちがいだな。男は食事のことはぜったい忘れない」

笑顔で彼女は起きあがった。「じゃあお酒をつくって。そしたら食べさせてあげる」

彼がつくったマティーニをいっしょに飲みながら、彼女はサラダを用意し、ステーキ肉を上火ブロイラーの下にすべりこませた。男の食べものだわ、と思っておかしくなった。新しい恋人のために赤身の肉を焼く。今夜ほど、料理をするのが楽しかったことはないような気がする。ムーアが笑顔で塩とコショウを手渡し、マティーニのジンのせいで頭の芯がしびれたよう。食事がこんなにおいしかったのもずいぶん久しぶりではないだろうか。密封された壜からたったいま出てきて、生まれて初めてほんものの味とにおいをじかに経験しているような気がした。

ふたりはキッチンのテーブルで食事をし、ワインを飲んだ。白いタイルと白いキャビネットのキッチンに、だしぬけにあざやかな色彩があふれ出したようだ。真紅のワイン、新鮮な緑のレタス、青いチェックのナプキン。そして向かいにはムーアが腰をおろしている。会ったばかりのころには、くすんだ男だと思っていた。街の通りを行く顔のないおおぜいの男たちと同じ、単調なカンバスに線描された輪郭だけの存在。いま初めて、彼をほんとうの意味で見ているのだ。肌のあたたかい赤み、目のまわりの笑いじわ。欠点までが魅力的な、人生を善く生きてきた人の顔。

今夜はずっといっしょに過ごせるんだわ。これからのことを思って口もとに笑みが浮かんだ。立ちあがり、彼に手をさしのべた。

ドクター・ザッカーは、ドクター・ポロチェックの催眠術のビデオを止め、ムーアとマーケットに顔を向けた。「この記憶がほんものかどうかあやしいな。コーデルは、存在しない第二の声をでっちあげてる。催眠術はこれが困るんだ。記憶は流動的なもので、変質してしまいがちなんだよ。こうであってほしいと思うように書き換えられる。催眠術に臨んだとき、彼女はキャプラにパートナーがいたと信じていた。するとたちどころにその記憶が見つかったというわけさ。第二の声。家のなかに第二の人物がいたと」ザッカーは首をふった。「信用できないね」

「もうひとりいたっていうのは、なにも彼女の記憶だけが根拠じゃありません」とムーア。「犯人が送りつけてきた毛髪もある。あれはサヴァナで切られたとしか考えられない」

「髪をサヴァナで切られたと言っているのは彼女だろう」とマーケットが指摘する。

「警部補も、彼女は信用できないって言うんですか」

「警部補は鋭い点をついてる」とザッカー。「相手は精神的にもろくなっている女性だ。襲われて二年たったいまでも、完全に安定しているとは言えないかもしれない」

「外傷外科医ですよ」

「ああ、職場ではみごとにふるまっている。しかし、ダメージを受けているのはまちがいない。それを忘れちゃいけないね。襲われた者には傷が残る」

ムーアは黙りこみ、キャサリンに初めて会った日のことを思い起こした。あの正確で計算しつくされた立ち居ふるまい。催眠術のさいにあらわれた、屈託のない少女とは別人のようだった。祖父母の桟橋で太陽の光を浴びていた幼いキャサリン。そして昨夜、彼の腕のなかに、その天真爛漫なキャサリンがまた顔をのぞかせた。彼女はずっとそこにいたのだ。かたくなな殻に閉じこめられて、解放されるときを待っていたのだ。

「では、この催眠術の結果をどう考えればいいかな」とマーケット。

ザッカーは言った。「わたしは彼女が嘘をついているとは思わない。よく憶えていないだけだろうね。裏庭に象がいるよと子供に言うようなものだ。しばらくすると子供はそれをすっかり信じこんで、ほんとうに見てきたように話せるようになる。鼻がこんなに長かったとか、背中に藁がくっついてたとか、牙が折れていたとか。記憶が現実になってしまうわけだ。実際には起きていなくてもね」

「しかし、彼女の記憶をまったく無視するわけにもいきませんよ」とムーア。「コーデルの話は信用できないと思われるかもしれないが、彼女が犯人の関心の的なのはまちがいないんです。キャプラは彼女をつけねらい、殺そうとしていた。それはまだ終わっていない。彼女を追ってここへ来てるんです」

「模倣犯か？」とマーケット。

「あるいはパートナーか」とムーアは言った。「前例があります」

ザッカーはうなずいた。「殺人者がパートナーを組むのはそうめずらしいことじゃない。連続殺人犯は一匹オオカミだと思われがちだが、パートナーがいる例は連続殺人事件の四分の一にのぼるんだ。ヘンリー・リー・ルーカス（アメリカ全土で二百人あまりを殺したとされる男）がそうだし、ケネス・ビアンキ（一九七七年から七九年にかけてロサンゼルスで六人の女性を殺害）もそうだ。仲間がいればなにかと便利だからね。誘拐するにしても、おとなしくさせるにしても。共同で狩りをすれば成功しやすい」

「オオカミも共同で狩りをしますからね」とムーア。「キャプラもそうだったのかもしれない」

マーケットはビデオのリモコンを手にとり、巻き戻しボタンを押してから再生ボタンを押した。テレビ画面のキャサリンは目を閉じ、腕をだらりと垂らしている。

ではだれですか。「キャプラ、今度はぼくの番だ」と言ったのはだれです?

わかりません。聞き憶えのない声です。

マーケットが一時停止ボタンを押すと、キャサリンの顔が凍りついた。彼はムーアに目を向けた。「サヴァナで彼女が襲われてから二年以上たつ。犯人がキャプラのパートナーだったのなら、なぜすぐに襲わなかったんだ。どうしていまなんだね」

ムーアはうなずいた。「わたしも同じことを考えていました。たぶんこれが答えだと思います」と、このミーティングのために持ってきたホルダーを開いて、〈ボストン・グローブ〉紙の切り抜きをとりだした。「これが出たのはエリナ・オーティス殺害の十七日前です。ボストンの女性外科医についての記事で、三分の一はコーデルにあてられてます。彼女の成功と出世。それにカラー写真もついてる」と、切り抜きをザッカーに渡した。

「なるほど、これはおもしろい」とザッカー。「ムーア刑事、この写真を見てどんな感想をもった?」

「きれいな女性だと」

「そのほかには?　この姿勢や表情からどんなことを感じるかね」

「自信ですね」ムーアはいったん口をつぐんで、「それに近寄りがたさ」

「同感だな。得意の絶頂にいる女性。高嶺の花。腕を組み、昂然と顔をあげている。たいていの人間には手の届かない存在だ」

「それがどうしたんだね」とマーケット。

「この犯人がどんな女性をねらうか考えてみるといい。傷ついた女性、レイプによって汚された女性だ。象徴的な意味で傷ものにされた女性たち。ところが、そこへこのキャサリン・コーデルが登場する。パートナーのアンドルー・キャプラを殺した女だ。傷ついたようには見えないし、犠牲者にも見えない。それどころか、この写真の彼女はまるで征服者だ。これを見て犯人はなにを感じるかな」ザッカーはムーアに目を向けた。

「怒りでしょう」

「ただの怒りじゃない。混じりっけのない、抑えがたい憤怒だ。彼女がサヴァナを離れてから、犯人はそのあとを追ってボストンに来る。しかし、彼女はがっちりガードを固めていて手が出せない。そこでほかの獲物をあさって時節を待っているわけだ。たぶん、コーデルはトラウマを負っていると彼は思っていただろう。いわば人間以下におとしめられて、いずれ犠牲者として刈りとられるのを待っているだけだとね。ところがある日新聞を開いてみると、目の前にこの顔があるわけだ。被害者どころか、勝ち誇ったいまいましい女の顔が」ザッカーは切り抜きをムーアに返した。「犯人は彼女をまた引きずりおろしてやろうとするだろう。そのための道具が恐怖だ」

「犯人の最終的な目標は?」とマーケット。

「手玉にとれるレベルまで引きずりおろすことだろうね。この男が襲うのは、犠牲者らしくふるまう女性だけだ。傷つけられ踏みにじられていて、反撃してくる恐れのない女性。それに、犯人がほんとうにアンドルー・キャプラのパートナーだったのなら、動機はもうひとつある。パートナーを奪った女への復讐だ」

マーケットは言った。「では、じつはパートナーがいたという説が正しいとしたら、どういう手を打てばいい？」

「キャプラにパートナーがいたとすれば」とムーア。「まずはサヴァナを洗いなおすべきでしょう。こっちではそろそろ手詰まりになってきてます。一千人近くに事情聴取をしたのに、これという容疑者は浮かんでこない。アンドルー・キャプラと関係のあった人間を、そろそろ洗ってみるころでしょう。ボストンに来ている者がいないか調べるんです。サヴァナの捜査担当者だったシンガー刑事に、フロストがもう電話をしています。いつでも向こうに飛んで証拠の見直しができます」

「なぜフロストなんだ」

「いけませんか」

マーケットはザッカーに目を向けた。「雲をつかむような話ではないかな」

「ほんとに雲がつかまえられることもないわけじゃない」

マーケットはうなずいた。「わかった。ではサヴァナを調べなおそう」

ムーアは退出しようと立ちあがったが、マーケットに引き止められた。「ちょっと残ってくれ。話がある」ザッカーがオフィスを出ていくのを待って、マーケットはドアを閉じた。「フロストを行かせるのはやめよう」

「理由を教えてもらえますか」

「サヴァナにはきみに行ってもらいたい」

「フロストはもう行く気ですよ。いつでも発てるように用意してます」

「フロストの問題じゃない。きみのことだ。きみはこの事件から少し距離を置いたほうがいい」

ムーアは黙りこんだ。話が見えてきたからだ。

「このところ、キャサリン・コーデルとずいぶん親しくしてるらしいな」

「彼女は捜査の鍵をにぎってますから」

「幾晩もいっしょにいるというのはどうかと思うね。水曜日の真夜中には彼女の部屋にいたそうじゃないか」

リゾーリだ。リゾーリは知っている。

「しかも土曜日はひと晩じゅういっしょだった。いったいこれはどういうことだね」

ムーアは返答につまった。なんと答えられただろう。たしかにおれは一線を越えました。しかし、そうせずにはいられなかったんです、とでも？

落胆に顔を曇らせて、マーケットは椅子にどさりと腰をおろした。「こんなことを言う日が来るとは思わなかった。よりにもよってきみを相手に」ため息をついた。「そろそろ引きどきだ。彼女はほかの者に担当させる」

「しかし、彼女はわたしを信頼しています」

「それだけかね。信頼だけ？　わたしの聞いたところでは、そんなかわいいものじゃないようだが。これがどんなにまずいことか、あらためて言うまでもないだろう。いいかね、きみもわたしも、こういう例は何度も見てきたじゃないか。うまく行きっこない。今度だって同じことだ。いま彼女はきみを必要としているが、それはたまたま近くにきみがいたからだ。何週間か、一か月ぐらいは楽しくやれるだろう。それがある朝目がさめて大げんかになり、それっきりだ。向こうが傷つくか、そうでなきゃきみが傷つく。そしてみんなが、だからやめとけばよかったのにと思うんだ」マーケットは言葉を切り、答えを待った。しかし、ムーアには返す言葉がなかった。

「個人的な問題を別にしても」マーケットは言葉を継いだ。「こういうことは捜査のつまずきのもとになる。課としても非常に外聞が悪い」そっけなくドアのほうに手をふった。「サヴァナに行ってくれ。コーデルにはもう近づくな」

「彼女に説明しないと――」

「電話もしちゃいかん。ちゃんとメッセージは伝えるようにする。きみのかわりにクロウを担当にするつもりだ」

「クロウはだめです」ムーアが語気鋭く言った。

「ではだれならいい」

「フロストに」ムーアはため息をついた。「フロストにやらせてください」

「ではフロストだ。ぐずぐずしていると飛行機に乗り遅れるぞ。頭を冷やすには、しばらくここを離れるのがいちばんだ。こんなことを言われていまは腹が立つだろうが、わたしはただ、きみに正しいことをしてくれと言っているだけなんだ。それはわかっているだろう」

たしかにわかっていた。鏡を突きつけられ、自分のおこないを見せつけられるのはつらかった。鏡に映っていたのは堕《お》ちた聖人の姿だった。欲望にまどわされて道を踏みはずした男。はらわたが煮えくりかえった。なぜならそれが真実だったから、それゆえに反論できなかったからだ。否定することができない。マーケットのオフィスを出るまではどうにか口をつぐんでいられたが、リゾーリがデスクに着いているのを目にしたときには、もう怒りを抑えきれなくなっていた。

「さぞうれしいだろう。仕返しに成功したんだからな。いやがらせをしていい気分か」

「仕返しって？」

「マーケットに言っただろう」

「ああ、そういうこと。言ったのがあたしだったとしても、パートナーを裏切った警官はあたしが最初ってわけじゃないでしょ」

ぐさりと胸に刺さる言葉だった。それはねらいどおりの効果をあげ、ムーアは冷やかに押し黙って歩き去った。

外へ出て、ビルとビルの連絡通路で立ち止まった。今夜はキャサリンに会えないと思うと胸にぽっかり穴があいたようだ。だが、マーケットの言うとおりなのはわかっている。これが正しい道なのだ。最初からこうでなくてはいけなかったのだ。注意深く距離を置いて、惹かれても目をそむけているべきだったのだ。しかし、彼女の弱さに気づいて、愚かにもそれに惹きつけられてしまった。何年も正しい道を歩んできたのに、いつのまにか見慣れない場所に迷いこんでいた。理性でなく情熱に支配される心乱れる場所に。ここは彼にとって居心地のいい場所ではない。しかも、どうしたら抜け出せるのか見当もつかないのだった。

キャサリンは停めた自分の車のなかで、ワン・シュローダー・プラザに入っていく勇気をかきたてようとしていた。午後ずっと、診療室で予約の患者を次々に診ながら、いつものとおり愛想のいい言葉をかけ、同僚と相談し、一日のうちにかならず持ちあがるささいな厄介ごとをかたづけていった。しかしその笑みはうつろで、愛想のいい仮面の下には失望が渦巻いていた。ムーアは電話をかけなおしてきてくれず、その理由がわからない。たったひと晩いっしょに過ごしただけで、もうなにかがおかしくなってきている。

ついに車を降りて、ボストン市警察本部に歩いていった。

ドクター・ポロチェックの催眠術を受けたときにいちど来ているのだが、それでもやはりこのビルは近づきがたい要塞のようで、自分の来るところではないという気がする。その印象をさらに強めているのが、受付デスクの奥からこっちを見ている制服警官だった。

「ご用件は」彼は尋ねた。愛想がよくも悪くもない声。

「殺人課のトマス・ムーア刑事にお会いしたいんですけど」

「上に電話してみます。お名前は？」

「キャサリン・コーデルです」

彼女はロビーで待っていたが、びくびくと落ち着かない気分だった。花崗岩はぴかぴかに磨きあげてあるし、目の前を行き来する男たちは、制服の者も私服の者も、めずらしいものでも見るような視線をこちらに投げていく。ここはムーアの世界であり、彼女はここではよそ者だった。不法侵入者として、ホルスターの拳銃が光るタフな男たちにじろじろにらまれている。

やっぱり来てはいけなかったのだ。そう急に気づいて、彼女は出口へ向かった。ドアの前まで来たとき、呼びとめる声がした。

「ドクター・コーデル」

ふりむくと、見憶えのある男がエレベーターから降りてくる。おだやかで感じのいい顔だちのブロンドの男。フロスト刑事だ。

「上に行きましょうか」彼は言った。

「ムーア刑事に会いに来たんですけど」

「ええ、わかってます。それで迎えに」エレベーターのほうをさして、「行きましょうか」

二階に着くと、彼はキャサリンを案内して廊下を進み、殺人課のオフィスに向かった。ここに通されるのは初めてだったが、ふつうのオフィスとほとんど変わらないのに驚いた。コンピユータの端末が並び、デスクはグループにまとめられてワークポッド（独立の部屋ほど密閉されていないが、たんなるパーティションよりはプライバシーの保てる作業区画）をなしている。フロストは彼女に椅子を勧めた。やさしい目をしていた。慣れない場所で緊張しているのを見て、気持をほぐそうと努力してくれている。

「コーヒーでも？」

「いえ、けっこうです」

「なにか欲しいものはありませんか。ソーダとか、水とか」

「いえ、どうぞおかまいなく」

フロストも椅子に腰かけた。「それではと。ドクター・コーデル、今日はどういうご用件で？」

「ムーア刑事にお会いしようと思って来たんです。午前中はずっと手術でしたから、そのあいだにご連絡をくださったんじゃないかと思って……」

「じつはその……」フロストは口ごもった。目が明らかに困っている。「正午《ひる》ごろ、そちらのスタッフのかたに伝言をお願いしたんですが。今後は、なにかあったらわたしにお電話ください。ムーア刑事ではなく」

「ええ、その伝言はうかがいました。わたしはただ……」涙をこらえた。「ただ、どうしてそういう変更があったのかしらと思って」

「それはその、捜査の能率化のためです」

「どういうことですか？」

「ムーアは、別の方向から捜査を進めることになったんです」

「どなたの決定ですか」

フロストはますます困った顔になった。「さあ、わたしにはちょっと」

「ムーア刑事の決めたことですか」

また間があった。「ちがいます」

「じゃあ、わたしにもう会いたくないってことではないんですね」

「まさか、ちがいますよ」

彼がほんとうのことを言っているのか、それとも気休めを言っているだけなのか、彼女には判断がつかなかった。別のワークポッドから、ふたりの刑事がこちらを見ているのに気づいて、ふいに怒りがこみあげてきて頬が紅潮した。ほかの人はみんなほんとうのことを知っているのかしら。わたしはあわれみの目で見られてるのかしら。午前中はずっと、昨夜のことを思い出して幸せをかみしめていた。ムーアからの電話を心待ちにし、声が聞きたい、彼もこちらのことを考えていたと確かめたいと思っていた。それなのに、ムーアは電話してきてくれなかった。そして昼になって、フロストからの伝言を受けとったのだ。これからはなにかあったらフロストに連絡せよという。

いまできることは、まっすぐ前に目を向けて、涙を見せないことだ。彼女は尋ねた。「ムーア刑事とお話しできない理由がなにかあるんですか?」

「いまムーアはボストンにいないんです。今日の午後に発ちまして」

「そうですか」言われなくてもわかっていた。フロストにはこれ以上のことは話せないのだ。ムーアがどこに行ったのかも尋ねなかったし、どうしたら連絡がとれるのかとも訊かなかった。のこのこやって来たりして、もうじゅうぶん恥をさらしてしまった。これ以上のことはプライドが許さなかった。この二年、彼女の最大の支えは純然たるプライドの力だった。それがあったからこそ、自分は犠牲者だと自己憐憫にひたるのを拒絶して、毎日なんとか前に進んでこられたのだ。はたからは、冷静で有能、よそよそしくて近寄りがたい女性としか見えないだろう。そんな顔しか他人には見せてこなかったから。

ムーアだけが、わたしのほんとうの顔を見た。傷ついたもろいわたしを。その結果がこれなのだ。もう二度と人に弱みを見せるものか。

帰ろうと立ちあがったとき、彼女の背筋はぴんと伸びて、目線は揺らぎもしなかった。ワークポッドを出て、ムーアのデスクのそばを通りかかった。ネームプレートでそれとわかったのだ。ほんのいっとき立ち止まり、そこに飾られた写真に目を留めた。髪を陽光に輝かせてほほえんでいる女性の写真。

彼女は出ていった。ムーアの世界をあとにして、悲しみに沈んで自分の世界に戻っていった。

第十八章

ムーアは、ボストンの暑さを耐えがたいと思っていた。まさかサヴァナがその上をいくとは思ってもみなかった。午後遅く空港を一歩出たとたん、いきなり熱い風呂に頭まで沈んだようだった。湯をかきわけて歩いているかのように、重い足を引きずってレンタカーの駐車場に向かう。アスファルト舗装の駐車場では、湯のような空気にさざ波が立っていた。ホテルの部屋にたどり着いたころには、シャツは汗でぐっしょり濡れていた。服を脱ぎ捨て、ほんの数分のつもりでベッドに横になり、結局午後いっぱい眠りとおしてしまった。

目がさめたときは暗くなっていて、冷房の利きすぎでふるえていた。ベッドの横に足をおろして起きあがったら頭ががんがんした。

スーツケースから替えのシャツを出し、身じたくをしてホテルを出た。

夜になっても空気は湯気のようだったが、窓をあけて車を運転し、湿りけを帯びた南部の風のにおいを吸いこんだ。サヴァナに来るのは初めてだが、美しいところだという話は聞いていた。趣のある古い家並み、錬鉄のベンチ、そして『真夜中のサバナ』(クリント・イーストウッド監督の映画。実際の殺人事件をもとにした作品で、撮影地が観光名所になっている)。しかし、今夜は観光名所めぐりに出てきたわけではない。まず街の東北にある一軒の家に車を走らせた。そこは住みよさそうな住宅街で、小さいながらこぎれいな家々には、玄関ポーチとフェンスに囲まれた庭があり、庭の木はのびのびと枝を広げている。ロンダ通りに入ると、目当ての家の前で車を停めた。

なかには明かりがついており、テレビの青い光が見えた。

いまここにはだれが住んでいるのだろうか。住人はこの家の過去を知っているのか。明かりを消してベッドに入るとき、いま自分のいるこの部屋で、かつてどんなことがあったか思い起こしたりしているのだろうか。暗闇に横たわり、家の壁のうちに恐怖のこだまがいまも反響していないかと、耳をすましたりするのだろうか。

人影が窓をよぎった。細身で長い髪の女性。キャサリンによく似ている。

目に浮かぶようだ――あのポーチに若い男が立ち、玄関のドアをノックしている。ドアが開き、金色の光が暗闇にこぼれる。それを後光のように受けて立ち、キャサリンは病院でともに働く若い同僚を招き入れる。身の毛もよだつ企みを抱いているとは夢にも思わずに。

そして第二の声、第二の男――そいつはどう嚙んでくるのか。

ムーアは車内にすわったまま家をしさいにながめ、窓や植えこみの位置を頭に入れた。だいぶたってからようやく車を降り、側面を見ようと歩道を歩いていった。大きく育った植えこみが密に生い茂っていて、裏庭をすかし見ることはできなかった。

通りの反対側で、ポーチの明かりがともった。

ふりむくと、大柄な女性が窓ぎわに立ち、こちらをにらみつけている。耳に受話器をあてていた。

ムーアは車に戻ってその場をあとにした。もう一軒見たい家がある。州立カレッジの近く、ここから数マイル南に行ったところ。彼は思った——キャサリンは何度この道を行き来したのだろう。あの左側の小さいピザ屋、それに右側のクリーニング屋は、ひょっとしたら行きつけの店だったのではないだろうか。どこを見ても彼女の顔が見えるようで、それが悩みの種だった。おれはやっぱり、この捜査に私情をもちこんでいる。これではだれにとってもろくなことにならない。

さがしていた通りに入った。数ブロック進んでから、このあたりだがと思って車を停めた。だがそこはただの空き地で、雑草がびっしり生い茂っていた。ここには家が建っているはずだった。ミセス・ステラ・プールという五十八歳の未亡人の所有する家が。三年前、ミセス・プールは自宅の二階をアンドルー・キャプラという外科のインターンに貸していた。物静かな若者で、家賃の払いもきちんとしていたという。

車を降りて、アンドルー・キャプラが歩いたはずの歩道に立ってみた。キャプラの住んでいた通りを見まわした。州立カレッジからほんの数ブロックしか離れていないから、この通りには部屋を学生に貸している家が少なくないにちがいない。短期間で入れ替わる間借り人たちは、悪名高い隣人の話を知らないかもしれない。

風がねっとりした空気をかきまわし、みょうなにおいを運んできた。湿った腐敗臭。キャプラの家があれば前庭にあたる場所に、木が一本はえている。見あげると、枝からサルオガセモドキのかたまりが垂れ下がっていた。ぞっと身ぶるいして、奇妙な果実(ビリー・ホリデイの歌。リンチされて木から吊るされた黒人の遺体のこと)だ、と思った。子供時代の記憶がよみがえってくる。ある年のハロウィーンのことだった。お菓子をもらいにくる子供たちをおどかすのにぴったりだとでも思ったのか、かかしの首にロープを結んで木に吊るすという悪趣味なことをした隣人がいた。それを見たムーアの父親は激怒し、すぐに隣家にどなりこむと、抗議の声にも耳を貸さず、ロープを切ってかかしを引きずりおろしたものだった。

ムーアも同じことをしたいという衝動に駆られた。あの木にのぼって、垂れ下がる苔を引きちぎってやりたい。

もちろんそうはせず、車に戻ってエンジンをかけ、ホテルに向かって走りだした。

テーブルにボール箱を置くと、マーク・シンガー刑事は両手をはたいてほこりを払った。

「これが最後だ。さがすのに週末をつぶしちまったが、ぜんぶそろってるぜ」

証拠品の箱が十二個、テーブルにずらっと並ぶのを前にして、ムーアは言った。「寝袋を持ってきてここに泊まりこむんだったたな」

シンガーは笑った。「そうだろうな、この箱の書類に残らず目を通すつもりなら。署の外には持ち出し禁止だぜ、いいな？　コピー機は廊下の向こうにある。使ったら名前と所属を書いといてくれ。トイレはあっち。集合室に行きゃあ、たいていいつもドーナツとコーヒーがある。ドーナツを食うときゃ、壜に何ドルかカンパしといてくれりゃ助かる」シンガーはずっと笑顔で話していたが、のんびりした南部訛りでも、ほんとうに言いたいことはちゃんと伝わった。こっちにはこっちのやりかたがある。ボストンの切れ者だろうがなんだろうが、ここではそれに従ってもらうからな。

キャサリンがこの刑事をきらっていたわけがわかった。シンガーは彼が思っていたより若く、まだ四十前だった。押しの強い自信家で、批判にはがまんできないタイプだ。群れにボス犬は一頭いればたくさんだ。いまのところ、ムーアはシンガーの地位をおびやかすつもりはなかった。

「ここの四つの箱な、これには捜査管理ファイルが入ってる」とシンガー。「こいつから始めたらいいんじゃないか。相互参照ファイルはその箱、活動記録ファイルはここのこれに入ってる」そう言いながらテーブルに沿って歩き、問題の箱を手で叩いていく。「で、これに入ってるのはドーラ・シコーン関係のアトランタのファイル。コピーだけどな」

「オリジナルはアトランタ警察にあるってことだな」

シンガーはうなずいた。「最初の被害者だ。やつがあっちで殺したのはこれ一回きりだった」

「コピーなら、その箱は持ち出してもかまわないかな。書類をホテルで見たいんだが」

「かまわんよ、あとで返してくれりゃあな」シンガーはため息をつき、箱の列をながめた。「正直言うがな、あんたがなにをさがすつもりで来たんだかわからんよ。こんなはっきりした事件はないぜ。全員からキャプラのDNAが出てる。繊維も一致してるし、時期的にも問題ない。キャプラがアトランタに住んでたころ、ドーラ・シコーンはアトランタで殺された。サヴァナに越してきたら、こっちで女たちが死にはじめた。やつはいつもどんぴしゃの時期にどんぴしゃの場所にいたんだ」

「キャプラが犯人だったことには、疑いの余地はないと思ってる」

「そいじゃあ、いまごろなんでこいつを掘り出しにきたんだい。この資料のなかにゃ、三、四年も前のもあるんだぜ」

シンガーの声には身がまえるような響きがあり、ここは外交戦術が肝心だとムーアは察した。キャプラの捜査でシンガーがミスを犯していたとか、キャプラにパートナーがいた可能性という重大な問題点を見逃したとか、そんなことをにおわせたらサヴァナ警察の協力はまったく望めなくなる。

そこで、どんな意味でも非難にとられる恐れのない答えを選んだ。「模倣犯の疑いがあるんでね。ボストンの犯人はキャプラの崇拝者らしい。キャプラの犯行を細かいところまで忠実になぞってるんだ」

「なんだってそんな細かいとこまで知ってんだろうな」

「キャプラが生きてたころに、つきあいがあったのかもしれん」

シンガーはほっとしたようだった。笑い声さえあげた。「胸くそ悪い連中のファンクラブってわけか。けっこうな話だな」

「犯人がキャプラの犯行にやたらに通じてるんで、こっちも勉強しとかなきゃならんと思ってね」

シンガーはテーブルのほうに手をふった。「そいじゃ、がんばってくれ」

シンガーが部屋を出ていったあと、ムーアは証拠品の箱のラベルを調べた。まず「捜査管理No.1」と書かれた箱をあけた。サヴァナ警察捜査管理ファイル。なかにはアコーディオン型ファイルホルダーが三冊入っていて、どのポケットにもぎっしり書類が詰まっていた。しかも、捜査管理の箱はこのほかにあと三つもあるのだ。最初のアコーディオンホルダーには、サヴァナでの事件三件の発生報告書、証人の供述書、執行済の令状が入っていた。ふたつめのホルダーには容疑者ファイル、犯罪データの照合資料、それに科学捜査報告書。この最初の箱だけで、一日かかっても読みきれないほどの量がある。

おまけに、箱はあと十一個もあるのだ。

まず、シンガーによる最終総括を読むところから始めた。アンドルー・キャプラの有罪が、いかに水も漏らさぬ鉄壁の証拠で立証されているか、あらためて実感せずにはいられない。全部で五件の事件が報告されており、うち四件で被害者は死亡している。最初の被害者はドーラ・シコーン、アトランタで殺害された。その一年後、サヴァナで連続殺人が始まる。一年に三人の女性。リサ・フォックス、ルース・ヴーアリーズ、ジェニファ・トレグロッサ。そしてキャプラがキャサリン・コーデルの寝室で射殺されると、それと同時に連続殺人はやんだのだ。

どの事件でも被害者の膣円蓋から精液が採取され、そのＤＮＡがキャプラのものと一致している。フォックスとトレグロッサの殺害現場に毛髪が残っていたが、これまたキャプラの毛髪と一致している。最初の犠牲者のシコーンがアトランタで殺されたのは、キャプラがアトランタのエモリー大学医学部で最終学年を過ごしていた年のことだ。

殺人事件は、キャプラのあとを追ってサヴァナに移ってきた。

証拠の糸一本一本がむりなく織りこまれ、それが緻密なもようを描く。織りあがった布にはほつれひとつないように見えた。とはいえ、これは事件の総括にすぎないし、おまけにシンガーの結論に合う材料を集めて書かれているのだ。細かい矛盾点ははぶかれている可能性もある。そういう非常に細かいこと、ささいではあるが重要な矛盾点、そういうところを、ムーアはこの証拠品箱からあぶり出したいと思っていた。この箱のどこかに、きっと〝外科医〟は痕跡を残している。

最初のアコーディオンホルダーを開いて、中身を読みはじめた。

三時間後、やっと椅子から立ちあがって凝った背中をのばしたときは、すでに正午になっていた。しかし、書類の山はまだ減りはじめたとすら言えないし、〝外科医〟のにおいは鼻をかすめもしていない。テーブルのまわりを歩いてまだあけていない箱のラベルを見ていくうちに、こう書かれた箱を見つけた。「No.12　フォックス／トレグロッサ／ヴーアリーズ／コーデル。新聞切り抜き／ビデオ／他」

あけてみると、ぎっしり詰めこまれたホルダーの上に、六巻のビデオテープがのっていた。「キャプラの住居」と書かれたビデオをとりだす。日付は六月十六日。キャサリンが襲われた翌日だ。

シンガーはデスクに着き、デリ特製、ローストビーフ山盛りのサンドイッチを食べていた。そのデスクを見れば、シンガーの人となりがかなりわかる。極端に整理整頓が行き届いていて、紙の束はデスクのかどにぴったりそろえてあった。細かいところまで目配りのきく刑事だろうが、組んで仕事をしたらさぞいらいらさせられるだろう。

「ビデオを見たいんだが」ムーアは言った。

「機械はしまいこんであってな」

ムーアは黙って待っていた。次の頼みごとははっきりしているから、わざわざ口に出すまでもない。大げさにため息をついて、シンガーはデスクの引出しからキーをとりだして立ちあがった。「いますぐ見たいって言うんだろ?」

保管室から、シンガーはビデオとテレビをのせたカートを引っぱり出し、ムーアが作業している部屋にそれを押していった。コンセントを差しこみ、電源ボタンを押して、ちゃんと動きだしたのを見て満足そうにうなった。

「どうも」とムーア。「たぶん二、三日使わせてもらうと思う」

「なんかすごい発見でもあったかい」その声は明らかに皮肉っていた。

「まだ始めたばかりだから」

「キャプラのビデオを見つけたんだな」シンガーは首をふった。「まったく、あの家じゃ気色のわりいもんが見つかったぜ」

「昨夜、その家の前を車で通ったんだが、更地になってた」

「一年ばかし前に焼け落ちたんだよ。キャプラのあと、二階の部屋は借手がなくてな。そいで大家のばあさん、金をとって見物させることにしたんだ。そしたら驚くじゃねえか、客がどっと押し寄せてな。そら、アン・ライスのファンみたいな胸くそ悪いやつらがさ、化物のすみかに巡礼に来やがるんだよ。まったく、あの大家のばあさんもたいがいいかれてたぜ」

「その人と話がしたいんだが」

「むりだな。死人と話ができるんなら別だが」

「その火事で?」

「こんがりとな」シンガーは笑った。「煙草は健康によくないってな、あのばあさん身をもって証明したわけさ」

シンガーが出ていくのを待って、ムーアは「キャプラの住居」のビデオをスロットに挿入した。

最初にあらわれたのは昼光で撮影した建物の外観で、キャプラの住んでいた家を正面からとらえていた。前庭には、例のサルオガセモドキの垂れた木が見える。家じたいはぱっとしない二階建ての箱型で、ペンキを塗りなおす必要がありそうだった。カメラマンが日付と時刻と場所をボイスオーバーで記録し、撮影者自身についてはサヴァナ警察のスパイロ・パタキ刑事と名乗った。日光の感じから判断するに、朝早いうちに撮ったもののようだ。カメラが通りをパンしたとき、通りかかったジョギングの男が映っていた。興味津々という顔をこちらに向けてくる。道路は車通りが激しく(通勤ラッシュの時間だろうか)、歩道には近所の人々が立ってカメラマンをながめている。

映像が振れてまた家が映し出され、カメラは正面玄関に近づいていく。手持ち式なので映像が揺れる。なかに入ると、大家のミセス・プールが住む一階部分がざっと映された。色あせたカーペット、黒っぽい家具、煙草があふれそうな灰皿がちらと見えた。命にかかわるこの悪習のせいで、彼女はのちに「こんがり」焼けてしまうわけだ。カメラはせまい階段をのぼり、がっちりした錠のついたドアを抜けて、アンドルー・キャプラの住んでいた二階に入った。見ただけで閉所恐怖が起きそうだった。いくつものせまい部屋に仕切られているうえに、この「改装」を施した人間は、羽目板関係で特別な取引でもあったと見えて、壁はすっかり黒っぽいベニヤ板でおおわれていた。カメラは廊下を進んでいったが、その廊下がまたせまくて、まるでトンネルを掘り進んでいるようだった。「右側に寝室」とパタキの声が入り、カメラがそちらに振れてなかに入る。きちんと整えられたツインベッド、小テーブル、それにたんすが映し出される。薄暗くてせまいこの洞穴にぴったりの家具ばかりだ。

「奥のリビングに移動」とパタキが言い、カメラはまた大きく揺れてトンネルに戻る。トンネルを出るとそこは広めの部屋で、カメラのまわりにむずかしい顔をした男たちが立っていた。クロゼットの扉のそばにシンガーの顔が見えた。これからが本番だ。

シンガーがクローズアップになる。「この扉には南京錠がかかっていた」彼は言って、壊された南京錠を指さした。「金てこでこじあけなくちゃならなかった。なかはこうなっていた」クロゼットの扉をあけ、照明のチェーンを引っぱった。

映像がぼけた、と思うと急に鮮明になり、びっくりするほどくっきりと、画面いっぱいに女性の顔が映った。白黒写真だ。見開かれた目には生気がない。のどを深々と掻き切られて、気管軟骨が裂けているのが見えた。

「これはドーラ・シコーンだと思う」とシンガー。「よし、次はこれを映してくれ」

カメラが右に移動して、また別の写真、別の女性が映し出された。

「これは死後に写した写真らしい。四人の犠牲者の写真だ。ドーラ・シコーン、リサ・フォックス、ルース・ヴーアリーズ、ジェニファ・トレグロッサの死に顔だと思う」

アンドルー・キャプラの秘密の写真館だった。虐殺の愉悦を追体験するための隠れ家。写真そのものよりずっと不気味だったのは、クロゼットの壁に残るあきスペースと、棚にのっている画鋲の小箱だった。写真を貼る場所はまだたっぷり残っていたのだ。

カメラはぎくしゃくとクロゼットを出て、先ほどの広めの部屋をまた映し出した。ゆっくりとパタキはカメラをパンして、ソファ、テレビ、デスク、電話をとらえていく。本棚は医学の教科書でいっぱいだった。カメラはさらにパンを続け、キッチン部分に達したところで、冷蔵庫がクローズアップされた。

ムーアは身を乗り出した。急にのどがからからになってきた。冷蔵庫になにが入っているか見なくてもわかっていたが、それでも鼓動が速くなり、恐怖に胃袋がぎゅっと縮みあがる。シンガーが冷蔵庫に近づいていく。いったん手を止めてカメラに顔を向けた。

「なかにこんなものが入っていた」彼は言って、冷蔵庫のドアをあけた。

第十九章

ムーアは外へ出て警察署の周辺を歩きまわったが、このときは暑さにもろくに気づかなかった。ビデオを見て骨の髄まで冷えきっていた。会議室から外へ出るだけでほっとする。彼の頭のなかでは、あの部屋はもう恐怖の代名詞になっていた。サヴァナという街じたい、そのとろりと濃密な空気とおぼろな緑の光のために、みょうな不安をかきたてられる。ボストンはくっきりした輪郭と耳ざわりな声の街で、建物でも人のしかめつらでも、無慈悲なぐらいはっきり見える。ボストンでは自分が生きているのを実感できる――死にたいぐらいいらいらしているからであってもだ。だが、この街ではすべてがぼんやりして見える。まるで目の前に紗がかかっているようだ。上品な笑顔と眠そうな声の街。この街の闇にはなにが隠れているのだろうか。

集合室に戻ってみると、シンガーはラップトップに向かってタイプの最中だった。「ちょっと待った」とシンガーは言い、スペルチェック・ボタンを押す。余人は知らず、彼の報告書にはミススペルがあってはならないのだ。気がすむと、ムーアに顔を向けた。「なんだい？」

「キャプラのアドレス帳は見つかったのかな」

「アドレス帳？」

「たいていの人間は、電話のそばにアドレス帳を置いとくもんじゃないか。だが、やつの部屋

ライフ

新大塚店

☎03－3945－7831

領　収　証

＊＊＊毎度有難うございます。＊
＊只今、ｻﾏｰｷﾞﾌﾄ受け付け中＊＊
＊2500円以上のギフト商品に限り
＊送料無料となっております。＊
＊（一部地域除く）。＊＊＊＊＊

03年08月05日(火)　　No.0104

No201中牧眞貴子＊ No201中牧眞貴子

530504	ﾏｰﾎﾞﾅｽﾄﾞﾝ	¥278
530303	ﾏｸﾞﾛﾂﾞｸｼﾄﾞﾝ	¥380
530507	ｵﾊｷﾞ(ﾐｯｸｽ)	¥298
710901	ｷﾊﾀﾞﾏｸﾞﾛ	
	3ｺ x @398	¥1,194
831902	ﾓﾘ ﾏｲﾙﾄﾞｺｰﾋｰ	
	3ｺ x @100	¥300
値引		-30
831902	ﾒｲｼﾞﾓｯﾄCA	¥158
小計		¥2,578
外税(ﾀｲｼｮｳ	2578)	¥128
合計		**¥2,706**
お預り		¥3,000
お釣り		**¥294**

No.1823　　10点買　　11:55TM

のビデオには映ってなかったし、所持品リストにものってなかったから」

「二年以上も前の話だぜ。リストになかったんなら、持ってなかったんだろうよ」

「警察が来る前に、部屋から持ち去られたとか」

「なにをほじくってるんだ？　キャプラの手管を調べに来たんじゃなかったのか。あの事件を洗いなおそうって気かい」

「キャプラの交友関係を知りたいんだ。やつのことをよく知ってた人間をみんな知りたい」

「それがいねえんだよ。同僚の医者や看護婦にも、大家にも近所の人間にも話を聞いたがな。アトランタまで行っておばさんとも話したぜ。親戚で生きてんのはそのおばさんだけでな」

「ああ、その事情聴取は読ませてもらった」

「じゃあ、みんながだまくらかされてたのがわかっただろ。口をそろえておんなじことを言うんだ。『やさしいドクターだったのに。あんなに礼儀正しい若い人が』ってな」シンガーは鼻を鳴らした。

「キャプラの正体にぜんぜん気づいてなかったんだな」

シンガーは椅子をまわして、またラップトップに向かった。「そりゃあそうさ。どいつが化物だかわかりゃ苦労はないぜ」

最後のビデオテープを見るときが来た。ずっとあとまわしにしてきたのは、その映像を見る決心がどうしてもつかなかったからだ。ほかのビデオは冷静に見ることができた。リサ・フォックスやジェニファ・トレグロッサやルース・ヴーアリーズの寝室なら、見ながらメモをとる

 こともできる。血痕のパターン、犠牲者の手首のナイロンコードの結び目、薄膜のかかった目を何度も何度も見た。それでもほとんど感情を揺らさずにいられたのは、この女性たちには会ったことがなく、記憶にある声の響きを聞くこともなかったからだ。意識は犠牲者のほうではなく、犠牲者の部屋を通りすぎていった邪悪な存在のほうに向いていた。ヴーアリーズ殺害現場のビデオをスロットから抜き出し、テーブルに置いた。いやいやながら最後の一本を手にとる。ラベルには、日付と事件番号のほかにこう書いてあった。「キャサリン・コーデルの住居」。明日にしようか。ひと晩寝て、すっきりしてから見たほうがいいのではないだろうか。もう夜の九時だし、今日は終日この部屋にこもっていたのだ。テープを手にとり、どうしようかと考える。

ややあって、シンガーが戸口に立ってこちらを見ているのに気がついた。

「よう、まだいたのかい」とシンガー。

「やることが山ほどあるからね」

「そのビデオをぜんぶ見たのか」

「あとこれ一本だ」

シンガーはラベルに目をやった。「コーデルだな」

「ああ」

「遠慮すんな、いっしょに見ようぜ。いろいろ説明できることもあるかもしれないしな」

ムーアはスロットにテープを挿入し、再生ボタンを押した。

キャサリンの家の正面が映った。夜だ。ポーチには照明がともり、内部の明かりもすべてついている。カメラマンが日付と時刻――午前二時――と自分の名を吹きこんでいた。今度もスパイロ・パタキだった。どうやらみんなからカメラマンの腕を買われているらしい。ずいぶん背景の雑音が入っている。話し声、遠ざかっていくサイレンの音。パタキは例によってカメラをパンして、周囲の状況をビデオに収めている。近所の住民が集まっていた。立入禁止テープの向こうをながめるむっつりした顔が、通りに停まったパトカー数台のライトで照らし出される。時刻が時刻だけに、これには驚いた。これだけの人たちが起きて集まってきたということは、かなりの騒ぎがあったにちがいない。

　パタキはカメラをまた家に向け、正面玄関に近づいていった。

「銃声が聞こえたってのが最初の通報だった」とシンガー。「通りの向かいに住んでる女性によると、まず一発めの銃声が聞こえたあと、かなり間《ま》があってから二発めが聞こえた。そこで九一一に電話をかけた。それから七分後には現場に最初の警官が到着。その二分後には救急車が呼ばれてる」

　通りの向かいの窓からこちらをにらんでいた女性のことを、ムーアは思い出した。

「その人の供述書は読ませてもらった」とムーア。「正面玄関から人が出てくるのは見てないと言ってたな」

「ああ、銃声を二回聞いただけ。最初の一発でベッドから出て窓の外を見た。それから、たぶん五分ほどしてから二発めが聞こえたそうだ」

　五分か。そのあいだにいったいなにがあったのか。

　画面ではカメラが玄関を抜けて、いまは入ってすぐの映像だった。クロゼットは扉があいていて、ハンガーにかかった数着のコート、傘が一本、それに掃除機が見える。やがてカメラはリビングルームに入り、そのぐるりを映していく。ソファのそばのコーヒーテーブルに、グラスがふたつのっていた。うちひとつにはまだビールらしい液体が入っている。

「コーデルはキャプラをなかに入れた」とシンガー。「ふたりは少しばかり飲んだ。コーデルがトイレに立ち、戻ってきてビールを飲みほした。一時間とたたずにロヒプノールが効いてきた」

ソファはピーチカラーで、薄い花もようが織り出してあった。キャサリンに花もようはそぐわないような気がしたが、まちがいなく映っている。カーテンも、エンドチェアのクッションも花もようだった。あのソファにアンドルー・キャプラと腰かけて、仕事の不安を訴える言葉に同情して耳を傾けていたのだ。そうするうちにも、ロヒプノールはゆっくりと胃から血管にしみ出していく。薬物の分子が渦を巻いて脳に向かって進んでいく。キャプラの声がだんだん遠くなっていく。

いま映像はキッチンに移動していた。カメラは家全体をなめるように映していき、部屋という部屋の土曜日の午前二時のようすを記録していた。キッチンの流しには水のコップがひとつのっていた。

ムーアははっとして身を乗り出した。「あのコップ——唾液のDNAは分析したのか」

「なんでそんなことをせにゃならん」

「だれがあれで水を飲んだかわからないだろう」

「最初に警官が駆けつけたとき、この家には人がふたりしかいなかった。キャプラとコーデルだ」

「コーヒーテーブルにはグラスがふたつのっていた。この三つめのコップで水を飲んだのはだれだ？」

「なに言ってんだ、あの流しに一日じゅうのってたのかもしれんじゃないか。あんときの状況にはなんの関係もない」

カメラマンはキッチンのぐるりを撮影し終えて、今度は廊下に移っていた。

ムーアはリモコンをとり、巻き戻しボタンを押した。キッチン部分の先頭まで映像を戻す。

「なんだ」とシンガー。

ムーアは答えなかった。身を乗り出し、先ほどと同じ映像が再生されるのをじっとにらんでいた。冷蔵庫には、フルーツ形の色あざやかなマグネットがあちこちにくっつけてある。小麦粉と砂糖の容器がキッチンのカウンターにのっている。そして流しに水のコップがひとつ。そこでカメラはキッチンのドアをさっとよぎって、廊下に向かっている。

ムーアはまた巻き戻しボタンを押した。

「なにを見てるんだ」シンガーが尋ねた。

テープがまた水のコップに戻る。カメラが廊下にパンしはじめる。ムーアはそこで一時停止ボタンを押した。「これだ。キッチンのドア。このドアはどこに通じてるのかな」

「えーと――裏庭だな。芝生に出られる」

「で、その裏庭の向こうは？」

「となりの庭さ。別のテラスハウスだ」

「そのとなりの住人には話を聞いたか？　銃声を聞いたかどうか」

「そんなことをしてなんになるんだ」

ムーアは立ちあがり、モニターに近づいていった。「このキッチンのドアだが」と画面をついた。「ここにチェーンがある。かかってない」

シンガーはちょっと考えた。「しかし、ドアに鍵はかかってる。ノブのボタンが押しこんであるだろ」

「たしかに。これは、出るときにボタンを押してドアを閉めれば鍵のかかるタイプだ」

「それがどうした」

「どうしてボタンは押しこんであるのにチェーンがかかってないんだ？　夜に戸締りをするときは、ほとんど無意識にチェーンをかけるもんだ。ボタンを押して、チェーンをかける。その二番めのステップをはぶいてる」

「忘れただけだろ」

「サヴァナで三人の女性が殺されたあとだ。ベッドの下に銃を置いておくぐらい不安がっていたのに、忘れるとは思えない」彼はシンガーに目を向けた。「あのキッチンのドアから出ていったやつがいるのかも」

「あの家には人間はふたりしかいなかった。コーデルとキャプラだ」

ムーアは次になんと言うべきか考えた。なにもかも率直に話したら、得るものと失うものとどっちが多いだろうか。

このころには、シンガーにも見当がついていた。「キャプラにはパートナーがいたって言うのか」

「そのとおりだ」

「チェーンがかかってなかったってだけで、また大胆な結論を出したもんだな」

ムーアは息を吸った。「それだけじゃない。襲われた夜、キャサリン・コーデルは家のなかで別の声を聞いている。キャプラと話してる男の声を」

「そんなことはひとことも言ってなかったぞ」

「催眠術で思い出したんだ」

シンガーは吹き出した。「霊能者が証人だってか。そりゃ、ずいぶん説得力のある話じゃないか」

「そう考えれば、〝外科医〟がキャプラの手口をよく知ってるのも説明がつく。ふたりはパートナーだったんだ。それで、〝外科医〟はひとりになったいまも同じことを続けてる。それどころか、たったひとりの生き残りをつけねらうことまでしてるんだ」

「この世に女はごまんといるのに、なんでそのひとりを狙う？」

「やり残した仕事だからだろう」

「なるほどな。けどな、おれがもっとましな説明をしてやるよ」シンガーは椅子から立ちあがった。「キッチンのドアのチェーンは、コーデルがかけ忘れただけさ。ボストンの殺人犯は新聞で読んだのをそのまままねしてるんだ。おたくの催眠術師が引っぱり出したのはまがいの記憶さ」やれやれと首をふり、ドアに向かって歩きだす。いやみたっぷりにこう言って出ていった。「真犯人をつかまえたら教えてくれよな」

ムーアはすぐに、このやりとりのことを頭から追い払った。気にしてもしかたがない。シンガーは自分の捜査に落ち度はなかったと自己弁護をしているだけだし、それに懐疑的になるのもむりはない。ムーアはだんだん自信がなくなってきていた。パートナー説の当否を検証するためにわざわざサヴァナまでやって来たものの、これまでのところ、この説を裏付ける証拠はなにひとつ見つかっていない。

またテレビに目を向け、再生ボタンを押した。

カメラはキッチンを出て、廊下を進みはじめた。いったん止まってバスルームをのぞく。ピンクのタオル、色とりどりの魚を描いたシャワーカーテン。手のひらに汗が吹き出す。次にあらわれる映像を見るのは恐ろしかったが、画面から目をそらすことはできない。カメラはバスルームを出てさらに廊下を進み、壁にかかった額入りの水彩画が画面をよぎった。ピンクの牡丹の花の絵だった。木の床には血染めの靴あと。現場にかけつけた警官たちによって、さらに半狂乱の救急隊員によってつけられ、また踏みにじられて、いまではでたらめな赤い抽象画のようだった。正面に戸口があらわれ、カメラをもつ手が揺れて映像ががたつく。

ついにカメラは寝室に入った。

胃袋が裏返りそうだった。これまで見てきたほかの犯行現場とくらべて、とくに凄惨だというわけではない。こみあげる恐怖感は理屈ではなかった。ここで苦しんだのは彼のよく知っている女性、愛してやまない女性なのだ。この部屋のスチール写真は何枚も見てきたが、このビデオのようななまなましさはなかった。キャサリンは映っていなかった——このころにはもう病院に運ばれていたのだ——が、彼女がどれほど恐ろしい目にあったか、テレビ画面の映像が声をかぎりに叫んでいる。ナイロンコードが見えた。彼女の手首足首を縛っていたナイロンコードが、いまも四本のベッドポストに結ばれたままになっている。手術器具――メスと開創器――が見えた。ナイトテーブルに放置されている。すべてが見えて、衝撃のあまり彼は文字どおりのけぞった。まるで拳骨をくらったようだった。

カメラがようやく移動し、床に倒れたアンドルー・キャプラの遺体が映った。ほとんどなんの感情も湧いてこなかった。もう頭がぼうっとしていた。キャプラの腹部の傷は出血が激しく、遺体の下には大きな血だまりができていた。致命傷になったのは、目に撃ちこまれた二発めの銃弾のほうだ。一発めと二発めのあいだに、五分ほど時間があったという話を思い出す。いま見た映像がそれをはっきり裏書きしていた。血の海の大きさから考えて、キャプラはたしかに数分間は生きて血を流していたはずだ。

ビデオテープが終わった。

空白の画面をぼんやりながめていたが、やがて茫然自失状態から立ち直り、ムーアはビデオのスイッチを切った。身も心も疲れ果てて、立ちあがるのもおっくうだった。しまいに立ちあがったのも、ともかくここから逃げ出すためだった。アトランタの捜査資料のコピーの箱をとりあげた。この書類はコピーで、オリジナルの書類はアトランタ警察にファイルされているから、持ち出して読んでもかまわない。

ホテルに戻ってシャワーを浴び、ルームサービスのハンバーガーとポテトフライを食べた。ストレス解消に一時間ほどテレビを見ることにしたが、ずっとチャンネルを替えてばかりいた。じつのところは、キャサリンに電話したくてうずうずしていたのだ。最後の犯行現場のビデオを見て、いま彼女がどんな化物につきまとわれているかいやというほどよくわかった。とても落ち着いてはいられない。

二度、受話器をとりあげてはまたおろした。もう一度とりあげると、今度は指が勝手に動いて、とっくにそらんじている番号を押した。呼出音が四度、応えたのはキャサリンの留守番電話だった。

メッセージを残さずに電話を切った。

電話をながめながら、こんなにあっさり決心が崩れたのが恥ずかしかった。誘惑に負けまいと心に誓い、マーケットの命令どおり、捜査が終わるまではキャサリンには近づかないつもりだったのに。すべて片がついたら、なんとか仕切りなおしをしよう。

デスクに積んだアトランタの資料をながめた。もう真夜中なのに、まだ手をつけてもいない。ため息をついて、アトランタの箱からとりだした最初のファイルを開いた。

アンドルー・キャプラの最初の犠牲者、ドーラ・シコーンの事件については、あまり読む気が起きなかった。シンガーの最終報告に要約が出ていたから、すでにだいたいのことは知っている。しかし、アトランタのなまの報告書は読んでいなかったし、時間をさかのぼってアンドルー・キャプラの最初の犯行から洗いなおすつもりだった。ここですべてが始まったのだ。アトランタで。

犯行についての最初の報告書を読み、次に事情聴取のファイルを読み進めていった。シコーンの隣人、彼女が最後に目撃された地元の酒場のバーテン、そして遺体を発見した女友だちの供述。容疑者のリストと写真の入ったファイルもあった。そのなかにキャプラの名はない。

ドーラ・シコーンは二十二歳、エモリー大学の大学院生だった。殺害された夜、最後に目撃されたのは真夜中ごろ、〈ラ・キャンティーナ〉という酒場でマルガリータを飲んでいたという。四十時間後に自宅で遺体が発見されたときは、全裸にされ、ナイロンコードでベッドに縛りつけられていた。子宮が切除され、のど首が切り裂かれていた。

犯行のタイムテーブルを見つけた。といっても大ざっぱなもので、ろくに読めないようななぐり書きだ。アトランタの刑事は、署内の規定でつくることになっているから、それでしかたなくこれをでっちあげたのではないだろうか。ページのあいだからあきらめのにおいが立ちのぼってくるような、投げやりで勢いのない手書き文字にそれが読みとれる。彼自身、胸のうちに積もり積もってくる重苦しい気分は経験がある。ひとつの区切りとなる二十四時間が過ぎ、一週間が過ぎ、一か月が過ぎて、確たる手がかりはゼロ。アトランタの刑事が手にしていたのもそれ——ゼロだ。ドーラ・シコーン殺害犯には、あいかわらず名前も顔もない。

検死報告を開いた。

キャプラののちの犯行とはちがって、ドーラ・シコーン殺しはすばやくもなければ、みごとな手並みでもなかった。創縁はぶれていて、キャプラの自信のなさがあらわれている。下腹部を横一文字にきれいに切り開くことができず、ためらっている証拠にメスがあと戻りして皮膚が裂けている。皮膚の層を切り開くと、その後のやりかたは素人のめった切りになってしまい、目当ての臓器をとりだす前にメスを深く入れすぎて膀胱と小腸を傷つけている。この最初の事件のときは、動脈の結紮はまったくおこなわれていない。そのため大量の出血があり、たまっていくいっぽうの真紅の血に解剖学的標識は沈み、これでは目隠しをされて作業をしているのも同然だっただろう。

ある程度の腕前が見られるのはとどめの一刀だけだ。左から右へ、一度できれいに切り裂いている。激しい飢えが満たされ、興奮がしずまったおかげで、自制をとりもどして冷静に仕事を終えることができたということか。

ムーアは検死報告をいったんおいて、わきのトレイにのせた夕食の残りをかたづけようとした。だが、とたんに吐き気がこみあげてきたため、食べるのはあきらめてトレイごとドアの外に出してきた。デスクに戻り、次のホルダーを開く。これには科学捜査研究所の報告書が入っていた。

最初の一枚は顕微鏡検査結果で、「被害者の膣円蓋からの採取サンプルにおいて特定された精子」。

この精子のDNA分析に基づき、それがキャプラのものとのちに確認されたのだ。殺害する前に、キャプラはドーラ・シコーンをレイプしていた。

次のページをめくると、毛髪・繊維部の検査報告書が束になっていた。被害者の性器部を櫛で梳《す》きとり、そうして採取した毛髪の検査がおこなわれていた。サンプルのなかに赤褐色の陰毛が混じっており、これはキャプラのものと一致している。次の数ページは、犯行現場で見つかったさまざまな毛髪の検査結果だった。ほとんどは被害者本人の陰毛もしくは毛髪だったが、毛布から短いブロンドの毛が見つかっていた。毛髄質の複雑な構造パターンにより、これはのちに人間のものではないことが確認されている。そこには、手書きでこう書き加えてあった。

「被害者の母親がゴールデン・レトリバーを飼っている。被害者の車のバックシートで見つかった毛と同じ」

毛髪・繊維部の報告書の最終ページをめくったところで、ムーアは手を止めた。これはまた別の毛髪の分析結果だった。枕に落ちていたもので、たしかに人間の毛髪ではあったが、だれのものかはわかっていない。どんな住宅でも、さがせばさまざまな毛髪が見つかるものだ。人間は一日に何十本と毛を落としている。どれぐらい住人がきれい好きか、どれぐらい頻繁に掃除機をかけるかにもよるが、毛布やカーペットやソファには、その家でしばらく過ごした訪問者の顕微鏡的な記録が蓄積されていく。枕で見つかった一本の毛髪は、恋人のものかもしれないし、遊びに来た友人や親戚のものかもしれない。アンドルー・キャプラのものではなかった。

人間の毛髪一本、明るい茶色、A0（湾曲）、長さ五センチ、休止期。重積性裂毛症を認める。出所不明。

重積性裂毛症。竹状毛だ。

〝外科医〟を見つけた。

ぼうぜんとして背もたれによりかかった。今日は朝から、サヴァナ警察科学捜査研究所の報告書を読んできた。フォックス、ヴーアリーズ、トレグロッサ、コーデル、どの被害者の現場でも、重積性裂毛症の毛髪は見つかっていなかった。

しかし、キャプラのパートナーは最初からそこにいたのだ。だれにも気づかれず、精液もDNAも残していない。その存在を示す証拠はこの一本の毛髪だけ。そしてキャサリンの記憶に埋もれていた声だけだ。
最初の殺しのときからふたりはパートナーだったのだ。アトランタのときから。

第二十章

ピーター・ファルコはひじまで血にまみれていた。キャサリンが勢いよく外傷室に飛びこんでくると、彼は手術台からちらと目をあげた。ふたりのあいだのみぞがどれほど深くなっていようと、ピーターといっしょだと彼女がどんなに落ち着かない思いをしようと、そんなことはたちまち棚上げにされた。戦場でともに戦うふたりのプロフェッショナルとして、ふたりは自分の役割を引き受けていた。

「もうひとり来るぞ！」ピーターが言った。「これで四人だ。まだ車から引っぱり出そうとしてるとこだ」

切開部から血が噴き出した。彼はトレイの鉗子をとり、開いた腹部に突っこんだ。

「補佐するわ」キャサリンは言って、滅菌ガウンのマジックテープをはがしにかかる。

「いや、ここはぼくひとりでだいじょうぶだ。第二外傷室のキンボールを手伝ってやってくれ」

彼の言葉を裏書きするかのように、室内の騒音をつらぬいて救急車の悲鳴が響きわたる。

「きみの患者のご到着だ」とファルコ。「楽しんでくれ」

キャサリンは部屋を走り出て、救急車の搬入口に向かった。もうドクター・キンボールとふたりの看護婦が外に出て待ちかまえている。そこへ、警報音を鳴らしながら救急車がバックしてきた。キンボールがドアをあける前から、すでに患者の絶叫が聞こえていた。

若い男だった。両の肩から腕にかけてびっしり刺青《いれずみ》が入っている。ストレッチャーがおろされるときも、彼はじたばたあばれて悪態をついていた。下肢をおおう血に染まったシーツをひと目見て、キャサリンには彼が絶叫している理由がわかった。

「現場でどっさりモルヒネを打ったんですがね」と救急隊員が患者を第二外傷室に運びながら言った。「ぜんぜん効かないみたいで」

「どれぐらい打ったんです？」とキャサリン。

「四十か、四十五ミリグラムを静注で。血圧が落ちはじめたんで止めたんです」

「わたしの合図で移してください！」と看護婦。「一、二、三！」

「こんちきしょう、なんとかしてくれ！　いてえよ！」

「わかってる、わかってるよ」

「なにがわかってんだよ、このくそったれ！」

「すぐに楽になるから。名前はなんていうんだ？」

「リック……ちくしょう、おれの脚……」

「リックなんていうんだ」

「ローランドだよ！」

「アレルギーはあるか、リック」

「ちきしょう、さっさとなんとかしやがれってんだよ！」

「バイタルは？」キャサリンが手袋をはめながら割って入った。

「血圧は上百二、下六十。脈拍百三十です」

「モルヒネ十ミリグラム、静注で」とキンボール。

「くそったれ、百ぐらい打て！」

ほかのスタッフは、血液を採ったり点滴バッグを吊るしたりと走りまわっている。キャサリンは血まみれのシーツをめくって思わず息をのんだ。応急処置で止血帯が巻かれている、その先にあるものはもう脚には見えなかった。「モルヒネ三十にして」彼女は言った。右脚のひざから下は、皮膚の切れ端でかろうじてつながっているだけだった。切断されたも同然で、しかもぐしゃぐしゃにつぶれて赤い肉塊と化している。足首から先はほとんど百八十度ねじれていた。

足指に触れてみたが、すっかり冷たくなっている。もちろん脈はない。

「動脈から血が噴き出してたそうです」と救急隊員。「現場に駆けつけた警官が止血帯を巻いたんです」

「命が助かったのはその警官のおかげだわ」

「モルヒネ入ります！」

キャサリンは照明を傷に当てた。「膝窩《しっか》神経も動脈も切断されているようね。こっちの脚には血が通ってないわ」彼女はキンボールに目を向けた。ふたりともとるべき手段はわかっている。

「手術室に運びましょう」とキャサリン。「これだけ安定してれば動かしてもだいじょうぶよ。

を向けて出ていこうとした。

「ちょうどよかった」とキンボール。また救急車のサイレンが近づいてくる。彼はこちらに背

そうすればこの外傷室があくわ」

「ちょっと、ちょっと！」患者がキンボールの腕をつかんだ。「あんた医者だろ？　すげえいてえんだよ！　このアマどもになんとかしろって言ってくれよ！」

キンボールはキャサリンに顔をしかめてみせた。「ぼうや、お行儀よくしたほうが身のためだぞ。ここを切りまわしてるのはそのアマどもなんだからな」

四肢切断は、気軽に選べる処置ではない。切らずにすむものなら、できることはなんでもして温存したい。しかし半時間後、メスを手にして手術室に立ち、患者の右脚のなれのはてを見おろしたときには、とるべき手段はもう明らかだった。ふくらはぎはつぶれ、脛骨も腓骨も粉々に砕けている。無傷の左脚から判断して、こうなる前は形よく筋肉の発達したりっぱな脚で、濃いブロンズ色に日焼けしていたのだろう。むき出しの足——目をおおいたくなる角度によじれてはいたが、不思議ときれいなまま残っていた——には、サンダルのストラップのあとが白く日焼けし残っていて、足指の爪には砂がつまっていた。この患者は好きになれなかったし、苦痛のあまり彼女やほかの女性スタッフに悪口雑言を吐き散らすのにもうんざりする。しかし、メスで肉を切り裂き、後方の皮弁を整え、折れた脛骨と腓骨のとがった断端を切り落としながら、彼女は悲しみに胸がふさがる思いだった。

切断された脚を手術室看護婦が手術台からとりのけ、それをドレープで包んだ。かつて浜辺の灼ける砂を踏んだ足は、まもなく灰になってしまう。患者を救うために犠牲になった臓器や

四肢は、この病院の病理部にたどり着き、その後は火葬にされるのだ。

この手術のせいでキャサリンは気が滅入っていたし、疲れきってもいた。ようやく手袋をはずし、ガウンを脱いで手術室から外へ出たときは、だからもう勘弁してほしいという気分だった。そこでジェイン・リゾーリが待っていたのだ。

流しに向かい、手からタルカムパウダーとラテックスのにおいを洗い流した。「真夜中ですよ。刑事さんたちはいつ寝るんです?」

「それはドクターも同じでしょう。お訊きしたいことがあるんですが」

「あなたはもう担当じゃないのかと思ってましたけど」

「この事件の捜査をやめる気はありません。だれがなんと言おうと」

キャサリンは手をふき、ふりむいてリゾーリに目を向けた。「わたしがきらいなんでしょう」

「好ききらいはどうでもいいことです」

「わたしなにか言いました? それともなにかしました?」

「そんなことより、今夜はお仕事はもう終わったんですか」

「ムーア刑事のせいでしょう。だからわたしがきらいなんでしょう」

リゾーリは歯をくいしばった。「ムーア刑事が個人的になにをしようと、あたしには関係ありません」

「でも、いいことだとは思ってないんでしょう」

「ムーア刑事に意見を求められたことはありません」

「聞かなくてもわかるからじゃないんですか」

リゾーリは嫌悪感もあらわに彼女をにらんだ。「あたしはムーア刑事を尊敬してました。めったにいない人だ、ぜったいにまちがったことをしない刑事だと思ってた。それなのに、結局ほかの連中とちっとも変わらなかった。信じられないのは、彼がつまずいたのが女性のせいだったってことです」

キャサリンは手術帽をとり、ごみいれに放りこんだ。「失敗だったたって彼は気がついてるわ」そう言って、彼女は手術棟から廊下に出ていった。

リゾーリはそのあとをついて歩いた。「いつからです」

「ひとこともなく街を出ていったときから。あれはいっときの気の迷いだったんだと思いますよ。ほかの人と同じって有罪判決はきびしすぎるんじゃないかしら」

「あなたにとってはそうだったんですか。気の迷いっていうのがあなたの判決なんですか？」

キャサリンは廊下で立ち止まり、まばたきをして涙を払った。わからない。どう考えていいのかわからない。

「ドクター・コーデル、みんなあなたを中心にまわってるみたいじゃないですか。あなたは舞台の中央に立っていて、みんなが注目してる。ムーアも、〝外科医〟も」

キャサリンはかっとしてリゾーリに目を向けた。「わたしがそんなことを望んでるとでも思ってるんですか。被害者にしてくれと頼んだ憶えはないわ」

「でも、いつもあなたのまわりで起きてるでしょう。あなたと〝外科医〟のあいだには、みょうな結びつきみたいなものがありますよね。あたしも最初は気がつかなかった。ほかの被害者は、犯人のゆがんだ妄想の犠牲になって殺されたんだと思ってました。でも、あれはみんなあなたのためだったんです。猫が殺した鳥をくわえて帰って、女主人に見せるようなものなんです。自分が優秀なハンターだって見せつけてるんです。ほかの被害者はあなたへの捧げものなのよ。あなたがこわがればこわがるほど、犯人は得意になる。ニーナ・ペイトンをすぐに殺さないで、この病院であなたが担当するまで待ったのもそのためだったんだ。自分の腕前をじかにあなたに見せようとしたんです。犯人はあなたにとり憑かれてるんです。あたしはその理由が知りたい」

「それに答えられるのは犯人だけだわ」

「お心当たりはないんですか」

「あるわけないでしょう。犯人の名前も知らないのに」

「彼はアンドルー・キャプラといっしょにあなたの家にいたんでしょう。催眠術にかかっているとき、あなたの言ったことがほんとうなら」

「あの夜、わたしが会ったのはアンドルーだけです。アンドルーだけが……」ふと口をつぐんだ。「刑事さん、ひょっとして犯人がとり憑かれてるのはわたしじゃないのかもしれませんよ。そう思いませんか。ひょっとしたら、アンドルーにとり憑かれてるのかも」

リゾーリは、その意外な言葉に眉をひそめた。〝外科医〟の世界の中心にいるのは彼女ではなく、アンドルー・キャプラなのだ。〝外科医〟が模倣している男、おそらく崇拝すらしている男。キャサリンの手によって奪われたパートナー。

館内放送で自分の名が呼ばれるのを聞いて、キャサリンは顔をあげた。

「ドクター・コーデル、大至急救急部へおいでください。ドクター・コーデル、大至急救急部へおいでください」

ああもう、どうしてほんのいっときもほっといてくれないのかしら。

彼女はエレベーターの下降ボタンを押した。

「ドクター・コーデル？」

「質問にお答えしてるひまはありません。患者が待ってますから」

「いつならお時間があるんです？」

ドアが開き、キャサリンは乗りこんだ。疲れた兵士が前線に呼び戻されるの図だ。「今夜はむりです」


血液を通じてわたしは人間を知る。

箱のチョコレートに舌なめずりして、どれにしようかと迷う人のように、わたしはラックの試験管をながめる。人間がひとりひとりちがうように、血もひとりひとりちがう。同じ赤でもさまざまな赤があり、あざやかな真紅もあれば暗赤色もある。この多様な色あいを生み出す原因をわたしはよく知っている。赤はヘモグロビンの色、酸素化のさまざまな状態を示しているのだ。たんなる化学現象にすぎないが、その化学現象には人をショックに陥れ、恐怖させる力がある。血を見るとだれも平静ではいられない。

毎日見ているわたしでさえ、やはりぞくぞくする。

わたしは飢えた目でラックを見わたす。試験管は大ボストン圏全域から集まってくる。診察室や診療所、そしてとなりの病院から集まってくる。ここは市で最大の臨床検査センターなのだ。ボストン市内のどこでもいい、静脈採血士の注射針を腕に刺されたら、十中八九その血はここに届く。わたしの手もとに。

最初の検体のラックをコンピュータに登録する。試験管一本一本に、患者の氏名と医師の氏名と日付を書いたラベルが貼ってある。ラックの横には添付の検査指示書の束がある。その束に手をのばし、ぱらぱらとめくって名前を見ていった。

なかほどまでめくったところで手を止める。そこにあった検査指示書は、カレン・ソーベル、二十五歳のものだ。住所はブルックラインのクラーク・ロード七五三六番地。白人、未婚。こういうことがみんな指示書に書かれているのだ。社会保障番号や雇用主の名称、それに保険業者の名称とともに。

医師は二種類の血液検査を指示している。HIV抗体検査と、梅毒の性病検査。診断欄にはこうある――「性的暴行」。

ラックの試験管のなかから、カレン・ソーベルの血の入ったものをさがした。黒っぽい陰気な赤、傷ついたけものの血。試験管を手にとると、手のなかであたたかくなってくる。わたしにはカレンという名の女性が見え、感じられる。打ちのめされてよろめいている。狩られるのを待っている。

そのとき聞こえてきた声に、わたしはぎょっとして顔をあげた。

キャサリン・コーデルが、この検査室に入ってきていた。

すぐ近くに立っていた。手をのばせば届きそうだった。まさかここで彼女の姿を見ようとは。

それもよりにもよって、夜と朝のはざまというこんな時刻に。この地下の穴蔵に、医師が自分から降りてくることはめったにない。ここで意外にも彼女の姿を見て、わたしはぞくぞくする興奮をおぼえた。冥界《ハデス》に降りるペルセポネを見るように心を奪われる。

それにしてもなぜやって来たのだろう。見れば、淡黄色の液体の入った試験管を何本か、となりの作業台の技師に渡している。「胸水」という言葉が聞こえ、それで来臨の理由がわかった。そういう医師は少なくないが、病院の配達員に貴重な体液を預けるのが心配なのだ。それで、ピルグリム医療センターとインターパス臨床検査センターをつなぐトンネルを通り、自分で試験管を運んできたというわけ。

彼女が歩き去るのを見守った。わたしの作業台のすぐそばを通っていった。前かがみになって、身体はふらついているし、足もともいくらかおぼつかない。深いぬかるみを苦労して進んでいるかのようだ。疲労と蛍光灯の明かりのせいで肌が白々として、形のよい顔の骨格に乳白色の塗料が重ねてあるだけのように見える。わたしが見ていることには少しも気づかず、彼女はドアの向こうに姿を消した。

わたしの手には、まだカレン・ソーベルの試験管がにぎられていた。それを見おろしたとたん、なぜか急にその血が生命のないつまらないものに思えた。狩る価値すらない——いまわたしのわきを歩いていった獲物にくらべれば。

キャサリンの残り香がいまも鼻先にただよっている。

コンピュータにログオンし、「医師名」の欄に「C・コーデル」とタイプした。すると、彼女がこの二十四時間にオーダーした検査がすべて表示される。それを見れば、午後十時から勤務していたのがわかる。いまは午前五時半。そして今日は金曜日だ。彼女はこれからまる一日、診療所で働かなくてはならない。

わたしの勤務時間はそろそろ終わりに近づいている。

ビルを出たときは午前七時だった。朝の陽光が目に切りこんでくる。早くも暑くなってきていた。医療センターの職員用駐車場に歩いていく。エレベーターで五階にあがり、車の列に沿って歩いて、彼女の車が停めてある五四一番の区画に向かう。レモンイエローのメルセデス、今年の型だ。いつもぴかぴかに磨いてある。

わたしはポケットからキーホルダーをとりだす。二週間前から大事にとっておいたホルダーだ。そしてキーのひとつをトランクのロックに差しこむ。

トランクが勢いよく開く。

なかをのぞいて、トランクのリリースレバーを見つけた。じつにすぐれた事故防止装置だ。これがあれば、誤って子供がトランクに閉じこめられるのを防ぐことができる。

ガレージのランプを車がのぼってくる音がする。わたしは急いでメルセデスのトランクを閉じて立ち去った。

つらく苦しい十年間、トロイア戦争は続いた。イーピゲネイアが処女の血でアウリスの祭壇を濡らし、おかげで一千隻のギリシアの艦船は順風に乗ってトロイアに向かったが、ギリシア軍を待っていたのは迅雷の勝利ではなかった。なぜならオリュンポスの神々は対立していたからだ。トロイア側にはアプロディーテーとアレース、アポローンとアルテミスがついていた。

ギリシア側に味方しているのは、ヘーラーとアテーナーとポセイドーンである。勝利はそよ風のように気まぐれに、こちらからあちらへ、あちらからこちらへと揺れ動いた。英雄たちは殺し殺され、大地に血の川が流れたと詩人ウェルギリウスはうたっている。しまいにトロイアを屈伏させたのは、力ではなく奸計だった。トロイア陥落の日の夜明け、兵士たちが目ざめて見たものは巨大な木馬だった。トロイアの西門の前に打ち捨てられていた木馬。

この木馬の話を思い出すと、トロイアの戦士たちの愚かしさにあきれてしまう。巨大な木馬を城内に運びこむとき、どうして敵がなかに隠れていると気づかなかったのか。そもそも、なぜ城壁のなかに運びこんだりするのか。おまけにその夜は乱痴気騒ぎにふけり、勝利の美酒に酔いしれている。わたしならこんなばかなことはしないと思いたい。

たぶん、難攻不落の城壁のせいで完全に慢心していたのだろう。門を閉じて防塞を固めてしまえば、敵には攻撃のしようがない。壁の向こうに閉め出されているのだから。

敵が城門のなかに入りこんでいる可能性を、じっくり考えてみた者はひとりもいなかった。すぐそこに、すぐとなりにいるかもしれないなどとは。

コーヒーにミルクと砂糖を入れてかき混ぜながら、わたしは木馬のことを考えていた。

電話をとりあげる。

「はい、外科のオフィスです。わたしはヘレンです」と受付が答える。

「今日の午後、ドクター・コーデルに診ていただけますか」とわたしは尋ねる。

「緊急でしょうか」

「そういうわけではないんですが。背中に腫れ物ができて。痛くはないんですが、診ていただけたらと思って」

「それですと、ご予約は二週間ほど先になります」

「今日の午後はだめですか？　最後の予約のあとにでも」

「あいにくですが——失礼ですがお名前は？」

「トロイです」

「ミスター・トロイ、ドクター・コーデルは五時まで予約がいっぱいで、その後はすぐ帰宅なさる予定です。やはりいちばん早くて二週間先になってしまうんですが」

「しかたがありませんね。ではよそをあたってみます」

わたしは電話を切る。これで、五時少しすぎには彼女がオフィスを出ることがわかった。疲れているだろうから、まっすぐ自宅に向かうだろう。

いま午前九時。これからまる一日じりじりしながら待つことになる。

つらく苦しい十年間、ギリシア軍はトロイア相手に攻城戦を戦った。十年間を耐え抜き、敵の城壁に突撃をかけつづけた。神々の気まぐれで幸運と不運にふりまわされながら。

獲物を回収するまで、わたしはたった二年待っただけだ。

それでもじゅうぶん長かった。

第二十一章

エモリー大学医学部学生課の事務長ウィニー・ブリスは、ドリス・デイをおとなにしたような女性だった。輝くブロンドの娘が、おっとりした南部の夫人になったという感じ。学生の郵便受けのそばにはいつもコーヒーポットが沸かしてあり、デスクにはバタースコッチ・キャンディの入ったクリスタルのボウルが置いてある。ストレスで疲れた医学部の学生には、この部屋は居心地のいい避難所だろうなとムーアは思った。ウィニーは学生課に勤めだして二十年になるという。自分の子がないこともあって、彼女の母性本能はもっぱら学生たちに向けられている。郵便物をとりに毎日やって来る学生たちにクッキーを食べさせ、アパートの空き部屋の情報を伝え、恋愛や成績に悩んでいるときは相談に乗ってやる。そして毎年、卒業の季節が来るたびに、百十人の子供たちが去っていくと言って涙を流すのだ。ものやわらかなジョージア訛りでこんな話をしながら、彼女はムーアに山のようにクッキーを勧め、コーヒーをついでやる。そしてムーアは彼女の言葉は掛け値なしの事実なのだろうと思った。南部の女性は、見かけはたおやかでも中身はしたたかだというので「鉄のマグノリア」と言われるが、ウィニー・ブリスはどこをとってもマグノリアの花ばかりで、鉄の部分は持ちあわせがなさそうだった。

「二年前、サヴァナ警察から電話があったときは耳を疑いました」そう言って、彼女はしとやかに椅子に腰をおろした。「なにかのまちがいですって言ったんです。アンドルーは毎日郵便物をとりにこの事務所に来てましたけど、これ以上はないくらいいい子だったんですよ。礼儀正しくて、きたない言葉なんかいっぺんも口にしたことなくって。刑事さん、わたしはね、いつも人の目を見ることにしてますの、ほんとにあなたを見てますよってわかってもらうために。アンドルーはとっても澄んだ目をしてました。あんな目をしてる人に悪い人はいませんわ」

人がどれだけ簡単に悪にだまされるか、この言葉を聞けばよくわかる、とムーアは思った。

「キャプラがここで学んでいた四年のあいだに、親しくしていた友人はいませんでしたか」ムーアは尋ねた。

「恋人ってことですか？」

「むしろ男友だちのほうに興味があるんですが。このアトランタでキャプラに部屋を貸してた女性の話を聞いたんですが、ときどき若い男が訪ねてきていたというんです。医学部の学生だと思っていたっていうんですが」

ウィニーは立ちあがり、ファイリング・キャビネットからコンピュータのプリントアウトをとりだした。「これがアンドルーの年の学生名簿です。一学年のクラスには百十人の学生がいましたけど、だいたい半分は男子学生です」

「そのなかに親しい友人はいませんでしたか」

彼女は三ページにわたる名簿をざっと見ていき、首をふった。「ごめんなさい。リストを見ても、とくに親しかった子は思い出せないわ」

「友だちはいなかったということですか」

「いえ、わたしは存じませんっていう意味です」

「その名簿を見せてもらえますか？」

名簿を受けとってページを見ていったが、キャプラのほかにはぴんとくる名前は見あたらなかった。「この学生さんたちですが、いまどこに住んでいるかわかりますか」

「ええ。同窓会会報を送るので住所を更新してますから」

「ボストン近辺に住んでる人はいませんかね」

「ちょっと見てみますね」彼女は椅子をまわしてコンピュータに向かい、きれいにみがいたピンクの爪でキーを叩いた。天真爛漫なウィニー・ブリスは、もっとおおらかだった古風な時代の女性のように思える。その彼女が楽々とコンピュータのファイルをあつかっているのを見ると、なにか奇異な感じがした。「マサチューセッツ州ニュートンに住んでいる子がいます。ボストンに近いかしら」

「ええ」ムーアは身を乗り出した。脈が急に速くなる。「なんという名前ですか」

「女の子ですけどね、ラティシャ・グリーン。とってもいい子ですよ。よくペカンの実を大きな袋に入れて持ってきてくれたわ。もちろんほんとは困ってしまうんですけどね、あの子だってわたしが体形を気にしてるの知ってたはずなのに。でも、人に食べ物をあげるのが好きだったんだと思うわ。そういう子なんですよ」

「結婚してますか？　恋人がいませんでしたか」

「それがあなた、旦那さまがとってもすてきな人なの。あんなおっきな人、わたし初めて見ました。六フィート五インチ（約百九十五センチ）ですって。肌がみごとに真っ黒で」

「真っ黒ですか」

「ええ。エナメル革みたいにつやつやしてるの」

ムーアはため息をつき、名簿にまた目をやった。「ではキャプラのクラスには、ほかにボストン近くに住んでいる人はいないんですね。ご存じの範囲では」

「わたしのリストによるといませんね」彼女はムーアに顔を向けた。「まあ。がっかりなさったのね」心から悲しそうに言った。彼の期待に添えなかったのは自分の落ち度だというように。

「今日は空振りばかりで」彼は言った。

「キャンディをどうぞ」

「いえ、どうぞおかまいなく」

「やっぱり体重を気にしてらっしゃるの？」

「甘いものは苦手でして」

「あら、刑事さんはぜったい南部の人じゃありませんね」

ムーアは思わず笑いだした。ウィニー・ブリスは、その大きな目とやさしい声で心をなごませてくれた。きっとこの事務室に入ってくる学生は、男子も女子も、みんな彼女のおかげで心のなごむ思いをしているのだろう。彼女の背後の壁に目をやると、何枚も集合写真がかかっている。「あれは医学部のクラスの写真ですか」

彼女はふりむいて壁に目をやった。「主人に頼んで、卒業式のたびに撮ってもらってますの。学生さんたちに集まってもらうの、けっこうたいへんなんですよ。猫を集めてるみたいだって主人はよくこぼしてます。でも、わたしは写真が欲しいので、なんとか撮らせてもらってるの。

みんな初々しいいいお顔をしてるでしょう」

「アンドルー・キャプラの卒業クラスの写真はどれですか？」

「卒業アルバムをお見せしますね。名前ものってますから」彼女は立ちあがって、ガラス戸つきの書棚に歩いていった。うやうやしく棚から薄い本をとりだし、ほこりを払うように軽く表紙をなでた。「これがアンドルーの卒業した年のです。クラスメート全員の写真が入っていて、どこのインターンになったかも書いてありますよ」いったん言葉を切って、アルバムをこちらに差し出した。「これ一冊しかないんです。ですから、ここで見るだけにしていただけます？お持ちにならないでいただきたいの」

「あそこのすみにすわって、おじゃまにならないようにしますよ。それなら見張ってもらうこともできるし。それでかまいませんか？」

「あら、刑事さんを信用できないって言ってるわけじゃないんですよ！」

「いやいや、信用しちゃいけませんよ」とウインクしてみせると、彼女は女学生のように真っ赤になった。

ムーアはアルバムを部屋のすみに持っていった。コーヒーポットとクッキーの皿が置かれて、ちょっとした休憩エリアになっている。すり切れた安楽椅子に腰を沈め、エモリー大学医学部の卒業アルバムを開いた。昼食時間になると、子供のような顔をした白衣の学生たちが、郵便をチェックしに入れ代わり立ち代わりあらわれる。いつからこんな若造どもが医者になっていたのだろう。中年になった自分の身体を、こんなひよっこどもの手にゆだねるなどとは想像もできない。好奇のまなざしを浴びているのは気づいていたし、ウィニー・ブリスがこうささやくのも聞こえていた。「ボストンからいらした殺人課の刑事さん」そう、すみっこにすわってるこのくたびれたおっさんはな。

ムーアは身体を縮こまらせ、まわりの雑音は無視して写真に集中しようとした。写真の横には学生の氏名と出身地、卒業後のインターン受け入れ先が書かれている。キャプラの写真が出てきたところで、ページをめくる手を止めた。キャプラはまっすぐカメラを見ていた。まじめそうなまなざしで、隠すことなどなにもないという笑顔の若者。背筋がぞくりとした。だれにも気づかれることなく、残忍な肉食獣が獲物のあいだを歩きまわっている。

キャプラの写真の横には、レジデント・プログラムの名称があがっていた。「ジョージア州サヴァナ、リヴァーランド病院外科」

キャプラのクラスから、サヴァナでレジデントを務めていた者がほかにもいるだろうか。キャプラが女性を惨殺しているときに、あの街に住んでいた者が……ページをめくってリストを調べていくと、サヴァナ近辺でレジデントに受け入れられた学生はほかに三人いた。うちふたりは女子、三人めはアジア系の男子学生だった。

またしても行き止まりだ。

がっくりして背もたれに背を預けた。アルバムがひざに落ち、見れば開いたページから、医学部の学部長の写真がこちらに笑いかけていた。その下に、卒業生への贈る言葉が印刷されている。題して「世界を癒すために」。

本日、百八名の若者が、長く困難な旅に耐え抜くという厳粛な誓いを立てました。医師として癒し手として、この誓いを軽々しく考えてはなりません。なぜならこれは終生の誓いであり……

ムーアははっと身を起こし、学部長の言葉を読みなおした。

本日、百八名の若者が……


立ちあがり、ウィニーのデスクに歩み寄った。「ミセス・ブリス？」

「なんでしょう、刑事さん」

「アンドルーの一年生のときのクラスには、百十人の学生がいたとおっしゃいましたね」

「ええ、毎年百十人ずつ入ってきますから」

「これなんですが。学部長のスピーチでは百八人が卒業したと言ってます。残りのふたりはどうなったんですか」

ウィニーは悲しそうに首をふった。「いまでも思い出すとつらいんですよ。かわいい女の子だったのに、あんなひどいことになって」

「どの人です？」

「ローラ・ハチンスンっていって、ハイチの診療所で実習してたんです。選択課程のひとつなんです。あそこの道路は、それはひどいものなんですって。トラックがみぞにはまっちゃって、その下敷きになったんですよ」

「では、事故だったんですね」

「そのトラックの荷台に乗ってたんです。助け出されるまで十時間もかかったんですって」

「もうひとりの学生はどうです？　このクラスにはもうひとり卒業しなかった学生がいますね」

ウィニーはうつむき、デスクを見つめている。どうもこの話はしたくなさそうだった。

「ときどきね、あるんですよ。途中でやめていく子がいるんです。なんとかがんばらせようとはするんですけど、どうしても資質的に問題のある子もいますからね」

「では、その学生は——名前はなんというんですか」

「ミセス・ブリス？」

「ウォレン・ホイトです」

「中退したんですか」

「ええ、そういうことです」

「成績の問題で？」

「それが……」と視線をさまよわせた。助けを求めて見つからないというように。「教授にお尋ねになったほうがいいんじゃないかしら。ドクター・カーンならご質問に答えられると思います」

「あなたからお答えいただくわけにはいかないんでしょうか」

「それはちょっと……プライベートなことなので。ドクター・カーンにお尋ねになってくださいな」

ムーアはちらと腕時計に目をやった。今夜サヴァナに戻る飛行機をつかまえるつもりだったが、とてもまにあいそうにない。「ドクター・カーンはどちらに？」

「解剖実習室です」

廊下にまでホルマリンのにおいがただよっていた。ムーアは「解剖実習室」と書かれたドアの外でいったん立ち止まり、自分で自分に活を入れた。覚悟はしていたつもりだったが、足を踏み入れたとたん、その光景にしばしぼうぜんとした。部屋の端から端まで、二十八の解剖台がずらっと四列に並んでいる。そしてその台のうえの遺体は、すでにかなりの段階まで解剖が進んでいた。検死官の解剖室で見慣れている遺体とちがって、ここの遺体はなにか作りものめいていた。皮膚はプラスチックのように硬質に見えるし、露出した血管はあざやかな青や赤に染まっている。この日は頭部の解剖の日だったようで、学生たちが顔面の筋肉を細かく切り分けていた。ひとつの遺体に学生が四人ずつついているので、部屋じゅうがざわざわしていた。教科書を読みあげる声、質問したり答えたりする声。台のうえの不気味な遺体がなかったら、機械部品を相手に作業している工場労働者かと思うところだ。

女子学生が顔をあげて不思議そうにムーアを見た。部屋に迷いこんできたビジネススーツのよそ者。「だれかさがしてるんですか？」と尋ねて、メスを遺体の頬に入れたところで止めている。

「ドクター・カーンを」

「先生は部屋の向こう端にいます。ほら、白いひげの大きな人」

「なるほど、どうもありがとう」解剖台の列のわきを歩いていくと、どうしても遺体に目がいってしまう。こちらのスチール台に横たわる女性は、手足がひょろひょろでまるでしなびた棒のようだ。あちらの黒人男性は、皮膚を切り開かれて大腿部のりっぱな筋肉を露出させている。列の端に学生たちが何人か集まって、サンタクロースそっくりの男性の話を熱心に聞いていた。サンタクロースは顔面神経の細い繊維を指さしている。

「ドクター・カーン？」ムーアは声をかけた。

ちらと目をあげると、サンタクロースそっくりという印象はたちまち消え失せた。その黒く鋭い目はにこりともしていない。「そうですが」

「わたしはボストンの刑事でムーアという者です。学生課のミセス・ブリスに先生に話をうかがうようにと言われまして」

カーンが上体を起こしたとたん、ムーアは人間の小山を見あげていた。巨大な手のなかで、メスがおもちゃのように小さく細く見える。カーンはメスを置き、手袋をはずした。あちらを向いて流しで手を洗いだしたのを見ると、白髪がポニーテールになっている。

「どういうご用件です」カーンはペーパータオルに手をのばしながら尋ねた。

「七年前に先生がお教えになった、医学部の一年生についてお尋ねしたいことがありまして。ウォレン・ホイトという学生ですが」

カーンはこちらに背を向けていたが、流しのうえで大きな腕がぴたりと動きを止め、そのまま水をしたたらせていた。やがてペーパータオルを引きちぎり、黙って手をぬぐった。

「ご記憶ですか」ムーアは尋ねた。

「ええ」

「よく憶えてらっしゃる？」

「忘れられない学生でした」

「くわしく聞かせていただけませんか」

「あまり気が進みませんね」カーンは丸めたペーパータオルをごみいれに投げこんだ。

「犯罪捜査のためですので、ご協力を」

早くも数人の学生がこちらを注目していた。「犯罪」という言葉に耳をそばだてている。

「研究室で話しましょう」

ムーアは彼のあとについて隣接する部屋に入った。ガラスのパーティションを通して解剖実習室が見え、二十八の解剖台もすべて見える。遺体の集落だ。

カーンはドアを閉じてこちらに顔を向けた。「ウォレンのなにが訊きたいんです。なにかしたんですか」

「われわれの知るかぎりではなにも。ただ、アンドルー・キャプラとどういう関係にあったかうかがいたいんです」

「アンドルー・キャプラですか」カーンは鼻を鳴らした。「本学でいちばん有名な卒業生だ。そういうことで知られるようになって、医学部もじつにありがたいことですよ。最近では、精神異常者に人体の切り刻みかたを教えていると言われる」

「キャプラは狂っているとお思いでしたか」

「キャプラのような人間にあてはまる病名があるかどうか」

「では、どんな印象をおもちでした？」

「ふつうとちがうところはなにも気づかなかった。アンドルーは、まったく正常に見えました」

だれもが同じことを言う。聞くたびごとに、いよいよ背筋が冷たくなるような気がする。

「ウォレン・ホイトはどうですか」

「どうしてウォレンのことを訊くんです」

「キャプラと親交があったかどうか知りたいんです」

カーンは考えこんだ。「どうだろう。この解剖実習室の外でなにがあっても、それについてはわかりかねますね。わたしにわかるのは実習室のなかのことだけです。学生たちは、それでなくても過労気味の脳みそに大量の情報をつめこもうと四苦八苦している。全員がそのストレスに耐えられるわけではない」

「ウォレンもそうだったんですか。それで医学部を中退したんですか」

カーンはガラスのパーティションに目を向けて、解剖実習室をじっと見つめた。「考えたことがありますか。あの遺体がどこから来るのか」

「とおっしゃいますと？」

「医学部はどうやって遺体を入手していると思います？　あの遺体はどうしてここの解剖台にたどり着いて、切り裂かれることになるのか」

「遺言で医学部に献体しているのかと思ってましたが」

「そのとおりです。あれはみんな、このうえなく高潔な決心をした人々の遺体なんだ。自分の肉体を提供してくれるんですから。ローズウッドの柩《ひつぎ》のなかで永遠に過ごしてもいいところを、遺体を有益なことに役立てようと決めた人たちなんです。次世代の医師を育ててくださってるんだ。ほんものの遺体がなくては医師は育たない。人体のさまざまな側面を、すべて三次元で見なくてはだめなんです。頸動脈の分岐や顔面の筋肉を、メスでもって探究することが必要なんですよ。たしかにコンピュータでも学べることはあるが、実際に皮膚を切開し、細い神経をメスでほぐしてみるのと同じようにはいかない。だからほんものの遺体が必要なんです。無私の精神をもった高潔な人々が必要なんですよ。なにしろ、自分自身の根幹をなす部分、つまり自分の肉体を提供するんですからね。あそこの遺体はすべて、人並みはずれたりっぱな人々の遺体だとわたしは思っている。そのつもりで遺体に接しているし、学生たちにも敬意をもって接してほしいと思っています。あの部屋ではふざけたり冗談を言ったりすることは許されない。学生は遺体を、遺体のあらゆる部分を敬意をもって扱わなくてはならない。解剖が終わったら、遺体は丁重に火葬されます」彼はムーアに目を向けた。「それがこの解剖実習室のやりかたなんです」

「いまのお話はウォレン・ホイトとなにか関係があるんですか」

「大いに関係があります」

「それが中退した理由ですか」

「そうです」彼はまたパーティションのほうに目をやった。

ムーアは待ちながら、教授の広い背中を見つめていた。なんと言って説明すればよいかと考えているのだろう。

やがてカーンは口を開いた。「解剖には長い時間がかかります。決まった授業時間以内に、担当の作業を終えられない学生もいる。複雑な人体構造をのみこむのに、人よりよけいに時間がかかる者もいますからね。だからわたしは、解剖実習室にはいつでも学生の出入りを許している。全員にこの建物の鍵を渡して、必要ならば夜中でも入ってきて作業ができるようにしています。実際にそうする学生もいる」

「ウォレンも？」

間があって、「ええ」

湧きあがるおぞましい予感に、ムーアはうなじがぞわぞわしはじめた。

カーンはファイリング・キャビネットの引出しをあけ、詰めこまれた中身をあさりはじめた。

「日曜日だった。その週末、わたしは街を離れていたので、月曜の授業のために見本を用意しようと夜中にここに来たのです。学生たちはまだ解剖がへたくそですからね、標本をひき肉にしてしまうこともある。だから、遺体の構造が台無しになった場合にそなえて、きちんと解剖した遺体をいつも別に用意しておくのです。そのときは生殖器の解剖にかかっていて、学生たちはもう作業を進めていました。わたしがキャンパスに着いたときはもうだいぶ遅くなっていた。真夜中を少し過ぎていたんじゃないかな。解剖実習室の窓に明かりが見えたので、熱心な学生が遅れをとりもどそうとしているのだと思いました。わたしは建物のなかに入り、廊下を歩いてきて、ドアをあけた」

「ウォレン・ホイトがいたんですね」とムーア。

「そうです」カーンはファイリング・キャビネットの引出しから目当てのものを見つけた。そのホルダーを手にとると、ムーアに向きなおった。「彼がなにをしているか気がついたとき、わたしは――その、かっとなってしまった。胸ぐらをつかんで流しに突き飛ばした。手荒かったのは認めるが、あまりに腹が立って自分を抑えられなかったのです。いまでも思い出すだけで腹が立つ」彼は深々と息を吐き出したが、七年近くたったいまでも怒りは収まっていなかった。「それで――さんざんどなりつけてから、この研究室に引きずってきました。椅子にすわらせて、翌朝午前八時をもって退学するという書類にサインをさせた。理由を書けとまでは言わなかったが、ともかく自分から退学しないなら、解剖実習室で見たことを報告書にして公表すると言ったのです。もちろん彼は同意した。ほかに道はありませんからね。ただ、大して気にしたようすも見せんのです。いちばんみょうだと思ったのはそこのところだった――なにがあっても平然としているのです。どんなことでも、彼は平静に理性的に受け止めることができた。しかし、それがウォレンなんです。きわめて理性的。けっして動転することがない。まるで……」カーンはややあってからこう言った。「機械のようだった」

「なにをご覧になったんです。彼は解剖室でなにをしていたんですか」

カーンはホルダーを差し出してきた。「ここにすべて書いてある。この年月、ずっとファイルにして保存しておいたのです。ウォレンが法的手段に訴えてはいけないと思って。最近の学生は、ほとんどどんなことでも訴訟を起こせますからね。彼がまたここに再入学しようとしたときのために、打つ手を用意しておきたかったので」

ムーアはホルダーを受けとった。ラベルにはたんに「ホイト、ウォレン」とだけ書かれていた。なかにはタイプされた紙が三枚はさんであった。

「ウォレンに割り当てられたのは女性の遺体でした」カーンは言った。「彼はパートナーとともに骨盤腔の解剖にとりかかっていた。つまり膀胱と子宮を露出させるという作業です。これらの臓器は摘出せず、露出させるだけでおいておくのです。その日曜の夜、ウォレンはその作業を終えるためにやって来た。しかし、ていねいな解剖のはずが、彼のやったことは遺体の毀損でした。メスを手にしたら自制心を失ったのかもしれない。臓器を露出させるだけではなく、切りとっておったのです。まず膀胱を切りとり、遺体の足のあいだに放り出してあった。それから子宮を切りとった。手袋もはめずにやっていました。素手でじかに感じたいと思っていたのかもしれん。そしてわたしが見たときは、片手に濡れた臓器を持ち、もう片方の手では……」嫌悪感のためにカーンの声はとぎれた。

カーンが言葉にできなかった内容は、ムーアの読んでいるページに書かれていた。ムーアはかわって言葉をしめくくった。「自慰をしていたんですね」

カーンはデスクの椅子にぐったりと腰をおろした。「だから卒業させるわけにはいかなかったのです。いったいどんな医者になっていたことやら。遺体にあんなことができるなら、生きた患者にどんなことをするか」

その答えをおれは知っている。それをおれはこの目で見た。

ムーアはホイトのファイルの三枚めをめくり、ドクター・カーンの最後のパラグラフを読んだ。

ミスター・ホイトは、明日午前八時をもって本学を自主退学することに同意した。それを条件として、私はこの一件については沈黙を守ることにする。遺体の損傷のため、十九番解剖台で彼と組んでいた学生たちは、この部位の解剖に関してはほかのチームに割り当てなおすものとする。

彼と組んでいた学生たち。

ムーアはカーンに目を向けた。「ウォレンと組んでいた学生は何人いたんですか」

「解剖台ひとつにつき四人ずつです」

「ほかの三人の学生はだれとだれですか」

カーンはまゆをひそめた。「さあ、思い出せませんね。七年も前のことだから」

「割り当ての記録は残しておられないんですか」

「残しておりません」彼は考えた。「そうそう、ひとりは思い出した。女子学生です」椅子をまわしてパソコンに向かい、学生名簿のファイルを呼び出した。ウォレン・ホイトの一学年のクラス名簿が画面にあらわれる。カーンはしばらく名前の列をたどっていたが、ややあって言った。

「これだ。エミリ・ジョンストン。この子は憶えている」

「なぜです」

「まあその、第一にじつにかわいい子でしたからね。メグ・ライアンによく似ていて。それにもうひとつ、ウォレンが中退したあと理由を訊きにきたんです。わたしは言いたくなかった。すると彼女はずばりと、女性問題かと尋ねてきたんです。どうやらキャンパスじゅうウォレンにつけまわされて、それでエミリは気味の悪い思いをしておったらしい。言うまでもないが、ウォレンが大学をやめてほっとしていました」

「その彼女は、ほかのふたりのパートナーを憶えているでしょうか」

「その可能性はありますね」カーンは電話をとり、学生課を呼び出した。「やあ、ウィニー。エミリ・ジョンストンのいまの連絡先電話番号がわかるかな」彼はペンをとり、番号を書き留めて電話を切った。「いまはヒューストンの個人医院にいるらしい」そう言ってまた番号を押した。「あちらは十一時だから、たぶんいるでしょう……やあ、エミリ。……大昔からの呼び声だよ。エモリー大学のカーンだ。……そう、解剖実習の。もう忘れていたんだろう」

ムーアは身を乗り出していた。鼓動が速くなる。

カーンがとうとう電話を切ってこちらに顔を向けたとき、その目を見れば聞かなくても答えはわかった。

「ほかのふたりのパートナーを憶えていましたよ」カーンは言った。「ひとりはバーブ・リップマンという女子学生。もうひとりは……」

「キャプラですか」

カーンはうなずいた。「四人めのパートナーは、アンドルー・キャプラだったそうです」

第二十二章

キャサリンはピーターのオフィスの入口で立ち止まった。見られているのにも気づかず、彼はデスクに向かってカルテにペンを走らせていた。これまでほんとうにじっくり観察したことがなかったが、いま彼の姿を見ていると、思わず口もとが小さくほころんだ。仕事にすっかり没頭しているようすは、まさに献身的な医師を絵に描いたようだ。ただしひとつだけ、ちょっとおかしなところがある。床に紙飛行機が落ちているのだ。ピーターときたらあいかわらずだ。

ドアの枠をノックすると、彼は眼鏡のふちごしにこちらを見、驚いた顔をした。

「いま話せる?」彼女は尋ねた。

「もちろん。さあ入って」

デスクに向かいあう椅子に彼女は腰をおろした。ピーターはなにも言わず、こちらが口を開くのをじっと待っている。どれだけ黙っていても、ずっと待っていてくれるだろうという気がした。

「最近いろいろと……ぎくしゃくしてるわね、わたしたち」

彼がうなずく。

「わたしも気にしてるけど、あなたも気にしてるでしょう。それがわかるから、わたしなおさら気になるの。だって、あなたといっしょに仕事ができて楽しいってずっと思ってたから。そうは見えないかもしれないけど、でもそうなの」息を吸って、どう言えばいいかと頭をしぼった。「いま気まずくなってるのはあなたのせいじゃないわ。原因はみんなわたしにあるの。いまわたし、いろんなことが一度に起こっていて……うまく説明できないんだけど」

「説明しなくてもいいんだよ」

「ただ、このままだとあなたとどんどんうまくいかなくなると思うの。パートナーとしてだけじゃなくて、友だちとしても。変ね、わたしこれまで、あなたを友だちだと思ったことがなかったの。失いかけてるって感じて初めて、あなたがどんなに大切な友だちだったか、やっと気がついたのよ」彼女は立ちあがった。「ともかく、申し訳ないと思ってるわ。それを言いにきたの」ドアに向かって歩きだした。

「キャサリン」彼は低い声で言った。「聞いたよ。サヴァナのこと」

彼女はふりむいてピーターを見つめた。彼はその視線を受け止めて、目をそらそうとしなかった。

「クロウ刑事から聞いたんだ」

「いつ？」

「何日か前、例の押し込みのことで話をしたときにね。向こうはてっきりぼくが知ってると思ってたんだ」

「なぜ黙ってたの」

「ぼくのほうから言い出すことじゃないからね。ぼくに話してもいいってきみが思ってくれるのを待ってたんだ。時間が必要なのはわかってたし、いつまでも待つつもりだった。きみがぼくを信頼してもいいと思ってくれるまで」

彼女は大きく息を吐いた。「そう。それじゃ、わたしのいちばん自慢できない過去を知ったわけね」

「とんでもない」立ちあがって彼女と向かいあった。「いちばん自慢できる過去だよ。きみがどんなに強くて勇敢な人か知ったんだ。そんな恐ろしい目にあってたなんて、ぼくはずっと知らずにいた。言ってくれればよかったのに。ぼくを信用してくれてもよかったじゃないか」

「言ったらなにもかも台無しになると思ったのよ」

「どうして」

「気の毒だなんて思われたくないの。かわいそうなんて思われるのはいや」

「なにがかわいそうなんだ。きみが反撃したことがか？　奇跡的に助かったことがかい？　なんでかわいそうだなんて思うんだ」

彼女はまばたきをして涙をはらった。「ふつうの男の人はそう思うのよ」

「それはきみをよく知らないからだ。ぼくは知ってる」彼はデスクをまわってきた。ふたりを隔てるものはもうなにもない。「初めて会った日のことを憶えてる？」

「わたしが面接を受けに来た日でしょう」

「あの日のことをどんなふうに憶えてる？」

彼女はめんくらったように首をふった。「診療のことを話したわ。わたしがここに合ってるかどうか」

「じゃあ、きみにとってはただのビジネス・ミーティングだったんだ」

「だってそうだったじゃない」

「おかしいな。ぼくはぜんぜんそう思ってなかった。なにを訊いたか、なにを訊かれたかなんかろくすっぽ憶えてない。憶えてるのは、デスクからこう顔をあげた瞬間のことさ。このオフィスに入ってくるきみを見て、ぼくは頭のなかが真っ白になった。気のきいたせりふがなんにも思いつけない。思いつくのはみんな、陳腐でまぬけでありきたりなことばっかりだ。きみにはありきたりな男だって思われたくなかった。これはなんでももってる女性だって思ったからな。頭がよくて、美人で、そんな女性がいま目の前に立ってるって」

「いやね、すごい勘ちがい。なんでももってるなんて」またまばたきをして涙をはらった。「わたしはなんにももってない。ただやっと自分をささえてるだけなのに……」

ひとことも言わずに、彼はキャサリンを腕に抱きよせた。自然でさりげなくて、初めての抱擁のぎこちなさはどこにもなかった。ただ彼女を腕に抱いて、なにも要求しなかった。心のなぐさめられる友だちどうしの抱擁だった。

「ぼくにできることがあったら言ってくれ」彼は言った。「なんでもするから」

キャサリンはため息をついた。「ピーター、わたしとても疲れてるの。車まで送ってくれない？」

「それだけ？」

「いまはそれがほんとに必要なの。信頼できる人にいっしょに歩いてもらいたいの」

彼は抱擁を解いて一歩さがり、ほほえみかけてきた。「それじゃ、その役目にぼくはぴったりだな」

病院の立体駐車場の五階はがらんとしていた。コンクリートに響くふたりの足音が、どこまでもあとをついてくる亡霊の声のようだ。ひとりきりだったら、ずっと後ろをふりかえりどおしだっただろう。しかし、ピーターがそばにいればこわいとは思わなかった。メルセデスのところまで送ってくれ、ハンドルの前にすべりこむのを見守ってくれ、ドアを閉じてくれて、最後にロックを指さした。

うなずいて、彼女はロックのボタンを押した。すべてのドアにロックのかかる頼もしい音が響く。

「あとで電話するよ」彼は言った。

車をスタートさせながら、バックミラーに映る彼の姿を見ていた。手をあげてふっている。カーブを切ってランプに向かうと、その姿はミラーのうえをすべって消えていった。

気がつけば、バックベイの自宅へ車を走らせながらほほえんでいた。

信頼できる男もいるよ、そうムーアは言った。

ええ、でもどの人がそうなの？　わたしにはわからないわ。

いざってときが来るまではわからないものさ。いざってときにそばについていてくれるのが信頼できる男だ。

友人としてか恋人としてかはわからないが、ピーターはそういう男のひとりだろう。

コモンウェルス街でスピードを落とし、ハンドルを切ってマンションの車寄せに入り、駐車場ゲートのリモコンを押した。セキュリティゲートがうなりながら開いて、彼女はそこを通り抜けた。バックミラーを見て、背後でゲートが閉じるのを確認する。そこで初めて自分の区画に車を入れた。もう習い性になっていて、安全確認はけっして欠かさない儀式だった。エレベーターに乗る前には、かならずなかをチェックする。エレベーターを降りるときも、今度はその前に廊下を見まわす。玄関に足を踏み入れたら、すぐにすべての錠をかける。要塞の守りはこれで完璧だ。そうなって初めて、完全に肩の力を抜くことができる。

窓ぎわに立ってアイスティーを飲み、室内の涼しさに感謝しながら通りを見おろせば、行きかう人はみなひたいに汗を光らせていた。この三十六時間で三時間しか眠っていなかった。この至福のときは当然の報酬だわ、そう思いながら、冷たいコップを頬に押し当てた。今夜は早くベッドに入って、週末はごろごろして過ごしてもばちは当たるまい。ムーアのことは考えないことにしよう。つらいことは思い出したくない。いまはまだ。

コップの中身を飲みほしてキッチンのカウンターに置いた、と思うまもなくポケットベルが鳴りだした。いまは、病院からの呼び出しぐらい迷惑なものはない。ピルグリム医療センターの交換に電話をかけたとき、いらだちが声に出るのをどうしようもなかった。

「コーデルです。いまポケベルが鳴ったけど、でもわたしは今夜は待機じゃないのよ。ポケベルだって切ろうと思ってたんだから」

「おじゃまして申し訳ありません、ドクター・コーデル。でもハーマン・グワドウスキってかたの息子さんから電話があったんです。今日じゅうにどうしてもお会いしたいとおっしゃって」

「むりよ。もううちに帰ってきちゃってるのよ」

「ええ、先生は週末はお休みだって言ったんですけど、ボストンにいるのは今日が最後だからって。弁護士に相談する前に先生にお会いしたいっていうんです」

弁護士ですって？

キャサリンはキッチンのカウンターにぐったり寄りかかった。もう、こんなことに立ち向かう元気はない。いまはこんなに疲れて、頭がちゃんと働いていないんだから。

「ドクター・コーデル？」

「ミスター・グワドウスキはいつ会いたいって言ってるの？」

「六時まで病院のカフェテリアで待ってるそうです」

「わかったわ」キャサリンは電話を切り、ぴかぴかのキッチンのタイルをぼんやりながめた。このタイルをきれいにしておくために、どれだけまめに磨いていることか。けれどもどんなにこすっても、生活のすみずみまでどんなにきちんと取り仕切っても、この世のアイヴァン・グワドウスキはいつ飛び出してくるかわからない。

ハンドバッグと車のキーをとり、自分の部屋という避難所をふたたびあとにした。

エレベーターで腕時計を見てぎょっとした。もう五時四十五分だ。これではまにあわない。ミスター・グワドウスキはすっぽかされたと思うだろう。

メルセデスにすべりこむと、すぐに自動車電話をとってピルグリムの交換に電話をかけた。

「何度もごめんなさい、コーデルです。ミスター・グワドウスキに少し遅れるって連絡したいんだけど。どこの内線からかけてきたかわかる？」

「電話の記録をチェックしてみます……ありました。病院の内線じゃありません」

「じゃあ携帯電話?」

間があった。「あれ、おかしいな」

「どうしたの」

「いまドクターがおかけの番号からかけてきてます」

キャサリンは凍りついた。冷たい風のように恐怖が背筋を駆けのぼってくる。わたしの車。わたしの車から電話をかけてきた。

「ドクター・コーデル?」

そのとき顔が見えた。コブラのようにぬうっとバックミラーにせりあがってきた。悲鳴をあげようと息を吸ったとたん、クロロホルムの蒸気でのどが灼けた。

手から受話器が落ちた。


空港の手荷物受取所の外、ジェリー・スリーパーは車を縁石に寄せて待っていた。ムーアは機内持込み手荷物をバックシートに投げ入れ、車に乗りこんで力まかせにドアを閉じた。

「見つかったか」というのがムーアの第一声だった。

「まだだ」スリーパーは車をスタートさせながら答えた。「メルセデスは消えちまってるし、室内には荒らされた形跡はまるでない。なにがあったにしてもあっというまのことで、車のなかか近くで起きたことだ。最後に彼女を見たのはピーター・ファルコで、五時十五分ごろに病院の駐車場で別れたそうだ。それから三十分ほどしてから、ピルグリムの交換がコーデルのポケベルを鳴らして、電話で話をしてる。コーデルは車から電話をかけなおしてきた。その電話が急に切れた。最初にポケベルを鳴らしたのは、ハーマン・グワドウスキの息子から電話があったからだと交換は言ってる」

「確認はとれたか」

「アイヴァン・グワドウスキは、午後零時十二分にカリフォルニア行きの飛行機に乗ってる。電話はかけてない」

電話をしてきたのがほんとうはだれだったのか、どちらも言う必要はなかった。ふたりともわかっていた。ムーアはいらいらしながらテールランプの列をにらんでいた。明るい赤のビーズのように夜の闇にびっしりとつらなっている。

つかまったのが午後六時。この四時間に彼女はどんな目にあわされているだろうか。

「ウォレン・ホイトの住んでるところが見たい」ムーアは言った。

「いまそこに向かってるとこだ。やつは今朝七時ごろ、勤務を終えてインターパス臨床検査センターを出た。午前十時、上司に電話をかけてきて、家族に火急の問題がもちあがったんで少なくとも一週間は出勤できないと言ってる。それ以後は姿を見られてない。アパートでも、検査センターでも」

「家族の問題ってのは?」

「やつに家族はいない。おばさんがひとりいたが、二月に死んでる」

テールランプの列がにじんで赤い筋になった。ムーアはまばたきして、スリーパーに涙を見られないようにそっぽを向いた。

ウォレン・ホイトはノースエンドに住んでいた。細い通りと赤いレンガ造りの建物が迷路のように入り組む古風な街で、ボストンでもっとも歴史のある街区だった。市内でも安全な場所だと言われているのは、ここに住んで商売をしている多くのイタリア系住民が、油断なく目を光らせているおかげだ。そんな場所に——観光客でも住民でも犯罪を恐れずに歩ける街に、化物がまぎれこんで住んでいたのだ。

ホイトの部屋は、エレベーターのないレンガ造りのアパートの三階にあった。何時間も前に、チームの連中が証拠物件を求めてしらみつぶしに捜索をすませていた。そのせいか、ムーアがなかに入ったとき、そしてわずかな家具やほとんどからの棚を見まわしたときには、この部屋はすっかり精気を抜かれているという気がした。ウォレン・ホイトがどんな人間であれ、あるいはどんな化物であれ、ここにはもうそのかけらも残っていない。

ドクター・ザッカーが寝室からあらわれて、「ここはおかしい」とムーアに言った。

「ホイトはホシですか？」

「わからん」

「なにか見つかったか」ムーアは、入口でふたりを出迎えたクロウに目をやった。

「靴のサイズはぴったりの八・五だ。オーティスの現場に残ってた足跡と一致する。枕に何本か毛髪が落ちてた。短い、明るい茶色の髪だ。これも一致してるみたいだな。それから、バスルームの床に長い黒髪が落ちてた。肩の長さだ」

ムーアはまゆをひそめた。「ここに女がいたのか」

「友だちかもな」

「あるいはもうひとりの被害者か」とザッカー。「まだ把握してない被害者がいたのかもしれん」

「下の階に住んでる大家のおばさんに話を聞いた」とクロウ。「ホイトを最後に見たのは今朝、やつが仕事から帰ってきたとこだったそうだ。いまどこにいるかは見当もつかんとさ。大家がホイトのことをなんて言ってるかわかるだろ。いい人ですよ。物静かで、なんにも面倒を起こさない」

ムーアはザッカーに目を向けた。「さっき、ここはおかしいと言ってましたね。あれはどういう意味だったんですか」

「殺しの道具がないんだ。手術器具もない。車は外に停めてあるが、そのなかにもなかった」ザッカーはからっぽに近いリビングルームをさして、「このアパートは人が住んでたように見えん。冷蔵庫にもろくにものが入ってない。バスルームにあったのは石けんが一個、歯ブラシが一本、カミソリが一本。まるでホテルの部屋だ。ここは寝に帰ってくる場所でしかないんだ。ファンタジーを育ててるのはここじゃないな」

「やつはここに住んでるんですよ」クロウは言った。「郵便物はここに来てるし、服だってある」

「しかし、なにより重要なものが足りん」とザッカー。「戦利品だ。ここには戦利品がひとつもない」

恐怖感がムーアの骨の髄にしみ入ってきた。ザッカーの言うとおりだ。〝外科医〟は犠牲者全員から戦利品として臓器をえぐりとっている。殺しの快感を思い出すよすがとして手もとに置いておくはずだ。次の狩りまでの日々を耐えるために。

「ここだけでは全体像が見えてこない」とザッカーは言い、ムーアに目を向けた。「ウォレン・ホイトの職場を見にいこう。検査センターを見なくてはならん」

バリー・フロストはコンピュータの前にすわり、患者の氏名をタイプした——ニーナ・ペイトン。データで埋まった新しい画面があらわれる。

「この端末はやつの漁場だぜ」とフロスト。「ここで獲物を見つけてたんだ」

ムーアはモニターをにらみ、目を疑う思いだった。センターのどこかで機械が低くうなり、電話が鳴り、検査技師たちが血液の試験管ラックをかちゃかちゃ言わせている。ここで、この衛生的なステンレスと白衣の世界で、人を救う研究のためにつくられた世界で、〝外科医〟は静かに獲物を狩っていたのだ。血液や体液をインターパス臨床検査センターで処理されたことがあれば、どの女性の氏名でも彼はこの端末で呼び出すことができる。

「ここはボストン市で最大の検査センターだ」とフロスト。「診察室でも外来病院でも、ボストンで血液を採取されれば、十中八九、その血はここにまわってきて分析される」

ここに、ウォレン・ホイトの手にまわってくるのだ。

「住所が出てるな」とムーアは言って、ニーナ・ペイトンの情報をながめた。「勤務先の名称、年齢、未婚・既婚の別——」

「それに診断名」と、ザッカーが画面上の語を指さした——性的暴行。「〝外科医〟がさがしていたのはまさにこれだ。これに興奮するのだ。精神的に打撃を受けた女性。性的暴行によって烙印をおされた女性」

ザッカーの声が興奮にはずんでいる。ザッカーはこのゲームが好きなのだ、知力の競いあいが。ついに敵の動きを理解することに成功し、そのあざやかな戦略に舌を巻いている。

「彼はここで血液をあつかっていた。そして被害者がだれにも言えずにいた秘密を知った」ザッカーは身を起こし、初めて見るもののようにセンターを見まわした。「臨床検査センターがなにを知っているか、じっくり考えたことのある者がいるだろうか。腕を差し出して静脈から血を抜かれるとき、人は自分の個人情報をそっくり引き渡しているんだ。血液はもっともプライベートな秘密を暴露してしまう。たとえば白血病やAIDSで死にかけているとか、この数時間に煙草を吸ったとか、ワインを一杯飲んだとか。抑鬱に悩んでいてプロザックをのんでいるとか、立たないからバイアグラをのんでいるとか。犯人は女性たちの本質の部分をつかんでいたんだ。血を調べ、血に触れ、においを嗅いでいたのだ。それなのに、女性たちはそのことをまったく知らなかった。知らないうちに、自分の身体の一部を赤の他人に愛撫されていたんだ」

「被害者はだれも犯人を知らなかったんですね」とムーア。「会ったことすらなかった」

「しかし、〝外科医〟のほうは彼女たちを知っていた。それも、よほど親密な人間でも知らないようなことまで」ザッカーの目がとり憑かれたように光っていた。「〝外科医〟の狩りのしかたは、わたしがこれまで出くわしたどの連続殺人犯ともちがう。じつに特異な存在だ。けっして人目につかない。なぜなら、現物を見ずに獲物を選んでいるからだ」カウンターにのった試験管のラックに、彼は賛嘆のまなざしを向けた。「この検査センターが彼の狩場だったんだ。ここで獲物を見つける。血液を通じて。被害者の苦痛を通じて」

ムーアが医療センターの外へ出たとき、夜気はこの数週間なかったほど涼しくさわやかだった。ボストン市じゅうどこでも、今夜はあけっぱなしの窓は減り、攻撃に無防備に身をさらして眠る女性も減ることだろう。

しかし、今夜〝外科医〟が狩りに出ることはない。今夜はいちばん新しい獲物を味わっているだろうから。

ムーアは自分の車のそばでふと動けなくなり、絶望にしびれたように立ち尽くした。いましも、ウォレン・ホイトはメスに手をのばしているかもしれない。まさにいましも……

足音が近づいてきた。ムーアは気力をふるい起こして顔をあげ、影のなか、数フィート先に立っている男に目を向けた。

「やつが彼女をつかまえた。そうでしょう」ピーター・ファルコが言った。

ムーアはうなずいた。

「ちくしょう。ちくしょう、なんてことだ」ファルコは苦しげに夜空を見あげた。「車まで送っていったのに。あそこでいっしょにいたのに、おれは彼女をそのまま帰らせてしまった。そのまま車を出させて……」

「全力をあげてさがしています」お定まりのせりふだ。口にしているそばから、自分の声に力がこもっていないのが自分でわかる。見通しが暗いときに言うせりふ、どんなに努力してもむだになりそうだとわかっているときに言うせりふだ。

「いまどうなってるんです」

「犯人の身元がわかりました」

「しかし、彼女がどこに連れ去られたかはわからない」

「足どりをつかむには時間がかかるんです」

「ぼくにできることがあったら言ってください。なんでもする」

ムーアは落ち着いた声で話そうと必死だった。刑事が不安や恐怖を見せてはいけない。「ほかの人間が動いているときに、それをただ見ているだけなのはつらいものです。それはよくわかります。しかし、われわれはこのために訓練を受けているんですから」

「なるほど、あんたがたは専門家だってわけか！　じゃあなんだってこんなことになったんだ」

ムーアには返す言葉がなかった。

いても立ってもいられないようすで、ファルコはムーアに近づいてきて、駐車場の街灯の下に立った。街灯に照らされた彼の顔は、心労のためにげっそりやつれていた。「あんたたちふたりのあいだになにがあったのか、ぼくは知らない」彼は言った。「しかし、彼女があんたを信頼してたのは知ってる。その信頼に多少はこたえてほしい。あんたにとって、彼女がただの被害者のひとりだったら許せない。たんに被害者のリストが長くなるってだけだったらがまんできない」

「もちろんです」ムーアは言った。

ふたりの男は見つめあい、無言のままわかりあっていた。どちらも知っている。どちらも同じことを感じている。

「わたしこそ心配してる。あなたには想像もつかないぐらい」とムーア。

ファルコは低い声で言った。「それはぼくも同じだ」

第二十三章

「しばらくは生かしておくだろう」ドクター・ザッカーは言った。「ニーナ・ペイトンをまる一日生かしておいたぐらいだからな。いま状況は完全に彼の意のままだ。好きなだけ時間をかけられる」

その言葉の意味を考えると、リゾーリの全身に悪寒が走った――好きなだけ時間がかけられる。痛みを感じる神経終末は人体にいくつぐらいあるのだろう。死の安らぎが訪れるまでに、どれぐらいの苦痛をなめねばならないのだろうか。会議室の向こうに目をやると、ムーアはうつむいて両手に顔を埋めていた。疲れきって、気分が悪そうだった。真夜中過ぎ。テーブルのまわりの顔はどれも憔悴して暗かった。リゾーリは輪の外に立ち、壁にぐったり背中をあずけていた。透明人間になったように、だれからも存在に気づかれず、話を聞くことは許されても参加することはできない。管理業務専門にまわされ、制式拳銃をとりあげられて、いま彼女はただのオブザーバーでしかない。この事件のことなら、テーブルのまわりのだれよりよく知っているというのに。

ムーアが顔をあげてこちらに視線を向けてきたが、その目は彼女を見ていなかった。素通りしてその向こうを見ていた。見たくないと思っているようだった。

ドクター・ザッカーが、これまでにわかったことをまとめにかかっていた――ウォレン・ホイトについて。〝外科医〟について。

「長期にわたって、彼はこのただひとつの目標を目指してきた。ようやくそれを手中におさめたわけだから、できるだけ快楽を長引かせようとするだろう」

「つまり、最初からコーデルがねらいだったっていうんですか」とフロスト。「ほかの被害者は――あれはただの腕ならしですか」

「いや、快楽を得ていたのは同じだ。そのおかげで耐えてこられたんだ。最後の獲物を手中にするまでの、性的欲求不満のはけ口になっていたわけだね。どんな狩りでも、ハンターの興奮が最高潮に達するのはとくに手ごわい獲物をねらっているときだ。そしてコーデルはおそらく、容易に手を出せない唯一の女性だった。つねに警戒をおこたらず、つねに安全に気を配っていた。ロックと警報装置で守りを固めていた。他人と親しくつきあうこともないし、病院で仕事があるとき以外は、夜に外出することもめったにない。目をつけた獲物のなかではもっとも挑戦しがいがあっただろうし、同時にもっとも手に入れたいとも思っていたはずだ。ねらわれていると彼女にわざわざ教えて、彼は狩りをさらにむずかしくしているが、これは恐怖を感じさせるのがゲームの一部だったからだ。捕食者が迫っていると感じさせたかったんだ。いわばほかの女性たちは前座だな。コーデルこそメイン・イベントだった」

「過去形にしないでください」ムーアが言った。声が怒気をふくんで張りつめている。「まだ死んでない」

室内が水を打ったように静まりかえった。だれもムーアのほうを見ようとしない。

ザッカーはうなずいた。彼だけはあいかわらず平然と落ち着きはらっている。「たしかに。うっかりしていた」

マーケットが言った。「経歴のファイルは読んだだろうね」

「ああ」とザッカー。「ウォレンはひとりっ子だった。どうやらかわいがられて育ったようだ。生まれはヒューストン。父親はロケット科学者で——いや、冗談じゃなく、ほんとの話だ。母親は石油で財を築いた旧家の出だ。ふたりとももう他界している。幼少期には非行の記録はない。つまりウォレンは、優秀な遺伝子と財産に恵まれて生まれてきたわけだ。逮捕どころか交通違反の切符を切られたこともなく、異常性をうかがわせるような行動はまったく見られなかった。医学部の解剖実習室での一件を別にすれば、なんの問題点も見つからない。なんの徴候もないんだ。凶悪な殺人犯になる素地があったようには思えない。どこから見てもまったく正常な少年だった。礼儀正しくてまじめで」

「ふつうで」ムーアが低い声で言った。「平凡」

ザッカーはうなずいた。「けっして目立つことのない少年、だれにも警戒心を抱かせない少年だ。どんな殺人者よりも恐ろしい。いかなる病変もないし、あてはまる精神疾患もないからだ。テッド・バンディに似ている。頭がよくて、きちんとしていて、そして表面的には社会生活に問題なく適応している。しかし、ひとつだけ人格的に異常がある。女性を苦しめるのが好きだということだ。毎日いっしょに仕事をしていても、だれにも気づかれないたぐいの男だ。だれも夢にも思わないだろう——こちらを見てにっこりしながら、こいつのはらわたをどんなふうに切りとってやったらおもしろいかと、その笑顔の裏で考えているなどとはね」

ザッカーのきしるような声に総毛立ちながら、リゾーリは室内を見まわした。ザッカーの言うとおりだ。あたしは毎日バリー・フロストに会ってる。人がよさそうだし、幸せな結婚生活を送っているように見えるし、いつも愛想がいい。でも、腹の底でなにを考えているか、ほんとのところはわからない。

彼女の視線に気づいて、フロストは顔を赤くした。

ザッカーは続けた。「医学部の一件のあと、ホイトは退学を余儀なくされた。そこで臨床検査技師養成課程をとって、アンドルー・キャプラのあとを追ってサヴァナに移った。ふたりは数年間パートナーを組んでいたようだ。航空会社とクレジットカードの記録からすると、しょっちゅういっしょに旅行している。ギリシアやイタリア。メキシコに行ったときは、ふたりとも田舎の診療所でボランティアをしてる。いわば同盟を結んだわけだな。ふたりのハンターとして――同じ残酷なファンタジーを共有する血の兄弟として」

「カットグートの縫合糸」とリゾーリが漏らした。

ザッカーは怪訝そうにそちらに目を向けた。「え？」

「第三世界では、いまでもカットグートを手術に使ってます。そこで手に入れてきたんでしょう」

マーケットがうなずいた。「可能性はあるな」

えらそうに、とリゾーリは思った。憤怒のとげが胸に刺さる。

「コーデルはアンドルー・キャプラを殺し」とザッカーが言葉を継いだ。「そのせいで完璧な殺人チームがくずれてしまった。ホイトは、親しみを感じていたただひとりの人間を奪われたんだ。コーデルが究極の目標に、究極の獲物になったのはそのためだ」

「キャプラが死んだ夜にあの家にいたのなら、なぜホイトはその場で彼女を殺さなかったんだね」とマーケットが尋ねた。

「それはわからない。あの夜、サヴァナでなにがあったかについては、ウォレン・ホイトしか知らないことが多すぎる。いまわかっているのは、二年前、キャサリン・コーデルがボストンに移ってきてまもなく、彼もこっちに移ってきたということだ。それから一年とたたずにダイアナ・スターリングは死んだ」

ついにムーアが口を開き、もの狂おしい声で言った。「どうすれば見つけられます」

「アパートを監視するという手はあるが、すぐには戻ってこないだろうな。あそこは安全な隠れ家ではない。夢想にふける場所ではないんだ」背もたれに身をあずけたかと思うと、ザッカーの目が焦点を失った。ウォレン・ホイトについて知ったことを、言語やイメージに移しかえようとしている。「ほんとうの隠れ家は、彼の日常生活とは無縁の場所だろう。だれにも知られずに引っこんでいられる場所。たぶんアパートからはだいぶ離れている。本名では借りていないと思う」

「部屋を借りたら家賃を払わなくちゃならない」とフロスト。「金の動きを追えばいい」

ザッカーはうなずいた。「隠れ家が見つかれば、だれが見てもそれとわかるはずだ。戦利品が、つまり遺体から持ち去った記念品があるからね。いつかは犠牲者を連れてくるつもりで、用意を整えている可能性すらある。究極の拷問室というわけだ。プライバシーが保てる場所、じゃまの入らない場所だ。一軒家だな。でなければ、防音のしっかりしたアパートか」

だれにもコーデルの悲鳴は聞こえないのだ、とリゾーリは思った。

「そこでは、彼は本来の自分に戻ることができる。だれの目も気にせずにくつろぐことができる場所だ。犯行現場にまったく精液を残していないことからわかるように、彼は性的にすぐに満たされなくても耐えられる。安全な場所に戻るまで待つわけだね。この隠れ家こそその場所だ。おそらくときどきその隠れ家にやって来ては、殺人の快感を追体験しているのだろう。それで次の殺人のときまで耐えているわけだ」ザッカーは室内を見まわした。「キャサリン・コーデルが連れていかれたのはそこだ」

ギリシア人が「デレ」と呼んだのは、首の正面の部分、つまりのどのことだ。そこは女の肉体でもっとも美しい、もっとも無防備な部分だ。のどには生命が脈うち、息が通っている。イーピゲネイアの乳のように白い肌の下、その父親が突きつける短剣の先には青い静脈が脈うっていたことだろう。イーピゲネイアが祭壇のうえに両手両足を押さえつけられていたとき、アガメムノンはいったん手を止めて、美しい曲線を描くわが娘ののど首に見とれたのではないだろうか。それとも目印をさがしていただけだろうか。刃を肌に突き通すべき、もっとも効果的な場所を選ぶために。娘を犠牲にすることに苦悩してはいても、短剣を突き刺す瞬間、股間に多少は疼くものがあったのではないだろうか。刃を娘の首に貫きとおすとき、突きあげるような性的快感に打たれたのではないだろうか。

親が子をくらい、子が母と交わるというおぞましい物語を伝えた古代ギリシア人も、そんな醜怪な細部までは語っていない。その必要はなかったのだ。口に出さなくてもだれもが理解している、秘められた真実のひとつだから。石のように固い表情で立ち、乙女の悲鳴に心を鬼にしていた戦士たちのなかに、イーピゲネイアが服をはぎとられるのを見、細い首が短剣にさらされるのを見ていた戦士たちのなかに、思いもよらぬ性的興奮が股間にあふれるのを、逸物が固くなるのを感じた者がどれほどいたことだろう。

その後ふたたび女ののど首を見るたびに、それを切り裂きたいという衝動を感じない者がどれほどいたことだろうか。

彼女ののど首は白く、イーピゲネイアもかくやと思わせる。赤毛の女はみんなそうだが、彼女も陽射しから肌を守っていた。アラバスターのように透明な肌には、ごくわずかにそばかすが散っているだけだ。この二年、この首はしみひとつないままわたしを待っていたのだ。ありがたい。

彼女の意識が戻るのを辛抱強く待った。いまはもう目ざめて、わたしの存在にも気がついている。脈が速くなっているからそれとわかる。のどの付け根、胸骨のすぐうえのくぼみに触れると、彼女がひっと息をのむ。首の側面をなであげて頸動脈をたどっていると、そのあいだ彼女は息をつめている。脈が激しくなり、リズミカルに肌が波だつ。指の腹につややかな汗の被膜を感じる。吹き出す汗が肌を霧のようにおおい、顔がぬめりを帯びて輝く。あごの稜線に向かってなであげるときに、彼女はようやく息を吐き出す。口をおおっているテープのせいでくぐもって、その息が泣き声のような音をたてる。泣き声をたてるのはわたしのキャサリンらしくない。ほかの女たちは愚かなガゼルだったが、キャサリンは雌虎だ。反撃してきて、こちらに痛手を負わせた唯一の獲物。

彼女は目をあけてわたしを見る。彼女にはわかっている。ついにわたしは勝ったのだ。彼女は——もっとも価値ある獲物はついに征服されたのだ。

わたしは器具を広げる。カチャカチャという耳に快い音をたてて、ベッドのそばの金属トレイに並べる。彼女がこちらを見ている。ステンレスのまばゆい反射光に目が吸いよせられている。どれがなんの道具か彼女はよく知っている。なにしろ何度となく使っているのだ。切開部のふちを開いておくための開創器。組織や血管を締めつける止血鉗子。そしてメス——わたしたちはふたりとも、メスがなんのためにあるか知っている。

トレイを彼女の顔のそばに置いて、次になにが起きるかその目で見られるように、そしてじっくり考えられるようにしてやる。わたしはひとことも口をきく必要はない。器具の輝きがすべてを代弁してくれる。

裸の腹にふれると、腹筋がぎゅっと引き締まる。きれいな腹部。そのたいらな表面をそこなう傷はひとつもない。メスの刃が、この皮膚をバターのように切り裂くのだ。

メスを手にとり、先端を彼女の腹部に押しあてる。彼女は息をあえがせ、目を大きく見開く。ライオンの牙がのど首に食いこんだ瞬間の、ゼブラの写真を見たことがある。ゼブラの目は死の恐怖に裏返っていた。あの写真は忘れられない。いまその表情をわたしは見ている。キャサリンの目のなかに。

ああ神さま、ああ神さま、ああ神さま。

メスの切っ先が肌を刺す。キャサリンの呼吸は咆哮《ほうこう》のように肺になだれこみ、また噴き出していった。汗にまみれて目を閉じ、いまにも痛みが訪れるかとおののいていた。のどにすすり泣きがせりあがってくる。慈悲を、せめてすばやい死をと天に訴える悲鳴がのどに引っかかる。こんな死にかたはいやだ。身体を切り刻まれて死ぬのは。

そのとき、メスがふと離れた。

目をあけて男の顔を見つめた。ごく平凡な、どこにでもいそうな男。十回も会っていても印象に残らないかもしれない。しかし、向こうは彼女を知っている。彼女の世界のふちをうろつき、彼の宇宙の光あふれる中心に彼女をすえて、自分は闇にまぎれて周縁をめぐっていたのだ。それなのに、わたしは彼の存在すら知らなかった。

彼はメスをトレイに置いた。にっこりして言った。「あとにしよう」

男が部屋を出ていって初めて、拷問がほんとうに延期されたのだとわかって、彼女は安堵のあまり大きく息をあえがせた。

では、これがあいつのゲームなのだ。恐怖を引き延ばし、快楽を引き延ばす。いまのところは生かしておいて、次になにが起きるかじっくり考える時間を与えようというのだ。

一分でも一秒でも命が長らえれば、逃げるチャンスもそれだけ大きくなる。

クロロホルムの効果が消えて、意識は完全にはっきりしてきた。パニックという強力な燃料に駆りたてられて、頭のなかに思考が渦巻いている。スチール枠のベッドに手足を大の字なりに縛られている。手首と足首をダクトテープで枠に固定されている。いましめを解こうと引っぱったりふったりしてみたが、疲労のあまり筋肉がけいれんするほどになっても、手も足も自由にはならなかった。二年前のサヴァナでは、キャプラは手首を縛るのにナイロンコードを使っていて、彼女は片手を抜くことに成功した。〝外科医〟は同じあやまちはくりかえさないというわけだ。

汗だくになり、疲れてじたばたできなくなったところで、周囲の状況に目を向けた。

ベッドのうえに裸電球がひとつ下がっている。土と湿った石のにおい。地下室のようだ。首を左右に動かしてみると、光の円のすぐ外に、石の土台の表面の丸石が見えた。

頭上で床板をきしませる足音がし、椅子をひく音が聞こえた。板敷きの床。古い家。上の階でテレビがついている。どうやってこの部屋に運ばれたのか、ここまで来るのに車でどれぐらい時間がかかったのか憶えていない。ボストンから何マイルも離れた、だれもさがそうとも思わない場所かもしれない。

トレイの反射に目を引きつけられる。並んだ器具を見つめる。いずれ始まる処置にそなえてきちんと配置されている。こんな器具をこれまで何度使ったか知れないし、ずっと治療の道具だと思ってきた。メスと鉗子で腫瘍や銃弾を摘出し、破裂した動脈の出血を止め、胸腔にあふれる血を抜いてきた。生命を救うために使ってきたのに、いま見ているそれは彼女自身に死をもたらす道具なのだ。男がベッドのすぐそばにそれを置いていったのは、彼女にじっくりながめさせるためだ。メスの鋭利な刃を、鉗子のスチールの歯を見つめさせるためなのだ。

パニックを起こしちゃだめ。考えるの。考えるのよ。

目を閉じた。恐怖は生きもののように、触手をのどに巻きつけてくる。

前にもやっつけたじゃない。今度だって勝てるわ。

ひとしずくの汗が胸を流れ、汗に濡れたマットレスに吸いこまれていく。逃げ道はある。逃げ道が、反撃する道がきっとある。もしなかったらなどとは、恐ろしすぎて考えられない。目をあけて頭上の電球を見つめた。メスのようにとぎすまされた意識で、次にとるべき手段だけを考えた。ムーアが言っていたことを思い出した。〝外科医〟は恐怖を糧にしている。攻撃するのは傷ついた女性、犠牲者だ。彼のほうが優位に立っていると感じられる女性。

それなら、わたしを屈伏させたと思うまでは殺さないだろう。

深く息を吸った。これでゲームの戦いかたがわかった。恐怖と戦うのだ。怒りをかきたてるのだ。どんなことをされても負けはしない。それを見せつけてやるのだ。

負けるものか——たとえ死んでも。

第二十四章

　リゾーリははっと目がさめた。首筋にナイフを刺されたような痛みが走る。まったく、また筋を痛めたんだろうか。そろそろと頭をあげて、オフィスの窓から射しこむ日光にまばたきした。ポッドのほかの席はからになっていた。デスクに着いているのは彼女ひとりだ。六時ごろ、ほんの少しだけと自分に言いわけをして、疲れ果てた頭をデスクにあずけたのだった。いまはもう九時半。枕がわりにしていた、コンピュータのプリントアウトの束がよだれで濡れていた。フロストの席に目をやると、上着が椅子の背に引っかけてあった。クロウのデスクにはドーナツの袋がのっている。つまりチームのほかのメンバーは、彼女が眠っているあいだに入ってきたわけだ。だらしなく口をあけてよだれを垂らしているのを見られたにちがいない。さぞかし愉快なながめだっただろう。

　立ちあがってのびをし、ちがえた首の筋を戻そうとしたが、やってもむだなのはわかっていた。今日は一日頭をななめにして過ごさなくてはならない。

「よう、リゾーリ。よく眠れたか?」

　ふりむくと、ほかのチームの刑事が、パーティションごしにこっちを見てにやにやしていた。

「そう見える?」彼女はうなり、「ほかのみんなはどこ?」

「八時から会議室に入ってるぜ」

「えっ？」

「ちょうどミーティングが終わったとこじゃないか」

「あたしには教える手間をかけなかったってわけね」彼女は廊下に向かった。蜘蛛の巣のようにまつわりついていた眠気も、怒りで残らず消し飛んだ。どういうことかわかっている。こうやって追い出していくんだ。表立って攻撃するのでなく、少しずつ少しずつ屈辱をなめさせる。ミーティングから外し、仲間から外していく。なにも知らせないでおく。

会議室に入っていった。残っていたのはバリー・フロストだけで、テーブルに広げた書類を集めているところだった。顔をあげ、こちらに気づくと顔じゅうがかすかに赤くなった。

「ミーティングのことを教えてくれてありがとう」彼女は言った。

「すごく疲れてるみたいだったからさ。あとで教えてやればいいと思ったんだ」

「あとでっていつよ。来週？」

フロストはうつむいて彼女の視線を避けた。パートナーとして長くいっしょに働いてきたから、後ろめたいと感じているのは顔を見ればわかる。

「つまりあたしはのけ者なわけね。マーケットが決めたことなの？」

フロストは困ったようにうなずいた。「おれは反対したんだ。リゾーリは必要だって言ったんだ。だけどマーケットが、例の発砲のこととかあるから、だからその……」

「だからなによ」

不承不承、フロストは言った。「リゾーリはもう、殺人課の戦力じゃないって」

もう戦力ではない。つまり、彼女のキャリアはおしまいということだ。

フロストは部屋を出ていった。睡眠不足と空腹で急にめまいがして、彼女は椅子にへたりこみ、じっとからっぽのテーブルを見つめていた。せつな、九歳のころに戻ったような気がした。みそっかすの妹で、兄たちの仲間として受け入れられたいと必死でがんばっていたあのころ。しかし、兄たちは彼女をはねつける。いつもそうだった。パチェコの死は、締め出しを食らったほんとうの理由ではない。誤った発砲事件を起こした刑事はほかにもいるが、それでキャリアを失った者はいない。しかしその刑事が女で、ほかのだれより優秀で、しかもそれを生意気に見せつけるようなまねをしていると、パチェコのようなたったひとつのミスですべてが水の泡なのだ。

デスクに戻ったとき、ワークポッドにはだれも残っていなかった。フロストの上着はなくなっていたし、クロウのドーナツの袋も同様だった。彼女もさっさと抜け出すほうが利口かもしれない。いや、いますぐデスクの整理を始めるべきかもしれない。ここに彼女の未来はない。

引出しをあけ、バッグをとりだそうとして手を止めた。ごちゃごちゃの書類のあいだから、エリナ・オーティスの検死写真がこちらを見あげていた。あたしも犠牲者だ、そう彼女は思った。同僚たちをどれほど恨んでいようと、この失墜をもたらしたのが〝外科医〟だという事実は動かない。こんな屈辱を味わうのも〝外科医〟のせいだ。

引出しをぴしゃりと閉めた。まだ早い。そう簡単に白旗をあげるもんか。

フロストのデスクに目をやると、会議室のテーブルから集めていた書類の束が目に入った。まわりを見わたしたが、こちらを見ている者はいない。部屋の反対側のポッドにほかの刑事たちがいるだけだ。

フロストの書類をとり、自分のデスクに持っていって、すわって読みはじめた。

書類仕事。金の流れを追って、ホイトを見つける。結局、捜査はここに落ち着いてしまったわけだ――ウォレン・ホイトの資産の記録だった。クレジットカードの請求、銀行小切手、預け入れと引き出し。莫大な数字がいくつも並んでいる。両親の遺産のおかげでホイトは若くして裕福で、冬ごとにカリブ海やメキシコに豪勢な旅行に出かけている。しかし、もうひとつ住居をもっている形跡は見あたらなかった。家賃を小切手で払っている形跡も、毎月決まった額の引き落としもない。

あるわけがない。彼はばかではない。隠れ家をもっているのなら、家賃は現金で支払うだろう。

現金。現金はいつ切れるかわからないところがある。思わぬときに現金が切れて、ATMのお世話になることは少なくない。ATMの使われかたはいわば自然発生的なのだ。

銀行の記録をめくり、ATMの使用記録を残らずさがして、機械ごとに別々の紙に書き留めていった。ホイトはたいてい、住居か職場の近く、つまりふだんの生活域内で現金を引き出していた。彼女がさがしているのはふつうでないもの、パターンに合わない記録だ。

そんな例をふたつ見つけた。ひとつは六月二十六日、ニューハンプシャー州ナシュア市の銀行で。もうひとつは五月十三日、マサチューセッツ州リシアの〈ホブズ・フードマート〉という店のATMで。

椅子の背に寄りかかり、ムーアはもうこのふたつの記録を追っているだろうかと考えた。調べなくてはならないことはほかにいくつもあるし、臨床検査センターの同僚への聞き込みもしなくてはならない。ATMからの二回の引き出しなどは、優先順位リストのずいぶん下のほうに突っこまれている可能性はある。

足音が聞こえて、彼女ははっと顔をあげた。フロストの書類を読んでいるのを見つかったかとあわてたが、ポッドに入ってきたのは科学捜査研究所の事務員だった。事務員はリゾーリに笑顔を向けると、ムーアのデスクにホルダーを置いて出ていった。

しばらく待ってから立ちあがり、ムーアのデスクに寄っていってホルダーのなかをのぞいた。最初の一枚は毛髪・繊維部の報告書で、ウォレン・ホイトの枕で見つかった明るい茶色の髪の分析結果だった。

重積性裂毛症。エリナ・オーティスの創縁で発見された毛髪と一致。

大当たりだ。ホイトがホシなのはこれで確実だ。

二枚めをめくった。これもまた毛髪・繊維部の報告書で、ホイトのバスルームの床に落ちていた毛髪の分析結果だった。しかし、こっちはどうも理解に苦しむ。しっくりこない。

ホルダーを閉じて研究所に向かった。

エリン・ヴォルチコは分光光度計の前に腰をおろし、顕微鏡写真の束をぱらぱらやっていた。リゾーリが研究室に入ってくると、エリンは写真を一枚持ちあげ、「見て見て！　これなーんだ?」

うろこのある帯の白黒写真を見て、リゾーリはまゆをひそめた。「気色悪い写真」

「そうだけど、でもなんだと思う?」

「どうせなんかぞっとしないもんでしょ。ゴキブリの脚とか」

「鹿の毛よ。おもしろいでしょ。人間の髪の毛とはぜんぜんちがうの」

「人間の髪の毛って言えば」と、リゾーリはさっき読んだばかりの報告書を差し出して、「これ、もうちょっとくわしく説明してよ」

「ウォレン・ホイトのアパートから出たやつ?」

「そう」

「ホイトの枕で見つかった短い茶色の髪には、重積性裂毛症があったわ。どうやら当たりみたいね」

「それじゃなくて、もういっぽうのほう。バスルームの床に落ちてた黒い髪」

「写真を見せてあげる」エリンは顕微鏡写真の束に手をのばした。トランプのようにぱらぱらとめくって、なかから一枚を抜き出した。「これがバスルームの髪の毛。そこに番号が書いてあるでしょ」

報告書に目をやると、エリンのきれいな字でこう書いてあった。「A00—B00—C05—D33」。「あるけど、どういう意味よ」

「最初のA00とB00っていうのは、まっすぐな黒髪ってこと。複合顕微鏡で見るともっとくわしいことがわかるのよ」と、リゾーリに写真を渡した。「その毛幹を見て。そこに写ってるのは根元側よ。断面がほとんどまん丸でしょう」

「だから？」

「それはね、人種の識別に役立つ特徴なの。たとえばアフリカ人の毛幹は、リボンみたいにほとんどぺたんこなの。今度は色素を見て。すごく密でしょう。小皮が厚いのわかる？　どの点から見ても結論はひとつね」エリンはこちらに目を向けた。「これは、東アジア人種に特有の髪の毛よ」

「東アジア人っていうと？」

「中国人とか日本人。それからインド亜大陸。ネイティブ・アメリカンの可能性もあるけど」

「それは確認できるの？　ＤＮＡテストができるぐらい毛根が残ってた？」

「あいにく答えはノーね。これは自然に抜けたんじゃなくて、切ったものみたいよ。毛包組織がぜんぜんついてなかったわ。でもヨーロッパ系でもアフリカ系でもないのはまちがいなしね」

アジア系の女性。リゾーリは殺人課に戻りながら考えた。これはこの事件にどうかかわってくるのだろう。北棟に通じるガラス壁の廊下で立ち止まり、疲れた目を日光に細めて、足もとに広がるロクスベリー区を見わたした。まだ遺体の見つかっていない犠牲者がいるのだろうか。ホイトは髪を記念に切っておいたのだろうか。キャサリン・コーデルの髪を切ったように。

ふりむいて、すぐ横をムーアがすれちがおうとしているのに気づいて驚いた。南棟に向かっている。声をかけなかったら、彼女がここにいることにも気づかなかったかもしれない。

彼は立ち止まり、しぶしぶこちらに顔を向けた。

「ホイトのバスルームの床に落ちてた長い黒髪だけど」彼女は言った。「研究所によると東アジア人のだって。見つかってない犠牲者がいるのかもしれない」

「その可能性については話しあった」

「いつ？」

「今朝のミーティングで」

「どういうことよ、ムーア！　あたしをのけ者にするわけ？」

彼は冷やかな沈黙で答えた。そのせいで、彼女のだしぬけな大声が実際以上に甲高く響きわたった。

「あたしだってつかまえたいのよ」彼女は言って、ゆっくりと、しかし有無を言わさぬ勢いで近づいていき、彼の鼻先まで詰めよった。「あんたに負けないぐらいつかまえたいと思ってる。また戻らせてよ」

「決めたのはおれじゃない。マーケットだ」向きを変えて立ち去ろうとする。

「ムーア！」

不承不承、また立ち止まった。

「こんなのがまんできない。あんたといがみあうのは」リゾーリは言った。

「いまはそんな話をしてる場合じゃない」

「ねえ、悪かったと思ってるよ。パチェコのことでかっかきてたのよ。言いわけにならないのはわかってるけど……あんなことしちゃって。マーケットにあんたとコーデルのことを言いつけたりして」

ムーアはこちらに顔を向けた。「なんでそんなことをしたんだ」

「だから言ったじゃない。かっかきてたからよ」

「ちがうな。パチェコのことだけじゃない。キャサリンのせいだ、そうだろう。最初に会ったときから彼女がきらいだったんだ。がまんできなかったんだろう――」

「あんたが彼女を好きになったことが？」

長い沈黙が続いた。

また口を開いたとき、リゾーリは声に皮肉が混じるのをどうしようもなかった。「ムーア、あんたは女性の知性を尊重するの、女性の能力を尊敬してるのってごりっぱなことを言ってたけど、ほかの男とぜんぜん変わらないじゃない。やっぱりおっぱいやお尻に血迷うんだね」

彼は怒りで青ざめた。「そうか、彼女の容姿に嫉妬してるんだな。おれがそれに参ったもんだから頭にきたっていうんだな。だがな、リゾーリ。あんたにほれる男がどこにいると思う。自分で自分のことが好きでもないくせに」

リゾーリは苦いものをかみしめながら、遠ざかっていく彼の背中を見送っていた。ほんの数週間前には、ムーアがあんな無慈悲な言葉を吐くことがあろうとは夢にも思わなかった。ほかのだれに言われるより、彼の言葉は胸にこたえた。

彼の言うとおりかもしれない、などとは考えないことにした。

階段を降り、ロビーを抜ける途中、ボストン市警の殉職警官記念碑の前で立ち止まった。死者の名前が年代順に壁に彫りこまれている。先頭は一八五四年のイズィキアル・ホドソンだ。花崗岩の床に、花瓶にいけた供花が置かれている。職務遂行中に殺されれば英雄になれる。なんて簡単なんだろう。おまけに永久に英雄でいられる。不朽の名を獲得したということ以外、この男たちのことを彼女はなにひとつ知らない。もしかしたらなかには悪徳警官もいたかもしれないが、死ねば悪く言う者はいなくなる。その壁の前に立っているうちに、なんだかうらやましいような気分になってきた。

外へ出て自分の車に乗りこんだ。シートに広げ、グローブボックスのなかをかきまわして、ニューイングランドの地図を見つけた。ふたつの選択肢をにらんだ。ニューハンプシャー州ナシュアか、マサチューセッツ州西部のリシアか。ウォレン・ホイトはどちらでもＡＴＭを使っている。これはまったくの当てずっぽうだ。コイン投げと同じだ。

車をスタートさせた。十時半。リシアに着くころは正午を過ぎていた。

水。キャサリンにはそれしか考えられなかった。のどを流れ落ちる、冷たい、澄んだ水の味。これまでに使った冷水器のことをかたはしから思い出す。病院の廊下のステンレスのオアシス。吹き出す水が、唇に、あごにしぶきを飛ばす。氷のかけらのことを思い出す。手術後の患者が首をのばし、からからの口を鳥のヒナのように開いて、うれしそうに氷のかけらを含ませてもらう姿を思い出す。

それからニーナ・ペイトンのことを思い出した。寝室に縛りつけられ、まもなく死ぬとわかっていて、それなのに、ひどいのどの渇きのことしか考えられなかったと言っていた。

こうやって女を苦しめるのね。こうやって士気をくじくのね。水が欲しい、助けてほしいと哀願する姿を見たいんだわ。完全に意のままにして、自分の力を認めさせたいんだわ。

夜どおしひとり放っておかれて、ひとつきりの電球を見あげていた。何度かうとうとし、そのたびにびくっとして目がさめ、胃袋がパニックでむかむかした。しかしパニックは長くは続かない。時間ばかりがたち、いくらがんばってもいましめはゆるまず、そうするうちに肉体は機能を停止して、一種の仮死状態に陥ったようだった。悪夢のような否認と現実のはざまの薄明にただよい、意識はぎゅっと凝縮されて、水が飲みたいという欲求ただ一点だけに集中していた。

床板をきしませて足音が響く。ドアが耳障りな音をたてて開く。

はっとわれに返った。だしぬけに心臓が激しく打ちはじめる。まるで、小動物が胸の外へ逃げようとしてあばれているようだ。湿った空気を吸いこんだ。ひんやりした地下室の空気は、土と湿った石のにおいがする。呼吸が速くなり、あえぎが漏れる。足音が階段を降りてきたと思うと、彼がそこに、こちらにのしかかるように立っていた。たったひとつの電球の光が顔に影を投げて、にやにや笑いを浮かべたどくろのようだった。目は真っ黒な穴にしか見えない。

「のどが渇いただろう」彼は言った。静かな声。狂気などみじんも感じられない声。

口をふさがれていてしゃべれなかったが、狂おしい目を見れば答えはわかる。

「キャサリン、これを見てごらん」と、大きなコップを持ちあげてみせた。氷がからからと涼しげな音をたて、冷えたガラスの表面に水滴がたまってきらきら輝いている。「飲みたい?」

彼女はうなずいた。男の顔ではなく、コップのほうを一心に見つめている。渇きで気が変になりそうだったが、待ちこがれた最初のひと口を飲んだあとにどうするか、すでに先のことを考えていた。打つべき手を考え、勝ち目を計算していた。

彼がコップをまわすと、氷がガラスにあたって鐘のように鳴った。「それならおとなしくすることだね」

おとなしくするわ、彼女は目で約束した。

テープをはがされるとひりひり痛んだ。ぐったりと横たわり、ストローを口に差しこまれたときもされるままになっていた。夢中で吸ったが、そのか細い流れでは灼けつくような渇きは癒せない。もうひと口吸おうとして、すぐにむせて咳きこみはじめ、大事な水が口からしたたり落ちる。

「横に――横になったままでは飲めないわ」彼女はあえいだ。「お願い、起こして。お願いよ」

彼はコップを置いて女を観察した。その目は底なしの黒い池のようだ。彼女はいまにも気絶しそうに見えた。完全に体力を回復させておかなくては、恐怖するさまを心ゆくまで楽しめない。

右の手首をベッドに縛りつけているテープを切りはじめた。

心臓が痛いほど打っている。これでは胸骨が波うつのに気づかれてしまう、と彼女は思った。右手のいましめが解けたが、その手はぐったりと投げ出したままだ。彼女は動かなかった。全身の筋一本動かさなかった。

無限とも思える沈黙が続く。なにやってるのよ。早く左手のテープも切ってよ。切りなさいったら！

気づくのが遅かった。つい息をつめていたのを気取られてしまった。無念の思いで、新たにロールからダクトテープをはがす甲高い音を聞いていた。

いまを逃したら次はない。

やみくもにトレイの器具に手をのばした。水のコップが飛び、氷が床にころがった。指がスチールにかかる。メスだ！

男が飛びかかってくるのと同時に、メスを払った。刃が肉をえぐる手応えがあった。

男はたじろぎ、うなりながら自分の手をつかんでいる。

身体をよじり、左の手首を縛っているテープをメスで切った。こっちの手も自由になった！

さっと上体を起こしたが、とたんに目の前が暗くなった。一日水なしで過ごして体力が弱っている。頭をはっきりさせようとし、右の足首を縛っているテープにメスを向けようとした。でたらめにメスを横に払うと、皮膚に痛みが走った。強く蹴ると、足が自由になった。

最後のいましめに手をのばす。

ずっしりした開創器がこめかみにぶつかってきた。強烈な一撃で、目の前に星が飛んだ。

二発めは頬に当たり、骨の折れる音がした。

いつメスをとり落としたのか憶えていない。

意識が戻ったときには、顔はずきずき痛み、右目はふさがっていた。手足を動かそうとしたが、手首と足首をまたベッドの枠にくくりつけられていた。しかし、まだ口はふさがれていなかった。まだ声は奪われていない。

男はのしかかるように立っていた。シャツにしみがついている。血を流させてやったんだ、そう気がついたら凶暴な喜びがこみあげてきた。獲物に逆襲され、傷を負わされたのだ。そう簡単には屈伏しないわよ。この男は恐怖を糧にしている。恐怖なんかかけらも見せてやるものか。

男はトレイからメスをとって近づいてきた。心臓は口から飛び出しそうだったが、彼女は身じろぎもせず、彼の目をじっと見返していた。あざわらってやる。立ち向かってやる。もう死をまぬがれないのはわかっていた。そうと覚悟を決めたらこわくなくなった。死刑囚の度胸だ。この二年、隠れ家にひそむ傷ついた動物のようにおびえて生きてきた。この二年、アンドルー・キャプラの亡霊にふりまわされてきた。もうたくさんだ。

やりなさい、切り刻むがいい。でも、それで勝てると思ったら大まちがいよ。わたしは死んでも屈伏したりしない。

メスが腹部に触れた。反射的に筋肉がぎゅっと縮みあがる。彼女の顔に恐怖があらわれるのを男は待っている。

そこにあらわれたのは見下したような表情だけだ。「アンドルーがいなきゃできないんでしょう」彼女は言った。「ひとりじゃ立ちもしないんでしょう。ファックはアンドルーにおまかせなのよね。あんたはただそれを見てただけ」

メスが押しつけられ、皮膚が破れた。その痛みにもたじろがず、とうとう血が流れはじめたときも、彼女は男の目を見すえていた。そこに恐怖の色はない。どんなわずかな満足も与えてやる気はなかった。

「女を抱くこともできないんじゃないの？　そうでしょう。アンドルーにみんなやってもらっていたのよね。そのアンドルーだって負け犬なのに」

メスを持つ手がためらった。持ちあがった。ぼんやりした明かりのなかにメスが浮かんでいる。

アンドルー。アンドルーが鍵をにぎってる。崇拝の対象。神。

「負け犬よ。アンドルーは負け犬だったわ。あの夜、彼がわたしに会いにきた理由は知ってるんでしょ。わたしのお情けにすがりにきたのよ」

「ちがう」その言葉はほとんど聞きとれないほどだった。

「クビにしないでくれって頼みにきたのよ。わたしに泣きついたのよ」彼女は笑った。死の待つ暗い部屋に、耳ざわりで場ちがいな笑い声が響く。「お笑いぐさじゃないの。それがあんたのヒーロー、アンドルーの実体よ。助けてくれって、このわたしに泣きついたのよ」

メスをにぎる手に力がこもった。メスの刃が腹部にまた押しつけられ、血がにじみ出して脇腹をすべり落ちていく。身を縮めたい、悲鳴をあげたいという本能をむりやり抑えつけた。そして話しつづけた。その声は力強く自信に満ちていて、彼女のほうこそメスを持っているかのようだった。

「あんたのことも聞いたわ。知らなかったでしょう。あんたは女とは話もできないんだって、臆病もいいところだって言ってたわよ。だから、アンドルーのほうが女を見つけてこなくちゃならないんだって」

「嘘だ」

「あんたのことなんか、彼は屁とも思ってなかったわ。ただの寄生虫。虫けらも同然だったのよ」

「嘘だ」

メスの刃が皮膚に食いこんできた。必死でこらえても、あえぎが口から漏れた。勝たせてなんかやるもんか。もうあんたなんかこわくないわ。こわいものなんかなにもない。

彼女の視線は揺らがなかった。命運尽きた者の豪胆さでにらみつけていた。男はまたメスをふるった。

第二十五章

リゾーリはずらりと並ぶケーキミックスの箱をながめながら、虫のついた箱がいくつあることかと思った。〈ホブズ・フードマート〉はそういうたぐいの食料雑貨店だった。暗くてかびくさくて、文字どおりのパパママ経営。パパとママと聞いて、傷んだミルクを小学生に売るような業突《ごうつ》くばりふたり組を想像できるならばだが。「パパ」のほうはディーン・ホブズという老ヤンキー。うさんくさげな目つきで、客から受けとった二十五セント貨をしげしげ見なおしている。いかにも惜しそうに二セントの釣り銭を渡すと、ぴしゃりとレジを閉めた。

「あのATMだかなんだか、だれが使ったかなんか見てやしねえよ」彼はリゾーリに言った。「客が喜ぶからって銀行が置いてっただけだからな。おれにゃ関係ねえ」

「そのお金は五月に引き出されてるんです。二百ドル。その男の写真を――」

「州警察にも言ったけどな、五月の話だろ。いまは八月だ。そんな昔の客のことなんか憶えてると思うか？」

「州警察が来たんですか」

「今朝な、おんなじこと訊きにきたよ。あんたら警察はおたがい話もせんのかい」

ではATMの記録はすでに調査されていたのだ。ボストン市警ではなく州警察の手で。ちぇっ、時間のむだだったか。

ミスター・ホブズの目がさっと動いて、菓子の棚を見ているティーンエイジの少年を見すえた。「おい、そのスニッカーズは代金を払うんだろうな」

「え……うん」

「そんならポケットに突っこむこたねえだろ。出しな」

少年はチョコバーを棚に戻し、こそこそと店を出ていった。

ディーン・ホブズはうなった。「あいつはいつだって頭痛の種だ」

「あの子を知ってるんですか」リゾーリは尋ねた。

「家族ぐるみな」

「ほかのお客さんはどうです？　たいていは知ってます？」

「あんた、この町を見てまわったかい」

「ざっと」

「そうかい、ざっと見りゃそれでリシアなんかぜんぶ見られる。人口はたった千二百人だ。大して見るもんもねえ」

リゾーリはウォレン・ホイトの写真をとりだした。運転免許証からとった二年前のものだが、見つかったうちではこれがいちばんましな写真なのだ。まっすぐカメラを見ている細面の男。きちんと切った髪、みょうに個性のない笑顔。ディーン・ホブズはもう見ているはずだが、ともかく差し出した。「名前はウォレン・ホイト」

「ああ、もう見たよ。州警察にも見せられた」

「見憶えはありませんか」

「今朝はなかった。いまだってねえよ」

「たしかですか？」

「たしかじゃねえように聞こえるか？」

もちろんそうは聞こえなかった。どんなことについても、この男は自分の意見を変えることはなさそうだ。

ベルがちりんと鳴ってドアが開き、ティーンエイジの少女がふたり入ってきた。明るいブロンドの髪、短いショーツからすらりと伸びる日焼けしたむきだしの脚。ディーン・ホブズは一瞬そっちに気をとられていた。少女たちはくすくす笑いながら歩いてきて、薄暗い店の奥にぶらぶら入っていく。

「あっというまにでっかくなって」彼はあきれたようにつぶやいた。

「ミスター・ホブズ」

「ああ？」

「この写真の男を見かけたら、すぐ電話してください」と名刺を渡した。「一日二十四時間、いつでもけっこうです。ポケベルでも携帯でも」

「わかった、わかったよ」

さっきの少女たちが、今度はポテトチップの袋とダイエットペプシの六本パックを持って、レジに戻ってきた。ティーンエイジの特権、ノーブラの胸を堂々と突き出して立ち、そでなしTシャツに乳首がくっきり浮き出している。ディーン・ホブズはそれをつくづく鑑賞していた。

リゾーリがここにいることももう忘れているのではないだろうか。

あたしはいつもそう。きれいな女の子が入ってくると、もうだれの目にも入らなくなる。

食料雑貨店を出て車に戻った。陽射しの下にほんのしばらく停めていただけで、車内はもう燃えるようだった。ドアをあけて、空気が入れ替わるのを待った。リシアの目抜き通りに動くものはなかった。ガソリンスタンド、金物屋、喫茶店が見えるが、人の姿はない。この暑さで、みんな屋内に逃げこんでいるのだ。通りのあっちこっちで、エアコンがうなるのが聞こえる。こんな田舎町でも、戸外にすわって涼もうなどという人間はもういない。エアコンという奇跡の発明のおかげで、玄関ポーチはとっくに無用の長物になっている。

食料雑貨店のドアがちりんと鳴って閉まったかと思うと、さっきの少女ふたりが陽射しのなかにぶらぶらと歩いてきた。ほかに動くものはない。通りを歩くふたりを見送っていると、近くの家の窓でカーテンがさっと引かれるのが見えた。小さな町では、なにかあったらだれかがかならず気がつく。きれいな若い女がいればぜったいに気がつく。

そんな女が姿をくらましたら、やっぱり気がつくのではないだろうか。

車のドアを閉め、リゾーリはまた食料雑貨店に入っていった。

ミスター・ホブズは野菜売場にいた。新鮮なレタスを冷蔵ケースの奥に、しなびたレタスを前列に移して、抜け目なく並べかえをしている最中だった。

「ミスター・ホブズ」

彼はふりむいた。「まだ用があるのかい」

「もうひとつ訊きたいことがあるんです」

「答えられるとはかぎらんぜ」

「この町にアジア系の女性は住んでます?」

予想外の質問だったらしく、めんくらった顔で見返してくるばかりだった。「なんだって?」

「中国系か日系の。ネイティブ・アメリカンかもしれないけど」

「黒人なら二、三家族住んでるけどな」同じことだとでもいうように、彼は答えた。

「最近姿を見ない女の人はいませんか。長い黒髪で、すごくまっすぐで、肩の下ぐらいまである」

「東洋人だって言ったか?」

「ひょっとしたらネイティブ・アメリカンかも」

彼は笑った。「まさか、あの女はそのどれでもないと思うぜ」

リゾーリは耳をそばだてた。彼はまた野菜ケースに顔を向け、今度は古いズッキーニを新鮮なズッキーニの上にのせはじめた。

「あの女ってだれのことです」

「東洋人じゃねえのは確かだな。インディアンでもねえ」

「知ってるんですか」

「ここで一度か二度見かけたぜ。この夏、スターディ農場の古家を借りてる。背の高い女だ。あんましべっぴんじゃねえけどな」

なるほど、その最後の点だけは見逃すまい。

「最後に見かけたのはいつです?」

彼はふりむいて大声を出した。「おい、マーガレット！」

奥の部屋に通じるドアが開いて、ミセス・ホブズが顔を出した。「なによ」

「おまえ先週、スターディんとこに配達に行かなかったか」

「行ったよ」

「あそこのねえちゃん、どうしてた」

「ちゃんと代金はもらったよ」

リゾーリは尋ねた。「ミセス・ホブズ、その人に会ったのはそれが最後ですか？」

「そのあとは会う用事がなかったからね」

「そのスターディ農場ってどこにあるんです？」

「ウェスト・フォークのはずれ。道のいちばん端っこだ」

鳴りだしたポケベルに、リゾーリは目をやった。「電話をお借りできます？　携帯の電池が切れちゃって」

「長距離電話じゃねえだろうな」

「ボストンです」

彼はうなり、ズッキーニの陳列に戻った。「公衆電話がおもてにある」

声を殺して毒づきながら、リゾーリはいらいらとまた炎天下に出て、公衆電話を見つけ、硬貨をスロットに投入した。

「フロスト刑事です」

「ポケベルを鳴らした？」

「リゾーリか？　マサチューセッツの西でいったいなにやってんだ」

しまった、居場所をさとられてしまった。発信者番号通知サービスのことを忘れていた。

「ちょっとドライブ」

「まだ捜査やってんのか」

「ちょっと質問してまわってるだけよ。大したことしてない」

「ばか、もし――」フロストは急に声を低くした。「もしマーケットにばれたら――」

「まさか言いつけないよね」

「そんなことするかよ。だけどすぐ戻ってこい。マーケットがさがしてるぞ。おまけにご機嫌ななめだ」

「こっちでもう一か所調べるとこがあるのよ」

「いいかリゾーリ、やめとけって。でないと、殺人課に残るチャンスもなにも全部ぶっとんじまうぞ」

「なに言ってんの、もうとっくにぶっとんでるよ。あたしはもうおしまいなの！」まばたきをして涙を払い、ふりむいて無人の通りをにらみつけた。ほこりが熱い灰のように舞いあがる。

「もうあいつしかないのよ。〝外科医〟だけ。あいつをつかまえる以外、あたしに道はないの」

「そっちはもう州警察が調べてる。収穫なしだった」

「わかってる」

「それじゃいったい、そこでなにやってんだ」

「訊いてまわってるのよ、州警察が訊かなかったことを」電話を切った。

車に乗りこみ、走りだした。黒髪の女をさがすのだ。

第二十六章

スターディ農場は、長い土の道のはずれにぽつんとあった。母屋は古い木造住宅で、白いペンキはあちこちはげているし、ポーチは薪の山の重みでまんなかが落ちくぼんでいる。

リゾーリはしばらく車のなかにすわっていた。疲れて降りる気になれない。それにすっかり意気阻喪《そそう》してもいた。かつては自分のキャリアは前途洋々だと思っていたのに、いまは田舎道に停めた車にひとりすわり、あの階段をのぼってドアなんかノックしたってしょうがないと考えている。たまたま黒髪だったというだけの女性が、不審げな顔をして出てくるのがオチだろう。エド・ガイガーのことを思い出す。やはりボストンの刑事だったが、四十九歳のある日のこと、いまの彼女と同じように田舎道に車を停め、ここここそ彼にとっての道の果てだと思いきってしまった。その現場に最初に駆けつけた刑事はリゾーリだった。フロントガラスに血しぶきの飛ぶ車のまわりで、ほかの警察官はみな首をふり、エドも気の毒にとひそひそささやきあっていた。しかし、リゾーリはなんの同情も感じなかった。自分で自分の脳みそを吹っ飛ばすなんて、だらしない警官だとしか思わなかった。

簡単すぎる、そう思ったとき、自分の腰に拳銃が下がっているのを急に思い出した。マーケットに返した制式拳銃ではなく、家から持ってきた自分の銃だ。拳銃は最高の味方にもなれば、最悪の敵にもなる。その両方を同時に兼ねることもある。

しかし、彼女はエド・ガイガーとはちがう。自分の口に銃を突っこむような負け犬ではない。

エンジンを切り、しぶしぶながら車を降りて仕事にかかった。

リゾーリは都会生まれの都会育ちだから、ここの静けさはどこか気味が悪かった。ポーチの階段をのぼるときも、板のきしむ音がやけに大きく聞こえる。顔のまわりをハエがぶんぶん飛んでいる。ドアをノックして待った。ためしにノブをまわしてみたが、鍵がかかっている。またノックして、それから声をかけてみた。その声がびっくりするほど大きく響く。「ごめんください」

このころには蚊が集まってきていた。顔をぴしゃりと叩くと、手のひらに黒ずんだ血の汚れがついた。だから田舎はいやなんだ。これが都会なら、少なくとも吸血鬼は二本足で歩いているし、近づいてくれば目に見える。

さらに何度か力いっぱいノックし、さらに何匹か蚊を叩きつぶしたところで、とうとうあきらめた。だれもいないらしい。

家の裏手にまわり、押し入った形跡がないかとさがしたが、窓はすべて閉まっているし、はずされた網戸も見あたらない。窓は高い位置についていて、梯子がなければ侵入できそうにない。石の土台を盛りあげたうえに建っているからだ。

家に背を向け、裏庭を見まわした。古い納屋があり、緑藻の浮いた池がある。一羽のカモが水面をさびしそうにただよっていたが、あれは群れから追い出されたのだろうか。庭には手入れをしようとした形跡すらなかった。ひざまで届く雑草が生い茂り、ここにもまた蚊が飛んでいるだけだ。蚊はどっさりいた。

タイヤのあとが納屋まで続いていた。最近車が通った証拠に、雑草が帯状になぎ倒されている。

最後にもう一か所チェックしよう。

踏みにじられた草のあとをたどって納屋の前まで来て、そこでためらった。捜索令状など持っていないが、黙っていればだれにも知れはしない。ちょっとのぞいてみて、なかに車がないことを確認するだけだ。

把手をにぎり、重い両開きドアを開いた。

陽光が射しこみ、納屋の薄暗がりをくさび形に切り裂いた。急に空気が乱されて、細かいほこりが渦を巻いてわきあがる。リゾーリは棒立ちになって、なかに停めてある車を見つめた。

黄色いメルセデスだった。

冷たい汗が顔を伝って落ちていく。静かだ。暗がりでハエが一匹ぶんぶん言っているだけ。とほうもなく静かだ。

いつホルスターのボタンを外し、いつ銃に手をかけたのか憶えていない。しかし、気がついたら手に銃をにぎっていた。車に近づいていき、運転席の窓からなかをのぞいた。まずさっと目を走らせてだれも乗っていないことを確認し、次にもう一度、今度はゆっくりとなかのようすをあらためた。助手席に黒っぽいかたまりがのっているのに気づく。かつらだ。

かつら用の黒髪は、たいてい東洋から輸入されている。

黒髪の女。

ニーナ・ペイトンが殺された日の、病院の監視ビデオのことを思い出した。どのビデオを見ても、ウォレン・ホイトが西棟五階に入ってくる姿は見あたらなかった。

外科病棟に入ってくるときは女のかっこう、出ていくときは男のかっこうをしていたのだ。

悲鳴がした。

ぱっとまわれ右をして母屋に目を向けた。動悸が激しくなる。コーデルか？

鉄砲玉のように納屋から飛び出し、ひざ丈の雑草のなかを突っ走った。まっすぐ母屋の裏口に向かう。

鍵がかかっていた。

大波のように胸を上下させながら、一歩さがり、ドアとその枠をにらんだ。ドアを蹴破るのに重要なのは、筋力よりむしろアドレナリンの力だ。新人警官として、チーム唯一の女として、リゾーリはある容疑者のドアを蹴破るように命令されたことがある。いわばテストだった。ほかの警官たちは彼女が失敗すると思っていたし、たぶん失敗すればいいとも思っていただろう。失敗して赤恥をかくのを見物しようと待っている連中の前で、リゾーリは数々の恨みつらみを、溜まりに溜まった憤怒をそのドアに向けて爆発させた。たった二回蹴りつけただけでドアはひびが入って開き、彼女は悪鬼のように突っこんでいった。

あのときと同じアドレナリンが、いま咆哮とともに体内を駆けめぐっている。拳銃を枠に向けて三発ぶっ放した。かかとでドアを蹴りつけた。板が砕けた。また蹴った。今度はドアがさっと開いた。なかに入り、腰をかがめて身体をまわし、視線と拳銃の両方で室内を掃いた。そこはキッチンだった。日よけがおりていたが、さほど暗くはなく、だれもいないのはわかった。

よごれた皿が流しに置いてある。冷蔵庫が低くうなり、ごぼごぼと音をたてた。

ここにいるのか。となりの部屋で待ちかまえているんだろうか。

ちくしょう、どうして防弾チョッキを着てこなかったのか。しかし、こんなことになるとは予想もしなかったのだ。

汗が胸の谷間をすべりおち、スポーツブラに吸いこまれていく。壁に電話がかかっていた。そろそろと近づき、受話器をフックからとりあげた。発信音はしない。電話で応援を頼むことはできない。

受話器を垂れ下がるままにして、戸口ににじり寄った。隣室をのぞきこむと、そこはリビングルームになっていた。くたびれたソファが一脚、それに椅子が何脚か。

どこだ。ホイトはどこにいる。

リビングルームに入っていった。部屋のなかほどまで進んだところで、思わずきゃっと悲鳴をあげた。ポケベルが振動したのだ。くそ、こんなときに。スイッチを切って、そのまま進みつづけた。

玄関前まで来て、ぽかんとして立ち止まった。

正面のドアが大きくあけっぱなしになっている。

もうなかにはいなかったのか。

ポーチに出た。顔のまわりを蚊が飛んでいるのもかまわず、前庭を見まわし、さらにさっき車を停めた未舗装の車寄せを見やった。その向こうには丈の高い草が生い茂り、さらにその向こうに近くの林が見える。若木が前進してきて、林のふちはでこぼこになっていた。隠れ場所はいくらでもある。まぬけな雄牛よろしく裏口のドアをがんがんやっているすきに、犯人は正面玄関から抜け出して林に逃げこんでしまったのだ。

なかにコーデルがいる。見つけなくては。

家のなかに引き返し、急いで階段をのぼった。二階はむっとする熱気がこもっていて、彼女は滝のような汗を流しながら、三つの寝室とバスルームとクロゼットをざっと見てまわった。コーデルの姿はない。

ここは息がつまりそうだった。

階段を降りた。家のなかはひっそりと静まりかえり、その静けさにうなじの毛が逆立つ。だしぬけに、コーデルはもう死んでいるという気がした。納屋まで聞こえたあの声は、断末魔の悲鳴だったにちがいない。死のまぎわに漏れた最後の声だったのだ。

キッチンに戻った。流しのうえの窓から、さえぎるものもなく納屋がよく見えた。

ここから見ていたのだ――あたしが雑草のあいだを歩いていって、納屋に近づいていくのを。そしてあのドアを開くのを。メルセデスが見つかるとさとり、時間切れだとさとったのだ。

それで仕事を終えた。そして逃げたのだ。

冷蔵庫が何度かごぼごぼと音をたて、それから黙りこんだ。自分の心臓の音が聞こえる。スネアドラムの連打のようだ。

ふりむくと、地下室に通じるドアが見えた。まだ調べていないのはあそこだけだ。

そのドアをあけると、足もとにぽっかりと闇が口をあけていた。冗談じゃない、これは勘弁してほしい。光を背にしてこの階段を降りていくなんて。しかも、下には惨劇の場が待っているのはわかっている。できれば降りていきたくなかったが、コーデルが下にいるはずなのに放ってはおけない。

リゾーリはポケットに手を入れ、ミニマグライトをとりだした。その細い光に導かれて、まず一段降り、さらにもう一段降りた。空気がひんやりと冷たく、湿っている。

血のにおいがした。

なにか顔をかすめるものがあって、ぎょっとしてあとじさった。やがて大きく安堵の息をついた。電灯のチェーンが階段のうえで揺れているだけだ。チェーンを引っぱってみたが、明かりはつかなかった。

ペンライトでまにあわせるしかない。

ライトをまた階段に向け、足もとを照らしながら降りていく。拳銃はずっと身体のすぐそばに構えていた。上階の息づまる暑さのあとでは、ここは凍えそうに寒く感じられる。汗が冷えてぞくぞくした。

階段を降りきると、靴の下にあるのは固めた土の床だった。いっそう冷え冷えとして、血のにおいも強くなる。空気は重くよどんで湿っている。静かだ。静かすぎる。こそとも音がしない。自分の息の音がやかましく感じられる。肺にどっと流れこみ、またどっと流れ出していく。

ペンライトで弧を描くうちに、もう少しで悲鳴をあげそうになった。自分の影がなにかに映って、まっすぐこちらにライトを向けてきたのだ。銃でねらいをつける。心臓が早鐘を打っている。とそのとき、ペンライトの反射だと気がついた。

ガラス容器。大きな薬剤用広口瓶が棚に並べてあった。なかに浮かんでいるものを見なくても、その瓶の中身はわかっていた。

おみやげだ。

瓶は六つあって、それぞれに名前のラベルが貼ってあった。警察が把握していない被害者がほかにもいたのだ。

最後のひとつはからだったが、すでにラベルには名前が書いてあった。用意を整えて待っているのは戦利品――これまでで最高の戦利品だ。


キャサリン・コーデル。


リゾーリは身体をぐるりとまわした。マグライトの光が地下室をジグザグに動き、太い柱や土台の石のうえをふらふらとよぎり、だしぬけに奥のすみで止まった。黒いものが壁に飛んでいる。

血だ。

光をすべらせると、コーデルの身体がまともに照らし出された。手首と足首がダクトテープでベッドに縛りつけられている。脇腹に、まだ新しい濡れた血がてらてらと光っていた。片方の白い腿に真紅の手形がひとつついていた。焼き印でもおすように、〝外科医〟が手袋を肌に押し当てたのだ。手術器具のトレイがいまもベッドのそばにあった。拷問道具一式。

ちくしょう。もう少しで助けられたのに……

怒りのあまり吐き気がした。コーデルの血で汚れた胴体に沿ってライトを這わせ、首まで来てふと手を止めた。傷口が開いていない。まだとどめの一撃が加えられていない。

ライトの光が急に揺れた。いや、光が揺れたのではない。コーデルの胸が動いたのだ！

まだ息がある。

コーデルの口からダクトテープをはがすと、手にあたたかい息がふれた。コーデルのまぶたがぴくぴくと動いた。

やった！

勝利の喜びが噴きあげてきたが、それと同時に、なにかがひどくおかしいと執拗にささやく声があった。考えているひまはない。コーデルをここから助け出さなくては。

マグライトを口にくわえて、コーデルの両手首のいましめを手早く切り、脈をさぐった。あった――弱いが、まちがいなく脈はある。

それでも、なにかがおかしいという胸騒ぎは消えない。コーデルの右の足首を縛っているテープを切りはじめたときも、左の足首に手をのばしたときでさえ、頭のなかでは警報が鳴りっぱなしだった。そのとき、はたと理由に気づいた。

悲鳴。コーデルの悲鳴は、あの納屋まで聞こえた。

しかしここで見つけたとき、コーデルの口はテープでふさがれていた。

いったんはずしたんだ。悲鳴をあげさせるために。あたしに悲鳴を聞かせるために。

罠だ。

とっさに、ベッドのうえに置いた銃に手をのばした。届かなかった。

角材がこめかみにまともに入った。あまりの衝撃に、固めた土の床に顔から突っぷして伸びてしまった。両手と両ひざをついて起きあがろうともがく。

　空を切ってまた角材が襲ってきて、今度は脇腹にぶつかった。あばらが折れる音がし、息が肺から音をたてて逃げていく。ころがってあおむけになったが、痛みが激しくて息が吸えない。

　明かりがついた。はるか頭上で電球がひとつ揺れている。

　男がのしかかるように立っている。明かりの円錐の下で、その顔は黒い楕円にしか見えない。

〝外科医〟が新たな戦利品を見つめている。

　彼女は傷ついてないほうを下にして背中を浮かし、地面を押して起きあがろうとした。

　つっかい棒がわりにした腕を蹴飛ばされ、彼女はまたあおむけにころがった。その衝撃が折れたあばらに響く。苦悶の悲鳴をあげたが、動けなかった。男が一歩近づいたときも。角材が頭上にふりあげられるのが見えたときにも。

　ブーツを履いた足がすごい勢いで落ちてきた。彼女の手首を力いっぱい踏みつける。

　彼女は悲鳴をあげた。

　男は手術器具のトレイに手をのばし、メスを一本とった。

　やめて。**勘弁して**。

　ブーツであいかわらず彼女の手首を押さえつけたまま、男は腰をかがめてうずくまり、メスをふりあげた。容赦のない弧を描いて、それが彼女の開いた手のひらに落ちてくる。

　今度は絶叫だった。スチールの刃が土の床までまっすぐ突き通り、手を地面に串刺しにしたのだ。

　男はトレイからまたメスをとった。彼女の右手をつかんで引っぱり、右腕を開かせる。容赦なくブーツで踏みつけて手首を固定する。ふたたびメスをふりあげた。そしてふたたびふりおろし、手を貫いて地面までメスを突き通した。

あがった悲鳴は先ほどより弱かった。あきらめが混じっていた。

彼は立ちあがり、しばらく突っ立って彼女をながめていた。たったいまボードにピンで刺したばかりの、色あざやかな新しい蝶をめでる蒐集家のように。

器具のトレイに歩みより、三本めのメスを手にとった。両腕を開かされ、両手を地面に串刺しにされて、リゾーリはなすすべもなくとどめの一撃を待っていた。男は彼女の頭のほうにまわってうずくまった。頭頂の髪をつかんで後ろにぐいと引っぱり、首をのけぞらせた。下からまっすぐ見あげていても、やはり男の顔は黒い楕円にしか見えなかった。すべての光をのみこむブラックホールだ。頸動脈がのどを叩いている。心臓の鼓動とともに激しく脈うつ。血は生命そのものだ。動脈と静脈を流れている生命だ。メスがその仕事を終えたあと、どれぐらいのあいだ意識があるのだろうか。少しずつ意識が薄れてしまいに真っ暗になる、死はそんなふうに訪れるのだろうか。もう助からないのはわかっていた。生まれてからずっと闘ってきた。生まれてからずっと敗北にはがまんできなかった。しかし、この戦いには負けてしまった。のどはむきだしにされ、首はそりかえっている。メスの輝きが見える。刃が肌にふれるのを感じて、彼女は目を閉じた。

どうか早くすみますように。

いざとばかりに息を深く吸うのが聞こえる。髪をにぎる手に力がこもる。

耳をつんざく轟音が響いた。銃声か?

リゾーリは目をぱっと開いた。男はいまものしかかるようにうずくまっていたが、もう髪をつかんではいなかった。メスが男の手から落ちる。なにかあたたかいものが顔に垂れかかってくる。血だ。

あたしのじゃない、こいつのだ。

男は後ろざまに引っくりかえり、リゾーリの視界から消えた。

死を覚悟していただけに、リゾーリはぼうぜんとして横たわっていた。ほんとうに助かったのだろうか。数々のものごとがどっと意識に押し寄せてくる。吊り下げられた電球が明るい月のように揺れている。壁には影が動いている。首をひねると、キャサリン・コーデルの片腕が力なくベッドに落ちるのが見えた。

コーデルの手から拳銃がすべり落ち、にぶい音をたてて床にぶつかった。

遠くでサイレンが鳴っていた。

第二十七章

リゾーリは病院のベッドに上半身を起こし、鬼のような形相でテレビをにらみつけていた。両手は包帯でぐるぐる巻きにされて、まるでボクシングのグラブのようだ。側頭部に大きく髪を剃られた部分があるのは、頭皮の裂傷を縫合したあとだった。テレビのリモコンに手こずっていて、ムーアが戸口に立っているのに気づいていない。やがて彼はノックした。ふりむいてこちらを見たとき、ほんの一瞬、その顔にまったくの無防備な表情が浮かんでいた。しかしそれもつかのま、すぐにふだんの固いガードが戻ってきた。いつもどおりのリゾーリだ。彼が部屋に入ってきて、ベッドのそばの椅子に腰かけるのを、油断のない目で見守っている。

テレビから、メロドラマの耳ざわりなＢＧＭがしつこく流れてくる。

「あのくされテレビを消してくれる？」彼女はぶっきらぼうに言った。いらだたしげに、包帯でぐるぐる巻きの手でリモコンを指さし、「ボタンが押せないんだよね。鼻でも使えって言うんだろうか」

彼はリモコンをとり、電源オフのボタンを押した。

「ああよかった」彼女は大きく息を吐き出し、とたんに折れた三本の肋骨が痛んで顔をしかめた。

テレビが消えると、あとには長い沈黙だけが残った。開いたドアから、医師を呼び出す放送の声、廊下を進む金属カートのごろごろという音が聞こえてくる。

「こっちでちゃんと治療してもらえてるか？」彼は尋ねた。

「田舎の病院にしちゃ上等よ。市内よりいいかも」

キャサリンとホイトは重傷だったため、ボストンのピルグリム医療センターに空輸されたが、リゾーリはこの小さな地方病院に救急車で運ばれたのだ。かなりの距離をものともせず、ボストン市警殺人課の刑事は、ほとんど全員がすでに見舞いに駆けつけていた。

そしてその全員が花を持ってくる。ムーアのバラの花束はどこにあるかわからないぐらいだった。トレイテーブルやサイドテーブルはもちろん、床までたくさんの花で埋もれている。

「すごいな」彼は言った。「どっさりファンができたみたいじゃないか」

「そうなのよ。信じられる？　クロウまで花を送ってきたんだよ。あっちのあの百合。なにが言いたいかわかるよね。ちょっとお葬式の花みたいじゃない。こっちのあのきれいな蘭が見える？　あれはフロストが持ってきてくれたの。ほんとならこっちが花を贈んなきゃいけないとこなのに。命の恩人なんだからさ」

州警察に応援を求める電話をかけたのはフロストだった。リゾーリがポケベルに電話をかけなおしてこなかったので、どこに行ったか突き止めようと例の食料雑貨店のディーン・ホブズに連絡し、黒髪の女と話しにスタ一ディ農場に向かったことを知ったのだ。

リゾーリはもらった花の説明を続ける。「あの熱帯の花をいけたおっきな花瓶は、エリナ・オーティスの家族が送ってきたの。あのカーネーションはマーケットから。あのしみったれ。

それからスリーパーの奥さんがハイビスカスの鉢植えを持ってきてくれた」

ムーアはあきれて首をふった。「よく憶えてるな」

「そりゃそうよ、だっていままで花を贈ってもらったことなんかなかったんだもん。だから一生忘れないようにちゃんと憶えとくんだ」

勇敢な仮面の下から、また無防備な素顔がちらと透けて見えた。そしてもうひとつ、初めて気がついたことがあった。彼女の黒い瞳の輝きだ。あざだらけだし、包帯が巻かれているし、おまけに頭はみっともなく剃られている。しかし、顔の傷、角張ったあご、四角いおでこに気をとられさえしなければ、きっと気がつくはずだ。ジェイン・リゾーリはきれいな目をしている。

「さっきフロストと話したとこだ。あいつはいまピルグリムに行ってる」とムーア。「ウォレン・ホイトは回復に向かってるそうだ」

リゾーリは無言だった。

「今朝、ホイトは気管内チューブを抜かれたらしい。片肺がつぶれてるから、まだ胸には別の管が通ってる。だが、もう自分で呼吸をしてるんだ」

「意識はあるの」

「ああ」

「しゃべってる？」

「いや、警察にはな。弁護士にはしゃべってる」

「ちくしょう、あのくそったれの息の根を止めてやるチャンスがあれば——」

「あんたがそんなことをするもんか」

「そう思う？」

「優秀な警官は、同じあやまちを二度もくりかえしやしない」

リゾーリは彼の目をまっすぐに見つめた。「わかんないよ」

そうだ、だれにもわからない。リゾーリ、あんたにもだ――いざそのときが来るまでは。時機という魔物にまともに顔をのぞきこまれるまでは。

「ともかく、あんたの耳にも入れとかなくちゃと思ってな」彼は言って、帰ろうと腰をあげた。

「ちょっと、ムーア」

「うん？」

「コーデルのことなんにも言ってくれないんだね」

じつは、キャサリンの話題をもちだすのはわざと避けていたのだ。リゾーリとの軋轢《あつれき》を生んだ最大の原因は彼女だから。ふたりのパートナーシップを損なった傷はまだ癒されていない。

「よくなってきてるんだってね」とリゾーリ。

「手術はぶじ成功したよ」

「それで――ホイトはその――」

「いや、摘出は終えていなかった。その前にあんたが来てくれたから」

彼女はほっとしたように肩の力を抜いた。

「これからピルグリムに見舞いにいくところなんだ」

「それで、これからどうなるの？」

「あんたは仕事に戻って、またいまいましい電話に出るようになるのさ」

「そうじゃなくて、あんたとコーデルはどうなるの」

彼はすぐには答えず、窓のほうに目をやった。日光が花瓶の百合に降りそそぎ、花びらを輝かせている。「わからん」

「マーケットはあいかわらずうるさいこと言ってんの？」

「マーケットには深みにはまるなって警告された。たしかに、深みにはまったのはまずかった。だが、あのときはどうしようもなかったんだ。それにしてもどうなってたかと思うよ、もし……」

「あんたがやっぱり聖人さんじゃなくて、あのまま突っ走ってたらってこと？」

ムーアは力なく笑ってうなずいた。

「ムーア、完璧な人間ぐらい退屈なもんはないよ」

彼はため息をついた。「どっちにするか選ばなくちゃならない。むずかしい選択だ」

「大事な選択はいつだってむずかしいもんよね」

彼はしばらく考えこんでいた。「たぶん、選ぶのはおれじゃない。彼女のほうだ」

ドアに向かって歩きだす、その背中にリゾーリが声をかけてきた。「コーデルに会ったらね、伝えてほしいことがあるんだけど」

「なんて言えばいい？」

「次はもっと上をねらえって」

これからどうなるのか、おれにはわからない。

ボストンに向かって東に車を走らせていた。開いた窓から吹きこむ風を、何週間かぶりに涼しく感じる。夜のあいだにカナダから前線が南下してきたのだ。さわやかな朝を迎えたボストン市は、洗われたように清潔なにおいがした。メアリのことを思った。愛しいメアリのことを、そしてふたりを永遠に結びつけているさまざまなきずなのことを思った。二十年の結婚生活には、数えきれないほどの思い出がつまっている。深夜のささやき、ふたりだけのジョーク、ともに紡いだ歴史。そう、歴史だ。結婚生活というものは、焦げた夕食とか、深夜の水泳とか、そんなささやかなできごとの積み重ねだ。しかし、そういうささやかなできごとこそが、ふたりの人生をひとつに結びつけているのだ。ふたりはともに若い時代を生き、ともに年齢を重ねて中年になった。彼の過去はメアリだけのものだ。

だが、彼の未来はまだだれのものでもない。

これからどうなるのかはわからない。しかし、どうすれば幸せになれるかはわかる。そしてたぶん、彼女を幸せにすることもできると思う。いまこのときに、それ以上のことを望むのはぜいたくではないだろうか。

一マイル進むごとに、迷いの層が一枚ずつはがれ落ちていく。ついにピルグリム医療センターで車を降りたときには、彼の足どりに迷いはもうなかった。それは、正しい決断を下したと知っている男の足どりだった。

エレベーターで五階まであがり、ナース・ステーションで声をかけ、長い廊下を歩いて五二三号室に向かった。そっとノックをしてなかに入った。

キャサリンのベッドのわきに、ピーター・ファルコが腰をおろしていた。リゾーリの部屋と同じく、この部屋も花のにおいがした。キャサリンの窓に朝の光があふれ、ベッドとそこに横たわる人を黄金の輝きに包んでいた。彼女は眠っていた。点滴バッグがベッドのうえに下がり、管にしたたり落ちるしずくが、溶けたダイヤモンドのようにきらめいている。

ムーアはベッドをはさんでファルコの向かいに立ち、ふたりの男は長いこと黙りこくっていた。

ファルコは身をかがめて、キャサリンのひたいにキスをした。立ちあがり、ムーアと目をあわせた。「彼女をよろしく」

「まかせてくれ」

「その言葉、忘れないからな」ファルコは言って、部屋を出ていった。

ムーアは、ファルコに代わってキャサリンのそばの椅子に腰をおろし、彼女の手をとった。その手にそっと唇を押し当てる。そして低い声でくりかえした。「まかせてくれ」

トマス・ムーアは約束は守る男だ。この約束も守るだろう。

エピローグ

独房は寒い。外では身を切るような二月の風が吹きすさび、また雪が降りだしているらしい。寝台に腰をおろし、毛布を肩にかけて思い出すのは、わたしたちをマントのように包んだあの心地よい暑熱のことだ。あの日、わたしたちはリヴァディアの通りを歩いていた。あのギリシアの町の北にはふたつの泉があって、古代にはレーテーとムネーモシュネー——忘却と記憶——と呼ばれていた。わたしたち、きみとわたしは両方の泉から水を飲み、オリーヴ林のまだらの影のなかで眠りこんだ。

いまこんなことを思い出すのは、この寒さがつらいからだ。寒いと皮膚がかさかさになってひび割れ、どんなにたっぷりクリームを塗っても治らない。あの暑い日、リヴァディアをともに歩いたきみとわたし、陽《ひ》に灼けた石にサンダルが熱を帯びていた。あの美しい思い出だけが、いまのわたしの慰めだ。

ここでは日々はのろのろと過ぎていく。この独房でわたしはひとり、不気味がられてほかの受刑者は寄りつかない。話しかけてくるのは精神科医だけだが、かれらも興味を失ってきている。異常性の片鱗《へんりん》も見せないわたしは、かれらにとっては退屈なのだ。子供のころに動物をいじめたこともなく、放火をしたこともなく、寝小便をしたこともない。教会に通っていたし、年長者には丁重に接していた。

日焼け止めクリームも使っていた。

わたしはほかのだれにも劣らず正気であり、精神科医たちはそれを知っている。ただちがうのは、他人のもたないファンタジーをもっているということだけだ。そのファンタジーのせいで、この寒い独房にたどり着いてしまった。雪まじりの白い風の吹く、この寒い都市で。

こうして毛布にくるまっていると信じにくいのだが、汗に輝く黄金の肉体が熱い砂に横たわる場所、微風にビーチパラソルがそよぐ場所もこの世界には存在する。彼女が行っているのはまさにそういう場所だ。

わたしはマットレスの下に手を入れ、新聞の切れはしをとりだす。親切な看守が賄賂《わいろ》とひきかえに本日廃棄分の新聞を差し入れてくれる、そこから破りとったものだ。

結婚式の記事だ。二月十五日午後三時、ドクター・キャサリン・コーデルがトマス・ムーアと結婚した。

花嫁の手を花婿に渡したのは、父親のロバート・コーデル大佐だった。花嫁のドレスはハイウェストの第一帝政様式で、象牙のビーズがあしらわれていた。花婿は黒い礼装姿。その後の披露宴は、バックベイのコプリー・プラザ・ホテルで開かれた。カリブ海での長期のハネムーンのあと、夫妻はボストンに居を構えるという。

新聞の切れはしをたたんでマットレスの下に入れた。ここなら安全だ。

カリブ海での長期のハネムーン。

彼女はいまあそこにいる。

その姿が目に見えるようだ。肌に砂粒を光らせて、目を閉じて砂浜に横たわる。下に敷いたタオルに、髪が赤いシルクのように広がっている。腕をゆったりと投げ出し、太陽の熱を浴びてうとうととしている。

だが次の瞬間、彼女ははっとして目をさます。目は大きく見開かれ、心臓は早鐘を打っている。恐怖のために全身が汗にまみれている。

彼女はわたしのことを考えている。わたしが彼女のことを考えているように。

わたしたちは永遠に結びついている。恋人どうしのようにぴったりと。わたしのファンタジーの巻きひげが巻きつくのを、彼女は感じている。そのいましめを切ることはけっしてできない。

独房の明かりが消える。長い夜が始まり、檻のなかで眠る男たちの、いびきや咳や呼吸の音、そして寝言がこだまする。しかし夜が静かに訪れるとき、わたしが考えるのはキャサリン・コーデルのことではない。きみのことだ。きみこそが、わたしのもっとも深い苦しみのもとだから。

この苦しみを忘れるためなら、レーテーの泉の水を、忘却の泉の水を腹いっぱいでも飲むだろう。サヴァナの最後の夜の記憶をきれいに消し去るためならば。生きているきみの姿を見たのは、あの夜が最後だった。

あのときの光景がいまも目の前に浮かぶ。独房の闇を見つめていると、あの光景がいやおうなく網膜によみがえってくる。

わたしはきみの肩を見おろし、ほれぼれとながめていた。彼女の肌にくらべるときみの肌はいかにも浅黒く、にぶい光を放っている。突きあげるたびごとに背中の筋肉が収縮する。以前にほかの女たちを抱いたように、きみはあの夜彼女を抱き、そしてわたしはそれを見ている。ことが終わって、あふれる精が女の奥深くに放たれると、きみはわたしを見てほほえむ。そして言う。「さあ、これで女の用意はできたぞ」

けれども薬がまだ切れていなかった。メスを腹部に押し当ててもぴくりともしない。苦痛がなければ快楽もない。

「夜はまだ長い」ときみは言う。「待とう」

のどがからからなので、ふたりでキッチンに行き、わたしはコップに水を満たす。夜はまだ始まったばかりで、手が興奮にふるえている。これからのことを思ってすでに充血していて、わたしは水を飲みながら、快楽を長引かせなくてはいけないと自分に言い聞かせる。夜はまだ長い。できるだけ長引かせたい。

見せて、やらせて、教えさせる、そうきみは言う。今夜はメスをわたしに持たせるときみは約束してくれた。

けれどものどがからからだ。わたしがキッチンでぐずぐずしているあいだに、きみは彼女の意識が戻ったか確かめに寝室に引き返す。わたしがまだ流しのそばに立っているあいだに、銃声が響く。

ここで時間が凍りつく。そのあとの静寂を憶えている。キッチンの時計がカチコチと鳴っていた。自分の心臓のとどろきが耳に響く。わたしは全身を耳にする。きみの足音がいつ聞こえるかと。逃げるぞ、急げ、と言うきみの声がいつ聞こえるかと。こわくて動けない。

とうとう勇気をふるって廊下に出て、寝室に向かう。入口で立ち止まる。

一瞬、あまりの恐怖に自分がなにを見ているのか理解できない。

女はベッドの横に上体を垂らすかっこうになっていて、身体を引きあげようともがいている。その手から拳銃が床に落ちていた。わたしはベッドに近づき、ナイトテーブルから開創器をとると、女のこめかみを殴りつける。女は静かになる。

ふりむいてきみを見る。

きみは目を見開いていた。あおむけに倒れてわたしを見あげている。まわりは血の海だ。唇が動いているが、言葉はひとことも聞きとれない。脚が動かせないようだ。銃弾に脊髄を傷つけられたのがわかる。きみはまたなにかを言おうとし、今度はなにが言いたいのかわたしにもわかった。

やれ。とどめを刺してくれ。

きみが言っているのは女のことではない。きみ自身のことだ。

わたしは首をふる。そんなことを頼まれるなんて信じられない。できない。頼むからそんなことをさせないでくれ！　きみの必死の頼みと、逃げ出したいというパニックのあいだでわたしは板ばさみになる。

早くやってくれ、きみの目が哀願している。人が来ないうちに。

きみの脚に目をやる。投げ出され、役に立たない脚。このまま生きつづけたら、きみの未来にどんな恐怖が待ち受けているかと思う。きみにそんな思いはさせたくない。

頼む。

女に目を向ける。動かない。わたしがここにいることに気づいていない。髪を引っぱり、首をのけぞらせ、メスを深くのどに突き立ててやりたい。きみをこんな目にあわせたのだから当然の報いだ。しかし、この女は生きて発見されなくてはならない。生かしておいて立ち去れば、わたしの存在はだれにも知られずにすむだろう。

ラテックスの手袋のなかで手が汗ばんでいる。拾った銃は武骨で、わたしの手にはなじまない。

血の海の端に立ち、きみを見おろす。ふたりでアルテミス神殿をそぞろ歩いた、あの魔法のような宵のことを思い出す。霧が出てきていた。深まる宵闇のなか、木々のあいだを歩くきみの姿が見え隠れする。ふときみは立ち止まり、薄暮の向こうからほほえみかけてきた。わたしたちの視線と視線は、生者の世界と死者の世界をへだてる大きな間隙を越えて交わっている、そんな気がしたものだ。

そしていま、わたしはその間隙の向こうを見ている。わたしの目を見返すきみの視線を感じる。

アンドルー、これはみんなきみのためなんだ、わたしはそう思う。きみのためにするんだ。きみの目に感謝の光が見える。その光はずっとそこにある。わたしがふるえる両手に銃を構えたときにも。引金を引いたときにさえ。

きみの血がわたしの顔にはねる。涙のように熱い。

ふりむくと、女はいまも意識のないままベッドの横にころがっている。その手のそばに拳銃を置く。髪をつかみ、うなじの近くからひと房をメスで切りとる。ここなら気づかれずにすむだろう。この髪をよすがに、わたしは彼女のことを思い出すだろう。その香りを嗅いで、彼女の恐怖を思い出すだろう。血のにおいに負けず劣らず、恐怖はわたしを酔わせてくれる。ふたたび彼女に会うときまで、それが支えになってくれるだろう。

裏口のドアから、わたしは夜の闇へ出ていく。

あの貴重な髪の毛はもう手もとにない。しかし、いまでは必要ないのだ。彼女のにおいなら、自分のにおいと同じぐらいよく知っている。彼女の血の味を知っている。彼女の肌をおおうシルクのような汗の膜を知っている。そのすべてがわたしの夢のなかでよみがえる。そこは、快楽が女のように悲鳴をあげ、血まみれの足あとをつけて歩く世界だ。手に持つことも、手で愛撫することもできない記念品もある。脳のもっとも深い部分、すべての人間のよってきたる源、爬虫類的な脳の芯にしか保存できないものもある。

だれもが身内にかかえるその部分を、多くの人間は否認するだろう。

だがわたしはちがう。わたしはおのれの本質を認め、抱きしめる。わたしは神にこのように創られたのだ。人間はみな神に創られたのだから。

子羊が祝福されるならば、ライオンも祝福されるだろう。

そしてまたハンターも。

訳者あとがき

本書の著者テス・ジェリッツェンは、内科医としてばりばり成功していながら、それを子育てのためにすっぱりやめ、と思ったらいまでは小説家として大活躍しているというバイタリティあふれる女性である。最初はロマンス小説を書いて根強い人気を獲得したが、本書を読めばおわかりのとおり、この作風ではロマンスの枠に収まりきれるとは思えない。というわけで、今度はもと医師という経歴を生かして医学サスペンスを書きはじめた。四作ほど書いているが、専門知識を縦横に駆使した作品は高い評価を得ており、うち二冊は邦訳もされている。しかし、たぶんこの人はやっぱりひとつの枠に収まっていられない人なのだろう。次には医学サスペンスの枠からも飛び出して本書『外科医』を発表し、これがミステリー／サスペンス作家としての彼女の地位を不動のものにした。その意味で、本書はテス・ジェリッツェンの出世作と言ってよい作品だ。

物語は、ボストンを跳梁する不気味な連続殺人犯の登場で幕をあける。それも、生きた女性の腹を「切開」して子宮を「摘出」し、その後にのどを掻き切ってとどめを刺すという、猟奇的というにも凄惨すぎる手口。明らかに医学的な専門知識と技術をもった男だというので、犯人はマスコミに〝外科医〟とあだ名されるようになる。捜査の結果、南部のサヴァナで数年前、同様の連続殺人事件が起きていたことが判明した。犯行の手口は不気味なほど似ているのだが、しかしサヴァナの犯人は二年前に死亡している。最後の被害者にして美貌の外科医、キャサリン・コーデルに射殺されたのだ。ところが、事件後ボストンに移ってきていたコーデルを、なぜか〝外科医〟がつけねらいはじめる。まるでサヴァナで死んだ殺人犯がよみがえり、復讐を果たしに追いかけてきたかのように……

ひとつの謎が解けるたびに別の謎が浮かんでくる。正体が見えたと思うたびに万華鏡のように犯人は姿を変えていく。このあたりの話の運びかたは非常にうまい。ときおりはさまる犯人の独白がまたみょうに生理的に不快で、それが見えそうで見えない犯人像とあいまって、サスペンスを盛りあげるうえで絶大な効果を発揮している。著者得意の医学知識を駆使した手術場面の描写も、かならずしも本筋に関係するわけではないのだが、そのなまなましさが物語のアクセントとして非常に効果的に使われている。場面転換もたくみだし、まさにページターナーと呼ぶにふさわしい作品だ。

しかし、テス・ジェリッツェンという人は、あくまで「枠に収まりきれない」人なのかもしれない。本書も良質のエンタテイメントにちがいはないのだが、あつかっているテーマは重い。以前の作品でも、臓器移植や人体実験といったかなり深刻な問題をとりあげているけれども、本書のテーマはずばり「レイプ」である。エンタテイメントとして仕上げようとすれば、ある意味ではタブーに近いほどむずかしい問題だ。しかも、それがたんに添え物や味付けで終わっていない。主人公がレイプの傷を乗り越えていく過程が、物語の展開にたくみに織りこまれて語られるあたり、この著者のなみなみならぬ力量がうかがえる。

そして忘れてならないのが、副主人公の女性刑事、ジェイン・リゾーリの存在だ。エンタテイメントの主要登場人物にしてはめずらしく、彼女は刑事としては優秀ながら美しくも魅力的でもない女性として描かれている。警察機構という男性社会で認められようと突っ張っていても、女性としての魅力のなさをひけめに感じて悩むリゾーリ。その姿には、欠点だらけのわが身をかえりみてつい肩入れしたくなってしまうわけだが、やや出来すぎの感のあるヒーローとヒロインのそばにこんなユニークな人物を配することで、さらに作品の深みと厚みを増しているのはみごとと言うしかない。

一作ごとに腕をあげ、ジャンルの幅を広げていくテス・ジェリッツェン。今後ますます活躍の期待される作家のひとりと言っていいだろう。次にどんな作品で驚かせてくれるか、目の離せないことではある。

最後になったが、訳出作業の遅れがちな訳者のために、文藝春秋編集部の東山久美氏にはたいへんなご迷惑をおかけしてしまった。しびれを切らさずにお待ちくださったことに心からお礼を申し上げます。ほんとうにありがとうございました。

二〇〇三年五月

安原和見

文春文庫

外《げ》科《か》医《い》

定価はカバーに
表示してあります

2003年8月10日　第1刷
著　者　テス・ジェリッツェン
訳　者　安《やす》原《はら》和《かず》見《み》
発行者　白川浩司
発行所　株式会社　文藝春秋
東京都千代田区紀尾井町 3-23　〒102-8008
TEL 03・3265・1211
文藝春秋ホームページ　http://www.bunshun.co.jp
文春ウェブ文庫　http://www.bunshunplaza.com

落丁、乱丁本は、お手数ですが小社営業部宛お送り下さい。送料小社負担でお取替致します。

印刷・凸版印刷　製本・加藤製本

Printed in Japan
ISBN4-16-766142-X